LJ Andrews

Court of Ice and Ash

Geliebt von meinem Feind

LJ Andrews

COURT OF ICE AND ASH

Geliebt von meinem Feind

Roman

Deutsch von
Maike Claußnitzer

blanvalet

Die Originalausgabe erschien 2021 unter dem Titel
»Court of Ice and Ash (The Broken Kingdoms, book 2)«
bei Victorious Publishing, New York 2021.

FSC
www.fsc.org
MIX
Papier | Fördert
gute Waldnutzung
FSC® C014496

Penguin Random House Verlagsgruppe FSC® N001967

1. Auflage 2024

Published by Arrangement with VICTORIOUS PUBLISHING LLC
Dieses Werk wurde vermittelt durch die Literarische Agentur
Thomas Schlück GmbH, 30161 Hannover.
Redaktion: Ulrike Gerstner
Umschlaggestaltung: Anke Koopmann | Designomicon
nach einer Originalvorlage von Authortree
Umschlagillustration: Authortree
BL · Herstellung: SaM
Satz: Vornehm Mediengestaltung GmbH, München
Druck und Bindung: GGP Media GmbH, Pößneck
Printed in Germany
ISBN 978-3-7341-6384-5

www.blanvalet.de

KAPITEL 1

NACHTPRINZ

Der Blutrausch war noch da. Eine Bürde, greifbar, wann immer ich eine Hand auf den Äxten aus schwarzem Eisen ruhen ließ, die an meinen Gürtel geschnallt waren. Eine stumme Kreatur lebte weiter in mir, wollte Blut, begehrte den Schmerz darin. Als hätte der Fluch zu lange Bestand gehabt, sodass auch künftig ein Teil von mir von der abnormen Bestie abgestumpft bleiben würde, auf die ich mich immer wieder eingelassen hatte.

Ich hatte die feste Absicht, diese Wahrheit für mich zu behalten.

Auf einem Findling unter den Bäumen sitzend atmete ich den durchdringenden Kupfergeruch ein, der sich in die feuchte Luft mischte. Blut lag in den letzten Resten des Sturms. Ich sog alles davon ein. Es linderte das Ziehen in meiner Brust, aber ich sehnte mich verzweifelt nach mehr.

»Was soll das alles?«

Ich warf einen Blick über meine Schulter auf Thor. Er führte einen Wetzstein entlang seines Dolches und starrte mich finster an. Wie er es früher getan hatte, wenn ich als kleiner Junge immer hinter ihm und meinem älteren Bruder Sol hergelaufen war.

Damals, als das Leben noch Sinn ergeben hatte.

»Ich mochte dich lieber, als du dich noch vor mir verneigt hast.« Ich wandte mich ab und ließ eine Hand auf einer Axt ruhen.

»Ja, das war ein flüchtiger Moment, ein bisschen Freude darüber, dass der Fluch gebrochen ist und unsere Erinnerungen wiederhergestellt sind.« Thor hörte auf, seine Klinge zu wetzen, und kam an meine Seite. »Sag mir etwas, mein Prinz. Wohin soll das hier führen?«

Mit dem Daumen streichelte ich den jetzt nutzlosen schwarzen Seherstein an der Kette um meinen Hals. Ich hatte keine Antwort darauf; allerdings widerstrebte es mir zuzugeben, dass ich keinen klaren Plan hatte. Irgendwie gelang es mir, meiner Stimme einen zuversichtlichen Tonfall zu verleihen. »Noch eine Karawane zu verlieren, schmälert die Einnahmen des falschen Königs. Es fördert Agitation und Misstrauen.«

Thor verdrehte die Augen, und ich hätte beinahe gelacht.

Erinnerungen gingen mir durch den Kopf: ein klares Bild von Thor, wie er sich mit Sol stritt und die Augen genauso verdrehte. Nach und nach fielen uns immer mehr Momente wieder ein. Manchmal stutzte einer von uns plötzlich, rieb sich die Stirn und schilderte die neue Erinnerung.

Entweder lachten wir dann oder nutzten sie, um unseren Rachedurst anzufachen.

»Ich fürchte, dieser Überfall führt uns zu nahe an sie heran«, sagte Thor mit gesenkter Stimme. »Du hast gesagt, dass du die Finger von ihr lassen willst, aber wir kehren immer wieder zu denen zurück, die ihr am nächsten stehen.«

Ich ballte die Faust an meiner Seite, als etwas von mir Besitz ergriff, das dafür sorgte, dass sich eine seltsame Furcht in meiner Brust breitmachte. Etwas, das ich weder riskieren noch wollen durfte.

Sie durfte nichts mit mir, der Schattengilde oder dem endlosen Kampf, um das Blut meiner Familie zu rächen, zu tun haben. Das wäre nicht gerecht gewesen. Wenigstens rechtfertigte ich es in Gedanken so vor mir. Der Wahrheit näher jedoch kam die Erklärung, dass Elise Lysander mir den letzten Rest von meinem Blutrausch nehmen würde und ich noch nicht bereit war, ihm Lebewohl zu sagen.

So hatte ich weitergemacht, als wäre sie mir vollkommen gleichgültig.

Ich starrte Thor finster an und war froh, dass meine Musterung ihn dieses eine Mal dazu brachte, den Blick zu senken. »Das hier hat nichts mit der Timoranerin zu tun.«

»Mit der Timoranerin? Es freut mich, dass du sie so nennst, denn sie *ist* Timoranerin. Ganz gleich, was Kvinna Elise getan hat, um den Fluch zu brechen, sie ist vom Blut König Elis. Verdammt, sie ist sogar nach ihm benannt. Wenn du weitermachen willst, dann tun wir es allein. Nicht wahr?«

Ich senkte den Blick auf das rote Tuch in meinen Händen.

»Es sei denn, du würdest lieber zugeben, dass du es dir anders überlegt hast – oder vielleicht eher, dass dein Herz es sich anders überlegt hat.« Halvar trat hinter einem Baum hervor, leckte sich Fett von den Fingern und warf den glitschigen Knochen eines Wasservogels weg. »In dem Fall, das schwöre ich bei den Himmeln, werde ich nicht sagen, dass ich es dir ja gleich gesagt habe. Obwohl ich es dir schon mehrfach gesagt habe.«

»Für Elise ist hier kein Platz«, gab ich zurück und wollte damit eher mich selbst als die beiden überzeugen.

»Das finde ich auch«, wandte Thor ein. »Sie hat ihren Zweck erfüllt und ist jetzt weit weg von uns besser dran.«

»Es macht mir wirklich Spaß, euch zwei eure Gedanken laut aussprechen zu hören«, fuhr Halvar fort. »Fast so, als wolltet ihr die Schicksalsgottheiten, die sie zu uns geführt haben, überzeugen. Als würde es die kümmern, was ihr denkt! Elise ist seine *hjärta,* das Lied unseres Prinzen.«

»Wirklich? Wann bist du so weich geworden, mein Freund?«, fragte Thor und prustete vor Lachen.

»Ach, ich war doch schon immer der beste Liebhaber von uns allen. An mir ist nichts weich. Und du kannst es leugnen, so viel du willst, Thorsten, du bist derjenige von uns, der seinen eigenen *hjärta* hat und es deshalb besser als ich erkennen sollte. Aber ich glaube, auch du hast versucht, dein kleines schwarzes Herz zu verschließen.«

Halvar grinste mit einem Anflug von Bosheit, als Thor versuchte, ihm gegen den Arm zu boxen. Nachdem er sicherheitshalber auf Abstand gegangen war, sah Halvar mich an. »Ich stehe zu dem, was ich gesagt habe, und werde es genießen, mir anzusehen, wie du gegen die Anziehungskraft zwischen dir und Kvinna Elise ankämpfst, Prinz Valen. Um ehrlich zu sein, habe ich doch vor, dir zu sagen, dass ich es dir mindestens hundertmal gesagt habe, sobald du …«

»Ich wünschte, der Fluch hätte ihn stumm gemacht«, unterbrach Thor.

Ich spannte den Kiefer an, um mir ein Grinsen zu verbeißen. Das hier hatte ich vermisst. Einander so zu kennen, wie wir es früher getan hatten. Es machte mir nicht einmal etwas aus, dass ich der lästige Jüngste gewesen war und diese beiden mir entsetzliche Streiche gespielt hatten. Ich wünschte nur, Herja und Sol wären noch hier. Meine Schwester wäre meine Verteidigerin gewesen, und Sol hätte besser als ich gewusst, was zu tun war. Er hätte gewusst, wie man Neu-Timoran für Blut und Leid unserer Leute bezahlen lassen konnte.

»Lasst uns aufbrechen.« Ich hielt inne und sah Halvar mit

zusammengekniffenen Augen an. »Und Elise ist nicht meine *hjärta*.«

Er grinste, als wäre ich wieder ein albernes Kind. »Wie du meinst, mein Prinz.«

Es war eine romantische Vorstellung, die vor langer Zeit beim Nachtvolk sehr beliebt gewesen war. Legenden erzählten von alter Wildwut, die zwei Liebende auf eine Art verband, die die Seelen beider verschmolz wie die Harmonie eines Lieds. Unauflöslich.

Es war lächerlich.

Es tat weh.

Mein Vater hatte meine Mutter immer das Lied seines Herzens genannt. Sie war Timoranerin gewesen. Vielleicht …

Nein. Eine Verbindung mit Elise Lysander kam für mich nicht infrage. Ich hatte sie in der Absicht ausgenutzt, den Fluch zu brechen. Wir hatten Erfolg gehabt. Es war vollbracht.

Ich ging in die Hocke, kniff die Augen zusammen und konzentrierte mich auf die holprige Handelsstraße, die unterhalb des Felsvorsprungs verlief. Eine versteckte Straße, gesäumt von Eichen, Weiden und immergrünen Bäumen. Die Baumkronen ragten aus dem aufziehenden Nebel auf wie Finger, die sich im Haar einer Geliebten verfangen hatten. Trotz des Dunsts konnte ich die Fahrt der schwarzen Kutschen recht gut verfolgen. Meine Augen waren in der Nacht schärfer geworden, seit der Fluch meine Wildwut und meine Erinnerungen freigegeben hatte; dafür war ich in einem längst vergangenen Leben bekannt gewesen.

Der Nachtprinz, ein unter der Mondsichel geborener Königssohn, Prinz der Schatten, Hüter der Erdwildwut. Mir war die Abenddämmerung immer lieber gewesen als die Morgenröte, daran hatte sich nichts geändert.

Drei Kutschen holperten und ruckelten über die hervorstehenden Wurzeln und Dornranken des Wegs. Jedem Wagen folgte eine Reihe erschöpfter Reisender zu Fuß.

Das Blut ist hier. Dutzende von Ettanern, die in Rabensporn-Blau gekleidet waren, beladen mit Bändern und Satin. Manche schleppten schwere Leinwandsäcke auf den Schultern. Andere transportierten Taschen mit unzähligen Stoffen, Federn, Steck- und Nähnadeln für Schneider und Näherinnen. Kaum einer der Leibeigenen trug Schuhe. Die meisten gingen gebeugt und tasteten sich unbeholfen über die scharfkantigen Felsen und durch den Straßenstaub vor. Sogar die kleinsten von ihnen.

Meine Lippen verzogen sich zu einem unfrohen Lächeln.

Ein Mädchen, das nur Haut und Knochen war, schleppte einen Kornsack, der so groß war wie es selbst. Die ganze Zeit über saßen die Rabenwachen auf ihren breiten Ärschen und bewachten die Karawane, ohne auf die leidenden Leute zu ihren Füßen zu achten. Meine Leute.

Ich konnte nicht ihr Prinz sein. Zumindest nicht der Prinz, den sie wollten. Aber ich konnte der Schurke sein, der für sie eintrat. Ein Missetäter, der Burg Rabensporn in die Knie zwang.

Dann würde ich mit diesem götterverlassenen Ort endlich abschließen können.

Das hier war nicht mehr das Etta meiner Kindheit. Es war ein Land, das ich nicht wiedererkannte und dem ich wenig Liebe entgegenbrachte. Seinen Leuten gegenüber empfand ich ein gewisses Maß an Loyalität, aber ich konnte – mehr noch, ich würde – nicht über sie herrschen.

Wenn ich erst Rache genommen hatte, würde ich dazu so ungeeignet sein wie der falsche König, der auf dem Thron saß.

»Warum zu den Höllen haben wir es auf Stoffe abgesehen? Wo sind die Schatzkarren?«, murmelte Halvar.

Er hüpfte von einem höhergelegenen Felsvorsprung und stellte sich neben mich. Er war wie ein Schatten gekleidet. Sein Mund und seine Nase waren mit Schwarz verdeckt, sodass er mit der Nacht verschmolz.

»Es geht nur um das Spiel, du verdammter Dummkopf.« Thor ließ sich seitlich am Felsvorsprung herabgleiten und kauerte sich zehn Schritte von uns entfernt in die Dunkelheit. An seinen Fingerspitzen loderten hellblaue Flammen auf, die sich auflösten, als er die Fäuste ballte. Feuerwildwut war eine der schwieriger zu kontrollierenden Formen von Macht. Bis zu einem gewissen Grad musste Thor jetzt, nachdem seine Erinnerungen wieder wachgerufen worden waren, von Neuem lernen, wie er seine Magie im Gleichgewicht hielt.

Halvar zog die Nase hoch. »Ich würde den falschen König lieber dort treffen, wo es am meisten wehtut – im Geldbeutel.«

»Alles hat seine Zeit, Halvar«, sagte ich trocken. »Alles hat seine Zeit.«

Von dem Moment an, in dem der Fluch gebrochen worden war, waren wir dazu übergegangen, ein Stachel im Fleisch König Calders zu sein – eines Narren und unreifen Jünglings, der seinen eigenen Vater ermordet hatte, um den Thron zu besteigen.

Begonnen hatten wir mit den Wachen, die er zum Schwarzen Grab geschickt hatte, sobald der Fluch gebrochen gewesen war. Ich verdrängte die Beklommenheit, die mich aus Reue überkam, als ich an den Augenblick zurückdachte. Sie waren ausgesandt worden, um in Erfahrung zu bringen, was geschehen war, und hatten stattdessen nur herausgefunden, dass ihr Leben zu Ende war. Bis auf einen Einzigen. Wir hatten ihn verschont, um ihn mit Geschichten über den Blutgeist und die Schattengilde zur Burg zurückstolpern zu lassen.

Ich würde mich in dem Namen Blutgeist suhlen; er war ein Mittel zum Zweck. Ich konnte nicht Valen Ferus sein. Die Last konnte ich nicht auch noch tragen, wenn ich um jeden Preis den Tod meiner Familie rächen musste. Ihr Blut war in den Boden des alten Etta gesickert, und ihre Schreie ließen mich keinen Schlaf finden.

Ich wollte, dass Timoran zusammenbrach.

»Was ist der beste Weg, den Untergang eines Königreichs herbeizuführen, Halvar?«, fragte ich mit gesenkter Stimme.

Er verschränkte die Arme vor der Brust und musterte die Karawane. »Es in Brand zu stecken, es auszuplündern, dem König den Kopf abzuschlagen? Ich liebe deine Rätsel, mein Prinz, aber sag es mir bitte. Ich kann mich nicht länger gedulden.«

Ich grinste. Bei den Göttern, er hatte sich nicht geändert. Fluch hin oder her, Halvar redete zu viel, liebte zu ausgiebig und war loyal bis zum bitteren Ende. »Man treibt einen Keil zwischen das Volk und seinen König, mein Freund. Entlarvt ihn als unfähig. Während das Volk leidet, wird er reich.«

»Du willst, dass wir Leid über die Ettaner bringen?«

»Über die Timoraner«, sagte ich. »Unsere Leute leiden schon längst. Doch die Timoraner aus dem einfachen Volk stellen mittlerweile fest, dass ihre Versorgung schlechter wird, während der König und seine Adligen ihren Wohlstand genießen.«

Grinsend wandte ich mich wieder der Handelsstraße zu. Wenn wir fertig waren, würden die Timoraner kein Vertrauen mehr in ihren König setzen. Sie würden ihn als die wehleidige Schlange erkennen, die er war. Sie würden ihn stürzen und den Weg für die Wildwut freimachen, dafür, dass das Blut von Etta wieder hervortrat.

Wir mussten nur einen Angehörigen des Nachtvolks finden,

der bereit war, die Krone solch eines gebeutelten Königreichs anzunehmen. Ich würde auf meinen Anspruch verzichten. Das Land würde auf mein Wort hin einen anderen erwählen.

Die Wildwut wählte das Königshaus von Etta. Sie war eine Gabe der Götter, und so war es nur natürlich, dass sie der entscheidende Faktor war, um den Herrscher des Landes zu bestimmen.

Halvar hockte sich neben mich. »Sie wird wissen, dass du es bist.«

Worte wie ein Dolch in die Brust, so rasch und hart, dass es unmöglich war, nicht darauf zu reagieren. Aber so, wie ich den Ruf nach Blut unterdrückte, konnte ich auch diese Gefühle unterdrücken.

Allerdings war die Sehnsucht nach solch einer Frau eine weit wildere Bestie, die sich kaum bändigen ließ.

»Das spielt keine Rolle.« Oh, es spielte eine sehr große Rolle, und das war mir zuwider. »Soll sie mich doch verabscheuen. Dann wird sie mich los sein.«

Halvar hielt den Mund – dieses eine Mal – und schüttelte einfach nur den Kopf.

Ich wandte mich von ihm ab und betrachtete die rote Maske in meinen Händen. Elise hasste sie, hatte sogar geschworen, mir eine in einer anderen Farbe zu schenken. Damals, als wir davon geträumt hatten, dieses Land gemeinsam hinter uns zu lassen. Ich schloss die Augen, unterdrückte die Unruhe, bis mein Herz brannte und rasende Wut die sanfte Erinnerung an ihre Lippen, an ihre Haut auf meiner verdrängte.

Ich bedeckte Kinn, Mund und Nase mit dem roten Tuch. Die Fäden stanken durchdringend nach Rauch, Schweiß und Blut.

Ich atmete tief ein.

Dann zog ich die schwarze Kapuze über meinen Kopf. Ein Schmerz wuchs in mir, einer, der sich danach sehnte, dass mein Herz Elise Lebewohl sagte, genauso wie immer, bevor ich angriff. Es stimmte: Sie würde erfahren, dass ich derjenige war, der ihren Leuten Leid zufügte. Es war zu ihrem Besten. Ich war nicht der richtige Mann für sie. Ich *wollte* mich in Blut suhlen.

Vergib mir. Der Gedanke kam mir ungebeten, als ich eine Axt in der Hand kreisen ließ.

Thor öffnete seine Faust, sodass eine kühle Flamme seine Haut überzog. Halvar ließ die Sturmwolken über uns mithilfe von Luftwildwut wirbeln.

Ich umklammerte meine Äxte. Wenn ich enthüllte, dass ich die Erde meinem Willen unterwerfen und aufreißen konnte, würde man erkennen, wer ich war. Aber das spielte keine Rolle. Ich musste nicht unbedingt mithilfe Wildwut kämpfen. Weit eher war ich stolz darauf, in Knochen und Fleisch anzugreifen.

Meine Lippen verzogen sich unter meiner Maske zu einem brutalen Grinsen. Die Karawane kam direkt unter uns vorbei. Sie würde Burg Rabensporn nie erreichen.

»Für Etta«, sagte ich in düsterem Ton mit gesenkter Stimme.

»Für Etta«, wiederholten meine Freunde.

Ich machte den ersten Schritt den Felsvorsprung hinab.

Das Blut rief.

KAPITEL 2

PRINZESSIN AUF ABWEGEN

Verfluchte Höllen! Schon wieder?

Ich knirschte mit den Zähnen und zerrte an meinem Bein, das knietief in klebrigem, festem Schlamm steckte. Ein lautes Saugen durchbrach die Stille der Nacht. Bei allen Göttern, es stank. Ich rümpfte die Nase über den durchdringenden Geruch nach Unrat und Fäulnis. Jede Verlagerung meines Beins ließ eine Fahne des Gestanks in die Luft aufsteigen, bis sich mir der Magen umdrehte und ich ernsthaft in Erwägung zog, mich zu übergeben, um dem Geruch etwas entgegenzusetzen.

Trübe Schlammblasen platzten und blubberten, als der Sumpf allmählich meinen Fuß freigab. Aber ich hatte so fest gezogen, dass ich, als der Stiefel sich mit einem schmatzenden Geräusch löste, hintenüberfiel, sodass jetzt meine Hände, mein Kopf und mein Hinterteil schlammbedeckt waren.

Ein Kichern aus dem Schilf ließ mich noch tiefer die Stirn runzeln.

»Ich will nichts hören, Siverie«, blaffte ich. Ein Schauer lief mir über den Rücken, und Nadelstiche aus Kälte überzogen meine Oberschenkel dort, wo meine nasse, schlammgetränkte Strumpfhose an meiner Haut klebte.

Siv kam aus dem hohen Schilf hervor und grinste so breit,

dass ihre weißen Zähne zu sehen waren. Sie hatte ihr dunkles Haar unter einem schwarzen Hut mit Krempe verborgen und den steifen Kragen ihres Wollmantels hochgeschlagen, sodass er die Seiten ihres Gesichts verdeckte.

Ich hatte geglaubt, es wäre klug und geschickt von mir, robuste Lederstiefel zu tragen, dazu eine schwarze Tunika und eine Kapuze, um mein eisblondes Haar zu verstecken. Jetzt wünschte ich, ich hätte auf Sivs Warnung vor der Kälte und Nässe auf den Pfaden zum Gefängnis gehört. Ich zitterte im Matsch, bis auf die Knochen durchnässt.

Wenigstens war meine Haut jetzt maskiert. Nichts war schlimmer, als einen timoranischen Teint zu haben, der das Mondlicht reflektierte und fast wie eine Laterne leuchtete, wenn es vor allem auf Heimlichkeit ankam. Ich hielt mich gut an Sivs Schulter fest und trat dorthin, wohin sie trat, bis wir wieder am schwammigen Ufer standen.

»Du hast eine entsetzlich schlechte Nachtsicht«, flüsterte Siv. »Das ist das fünfte Mal, dass du ins Wasser gestolpert bist. Wenn wir weiter so gut vorankommen, können wir genauso gut bis zur Morgendämmerung warten und seine Asche vom Scheiterhaufen zurückbringen.«

Ich runzelte die Stirn, obwohl sie es im Dunkeln nicht sehen konnte. »Alles hat denselben Farbton – Nacht. Ich kann den Pfad kaum unterscheiden, anders als du, die ihn in- und auswendig kennt.«

»Wenn die eigenen Leute ständig festgenommen werden, geht einem der Weg zum Gefängnis in Fleisch und Blut über.«

Sie sagte es leichthin, aber es war kein Scherz. Siv war eine Agitatorin. Leute wie sie hassten den derzeitigen König und seine Vorgänger. Sie glaubten, dass der einstige Feenprinz der wahre Thronerbe war und dieses Land wieder zu dem machen würde, was es als Königreich Etta einst gewesen war, in einer Zeit vor den Überfällen und der Herrschaft der Timoraner.

Agitatoren hassten das timoranische Königshaus. Da ich eine Prinzessin von nachgeordneter Bedeutung war, hatte es mich entsetzt herauszufinden, dass Siv, meine Freundin und einstige Dienerin, eine Agitatorin war, die man ausgeschickt hatte, um mir die Kehle durchzuschneiden. Aber Siv hatte ihre Freundschaft unter Beweis gestellt. Deswegen waren wir beide Außenseiterinnen in ihrem Clan. Jetzt wurden wir auf die Probe gestellt. Und ich würde nicht scheitern. Nicht weil ich wollte, dass uns der Agitatorenclan am Leben ließ, sondern weil andere heute Nacht von unserem Erfolg abhängig waren.

Ich würde nicht diejenige sein, die sie enttäuschte.

Aber ehrlich gesagt wäre es weitaus praktischer gewesen, wenn wir den Agitatoren die Wahrheit hätten sagen können: dass der Fae-Prinz, den sie verehrten, am Leben war.

Valen Ferus. Der Nachtprinz.

Ein Mann, der mich begehrt hatte. Mich dazu gebracht hatte, ihn zu begehren.

Ein Mann, der mir vertraut hatte und mir beigebracht hatte zu vertrauen.

Ein Mann, der sich für die Rache entschieden hatte, als ich mich für ihn entschieden hatte.

Ich schüttelte den Kopf, um die Gedanken an Valen zu verdrängen. Gedanken an den Nachtprinzen endeten gewöhnlich doch nur in Tränen oder einem Wutanfall, der heftig genug war, mich Messer werfen zu lassen.

Beides wäre nicht sehr hilfreich gewesen.

Ich duckte mich hinter einen umgestürzten Baumstamm, als wir endlich bis zum Fuß einer Steinmauer vorgedrungen waren, die das Gefängnis umgab. Es war aus Fachwerk errichtet, dessen Balken schon verrotteten, und hatte eiserne Gitterstäbe vor allen Fenstern. Die Gefangenen waren schutzlos den Elementen, Frost und Hitze ausgesetzt. Die meisten von ihnen würden sterben.

Fackeln erhellten den Hof, und in seiner Mitte war ein Holzgerüst errichtet, darauf ein Gerät, um die Arme der Opfer weit auszubreiten. Verrostete Klingen waren auf einem blutigen, fleckigen Tisch bereitgelegt.

Galle brannte mir in der Kehle. Das Holz war jetzt schon blutbesudelt. Auf einem Wagen unterhalb des Schafotts lagen drei Leichen, die für die Gefängnisscheiterhaufen bestimmt waren. Auf der gegenüberliegenden Seite des Gerüsts schlängelte sich eine Reihe gebrochener Leute, die ihr Schicksal erwarteten, um den feuchten Hof.

Siv hob einen Finger und deutete dann über einen im Schatten liegenden kleinen Hügel hinweg. Ich biss mir von innen auf die Wange und zwang mich, stumm zu bleiben, sobald ich ihn entdeckt hatte.

Etwas dünner. Ein zerzauster Bart am Kinn. Lumpen als Kleidung.

»Mattis.« Meine Brust zog sich für meinen Freund, den Tischler, zusammen, und neuer Hass auf meine eigene Schwester tobte darin.

Vor zwei Wochen hatten Siv und ich uns zurück nach Mellanstrad geschlichen, um Mattis zum Agitatorenclan zu holen, nur um zu erfahren, dass er als Feind des Königs verhaftet worden war.

Runa. Meine Schwester hatte ihrem Verlobten Calder geholfen, den König zu ermorden und den Thron zu stehlen. Sobald ich nicht unter ihren feigen Unterstützern zu finden gewesen war, hatte Runa Mattis festnehmen und ohne Zweifel auch foltern lassen. Aber mehr noch: Sie und Calder hatten das Herrenhaus der Familie Lysander niederbrennen lassen, ohne sich darum zu scheren, ob Leibeigene, Mägde oder Köche darin gewesen waren.

Runa war vielleicht noch schlimmer als Calder, der falsche König. Falsch, weil Valen die Krone hätte tragen sollen.

In meinem Herzen wusste ich, dass er dieses geschundene Königreich vereinen würde. Etwas anderes konnte ich nicht glauben.

»Du hast schon wieder diesen Blick«, flüsterte Siv, während sie einen Pfeil an ihren Bogen anlegte. »Wir konzentrieren uns auf Mattis, die Ältesten und darauf, heute Nacht lebend hier herauszukommen. Danach können wir uns immer noch Gedanken um Prinz Valen machen.«

»Ich habe nicht an den Blutgeist gedacht.«

Sie verdrehte die Augen. »Du solltest ihn nicht so nennen. Er wird früher oder später den Thron besteigen. Es liegt ihm im Blut.«

»Sag das Ari.«

Vor Wochen waren wir vom Haupt der Agitatorenclans in die Enge getrieben worden. Ari, ein mächtiger Fae-Illusionist, beanspruchte den Thron für sich und behauptete, er habe dem Land das Leben zurückgebracht. Die Leute akzeptierten ihn als ihren neuen König. Sie glaubten, das Haus Ferus sei wirklich tot.

»Ari wird sich beugen«, sagte Siv nach einer Pause. »Tief in seinem Innern will er, was das Beste für Etta ist.«

Ich war mir da nicht so sicher. Ari schien seinen neuen Titel zu genießen. Das hatte er auch dadurch deutlich gemacht, dass er uns in diesen verdammten nassen Wald geschickt hatte, ohne Widerspruch zu dulden.

»Warum lassen wir den Nachtprinzen nicht nebenbei ein bisschen Rache nehmen?«, fragte Siv.

Ich antwortete mit einem langen Seufzen. Valen wollte den Thron von Timoran im Namen seiner Eltern, seines Bruders und seiner Schwester vernichten. Er wollte Vergeltung und Rache. Er wollte mehr Blut. Ich hatte Verständnis dafür. Ehrlich gesagt wollte ich auch, dass Runa und Calder für die Leben bezahlten, die sie genommen hatten – aber um welchen Preis?

Wenn er seinen Blutdurst gestillt hatte, welche Art Mann würde noch übrig sein? Der starke, freundliche und sanfte Mann, den ich gekannt hatte – oder würde Valen ein neuer Calder, nur, dass er zudem noch über Wildwut verfügte?

Ich habe noch nicht infrage gestellt, für wen mein Herz schlägt. Die Worte hatte er gesprochen, kurz bevor er mich von sich gestoßen hatte. Doch er blieb. Die Wildwut in seinem Blut und der Geruch seiner Haut waren wie Schatten, die ich nicht berühren konnte.

Mein Herz und mein Temperament konnten nicht viel mehr vertragen.

Siv warf mir eine Tasche zu. »Los.«

Gemeinsam gingen wir auf dem niedrigen Hügel in Stellung. Aus der Tasche zog ich eine kleine Armbrust und legte einen Bolzen ein. Ich war nicht geschickt genug, um wie Siv andere Bogen und Pfeile zu benutzen, aber ich hatte geübt. Seit Valen die Entscheidung getroffen hatte, uns zu verlassen, hatte ich die Entscheidung getroffen, mich zu ihm zurückzukämpfen.

Auf dem Schafott las ein heiliger Mann aus dem königlichen Schrein der Götter Sagas über den großen Saal, der einen in der Anderswelt erwartete, während Mattis in die blutige Mitte geführt wurde. Ich war ein bisschen stolz. Mein Freund zuckte nicht zurück. Er schritt mit der Tapferkeit eines Kriegers seinem Schicksal entgegen.

Siv murmelte kaum hörbar ein Gebet. Eines, das die Leute sprachen, um die zu beschützen, die ihnen am Herzen lagen. Sie hätte es nie zugegeben, aber ich hatte den Verdacht, dass der Tischler sich in ihr wohlbewachtes Herz gestohlen hatte.

»Wir müssen schnell sein«, sagte Siv.

Ich nickte zustimmend und hob meine Armbrust. Der Henker riss Mattis das zerlumpte Hemd vom Rücken. Mit zusammengebissenen Zähnen atmete ich aus und ließ meinen Bolzen fliegen.

Unmittelbar danach ließ Siv ihren ersten Pfeil los.

Schreie loderten aus dem Gefängnishof auf wie Flammen. Der Henker griff eilig nach einer der Klingen auf seinem Tisch.

Verdammte Höllen! Er würde Mattis auf der Stelle töten.

Das dachte er zumindest. Mattis war kein kleiner Mann. Seine Arbeit mit schweren Balken und eisernem Werkzeug hatte ihm genug Ausdauer verliehen, dass er sogar so geschwächt, wie er war, ausholen und dem Henker einen Schlag auf die Nase versetzen konnte.

Wachen stürmten aufs Schafott. Siv schoss einen Pfeil ab und riss einem Raben die Kehle heraus. Ich ließ einen Bolzen los und traf eine Schulter.

Die Hälfte der Patrouillenkrieger beeilte sich, die Gefangenen zu sichern, die versuchten, ihren Fesseln zu entkommen. Die übrigen richteten ihre Aufmerksamkeit auf den kleinen Hügel. Siv wich ein paar Schritte zurück und schoss weiter Pfeile ab. Ich trat den Rückzug an. Mein Magen zog sich zu engen Knoten zusammen. Wir sollten eigentlich nicht allein sein.

Wo waren die anderen?

Wie ein Schlag in die Magengrube traf mich die Erkenntnis, dass man es uns allein überlassen hatte, die Raben abzuwehren.

Das hier war ein Selbstmordkommando.

Ari hatte uns eine Anweisung erteilt. Unsere Aufgabe war es, die Hinrichtung eines Agitatorenältesten zu unterbrechen. Wir hatten natürlich darum verhandelt, zugleich auch Mattis befreien zu dürfen. *Verdammt seist du, Aushilfskönig.*

Ich hatte den schelmischen, gerissenen Fae falsch eingeschätzt. Wenn ich hätte raten müssen, hätte ich vermutet, dass unser Tod genau das war, worauf Ari hoffte. Die Agitatoren hatten nie geplant, uns zu akzeptieren, und jetzt würde auch Mattis sterben.

»Siv!«, schrie ich, als ein Patrouillenkrieger die Kuppe des Hügels erreichte. Sein Gesicht war blau und schwarz bemalt. Sein Kopf kahl rasiert. Kunstvolle Runen waren von seinen Schläfen ausgehend auf beide Seiten tätowiert. Mit einem hämischen Lächeln zog er ein schlankes Schwert, das er am Gürtel trug.

Unbeholfen tastete ich nach meinen Bolzen. Siv ließ ihren Bogen fallen, als die Wache ihn wegschlug. Mir zitterten die Finger. Aufgrund meiner zwei fehlenden Fingerspitzen hatte ich gelernt, Gegenstände anders zu halten, aber im Moment war meine Handfläche klebrig vor Schweiß.

Unvermittelt flogen die Tore des Gefängnishofs krachend auf. Die Wache, die über Siv gebeugt war, richtete ihre Aufmerksamkeit nun auf eine Flut von Agitatoren, die den Hof stürmte.

Verdammt, das wurde aber auch Zeit, Ari!

Sivs Faust schloss sich um mein Handgelenk. »Elise! Beeil dich. Mattis und die Ältesten sitzen dort immer noch fest.«

Agitatoren kämpften gegen die spärlichen Wachen an den Gefängnistoren. Einige der Gefangenen hatten Messer, Knüppel und Äste zu fassen bekommen. Manche standen reglos da, womöglich zu benommen, um zu kämpfen. Aber Mattis und andere stürzten sich mit fürchterlichem Zorn auf die Wachen. Die Wochen, Monate, Umläufe des Leids von ihrer Hand brachen in Stößen, Schlägen und schneidenden Hieben aus ihnen hervor.

Siv rannte zu Mattis. Ich wandte mich dem Mann mit einem silbernen Bart und einem grauen Muttermal unter den Augen zu.

»Ältester Klok!«, schrie ich. »Hier entlang.«

Der Mann war noch kein Greis. Ein paar ledrige Falten durchzogen seine Haut, aber sein Körper wirkte recht stark und seine Augen waren klar. Er musterte mich einige Atemzüge lang, bemerkte meine Armbrust und die Bolzen und folgte meinem Blick dann zum offenen Tor, an dem die Agitatoren durchbrachen.

»Gehörst du zum Clan?«

»In gewisser Weise.«

Der Älteste grinste und ließ dabei einen abgebrochenen Schneidezahn sehen. »Das ist mir gut genug.«

Er ließ den hölzernen Knüppel fallen, den er in der Hand gehabt hatte, und rannte zum Tor. Ein paar Agitatoren riefen voll verhaltener Freude seinen Namen.

Ich wartete nicht, bis er frei war, bevor ich zu Siv und Mattis zurücklief. Sie erreichte den Tischler, als er gerade ein Holzbrett gegen den Kopf einer Wache schwang. Siv versetzte ihm einen Stoß gegen die Schultern, als es nicht ausreichte, seinen Namen zu rufen.

Mattis stolperte zur Seite. Seine Augen blickten wild, als er sich umsah. Ein paar Atemzüge vergingen, bevor er unter seinem ungepflegten Bart strahlte.

»Siverie.« Seine Stimme war heiser und ausgedörrt. »Du hast wohl meine Witze vermisst.«

»Du dummer Narr!«, schrie sie ihn an, einen Anflug von Verzweiflung in der Stimme. »Raus hier! Beeil dich.«

Mattis lachte leise und nahm ihre Hand. Seine Augen fingen meinen Blick auf, und sein Lächeln verwandelte sich in etwas Sanfteres. »Kvinna.«

»Heute Abend gibt es hier keine Kvinnas, mein Freund«, sagte ich, während ich meine Schritte beschleunigte und zum Tor rannte.

Ich warf keinen Blick zurück. Wollte nicht zusehen, wie die Gefängniswachen niedergemetzelt wurden. Bestimmt hatten einige Gefangene es verdient, eingesperrt zu werden, und wir hatten sie befreit.

»Du bist … mich holen gekommen«, stieß Mattis keuchend über seine Knie gebeugt hervor. »Ich wusste immer … dass ich dir etwas bedeute, Siverie.«

»Halt den Mund«, sagte sie mit zitternder Stimme. »Sonst bringe ich dich mit Freuden dorthin zurück.«

Mattis setzte zu einem Lächeln an, aber es verblasste genauso schnell wieder. Ich folgte seinem Blick in die Ferne zum Waldrand. Aus den Schatten trat eine Reihe dunkel gekleideter Männer hervor. Zuvorderst stand ein gut aussehender Mann mit weizenblondem Haar, das ihm bis zu den Schultern reichte. Seine sonnengebräunte Haut war glatt und von dunklen Bartstoppeln bedeckt. Die Dunkelheit seiner Augen war einzigartig und von einem goldenen Ring umgeben. Als er grinste, fing das Weiß seiner Zähne das Mondlicht ein, genauso wie seine goldenen Ohrringe.

»Ihr habt es überlebt«, sagte er. Seine Stimme war wie Seide, kühl und sanft. Aber darunter lauerte eine gezackte Schneide nur darauf zuzuschlagen. »Ich bin … beeindruckt.«

»Ari!« Ich kniff die Augen zusammen und trat einen Schritt näher heran. »Du hast uns im Stich gelassen!«

»Ich bin gekränkt. Habe ich euch nicht vorgewarnt, dass das hier eine Schicksalsprobe sein würde? Natürlich bin ich davon ausgegangen, dass ihr wissen würdet, dass es mit Gefahr verbunden ist.«

Ich ballte die Fäuste. »Du wolltest, dass wir sterben.«

Er betrachtete seine schwarz angemalten Fingernägel. »Es war mir gleichgültig.« Unglaublich. Ari grinste das selbstgefällige Grinsen, das er benutzte, um alle in seinem Clan auf seine Seite zu ziehen. »Sei nicht so mürrisch, Elise Lysander. Du hast es überlebt, und jetzt bekommst du ein warmes Bett, um dein hübsches königliches Haupt auszuruhen.« Aris Blick huschte zu Mattis. »Das ist also euer Kumpan?«

Ich schürzte die Lippen. Ich vertraute ihnen nicht, kein bisschen, aber die Nachtleute waren dafür bekannt, ehrlich zu sein, genauso wie gerissen und ruchlos. Er hatte gesagt, wir würden willkommen sein, nur für wie lange? Ich wusste es nicht. Wir würden bald eine bessere Abmachung aushandeln müssen. »Mattis kommt mit. Er ist ebenso willkommen wie wir, ja?«

»Natürlich ist er das, er ist Ettaner.«

Mattis sah immer wieder Ari an, dann Siv. Manchmal auch mich.

»Nachtvolk? *Agitatoren*?«, sagte er nach einer Pause.

»Wir betrachten uns selbst lieber als Revolutionäre«, sagte Ari. »Burg Rabensporn und die Timoraner sind die wahren Agitatoren im Land.«

Mattis ignorierte Ari und wandte sich an Siv. »Du bist Agitatorin?«

»Mattis …«

»Du warst als Agitatorin bei der Kvinna. Bestimmt hat man dich nicht ohne Grund dorthin geschickt.«

»Um sie zu töten«, sagte Ari trocken.

Ich warf ihm einen finsteren Blick zu. Der Aushilfskönig war taktlos, und ich war überzeugt, dass er es absichtlich tat, als er mir zuzwinkerte.

»Ich scherze viel«, sagte Mattis mit zusammengebissenen Zähnen, »aber ich lüge nicht. Es ist eine widerwärtige Angewohnheit, mit der ich wenig Geduld habe.«

Mattis löste sich von Siv und stellte sich neben mich. Ich berührte sanft seinen Arm. »Mattis, sie ...«

»Nicht«, sagte er. »Noch nicht, Elise. Noch nicht.«

Er wollte wütend sein. Und wer war ich, ihm zu sagen, dass er es nicht sein durfte? Wochenlang war er ein Gefangener gewesen. Gefoltert worden. Jetzt stellte eine Person, die ihm am Herzen lag, sich als Lügnerin heraus.

Ich kannte das Gefühl.

»Kommt«, sagte Ari grinsend. »Zweifelsohne haben wir viel zu besprechen. Mich beschleicht die Ahnung, dass ihr vielleicht die höchst ungewöhnliche Neuigkeit hören möchtet, die mich gerade erreicht hat.«

»Das bezweifle ich.«

»Nicht?« Ari zog die Augenbrauen hoch. »Selbst wenn es um einen deiner früheren *interessanten* Bekannten geht?«

»Wovon sprichst du?«

Ari baute sich vor mir auf. Mir stockte der Atem, als er mich am Arm packte. Er war stärker, als er aussah, verlor aber nie sein Grinsen. Manchmal erinnerte er mich an Legion Grey. Obwohl Legion nicht gewusst hatte, dass er in Wahrheit Valen Ferus war, hatte die Liebe zu Schabernack, die dem Nachtvolk innewohnte, aus seinen Eigenarten gesprochen.

Ich schluckte die Nervosität hinunter, die sich in mir zusammenballte, als Ari einen Schritt näher trat. »Du hast doch unschickliche Freunde, nicht wahr, Elise?«

»Ich weiß nicht, wovon du redest.«

»Bist du nicht vom Blutgeist und seiner Gilde aufgenommen worden? Bist du nicht einen lasterhaften Bund mit dem Mann eingegangen?«

Mein Körper versteifte sich. »Ich … Woher weißt …«

»Ich habe selbst ungehörige Freunde.« Aris Grinsen wurde breiter. »Komm. Wir brauchen deine Hilfe dabei, ihn zu finden. Ich habe einen Vorschlag für den Blutgeist.«

KAPITEL 3

NACHTPRINZ

»Das Schicksal hat andere Pläne, kleiner Bruder.«

»Nein, Sol. Nein. Lasst ihn los, ihr Bastarde!«, schrie ich und kämpfte gegen die Fesseln an meinen Handgelenken an. Die Plünderer umstellten meinen Bruder. Sie schleiften ihn fort, während der Leichnam unseres Vaters noch ausgestreckt zu unseren Füßen lag.

Sols blaue Augen wurden dunkel, wie die schwarzen Tiefen des Meeres. »Kämpf, Valen! Kämpf, wie du noch nie zuvor gekämpft hast! Kämpf wie die Götter! Ich halte dir einen Platz im großen Saal frei!«

Die Tür fiel zwischen uns zu. Über das Loch, in dem man meine Familie, unsere Ritter und Angehörige des Adels seit Monaten und Abermonaten festhielt, legte sich trostloses Schweigen. Die von uns, die noch am Leben waren, starrten ohne zu blinzeln die Tür an. Sol hätte der nächste König werden sollen. Der rechtmäßige, starke König.

Aber jetzt …

Mein Vater war durch jene Tür gegangen. Er war blutüberströmt und tot zurückgebracht worden. Sie hatten meine Wildwut mit Zaubersprüchen und seltsamer Magie blockiert, aber dennoch bebte die Erde durch meinen Schmerz.

Ich war allein.

Ich war der letzte Ferus. Zweifelsohne würde ich nicht mehr sehr lange atmen.

Ein Schmerz in meinem Bauch riss mich aus der aufblitzenden Erinnerung. Ich blinzelte, um mich wieder auf die Karawane zu konzentrieren. Auf den Kampf unmittelbar vor mir.

Ein massiger Rabe versuchte, mir noch einen Tritt gegen die Rippen zu versetzen. Meine Axt durchschnitt die Panzerung über seiner Schulter. Er stieß einen gequälten Schrei aus und stolperte zurück.

Mir schnürte sich die Brust zu. Das Schrammen von Stahl über Stahl tanzte mir die Wirbelsäule hinab. Der Rauch der Feuerwildwut verdichtete sich in der Luft. Blut, der süße Geruch, die Begierde, näher daran zu sein, lockte die Bestie in mir hervor.

Die Karawane war auf unseren Angriff vorbereitet gewesen.

Der falsche König Calder benutzte endlich sein kleines Hirn. In dem Moment, als wir uns vom Felsvorsprung geschwungen hatten, waren Waffen erhoben worden, und die Karawane hatte einen schützenden Kreis um ihre Waren gebildet. Die schwächsten Ettaner sanken auf die Knie und rechneten damit zu sterben. Bestimmt waren sie immer noch wie betäubt, als die Schattengilde ihre Stricke durchtrennte und stattdessen ihre Peiniger angriff.

Gedanken an meinen Bruder gingen mir immer wieder durch den Kopf. Unbeholfen stolperte ich außer Reichweite, als ein weiterer Rabe in den Kampf gegen mich eingriff.

Erinnerungen kehrten zu den seltsamsten Zeitpunkten zurück, aber dass mir ein derart entsetzlicher Augenblick ausgerechnet jetzt, mit gezogenen Waffen, wieder einfiel, kam alles andere als gelegen.

Die Wache schwang eine kurze Klinge nach meinem Hals.

Ich parierte und schlug eine Axt zwischen seine unteren Rippen. Der Rabe stürzte röchelnd hintenüber. Blut rann zwischen seinen Fingern hindurch. Ein Stöhnen stieg grollend in meiner Kehle auf. Der Wunsch, das Fleisch zu zerfetzen, bis mehr Blut hier vergossen wurde. Nicht so machtvoll, wie der Fluch gewesen war, aber es war, als ob die Erinnerungen der Kreatur, zu der ich geworden war, immer noch in meinem Kopf wohnten wie eine unterschwellige Krankheit, die zum Ausbruch kommen konnte, wenn ich mich nicht in Acht nahm.

Meine Atemzüge hinter der roten Maske gingen schwer, und ich packte die Griffe meiner Äxte fester.

Als die zweite Wache mir in die Augen sah, erkannte ich die Furcht darin. Musste der Mann unbedingt sterben? Ich konnte geradezu die Stimme meiner Mutter hören, die um Frieden flehte, mich bat, der Großmütigere zu sein. So, wie sie es auch versucht hatte, als die timoranischen Plünderer in unser Land eingefallen waren und es zerstört hatten. Ihr Flehen war auf taube Ohren gestoßen. Es hatte die Timoraner wenig gekümmert, dass auch sie hellhäutig gewesen war. Ihr Haar wie Winterfrost – wie Elises. Sie hatten sie ergriffen; sie hatten sie wie einen Hund vor den timoranischen König geschleift.

Sie hatte Gnade von beiden Seiten gewollt. Von ihrem Volk, von dem ihres Mannes.

Die Plünderer, ihr eigenes Volk, hatten nicht auf sie gehört. Jetzt ertönten ihre Schreie aus dem Grab.

Hatte diese Rabenspornwache es verdient zu sterben? Ja. Hatte sie.

Geschmeidig ließ ich eine Axt in seinen weichen Nacken sausen. Er wich kaum aus, als hätte er im Voraus gewusst, dass ich zuschlagen würde und dass es wenig gab, was er tun konnte, um den Hieb aufzuhalten.

Kämpf, Valen! Kämpf, wie du noch nie zuvor gekämpft hast! Unter meiner Maske lächelte ich höhnisch über das Chaos, das wir in der königlichen Karawane angerichtet hatten. Vielleicht waren wir zu nichts als Dieben und Mördern herabgesunken, aber wenn die Timoraner litten, wenn ihre Loyalität Calder gegenüber schwächer wurde, dann würde der Zeitpunkt für den Wiederaufstieg Ettas gekommen sein.

Ich würde kämpfen, wie Sol es von mir verlangt hatte. Ich würde erst aufhören, wenn diejenigen, die meine Leute bösartig ihrer Freiheit beraubt hatten, alles verloren hatten.

Halvar lachte hinter seiner schwarzen Maske. Seine Kapuze fiel zurück, als er mit seiner Luftwildwut Thors Flammen auflodern und in heißen Wellen um fliehende Timoraner und Rabensporn-Wachen kreisen ließ. Wir hatten die Karawane in die Falle gelockt und konnten jetzt tun, was uns beliebte.

Bis neue Schreie in den Kampf eindrangen.

In einiger Entfernung brachen ein paar dunkle Gestalten aus der umgebenden Wiese hervor. Sie kamen aus dem hohen Gras und stürmten auf den einzigen Stoffkarren zu, dem es gelungen war, die Flammen zu durchbrechen. Keine Raben. Es waren … Agitatoren.

Verfluchte Höllen. Meine Eingeweide verdrehten sich. Wir hatten jetzt keine Zeit, uns mit diesen Narren zu befassen.

»Blutgeist!«, rief ein Agitator. Ich konnte sein Gesicht nicht erkennen, doch die Freude in seiner Stimme machte deutlich, dass er glaubte, wir stünden auf derselben Seite.

Das taten wir nicht.

Sie waren ein Ärgernis. Ein tödliches zwar, aber dennoch ein Ärgernis. Und sie nahmen den Karren auseinander. Der Fuhrmann wurde schon niedergemetzelt, bevor wir sie aufhalten konnten.

»Zurück, ihr verdammten Narren!«, rief Halvar. Es brauchte viel, um seinen Zorn zu wecken, aber mit Agitatoren hatte Halvar wenig Geduld.

Ein Agitator stürmte atemlos auf mich zu, ohne sich vor meinen Äxten aus schwarzem Eisen zu fürchten, die ich gegen ihn erhoben hatte. »Wir haben euch angreifen sehen und wussten Bescheid. Wir wussten ja, dass ihr Etta dient! Ihr dient dem wahren König.«

Dem wahren König?

»Die wichtigste Kutsche ist da drüben«, sagte der Agitator. Ich versuchte zu widerstehen, versuchte es wirklich, aber mein Blick folgte seinem ausgestreckten Finger. Die Kutsche war nichts als ein Wagen voller Waren.

»Stoffe«, grummelte ich.

»Nein. Der falsche König transportiert seinen Adel und seine Unterstützer schon seit Wochen in unauffälligen Karawanen. Allerdings rückt eine neue Welle von Rabenpatrouillen an, Blutgeist. Wir müssen es jetzt tun – oder gar nicht.«

Meine Haut kribbelte bei dem Gedanken, dass wir in irgendeiner Form mit diesen Schurken verbündet waren, doch ich verbesserte ihn nicht. Stattdessen musterte ich den wenig beeindruckenden Wagen. Nichts deutete darauf hin, dass ein timoranischer Adliger sich darin befand. Aber wenn doch, nun ja … Dann würde die Nacht interessanter werden. Ich hatte nichts dagegen, die timoranischen Adelshäuser Spross um Spross auszureißen, bis sie so schwach und brüchig wurden, dass sie unter den Füßen der Ettaner zerrieben werden würden.

Ich pfiff nach Halvar und Thor und machte eine Kopfbewegung zu dem geschlossenen Wagen, bevor ich auf ihn zuging. Ein rascher Schwung meiner Axt schlug den Riegel der Tür ab.

Thor riss sie aus ihren schwachen Angeln. Ich hatte vor, schnell und gnadenlos zuzuschlagen.

Aber kleine Schreie ließen meinen Angriff ins Stocken geraten.

Kinder?

Ein Mädchen, nicht älter als zwölf, hatte seinen mageren Körper schützend vor mindestens fünf kleinere geworfen, die sich dahinter zusammendrängten. Sie hatte ein mit Silberfaden gesäumtes Kleid aus feiner Wolle an. Ein Kranz aus Vogelbeeren krönte ihr fahles Haar. Die Kinder hinter ihr trugen Schuhe, steife Hosen und robuste Wolltuniken. Ihre Wangen waren rund und rosig, was bewies, dass sie beim Essen nicht zu kurz kamen.

Ich hatte gar nicht bemerkt, dass der Agitator sich neben mich gestellt hatte, bis er boshaft lachte.

»Ach, die Kostbarkeiten des Königshofs.« Ich warf dem Mann einen finsteren Blick zu. Er zog eine Augenbraue hoch und zückte ein Messer. »Der Adel, Blutgeist. Nicht wahr, kleine Hexe?«

Der Agitator griff nach dem ältesten Mädchen und packte es am Haar. Die jüngeren Kinder schrien, als er das Mädchen wegschleifte. Sie zuckte zusammen, blieb aber stumm. Tapfer, für eine Timoranerin. Einen Herzschlag lang schloss ich die Augen. Wie Elise.

Sie waren Adlige. Zweifellos würden sie zu bösartigen Menschen heranwachsen.

Allerdings war Elise nicht bösartig gewesen. Sie war eine Seltenheit, ein Lichtstrahl in einem Meer aus Dunkelheit. Bei diesen Kleinen hatte ich kaum Zweifel, dass man sie zur Unbarmherzigkeit erziehen würde. Aber konnte ich Kinder töten?

König Eli hatte nicht gezögert.

Kämpf, Valen.

Mein Puls raste in meinem Schädel.

»Wir … haben euch nichts getan«, sagte das Mädchen, ein Zittern in der Stimme. Sie sprach nur gebrochen Ettanisch, aber der Agitator verstand genug. »Wir gehen an den Hof zur Ausbildung.«

»Oh, dahin wirst du nicht kommen, Liebchen.«

Kämpf, Valen.

Das hier würde der Kampf sein, in dem ich kämpfen musste, wie ich es noch nie zuvor getan hatte. Kinder niederzumetzeln, um die Timoraner von dem kosten zu lassen, was mein Volk erduldete.

Ich verstärkte meinen Griff um meine Axt. Das Eisen wurde schwer. Der Axtkopf zuckte an meiner Seite. Ich würde es schmerzlos machen. Schnell. Ich würde sie vor einem kommenden Krieg bewahren, in dem sie hätten zusehen müssen, wie ihre Familien vor ihren Augen gefoltert und getötet wurden.

Wie viele Male hatte ich mir als junger Mann gewünscht, zu sterben, nachdem ich in den Steinbrüchen weggesperrt worden war?

Der Blutrausch rief. Er würde die Kreatur in mir gesättigt halten. Die Augen des Mädchens richteten sich schlagartig auf meine. Furcht stand in ihrem Blick, aber auch Stärke.

Verdammt!

Mit einer fließenden Bewegung presste ich die Schneide der Axt gegen die Kehle des Agitators.

Er richtete einen verblüfften Blick auf mich.

»Wir töten keine Kinder«, sagte ich.

Halvar und Thor rückten näher. Ob sie nun meiner Meinung waren oder nicht, sie würden mich verteidigen.

»Das sind Timoranerwelpen«, entgegnete der Agitator. »Sie

würden dich töten, ohne lange zu überlegen, wenn sie den Spieß umdrehen könnten.«

Ich war einmal eines dieser Kinder gewesen, die sich vor Monstern im Dunkeln versteckten. Bei allen Göttern, ich hasste sie. Ich hasste mich dafür, dass ich auch nur daran gedacht hatte, sie niederzustrecken.

»Lass sie gehen.« Ich presste die Axtklinge gegen seine Kehle, bis ein Blutstropfen dort hervorquoll.

Der Agitator starrte mich mit offenem Mund vollkommen überrascht an, gehorchte aber. Sein Griff löste sich aus den Haaren des Mädchens.

Sie eilte zu den kleinsten Kindern zurück. »Los, hinten raus, beeilt euch!«

Der Agitator verzog das Gesicht zu einer Grimasse. Er schüttelte den Kopf und rannte zwischen die Bäume davon. Sollte er ruhig wütend sein.

Vielleicht waren wir ein bisschen bösartig, aber es gab Grenzen, und ich würde sie ziehen. Wir hatten Schaden angerichtet und König Calders Handelsbeziehungen größtenteils zerstört. Noch ein Schlag gegen seine schwache Herrschaft. Wir mussten kein Kinderblut vergießen, um unser Werk zu tun.

»Da! Der da. Dort!«

Der schrille Schrei des Mädchens erschreckte mich. Bei allen Göttern! Ich schimpfte mit mir selbst. Der Fluch hatte meine Kampfinstinkte abstumpfen lassen. So sehr, dass ich nicht bemerkt hatte, wie die Flammen erstarben und dass eine neue Welle anstürmender Raben sich näherte.

Das Kind, das ich gerade gerettet hatte, zeigte mit einem schlanken Finger auf mich. »Er ist der Anführer!«

Eine Wache schlitzte mir den Arm auf und durchtrennte mein Schulterstück. Blut sprudelte hervor und durchtränkte meine Tunika. Das Brennen peinigte meine Haut. In all den Umläufen als Blutgeist, der nicht sterben konnte, hatte ich das Brennen von Stahl auf Fleisch kaum gespürt. Jetzt sengte es, als wären die Wundränder mit Feuer gesäumt.

Die Wache schlug noch einmal zu. Ich stolperte, schwang meine Axt zur Abwehr und verfehlte den Mann. Verfluchte Höllen, ein törichter Augenblick der Gefühlsduselei hatte mich die Oberhand gekostet!

Ich hätte den Agitator dem Mädchen die Kehle durchschneiden lassen sollen.

Die Wache holte wieder aus, aber ein heißer, heftiger Windstoß fegte dem Mann Schmutz und Geröll ins Gesicht.

»Lauf!«, rief Halvar und stieß mich zurück. Er trat an meine Stelle, umgeben von einem wachsenden Kreis von Raben.

Die Kreatur in mir regte sich, als ich mich auf die Beine kämpfte. Ich wollte Halvar beistehen und dann allen Stück für Stück das Fleisch von den Knochen reißen.

»Luftfae!«

Bevor ich noch einen Atemzug tun konnte, umzingelten die Raben meinen Freund und rangen ihn zu Boden. Halvar schrie auf. Etwas Lastendes lag in der Luft. Eine seltsame Magie flackerte in meiner eigenen Wildwut auf und erzeugte ein Gefühl, als würde ich gegen eine Mauer prallen, wenn ich versuchen würde, auf die Erde Einfluss zu nehmen.

Aber Halvar hatte keine Zeit mehr. Ich musste angreifen.

»Lauf!«, hörte ich ihn inmitten der Rabenschar rufen. »Bindefesseln. Lauf.«

Bindefesseln. Meine Kehle wurde trocken. Entsetzliche Erinnerungen an Fesseln, die die Wildwut verheerten, das Fleisch verbrannten und selbst die stärkste Magie dämpften, hämmerten auf mein Gehirn ein.

In Panik hob ich die Hände. Halvar würde nicht wieder gefesselt werden. Nicht nachdem wir gerade erst entkommen waren. Ich würde die Erde aufreißen lassen, damit sie die Raben verschlang.

Aber Arme schlangen sich um meine Taille und schleuderten mich nach hinten.

»Du Bastard!«, brüllte ich vom Boden aus.

»Steh auf«, stieß Thor barsch und heiser hervor. Er versetzte mir einen Stoß gegen die Schulter. »Beeil dich. Wir müssen weg.«

»Hast du den verdammten Verstand verloren? Wir lassen Halvar nicht zurück!«

Mit einem Schlag verzichtete Thor auf alle Titel zwischen uns. Einen Moment lang war ich nicht sein Prinz, und er war nicht mein Untertan. Er packte mich beim Kragen, lehnte die Stirn an meine und zischte mit zusammengebissenen Zähnen: »Wenn du dich zeigst, dann wissen sie auch, wer Halvar ist. Im Augenblick ist er nur ein seltener Angehöriger des Nachtvolks. Der König wird ihn benutzen wollen, und er wird am Leben bleiben. Wenn seine Verbindung zum Nachtprinzen bekannt wird, dann stirbt er ohne jede Frage, und der Krieg beginnt, bevor wir Tritt gefasst haben. Komm. Wir schmieden Pläne. Wir kehren zurück und holen ihn, sei dir gewiss.«

Halvar wurde auf schwarze Gefängniskutschen zugeschleift, unfähig, seine Wildwut einzusetzen. Weitere Wachen kamen auf Thor und mich zugestürmt. Mein Körper zitterte vor Hass, und ich schrie meinen Zorn in den Himmel empor.

Dann wandte ich mich den Bäumen zu und lief davon.

Ohne Halvar.

Bei den Göttern, ich hasste Burg Rabensporn. Ich hasste diesen falschen König. Ich hasste dieses Land. *Alle* Timoraner würden für diese Nacht bezahlen. Die jungen wie die alten.

KAPITEL 4

PRINZESSIN AUF ABWEGEN

»Wenn du gestattest.« Ari zwinkerte, als er die Finger spielen ließ, bis ein dichtes Dorngebüsch sich teilte und einen gangbaren Weg freigab.

Ich starrte ihn böse an. Es war unmöglich einzuschätzen, wie alt er war. Sein Gesicht war jung, sein Körper stark und sehnig. Schläue wohnte im Gold seiner Augen, vielleicht auch ein Hauch von Übermut. Ich hob das Kinn, nicht bereit, mich darüber zu ärgern, wie diese Augen mich auslachten, und schob mich zwischen den auseinanderklaffenden Dornzweigen hindurch.

»Was willst du vom Blutgeist?« Mein Inneres schmerzte, als wäre es voll scharfer, gezackter Glasscherben, seit Ari die monströse Maske erwähnt hatte, die Valen Ferus trug.

»Geduld«, sagte Ari. »Wir reden bald. Aber ich möchte dich gern fragen, in welchem Verhältnis du zur Geißel Timorans stehst. In einem freundschaftlichen? Seid ihr Geliebte? Will er dich tot sehen? Sehr viel hängt davon ab zu wissen, wie erfreut der Blutgeist darüber sein wird, dich wiederzusehen.«

Meine Fingernägel gruben sich ins Fleisch meiner Handflächen, während ich die Augen schloss, tief Luft holte und dann vor Ari hereilte, in der Hoffnung, dass er mir mein Unbehagen nicht ansehen würde.

»Ich verstehe«, fuhr Ari fort. »Also sollte ich wohl nicht erwarten, dass er uns mit offenen Armen empfängt?«

»Du solltest gar nichts erwarten«, sagte ich. »Es hatte seinen Grund, dass unsere Wege sich getrennt haben, und er ist kein Mann, den es freut, wenn man ihn belästigt.«

»Du bist davongelaufen, nicht wahr? Ihm entkommen? Oder vielleicht habt ihr euch im Zuge des Angriffs auf Burg Rabensporn aus den Augen verloren und könnt einander nicht wiederfinden.«

»Jede Theorie, die du dir zusammenreimst, wird falsch sein.«

»Dann sag es mir doch bloß. Ich mag gute Geschichten sehr, Elise.«

»Nein.«

»Nein?«

»Ja, nein.«

»Ich könnte es dir befehlen.«

Ich prustete vor Lachen. »Du könntest es versuchen.«

Wenn er die Wildwut hätte brechen können, die meine Zunge bannte, wäre es mir willkommen gewesen. Aber wenn ich hätte raten müssen, wäre ich davon ausgegangen, dass der Nachtprinz derjenige der beiden war, der über die stärkere Magie verfügte.

Ari geriet nicht in Wut; stattdessen wurde sein lästiges Grinsen noch breiter. »Du bist schwierig. Es wird solch ein Vergnügen sein, dich zu knacken. Oh, versteh mich nicht falsch, ich meine nicht mit Gewalt. Aber ich spüre großen Widerstand bei dir. Ich freue mich auf den Tag, an dem dir klar wird, dass ich hier nicht der Feind bin. Wenn die Gerüchte, die ich über dich gehört habe, zutreffen und du wirklich Ettanern hilfst, dann wage ich anzunehmen, dass wir auf derselben Seite stehen, Kvinna Elise.«

Gewiss, ein bisschen Verzweiflung, den Nachtprinzen wiederzufinden, hatte sich tief in mich gegraben, aber ich wollte es nicht auf diese Art. Nicht, wenn die Agitatoren keine Ahnung hatten, wem sie gegenüberstehen würden. Erstens würde der Blutgeist sich ihrer Sache nicht anschließen – nicht solange ich hier war. Zweitens machte ich mir Sorgen, dass, wenn Ari erfuhr, dass er nicht der Fae war, der dem Land das Leben zurückgegeben hatte, eine neue Schlacht zwischen den Thronen beginnen würde.

Dennoch wünschte ich mir wirklich, Valen Ferus wiederzusehen.

Ich hasste es.

Mattis ließ sich zurückfallen, umgeben von einigen der Gefangenen, die entkommen waren und sich dem Agitatorenclan angeschlossen hatten. Er sagte nichts und hielt offensichtlich Abstand zu Siv. Sie ging ein paar Schritte hinter mir, den Blick zu Boden gerichtet. Ein Schatten lag auf ihrer Miene, als wäre sie todunglücklich. Vielleicht waren wir besser dran gewesen, bevor die Agitatoren ins Spiel gekommen waren. Womöglich empfahl es sich, dass Siv, Mattis und ich unser Glück abseits des Clans versuchten.

»Bist du immer noch zornig, Elise?«, fragte Ari und riss mich so aus meinen Gedanken. Er beschleunigte seine Schritte, bis er Seite an Seite mit mir ging. »Darüber, wie wir die Sache mit dem Gefängnis geregelt haben?«

»Wir sind in gutem Glauben zu dem Gefängnis aufgebrochen, und du hast uns dem Rabensporn zum Fraß vorgeworfen. Sag mir eines, *König* Ari: Hättest du in Kauf genommen, dass dein Ältester stirbt, wenn du uns nicht mehr rechtzeitig erreicht hättest?«

»Was glaubst du?«

»Vertrau mir, du willst nicht wissen, was ich von dir halte.«

»Du nimmst dir zu viel heraus, Timoranerin«, sagte ein Ettaner hinter mir. Er konnte nicht viel älter sein als ich und trug eine Narbe an der Kehle. Als hätte jemand versucht, sie ihm aufzuschlitzen, aber keinen Erfolg gehabt.

Ari lachte, und ich verabscheute, wie liebenswürdig es klang. »Reg dich ab, Frey. Elise Lysander ist es immer noch gewohnt, das Sagen zu haben. Wir werden noch ein wenig länger nachsichtig mit ihr sein.«

Ich biss die Zähne zusammen. Ari spottete oft über meine Stellung am timoranischen Königshof, ahnte aber nicht, dass ich auch dort nicht das Sagen gehabt hatte.

Ohne Wildwut räumte Ari noch eine Dornranke für mich aus dem Weg. »Wir haben unsere Abmachung eingehalten, Elise.«

»Ihr habt euch in den Schatten versteckt und darauf gewartet, dass wir sterben.«

»Das stimmt nicht. Wollte ich sehen, wie du dich gegen deine eigenen Leute schlägst? Ja. Es war eine sonderbare Überraschung, dich für unseren Ältesten gegen die Raben kämpfen zu sehen.«

»Und für Mattis. Ich war für ihn da.«

»Ein Halb-Ettaner«, sagte Ari. »Ich hatte Gerüchte gehört, verstehst du, dass ein Mitglied des timoranischen Königshauses mit dem wahren Volk dieses Landes sympathisiert. Davon musste ich mich selbst überzeugen. Du hast mich nicht enttäuscht.«

»Ist das für dich ein Spiel?«

»In gewisser Weise ja. Wir sind alle Figuren in einem Machtspiel.« Ari hielt inne. In seinen dunklen Augen glomm eine neue Hitze. »Um deine andere Frage zu beantworten, nein.

Wir hätten Klok mit dir oder ohne dich gerettet. Und wir hätten dich nicht den Raben zum Opfer fallen lassen. Du bist zu interessant.«

Ich verbiss mir einen Fluch darüber, dass er das Schicksal immer wieder versuchte und auf die Probe stellte. Sein eigenes Leben konnte er ja gern riskieren, so oft er wollte, aber nicht meines und auch nicht das derjenigen, die mir am Herzen lagen.

Ari warf mir vor, arrogant zu sein, aber selbst war er noch arroganter.

Und es gefiel mir überhaupt nicht, wie er mich angrinste, als läge ihm ständig eine geistreiche Bemerkung auf der Zunge. Es ließ ihn dem alten Legion Grey zu sehr ähneln. Oder Halvar. Zu umgänglich.

Der Boden wurde abschüssig. Die Bäume standen hier dichter und ließen uns langsamer vorankommen. Wir waren gezwungen, uns einen Weg über umgestürzte Stämme und schmalere Steige zu suchen. Je tiefer wir in den Wald vordrangen, desto stärker wurde die Gänsehaut auf den Armen, die mir die Kälte bescherte. Ari blieb bei einem von Ranken überwucherten Bauwerk stehen. Es erinnerte mich an einen alten Torbogen. Runen waren in den Stein geritzt, und der Schlussstein war aus dem Bogen gefallen, sodass er nun unvollständig war.

»Warte hier«, sagte Ari, wohl zu mir, weil er mir im Vorbeigehen eine Hand auf die Schulter legte. Seine Berührung war warm. Die Wildwut in seinen Fingerspitzen weckte in mir den Wunsch, jedem seiner Worte zu gehorchen.

Mein Zorn loderte auf, rot und wund. Bei den Höllen, ich war das Nachtvolk und seine Manipulation allmählich leid.

»Ich hätte auch gewartet, ohne gezwungen zu werden«, fuhr ich ihn an.

»Siehst du, das meine ich«, sagte Ari. »Wir müssen uns erst

kennenlernen, bevor ich darauf vertrauen kann, dass du solch grundlegenden Befehlen gehorchst.«

Er legte seine Handfläche auf den geborstenen Stein. Einen Atemzug später glühten die Runen wie geschmolzenes Gold. Eine Bö peitschte mir ins Gesicht. Ich schloss die Augen und stemmte mich gegen den Wind. Als ich sie wieder aufschlug, scheuchte Ari die anderen schon vorwärts durch den Torbogen.

Einer seiner Mundwinkel hob sich zu einem schelmischen Grinsen. »Willkommen in Ruskig, Elise Lysander.«

Ich versuchte, die freudige Erregung zu unterdrücken, die ich dabei empfand, ins Unbekannte vorzustoßen. Von Ruskig sprach man immer so, als wäre es ein mythischer Landstrich in Neu-Timoran. Ein Ort, an dem Nachtleute in Frieden lebten, außer Sichtweite der Könige und Königinnen. Ich hatte keinen Grund, nicht daran zu glauben, dass es existierte, aber ehrlich gesagt hatte ich allmählich angenommen, dass es sich dabei nur um eine Fantasievorstellung handelte.

Es zu betreten, war …

»Es ist euch gelungen, Ruskig die ganze Zeit versteckt zu halten«, sagte ich trocken. »Eindrucksvoll.«

Ari lachte erneut. Seine Zähne hoben sich hell von der Dunkelheit ab. »Seltsam, dass dein halbes Kompliment so befriedigend ist. Warum sollte ich deinen Beifall wollen, frage ich mich?«

»Wer weiß? Für mich klingt dieses Bedürfnis, akzeptiert zu werden, nach einem persönlichen Problem.« Ich sah ihn nicht an, als ich durch den Torbogen eilte.

Sosehr ich auch Gleichgültigkeit heuchelte, ich konnte ein Aufkeuchen nicht unterdrücken, sobald ich zwischen den Runensteinen hindurchgetreten war. Ringsum wuchs silberne Mondfahne in schönen, weit ausgreifenden Zweigen. Samtige Blütenblätter schimmerten wie Sternenlicht. Die Welt war hier anders. Die Bäume waren dicker, feucht vor leuchtend grünem Moos auf üppiger, schwarzer Rinde. Das Gras war mit silbrigen Tautropfen überzogen. Lavendelblüten und blaue Rosen bildeten Farbtupfer in der Dunkelheit neben der Mondfahne.

Zweige knackten. Gras raschelte, als es sich unter unseren Füßen beugte. Dieser Ort war lebendig. Magisch.

»Was meinst du?«, flüsterte Ari.

Mir war gar nicht klar gewesen, dass er so nahe an mich herangekommen war. Ich konnte nicht widerstehen, mit den Fingern über das schwammartige Moos an einem Baum neben mir zu fahren. »Es ist … so lebendig.«

Er strahlte befriedigt. »Das ist es auch. Das hier ist, was die Wildwut für dieses Land bewirken kann. Was sie auch wieder bewirken wird. Wir planen, das Leben so wiederherzustellen, wie die Götter es beabsichtigt haben. Komm, wir haben viel zu besprechen.«

»Warte«, sagte ich und warf einen Blick über meine Schulter. »Ich sollte Mattis mitbringen und …«

»Bring sie ruhig mit«, meinte Ari. »Wir halten hier offen Hof, wie König Arvad es einst getan hat.«

Ich schluckte das Kratzen in meiner Kehle hinunter. Das hier, *das hier* konnte Valen wiederherstellen helfen, wenn er seinen Rachefeldzug aufgab. Tränen brannten mir in den Augen, als ich mich zurück durch die Reihe der Agitatoren schlängelte und nach Siv und Mattis Ausschau hielt.

Der Nachtprinz musste seinen Platz einnehmen.

Ich brauchte ihn.

Ich verdrängte den Gedanken und verhärtete mein Herz. Gefühlsduselei würde jetzt nichts weiterhelfen.

Mattis hatte sich aus der Menge gelöst und betrachtete ein üppiges Mondfahnengebüsch.

»Wo ist Mavie? Wo ist Legion Grey, Elise?«, fragte Mattis, ohne sich umzusehen.

Mein Kinn zitterte. »Sie … sie sind nicht mehr da.«

Mattis verschränkte die Arme vor der Brust, sein Körper steif, als könnte er sich so gegen die Wahrheit sperren. Mindestens zehn Herzschläge lang standen wir schweigend da. Ich wollte nicht mehr über Legion oder Mavie erklären. Ich ließ zu, dass er dachte, dass sie gemeinsam gestorben waren.

»Ich hoffe, sie haben im großen Saal Frieden gefunden«, flüsterte er am Ende.

Ich streckte die Hand aus und berührte seinen Arm. »Geht es dir gut?«

»Nein. Die ganze Zeit über habe ich ihr vertraut …« Sein Blick bohrte sich in mich, als er über seine Schulter sah. »Wie hast du es herausgefunden?«

»Beim Angriff auf Burg Rabensporn. Mattis, Siv hätte mich viele Male töten können, hat es jedoch nicht getan. Ich weiß, dass du wütend bist, aber sprich mit ihr. Komm darüber hinweg, weil wir einander brauchen. Ari möchte mit mir reden, und ich brauche die, denen ich vertraue, bei mir.«

Mattis runzelte die Stirn. »Warum glaubt er, dass du Beziehungen zum Blutgeist hast?«

Ich seufzte. Wie sollte ich überhaupt etwas erklären? Wie konnte ich? Mattis nahm Sivs Verrat so übel auf. Was würde er tun, wenn er erfuhr, dass Legion Grey – dem Mattis auch vertraut hatte – der Blutgeist war? »Er … hat uns nach dem Angriff in Sicherheit gebracht.«

»Das ist nicht dein Ernst?«

»Doch. Ich nehme an, der Blutgeist hat mehr gegen Timoraner von Calders Schlag als gegen jüngere Töchter der Nebenlinie des Königshauses.«

Mattis fuhr sich mit den Fingern durchs schmutzige Haar und schüttelte den Kopf. »Elise, was ist dir zugestoßen?«

»Sehr viel, da bin ich mir sicher.« Mattis und ich drehten uns gemeinsam um. Ari stand mit seiner behelfsmäßigen königlichen Leibwache vor uns. Frey und vier weitere kräftige Ettaner hielten grob geformte Schwerter in der Hand und sahen unter Umhängen aus drahtigem Pelz und den Tierfellen auf ihren Köpfen finster drein.

»Aber könntet ihr bitte später weiterplaudern?«, fuhr Ari fort. »Wir müssen uns wirklich an einen Zeitplan halten, wenn wir erfolgreich vorankommen wollen.«

Hinter Ari stand Siv, den Kopf immer noch gesenkt. Mattis' Kiefer zuckte, doch er verschränkte wieder die Arme vor der Brust. »Ihr habt mir geholfen zu entkommen, also werde ich mir anhören, was ihr zu sagen habt. Aber damit eines klar ist: Ich bin Elise gegenüber loyal.«

Ari zog eine Augenbraue hoch. »Obwohl wir dich in unserem Zuhause willkommen geheißen haben? Sogar als Ettaner?«

»Ob man Ettaner, Timoraner oder Angehöriger des Nachtvolks ist, entscheidet nicht darüber, ob man vertrauenswürdig ist. Das bestimmen das Herz und die Taten. Meine Loyalität gehört Elise. Vielleicht wird sie früher oder später auch euch gehören.«

Daraufhin grinste Ari wieder voller Schläue. »Ich mag dich, Tischler. Was bin ich froh, dass man dich heute Abend nicht ans Martergerüst geschnürt hat. Folgt mir.«

Ari führte uns zu einem von dichten Bäumen umgebenen Langhaus. Das Dach bestand aus moosigen Grassoden und Mondfahnenzweigen. Drinnen brannte in einer Kaminecke schon ein Feuer gegen die Kälte in der Luft. Ari nahm seinen Waffengurt ab und ließ ihn klappernd auf einen schmalen Tisch in der Mitte des Hauses fallen. Die anderen streiften ihre Pelze ab. Frey schenkte Bier aus einem hölzernen Krug ein und reichte Trinkhörner herum, während sein König sich auf einen Holzstuhl fallen ließ, die Stiefel auf den Tisch legte und die Knöchel übereinanderschlug.

»So ist es besser«, sagte Ari und nahm nickend ein Trinkhorn entgegen. Er deutete auf die verbliebenen Plätze. »Bitte setzt euch.«

Wir ließen uns mit einem Hauch von Vorsicht nieder. Siv saß zu meiner Linken, Mattis zu meiner Rechten. Keiner von beiden hatte bisher mit dem jeweils anderen gesprochen, und angesichts dessen stellten sich mir die Nackenhaare auf. Ich sehnte mich nach einem Anflug von Normalität, und diese beiden waren der letzte Rest davon. Wenn etwas einen Keil zwischen uns trieb, wusste ich nicht, wie wir das alles überleben sollten.

»Wie schon gesagt, habe ich Informationen über den Blutgeist. Erst wollte ich ja nichts von solchen Berichten halten. Aber dann habe ich herausgefunden, dass er dich nicht nur von Burg Rabensporn fortgebracht, sondern auch noch einen Hauptmann des falschen Königs angegriffen hat, um deinen Hals zu retten. Daraufhin habe ich mir Gedanken gemacht, ob die Überfälle des Blutgeists zielgerichteter sind, als wir bisher vermutet haben.«

»Wie bitte?«, sagte Mattis mit weit aufgerissenen Augen. »Elise, was ist geschehen?«

»Jarl«, stieß ich flüsternd hervor. »Lange Geschichte.«

»Ich erwarte, sie bald zu hören.«

Ich winkte ab, während Ari fortfuhr: »Zunächst habe ich eine Frage, Elise. Gehört der Blutgeist zum Nachtvolk?«

»Wie kommst du darauf?«

Aris Lächeln verblasste. »Vor ein paar Wochen haben einige unserer Leute … sich mit einer seltsamen Krankheit angesteckt. Sie sind verrückt geworden, fast so, als hätten sie keine Kontrolle mehr über sich selbst. Sie haben Mellanstrad angegriffen – sie haben euer Anwesen überfallen.«

Mir sackte der Unterkiefer herunter. Erinnerungen an den wildgewordenen Agitator, der einer Wache meines Vaters die Kehle durchgebissen hatte, suchten immer noch meine Träume heim. Ich wusste, dass etwas Seltsames von jenen Leuten Besitz ergriffen hatte. Die Schwärze in ihren Augen, ihren Mündern, ihrem Blut.

»Ich erinnere mich daran«, sagte ich leise.

»Ja.« Ari räusperte sich. »Wir haben versucht, sie selbst zu heilen, aber nichts hat geholfen. Wir haben versucht, auf ihrer Spur zu bleiben, sie zurückzuholen, aber als wir sie erreicht haben, war es zu spät.«

»Was hat der Blutgeist damit zu tun?« Ich biss mir auf die Innenseite der Wange. Ich hatte Halvar gesagt, dass ich in jener Nacht den Blutgeist gesehen hatte, aber er hatte den Gedanken rasch abgetan. Jetzt war ich mir sicher, dass der verfluchte Valen dort gewesen war. Halvar war wahrscheinlich auf unser Anwesen zurückgekehrt, um mich gegen seinen eigenen Prinzen zu beschützen.

»Es ist eigenartig«, sagte Ari. »Aber es gab einige, die den Blutgeist gesehen haben. Sie haben beobachtet, wie er Wildwut eingesetzt hat. Eine machtvolle Wildwut, die dem Wahnsinn ein Ende gesetzt hat. Natürlich hat sie wahrscheinlich auch unsere Leute getötet, aber was für ein Leben hätten sie in dem Zustand noch führen können?«

War es möglich? War es denkbar, dass Valen in seinem fluchbedingten, wahnwitzigen Blutrausch auf seine Wildwut zurückgegriffen hatte, ohne es selbst zu bemerken, und den Angriff aufgehalten hatte? Die Agitatoren waren in jener Nacht alle gleichzeitig gefallen.

»Also, ist er ein Fae?«, fragte Ari noch einmal.

»I … i … ich weiß es nicht mit letzter Sicherheit.« Die Wildwut hielt mich davon ab, seinen wahren Namen zu nennen, aber nicht davon, zu erwähnen, dass er über Magie verfügte. Doch aus irgendeinem Grund verschwieg ich es. Alles, den Fluch, seine List, um mich in die Hand zu bekommen. Ich war mir nicht sicher, ob ich damit eher Ari und seine Leute beschützte oder Valen. »Was ihr wissen solltet, ist, dass er tödlich und stark ist und den Rabensporn hasst.«

»Dann haben wir sehr viel gemeinsam«, sagte Ari unbekümmert. »Wir möchten, dass er sich uns anschließt, Elise. Zweifelsohne hast du in letzter Zeit von den Angriffen der Schattengilde überall im Königreich gehört. Ich weiß, was er tut – er greift Versorgungszüge an. Er hungert die Timoraner aus, bricht ihr Vertrauen zu ihrem neuen König. Er ist perfekt.«

»Er wird sich dir nicht anschließen«, beeilte ich mich zu sagen, dankbar für das unterstützende Nicken, das von Siv kam. »Er zieht es vor, allein zu sein.«

»Da bin ich mir sicher«, sagte Ari. »Aber er ist plötzlich verzweifelt, und ich glaube, er könnte verhandlungsbereit sein.«

»Verzweifelt? Das verstehe ich nicht.«

»Vertrau nicht auf mein Wort allein, lass es dir von unserem Zeugen berichten.« Ari hob eine Hand und winkte aus dem rückwärtigen Teil des Hauses einen Mann in einem fließenden Kapuzenmantel heran. »Das hier ist Ulf, einer meiner Kundschafter. Er wird es dir erzählen.«

Bis eben hatte ich Ulf gar nicht bemerkt. Er schlug die Kapuze von seinem kantigen Schädel zurück und stolzierte zum Rand des Tisches.

»Ich war dabei«, sagte er mit rauer, heiserer Stimme. »Habe die Schattengilde bis zu einer Stoffkarawane verfolgt, die als Tarnung diente, um die kleinen Bastarde des timoranischen Landadels zu befördern. Dachte, der Blutgeist wäre da, um sie sich zu holen, aber er war überrascht. Er hat verdammt noch mal gezögert, die Kleinen zu töten, und das hat dazu geführt, dass einer seiner Schatten von Burg Rabensporn gefangen genommen worden ist. Der andere Schatten musste ihn geradezu fortschleifen. Ich habe noch nie einen Mann gesehen, der so voller Zorn war wie er, als die Raben seine Gildenratte in die Falle gelockt haben. Es ist eine gefährliche Art von Verzweiflung. Die Art, bei der ein Mann am Abgrund steht und drauf und dran ist, hineinzuspringen.«

Mir stockte der Atem in der Kehle. Mein Blick zuckte zu Siv herum. Sie war blass geworden und hatte die Unterlippe zwischen den Zähnen. Wer war gefangen genommen worden? Halvar? Thor? Was würde geschehen, wenn Calder erkannte, dass sie keine gewöhnlichen Nachtleute waren, sondern jahrhundertealte Mitglieder des Hofstaats der Ferus?

Schlimmer noch: Ich glaubte Ulf. Der Nachtprinz hatte alles bis auf seine beiden Freunde verloren. Einen von ihnen an den Rabensporn zu verlieren, würde ihn zweifellos aus der Bahn werfen.

Valen, wo bist du?

»Du musst eines wissen, Elise«, sagte Ari. »Wir wissen, wohin sie gefangene Nachtleute bringen. Wir passen den Blutgeist ab, wenn er seinen Schatten holen geht, wir helfen ihm, und er schließt sich uns an.«

Ich schüttelte den Kopf. »Ich glaube, so einfach wird das nicht.«

Ari grinste wild. »Ich kann überzeugend sein.«

Furcht kribbelte meine Arme hinauf. Wie weit würde Ari gehen, um Valen zu überzeugen, sich ihm anzuschließen? Bei den Höllen, was würde geschehen, wenn er herausfand, dass der Nachtprinz am Leben war und Timoran Stück für Stück zerstörte?

Ich konnte es ihnen nicht ausreden, das sah ich. Sie wollten hören, was ich über den Blutgeist zu erzählen hatte, aber nicht meine Erlaubnis. Zweifelsohne würden die Agitatoren mich benutzen, um den Blutgeist zu bekommen. Um Valen aus der Deckung zu locken.

Die Zeit, die wir getrennt voneinander verbracht hatten, neigte sich dem Ende zu.

KAPITEL 5

PRINZESSIN AUF ABWEGEN

Halvar wurde in den Wildwutsteinbrüchen festgehalten.

Zumindest lautete der letzte Bericht von Aris Kundschaftern, dass man einen Luftfae dorthin gebracht hatte. Das beantwortete die Frage, welcher der beiden Schatten gefangen genommen worden war.

Ari freute sich immer mehr über die Aussicht, seltene Wildwut in Ruskig zu haben. Ich dagegen ärgerte mich immer mehr. Auf die Stärke von Halvars Wildwut und seine Begabung kam es nicht an – nur auf ihn selbst.

Und uns lief die Zeit davon.

Die Reise dauerte über einen Tagesritt und fast drei Tage zu Fuß. Nicht auszudenken, was dem sonst so unbeschwerten Schatten in der Zeit zustoßen konnte.

Ich wünschte weder Thor noch Halvar, gefangen genommen zu werden, aber Thors Wesensart ließ mich sicher sein, dass er jeden niedermetzeln würde, der ihn anrührte. Halvar würde versuchen, sich mit ihnen anzufreunden.

Mein Gesicht verkrampfte sich zu einer Grimasse. Er würde überleben. Ihm würde nichts geschehen. Was hatte Valen mir gesagt? Halvar war der Sohn des ersten Ritters. Er war zum Kämpfen erzogen, selbst wenn er es mit einem Grinsen tat.

Etwas anderes durfte ich nicht glauben.

Seltsam, wie wichtig mir nicht nur Valen geworden war, sondern auch die Schattengilde.

Thor und Halvar waren genauso mit einem Fluch belegt worden wie Valen. Ihre Rolle war vielleicht noch herzzerreißender gewesen. Gezwungen zu sein, ihren Bruder zu zerschneiden und zu misshandeln, um den Blutdurst zu stillen, war schon an und für sich genommen eine grausame Tortur.

Ich befestigte ein Messer an dem Waffengurt, den Frey mir gegeben hatte. Zorn brannte langsam und tief in mir, als ich mir vorstellte, wie Halvar neuerlich von den Schergen der Burg Rabensporn verletzt werden würde.

Sie würden bezahlen.

Wenn sie jetzt noch nicht wussten, wo Valen war, würden sie es nie erfahren. Zumindest nicht von Halvar. Er würde seinen Prinzen nie verraten. Aber sein Schweigen würde sein Leiden verlängern, und das hieß, dass wir uns in Bewegung setzen sollten. Ich musste meine Vorbehalte dagegen, Valen wiederzusehen und dabei zu sein, wenn er Ari zurückwies, wenn er auch mich wieder zurückwies, um Halvars willen verdrängen.

Ich tauchte meine Hände in ein Tonbecken. Der kühle Morgen hatte das Wasser so kalt werden lassen, dass es vor Kälte brannte. Ich spritzte es mir ins Gesicht, um meine Sinne zu wecken. Meine Finger flochten mein feuchtes Haar zu einem straffen Zopf.

Ari hatte mir eine kleine Hütte in der Nähe seines Langhauses angeboten. Die Wände bestanden aus Ästen, die zu Matten verflochten und dann mit feuchtem Moos, Grassoden und Matsch abgedichtet worden waren. Als könnte die Mondfahne nicht anders, als immer weiter zu wuchern, waren einige Wände mit ihren kleinen Blüten bedeckt. Ich grinste und streichelte eine der seidigen, silbrigen Blüten. Dann zog ich mir Stiefel an, die mir eine Nummer zu groß waren.

In der Ecke war eine kleine Feuerstelle aus Flusssteinen gebaut worden. Am Vorabend war ein kunstfertiger Fae gekommen und hatte die Steine erwärmt, bis die Hütte angenehm beheizt gewesen war. Kein Feuerfae wie Thor, aber es war faszinierend zu sehen, wie Wildwut dennoch Glut in den Steinen geweckt hatte.

Ich hatte ein Bett und eine Matratze, die mit Fellen und getrocknetem Gras gepolstert war. Ein paar Tontöpfe und einen Kessel für Löwenzahntee.

Man hatte mir beim Nachtvolk ein eigenes Haus gegeben, und ich konnte es immer noch nicht ganz fassen.

Siv schlug das Bärenfell zurück, das den Eingang verhängte. »Elise, wir sind zum Aufbruch bereit.«

»Ich komme.«

Siv griff nach einer aus Bein gefertigten Schale. Frey hatte darin Bienenwachs mit Holzkohle zu einem klebrigen Kajal vermischt. Sie nahm das zerfaserte Ende eines Stocks und tunkte es in die Schale. »Darf ich?«

Anspannung schnürte mir die Brust zu, aber eher vor freudiger Erregung als vor Sorge. Die Holzkohlefarbe wurde für Krieger verwendet. Wie lange hatte ich mich danach gesehnt, einen Platz in diesem Land zu finden? Trotz des Adels meiner Familie und meiner Abstammung hatte ich bisher keine Bedeutung gehabt. Keine Stimme. Hier jedoch konnte ich mich auf den immer präsenten Drang einlassen, meinem kochenden Blut gerecht zu werden: den Ruf, für dieses Land zu kämpfen, das nicht wirklich meines war.

Siv strich mit dem zerfaserten Ende des Zweigs über meine Stirn und über meinen Nasenrücken. Mein Kinn. Als sie fertig war, bemalte ich ihr Gesicht. Lange Streifen auf ihrer gebräunten Haut. Schutz. Stärke. Gezackte Linien für einen Hauch von Bosheit.

Vermutlich zogen wir nicht in den Krieg. Aber vielleicht ja doch.

Es war nicht einzuschätzen, was uns außerhalb von Ruskig erwartete.

»Fertig«, flüsterte ich und stellte die Schale wieder auf den kleinen Tisch. Nur das matte Licht der Dämmerung war draußen zu sehen. Keine Schatten von Wachen, kein Ari. Dennoch senkte ich die Stimme zu einem rauen Flüstern. »Was wird geschehen, wenn Ari herausfindet, dass der Blutgeist kein gewöhnlicher Mann ist?«

Sivs Auge zuckte. »Ich weiß es nicht. Mir kommt es so vor, als ob Prinz Valen seine Wildwut nicht enthüllt. Sonst hätten wir inzwischen davon gehört. Wahrscheinlich wird niemand in ihm etwas anderes erkennen als einen Angehörigen des Nachtvolks wie alle anderen.«

»Ari hat jetzt schon wegen des Angriffs auf unsere Ländereien den Verdacht, dass er nicht wie alle anderen ist. Glaubst du, er könnte die Dunkelheit verursacht haben?«

»Die Sagas erzählen, dass Prinz Valen ein Erdwirker ist. Wahrscheinlich der erste seit Jahrhunderten. Wer auch immer den Clan infiziert hat, verfügt nicht über Erdwildwut.«

Ihre Antwort spendete mir einen gewissen Trost. Valen riss die Erde auf, formte Lehm und anstehendes Gestein nach seinem Willen. Solch eine Krankheit konnte er aber nicht auslösen.

Draußen hing Frost in der Luft. Ein trockener Wind traf mein Gesicht wie Nadelstiche und peitschte lose Haarsträhnen gegen meine Haut. Pferde waren mit Steppdecken, Pelzen,

Feldflaschen und Trinkhörnern beladen. Mütter, denen ihre kleinen Kinder am Rockzipfel hingen, nahmen Abschied von Vätern, Onkeln und Brüdern.

Die Nachtleute in Ruskig waren keine, die über machtvolle Wildwut verfügten. Die Eroberung hatte die Magie verwässert, aber mir lief beim Anblick so vieler Fae, die mit Äxten, Messern und Dolchen bewaffnet waren, ein Schauer über den Rücken. Die meisten hatten mit Runen und schwarzen Linien bemalte Gesichter ganz wie meines.

Auch mit wenig Wildwut würden sie nun, da sie sich endlich erhoben, Furcht einflößend sein.

Das Gleiche galt für die Ettaner. Frauen rasierten sich die Hälfte ihrer Köpfe. Den Rest ihrer Haare flochten sie zu straffen, kunstvollen Zopfreihen. Ihre Schultern wirkten vor Pelzen und Wollumhängen breit. Schwarz umgab die Augen der Männer. Bärte waren mit Bein- und Silberperlen durchflochten, Runen auf kahl rasierte Schädel tätowiert.

Von den Timoranern viel zu lange unterdrückt, fanden die Ettaner und das Nachtvolk nun auf ihren Platz zurück. Sie hatten Generationen lang in Frieden zusammengelebt, die einen mit Magie, die anderen ohne. Bis die Timoraner ihnen allen das Land gestohlen hatten. Jetzt setzte das Volk des alten Etta dazu an, sein Heimatland zurückzuerobern.

Ich verabscheute es, dass der erste Gedanke, der mir bei dem Anblick kam, war, dass ich wünschte, auch Valen hätte ihn sehen können.

Gegenüber von mir half Mattis mit, eine kurze Klinge an der Flanke eines Rotschimmels zu befestigen. Er hatte sich die Haare geschoren, sodass nur noch ein Streifen kastanienbrauner Locken in der Mitte seines Schädels übrig war. Der Tischler hatte den Bart behalten, der ihm im Gefängnis gewachsen war. Er war kürzer als bei den anderen Männern, aber er hatte eine Kette mit Knochenperlen in der Mitte hinzugefügt und sich die Augenlider geschwärzt.

Er begrüßte mich mit einem Grinsen, bis er Siv bemerkte. Das Lächeln verschwand, und er zog sich eine schwarze Kapuze übers Gesicht und wandte sich ab.

Sie seufzte tief.

»Lass ihm Zeit«, sagte ich.

»Er lebt unter Agitatoren, freundet sich mit ihnen an, und dennoch meidet er mich.«

»Ich weiß.« Ich ließ ein hinterhältiges Lächeln um meine Lippen spielen. »Aber eigentlich überrascht es mich, dass dir das überhaupt etwas ausmacht. Ich dachte, dir liegt nichts an Mattis.«

Ihre Augen blitzten frustriert auf. »Das tut es auch nicht.« Siv schwang sich ihr Bündel wieder auf die Schulter. »Versteh mich nicht falsch. Ich finde einfach nur, dass er sich kindisch verhält, und das ärgert mich.«

Ich grinste, als sie davonstapfte.

»Elise.« Ari stand neben einem weißen Pferd. Er hatte die Seiten seines goldenen Haars geflochten, seine Augen mit Kajal umrandet und trug einen dicken Umhang aus braunrotem Fuchspelz. »Du sollst mit mir reiten. Und darf ich anmerken, wie streitbar du aussiehst? Wahrlich inspirierend.«

Mein Gesicht wurde bei seinem Lob warm. Über ihn hätte man allerdings das Gleiche sagen können. Aris glatte Haut war mit blauen und schwarzen Linien bemalt, als hätte jemand seine Finger von einer Schläfe zur gegenüberliegenden Seite seines Kiefers geführt. Er war ebenso kriegerisch wie die übrigen Angehörigen seines Clans und zu gut aussehend für sein übersteigertes Selbstbewusstsein. Zweifelsohne würde er erbittert kämpfen, um zu bekommen, was er wollte. Wenn er doch nur gewusst hätte, dass das, was er wollte, der Nachtprinz war.

Ich tätschelte den Widerrist des Pferds und runzelte die Stirn. »Ich kann gut reiten. Ich brauche keinen Begleiter.«

»Oh, aber wir haben nicht genug Pferde, und es wäre mir zuwider, diese königlichen Füße über Wege, die auf keiner Landkarte verzeichnet sind, stolpern zu sehen.«

»Meine königlichen Füße sind dazu sehr wohl in der Lage.«

Ari grinste, als er das Zaumzeug über den Kopf des Pferdes zog. »Wie auch immer – setz dich zu mir. Dann kommen wir weitaus schneller voran, und es lohnt sich doch nicht, überhaupt darüber zu streiten.«

Ich hob das Kinn und weigerte mich, mir anmerken zu lassen, wie dankbar ich war, nicht zu Fuß gehen zu müssen. »Nur, weil du Angst hast, dass ich den Streit gewinnen würde.«

Er lachte und verschränkte seine Finger unter meinem Absatz, um mir auf den Pferderücken zu helfen. »Da habe ich keine Zweifel. Allerdings sagt man mir nach, selbst eine überzeugende Zunge zu haben.«

Ich rutschte zurück, um Ari Platz zu machen, damit er sich aufs Pferd schwingen konnte. Mein Pulsschlag beschleunigte sich, als ich die Arme um seine Taille schloss. Er war warm. Seine Haut duftete wie der Wald, sauber mit einem Hauch von Würze. Der Ersatzkönig war lästig, aber zugleich faszinierend.

»Wer behauptet das?«, fragte ich. »Du selbst deinem Spiegelbild gegenüber?«

Ari warf einen Blick über seine Schulter. »Frey sagt mir, dass ich dir die Zunge aus dem Kopf schneiden sollte, Elise Lysander.«

Unwillkürlich schlossen meine Arme sich fester um ihn, als könnte sein Körper mich vor seinen Worten beschirmen.

Ari lachte, und die Vibration durchlief mein Inneres. »Ich habe ihm natürlich gesagt, dass deine Zunge mir durchaus gefällt. Sie bleibt. Aber eines muss ich sagen: Je mehr du sprichst, desto mehr Löcher bekommt mein brüchiges königliches Selbstbewusstsein.«

Ein widerwilliges Lächeln umspielte meine Mundwinkel. Aus einem kleinen Haus trugen mehrere Männer jeweils einen Stapel runder Holzgegenstände hervor. Als ich einen zweiten Blick darauf warf, riss ich die Augen auf. »Bei allen Göttern, sind das … Schilde?«

»Ja«, sagte Ari.

Vorsichtig verteilten die Männer runde, hölzerne Schilde, die mit Runen beschriftet waren und bronzene oder eiserne Buckel in der Mitte hatten.

»Ziehen wir in den Krieg?«

Ari lachte leise. »Vielleicht.«

»Solch einen Schild habe ich noch nie gesehen, außer …«

»… auf Porträts? In Geschichtsbüchern? Ja. Es ist ein großes Glück, dass Nachtleute solch lange Lebensspannen haben«, sagte Ari leichthin. »Wir scheinen auch zum Sammeln zu neigen.«

»Willst du mir etwa sagen, dass die noch aus der Zeit der Eroberung stammen?«

»O ja, das will ich.«

Mein Blut brannte heiß vor Aufregung, als ob die Kriegerin darin sich nach dem sehnte, was kommen würde. Ein schwarzer Schild mit weißen Runen wurde an die Satteltasche unseres Pferds geschnürt. Ich berührte den Rand behutsam. Ein Krieg. Beteiligte ich mich etwa an einem Aufstand gegen mein Blut?

Ich hatte mir nie die Zeit genommen, diesen Gedanken wirklich zu verdauen, aber das tat ich wirklich – ich beteiligte mich.

Mit einem Augenzwinkern trieb Ari das Pferd durch das schleiergleiche Laubwerk der Mondfahnen und dann durch den geschützten Torbogen von Ruskig. Die Nacht war pechschwarz und kalt. Die Bäume dort draußen waren dünn und schwach. Nachdem ich mit eigenen Augen gesehen hatte, was die Wildwut für dieses Land fertigbringen konnte, wirkten die schönen Landschaften, an denen ich mein Leben lang Freude gehabt hatte, spröde und farblos.

Leer.

Mir wurde erst klar, wie fest ich Aris Taille umklammerte, als er die Hand auf meine legte. »Ich mag es ja sehr, wenn der Körper einer Frau sich an meinen eigenen schmiegt, aber vielleicht könnten wir unseren Griff ein wenig lockern. Es sei denn, du versuchst, mich zu ersticken. In dem Fall gratuliere ich dir zu diesem verschlagenen Meuchelmordversuch.«

»Bei allen Göttern, ist das dein Ernst?«

»Hoffentlich nicht.«

Ich verlagerte mein Gewicht und lockerte meinen Griff wie verlangt und ärgerte mich die ganze Zeit darüber, dass der Ersatzkönig mich zum Lachen brachte.

Als wir in die Nacht hineinritten, kämpfte ich gegen Gedanken darüber an, was uns wohl bevorstand. Der Plan war, den Blutgeist mit der Aussicht, dass wir Halvar befreien würden, aus der Deckung zu locken. Meine Fingerspitzen kribbelten und wurden taub.

Ganz gleich, was geschah, irgendetwas sagte mir, dass ich Valen Ferus sehr bald wiedersehen würde.

KAPITEL 6

PRINZESSIN AUF ABWEGEN

Valen und Sol verheimlichen uns etwas. Die beiden Prinzen schleichen sich ständig in den Wald. Ich habe Dagar, den ersten Ritter, schon viele Male befragt, weil sein ältester Sohn und der junge Thorsten sich ihnen immer anschließen. Und jetzt, bei den Göttern, nehmen sie sogar Herja mit.

Niemand weiß, was für Unfug sie anstellen. Ganz gleich, welche Drohungen Arvad und ich ihnen entgegenschleudern, meine drei treuen Kinder sagen nichts über das, was sie vorhaben. Aber in Sols Augen liegt eine gewisse Niedergeschlagenheit.

Vielleicht ist das der Last geschuldet, irgendwann die Krone übernehmen zu müssen. Sein Vater ruft ihm oft seine Pflicht als künftiger König ins Gedächtnis. Notwendig, doch es ist vielleicht zu viel. Er ist doch erst sechzehn und …

»Was liest du da?«

Mein Blick fuhr von Liliannas Tagebuch hoch. Durch meine Tränen sah ich Aris Gestalt nur verschwommen. Das hier war der erste Eintrag, in dem Halvar und Thor erwähnt wurden. Seltsam, über ihr früheres Leben zu lesen und sie heute zu kennen.

Ich hatte nicht damit gerechnet, sie zu vermissen, und tat es doch.

»Bei den drei Höllen«, sagte Ari, »was nimmt dich so mit? Ich hätte nicht gedacht, dass irgendetwas dich brechen könnte, Kvinna Elise.«

Ari ließ sich auf dem umgestürzten Baumstamm unweit eines flachen Baches nieder. Wir hatten hier Halt gemacht, um die Pferde trinken zu lassen und ein mageres Mahl aus Beeren und getrocknetem Hering einzunehmen. Wir waren jetzt auf Calders Gebiet. Die Straßen wurden so schmal, überwuchert und steinig, dass ich bezweifelte, dass hier irgendwelche Raben patrouillierten.

Ich zwang mich, dem König ein verkrampftes Lächeln zu schenken. »Nichts. Es ist nichts.«

Vorsichtig löste Ari das zerfledderte Tagebuch aus meinen Fingern. Ich machte Anstalten zu protestieren, aber er überflog schon einige der Einträge.

»Verdammte Höllen«, flüsterte er. »Ist das …«

Ich nickte, als er verstummte, und hatte Verständnis dafür, dass er wie betäubt war. »Königin Liliannas Tagebuch.«

Aus seinen Augen war alle Verspieltheit gewichen; er war nur noch erstaunt. »Wie bist du daran gekommen?«

»Ihr habt die Schilde. Ich entstamme dem Königshaus. Mein Onkel hatte viele Artefakte«, log ich.

»Und das hier nimmt dich so mit?« Ehrfürchtig strich er über den Buchrücken.

»Ja, aber nicht aus dem Grund, den du vermutest.« Ich lächelte, als er mir das Tagebuch zurückreichte. »Es ist töricht von mir.«

»Ich glaube nicht, dass es etwas Törichtes gibt. Nur andere Gedanken. Ich schwöre beim Grab meiner Mutter, dass ich dich nicht verspotten werde. Warum macht die einstige Königin dich so betroffen?«

Einen Moment lang – da vertraute ich Ari.

Ich leckte mir die Lippen und drückte Liliannas Tagebuch an meine Brust. »Ich habe jetzt schon unzählige Male gelesen, wie Arvad und Lilianna einst geherrscht haben. Ich bin dazu erzogen worden, sie als bösartige, ruchlose Mörder zu betrachten. Aber in Wahrheit waren sie gerecht und haben einander geliebt – haben auch ihre Kinder geliebt.« Ich starrte zu Boden. »Und mein Volk hat sie vernichtet. Ich will einfach, dass dieses Land wieder das wird, was es einmal war.«

Ari stutzte. Dieses eine Mal schienen ihm die Worte zu fehlen. Als er am Ende doch noch sprach, war seine Stimme leise und ruhig. »Du bist eine erstaunliche Timoranerin, Elise Lysander. Endlich sind wir uns über etwas einig. Es ist mein Eid an alle Völker, dass dieses Land wieder so blühen wird wie einst unter dem Haus Ferus.«

»Ja, aber was ist mit dem timoranischen Volk?«

»Es gibt andere, die denken wie du, da bin ich mir sicher. Lilianna war Timoranerin.« Er zupfte an einer seiner goldenen Locken. »Ich gehöre dem Nachtvolk an, doch meine eigene Abstammung ist eindeutig nicht nur Fae. Es wird Krieg geben, wenn es nach mir geht, aber ich bete zum Allvater der Götter, dass wir die Narben dieses Landes heilen können. Gemeinsam.«

Ich öffnete den Mund, um zu antworten, nur wurden die Worte zu Asche. Ari war gerecht, und ein Knoten ballte sich in meiner Kehle zusammen. Wenn Valen seinen Platz nicht einnehmen wollte, dann war Ari vielleicht die größte Chance, die wir hatten. Es war kein verstörender Gedanke. Eigentlich sogar ein seltsam tröstlicher.

Er tätschelte mir das Knie und stand auf. »Bist du bereit weiterzureiten? Wir möchten das Gasthaus noch vor dem Morgengrauen erreichen.«

Ich nickte, nahm das Tagebuch an mich, schulterte meine Tasche und folgte Ari zu den Pferden. Siv ritt mit Frey, Mattis mit Ulf.

Die beiden hatten noch immer nicht miteinander gesprochen, aber so zornig Mattis auch auf sie war, ich musste glauben, dass er sie verteidigen würde.

Sobald Ari wieder vor mir im Sattel saß, gab er dem Clan einen Wink, weiterzuziehen. Heftige Schmerzen brannten und krampften in meinen Knochen, weil wir so schnell ritten. Ich biss die Zähne zusammen und hielt mich an seiner Taille fest.

»Ari«, sagte ich, nachdem wir die Führung übernommen hatten. Meine Stimme versagte, und während das Pferd uns über unebenem Grund durchschaukelte, stammelte ich: »Wie … wie wollen wir das einem W … W … Wirt erklären?«

Ich stieß ein ersticktes Quietschen aus, als das Pferd sich über einen Buckel im Pfad kämpfte, und klammerte mich an Ari fest, bis er ein Ächzen ausstieß.

»Bei den Höllen, Frau, hast du nicht behauptet, du wärst eine tüchtige Reiterin?«

»Das bin ich auch!« Mein erdrückender Griff sagte etwas anderes, doch ich wollte widersprechen. »Aber nicht, wenn das Tier versucht, eine Bergflanke hinaufzuklettern.«

»Hab mehr Vertrauen zu Vit, Elise. Er mag ja alt sein, aber er ist stark.« Er lachte leise und tätschelte dem Pferd den Hals, als wären wir nicht drauf und dran, seitlich aus dem Sattel zu stürzen. »Und hab mehr Vertrauen zu mir und meinen Plänen. Dort, wo wir hinwollen, werden kaum Fragen gestellt.«

Bald wurden die Wege flacher, der Wald dichter, und als die fahle Morgendämmerung am Horizont aufstieg, verstand ich.

Svens Wirtshaus kam in Sicht.

»Du kennst diesen Ort?« Ich strich mir ein paar ungebärdige Locken aus den Augen, als Ari abstieg und Vit an einen Pfahl band.

Er grinste und streckte mir eine Hand hin. »Ich habe es dir doch gesagt, Elise. Genau wie du habe ich unschickliche Verbindungen.«

»Ist er …« Ich rang die Hände vor meinem Körper, unfähig, den Satz zu vollenden. War Valen drinnen? Würde er erfreut sein, mich zu sehen? Erzürnt? Ich hätte es verabscheut, zu beobachten, wie das Licht und die Zuneigung, die einst in seinen Augen gestanden hatten, sich verdüsterten.

Ari ließ die Hand in meinem Kreuz ruhen und schob mich vorwärts. »Ich glaube, wir sind allein. Vorerst.« Er zog die Augenbrauen hoch und beobachtete jedes Zucken meiner Wange. »Macht er dir Angst? Du hast mir nie gesagt, ob du *vor* dem Blutgeist geflohen bist.«

»Doch wir sind hier, ob ich es nun getan habe oder nicht«, sagte ich mit einem Anflug von Verbitterung.

»Wir müssen Risiken eingehen.«

Ich schloss die Augen. Hitze kehrte in meinem Innern das Unterste zuoberst. »Ich bin nicht vor ihm geflohen, Ari. Wenigstens nicht zu dem Zeitpunkt. Aber das heißt nicht unbedingt, dass der Blutgeist sich freuen wird, uns zu sehen.«

Er neigte den Kopf. Ein vorsichtiges Lächeln trat auf sein Gesicht. »Verstanden. Ich glaube dennoch, dass er gebraucht wird. Der Rabensporn fürchtet ihn, und solche Leute müssen wir auf unserer Seite haben.«

Darauf hatte ich keine Antwort. Bisweilen war es verstörend, wie sehr Ari den Nichtsnutz spielte, um seine Logik und seine Gerissenheit zu verbergen. Sich mit den Gegnern von Calders Krone zu verbünden, war die klügste Entscheidung, aber nur zwei von uns wussten, welche Konsequenzen es haben würde, den Blutgeist zu demaskieren.

Allerdings war das vielleicht der Anstoß, den es brauchte, um den Nachtprinzen auf sein Schicksal zuzuschieben.

Ari öffnete die Tür des Wirtshauses. Ich hielt den Atem an und folgte ihm.

Der Geruch nach abgestandenem Wein, Bier und ungewaschener Haut schlug mir ins Gesicht. Unter den fleckigen Bodendielen hing ständig Feuchtigkeit in der Luft. Ein schwacher Hauch von kupfrigem Blut. Ich ballte die Fäuste und öffnete sie wieder. Flecken auf dem Boden überzogen die Dielen mit tiefschwarzen Spritzern alten Bluts. Wie viel Schmutz war aus den endlosen Nächten, in denen Valen gefoltert worden war, zurückgeblieben?

Der Fluch verlangte Blut, und die Schattengilde vergoss es hier, unter diesem Dach.

Ich schluckte Galle hinunter und starrte den Tisch an, an dem ich Legion Grey das erste Mal als Blutgeist zur Rede gestellt und von ihm verlangt hatte, mir meine fehlenden Fingerspitzen zurückzugeben. Ein heißer Funke Schmerz traf mein Herz, als ich das trübe Fensterglas berührte und hinausstarrte – dorthin, wo ich nach seiner Fluchnacht neben Valen gelegen hatte. Wo er mich geküsst hatte, bevor wir zum Schwarzen Grab geritten waren.

Bevor sich alles verändert hatte.

»Na, sieh mal einer an, wer wieder da ist.«

Mein Blick huschte zur Theke. Sven, der gerade ein Trinkhorn polierte, grinste hämisch.

»Sven.« Meine Stimme brach. Ich hob das Kinn und trat an die Theke.

»Ich halte den Mund.«

Eine Furche bildete sich zwischen meinen Augenbrauen. »Wie bitte?«

Der Wirt zwinkerte und stellte das Horn wieder auf ein staubiges Regal. »Ich halte den Mund. Ich sehe dir an, dass du drauf und dran bist, mir zu sagen, dass ich nicht erwähnen soll, wann wir einander zuletzt gesehen haben, Mädchen. Also halte ich den Mund.«

»Äußerst unlauter«, bemerkte Ari. »Jetzt hast du zugegeben, dass ihr beiden Geheimnisse habt, und meine Neugier ist in gefährlichem Maße geweckt.«

Der Wirt schnaubte erheitert und umfasste Aris Unterarm. »Bezahl mich, dann bewahre ich auch deine Geheimnisse.«

Der Ersatzkönig schnalzte mit der Zunge. »Das ist vermutlich nur recht und billig. Aber ich versichere dir eines, Elise: Ich werde dir gnadenlos zusetzen.«

Ich schüttelte den Kopf. »Du bist kindisch.«

Ari grinste, als wäre er erfreut, dass ich ihn beleidigt hatte. Wir warteten, bis die anderen hereinspaziert kamen. Bald war die Schankstube zum Bersten voll mit verschwitzten, von der Reise erschöpften Körpern. Siv fand mich und nickte Sven knapp zu, sagte aber nichts.

Mattis zögerte. Sein Blick ruhte erst auf uns, dann auf dem Clan. Am Ende stellte der Tischler sich an meine andere Seite.

»Ulf hat gesagt, dass der Blutgeist oft hier ist«, sagte er mit gesenkter Stimme. »Warst du schon hier?«

»Nach dem Angriff auf Burg Rabensporn, ja. Ich glaube allerdings nicht, dass er jetzt noch hierher zurückkehren wird.«

»Du sprichst, als würdest du ihn gut kennen.« Mattis kratzte sich am Kinn. »Was verschweigst du mir? Warum sollte der Blutgeist dich nicht nur retten, sondern herbringen? Warum sollte er dich bei sich behalten?«

»Mattis …«

»Setzt euch«, unterbrach Ari uns. Er grinste den vollen Raum an. »Der Wirt wird uns sagen, was er weiß.«

Svens ledriges Gesicht legte sich in Fältchen. Es war wohl etwas, das einem Lächeln nahekam, aber vielleicht hinderten ihn die Jahre des Zähnefletschens daran, wirklich zu grinsen. »Ihr kommt her, um dem Rabensporn den Kampf anzusagen?«

»Wie ich es in meiner Nachricht erklärt habe«, sagte Ari.

»Ihr seid gekommen, um … anderen Gästen zu helfen?«

Ari ließ sich nicht aus der Ruhe bringen. »Wie ich es in meiner Nachricht erklärt habe.«

Sven schürzte die Lippen. »Dann werde ich euch etwas erzählen. Ich verrate keine Geheimnisse, aber so, wie ich die Sache sehe, geht es hier um Leben und Tod.«

»Da kann ich nur zustimmen«, sagte Ari. »Wo können wir den verlorenen Schatten finden? Oder besser noch – den Blutgeist?«

»Ich weiß nicht, wo er hin ist«, antwortete Sven. »Der Blutgeist, meine ich. Aber ich weiß, wohin er will. Wie ich in *meiner* Nachricht erklärt habe, habt ihr die besten Aussichten, ihn zu treffen, in den Wildwutsteinbrüchen. Doch sie sind mit einem Bann gesichert. Tückische Magie lauert dort, hält all die Nachtleute fest, die der König noch nicht gleich töten will. Wie ich den Blutgeist kenne, wird er bis zum Einbruch der Dunkelheit warten.«

»Und du bist dir sicher, dass er heute Nacht angreift?«

Sven zuckte die Schultern. »Soweit ich es vermute, ja. Es ist fast eine Woche her, dass man seinen Schatten gefangen genommen hat. Heute werden die Raben ausgetauscht. Wachwechsel sind der Schwachpunkt. Scheint also die beste Nacht zu sein, um zu handeln, wenn ihr mich fragt.«

Ari lümmelte auf seinem Stuhl. »Vermutungen. Ich verlasse mich nicht gern auf bloße Vermutungen.«

»Die sind aber alles, was du bekommst«, sagte Sven. »Es ist ja nicht so, dass ich mit dem Blutgeist unter einer Decke stecke. Ich gebe ihm ein Dach und Deckung, er gibt mir Silbermünzen.«

Sven drehte sich um und begann, die schmutzige Theke abzuwischen. Ari wartete einen Moment lang, aber als es offensichtlich war, dass der Wirt nichts mehr sagen würde, wandte er sich an seinen Clan. »Der Blutgeist muss wissen, wie man in das Gefängnis eindringt. Wir finden unseren eigenen Weg hinein, und im besten Fall erreichen wir den gefangenen Schatten zuerst. Beweisen unsere guten Absichten. Elise.«

Meine Gedanken waren abgeschweift, aber Aris Stimme holte mich ins Hier und Jetzt zurück. »Ja.«

»Was meinst du? Stimmst du dem Wirt zu, dass der Blutgeist heute Nacht angreifen wird?«

Ich sah mich im Raum um und schrumpfte unter den aufmerksamen Blicken so vieler zusammen. »Das kann ich nicht einschätzen. Ehrlich gesagt bin ich überrascht, dass er noch nicht halb Timoran niedergebrannt hat.«

»Bedeutet sein Schatten ihm so viel?«

»Sie sind einander treu ergeben«, sagte ich. Siv schüttelte den Kopf und betrachtete die Dielen. Es war mir zuwider, es auszusprechen, aber es traf zu. Valen, Thor und Halvar würden füreinander kämpfen. Ich gehörte nicht zu ihnen.

Aris Kiefer verkrampfte sich. Er stand auf und beugte sich über den Tisch. »Dann gehen wir heute Nacht. Wenn der Wirt recht hat, ist das die beste Gelegenheit, in das Gefängnis einzudringen. Ruht euch ein paar Glockenschläge lang aus. Wir brechen bald auf, um uns dem Schicksal zu stellen, das die Nornen uns gesponnen haben.«

Schicksal. Was für ein launisches Ding. Die Magie des Mädchens im Käfig – Calista. Wie hatte sie sich doch gleich genannt? Eine Geschichtenerzählerin. Auf ihre eigene Art selbst eine Schicksalsspinnerin. Vielleicht stammte sie von den drei Nornen am Fuß des großen Baums ab.

Ich dachte oft an sie und fragte mich, ob sie je aus ihrem Gefängnis freigekommen war. Sie hatte für Valen gekämpft, für mich. Aber sie hatte mir gesagt, dass das Schicksal große Pläne mit Valen Ferus hatte.

Heute Nacht würde ich entweder bei diesen Plänen helfen oder seinen Weg vollkommen ändern.

KAPITEL 7

NACHTPRINZ

»Das ist unter deiner Würde.«

Ich biss mir auf die Zunge, um ein Auflachen zu unterdrücken. »Du meinst, es ist unter deiner Würde.«

Thor kniff die Augen zusammen, rückte den Getreidesack zurecht, den er schleppte, und kratzte an der Leinentunika, die den Gürtel voller Messer an seiner Taille verdeckte. »Mein erster Punkt auf der königlichen Tagesordnung ist, die Leibeigenen mit etwas auszustatten, das nicht aus verdammten Spelzen gesponnen ist. Bei allen Höllen – wie können sie so etwas nur tragen?«

»Ich glaube, das liegt daran, dass sie keine Wahl haben.«

Thor stieß einen gereizten Laut aus, biss dann aber die Zähne zusammen und verstummte.

Wir humpelten mit anderen Lastenträger-Leibeigenen einher, die Lieferungen in die Wildwutsteinbrüche schafften. Nachdem wir herausgefunden hatten, dass Halvar wohl dort festgehalten wurde, hatten wir Tage und Nächte damit verbracht, diesen Moment zu planen. Die Schwierigkeit bestand nicht darin, ins Gefängnis hineinzukommen, sondern wieder heraus. Hier hielt Burg Rabensporn die stärkste Wildwut fest. Nachtvolk war hier eingesperrt, um den falschen Königen von Nutzen zu sein, die seinen Thron geraubt hatten. Es war nicht abzuschätzen, ob mehr Feuerfae, Luftfae oder Dunkelfae hinter diesen Mauern litten.

Mein Griff um den muffig riechenden Getreidesack in meinen Armen verstärkte sich. Wie oft wurden Nachtleute wohl gefoltert, bis sie ihre Magie für jeden Beliebigen einsetzten, nur damit die Schmerzen endlich aufhörten?

Die Nachtleute hier drinnen ... Ich konnte mich nicht darauf verlassen, dass sie gegen die Raben oder den falschen König zu uns halten würden. Wenn sie genug manipuliert worden waren, dann waren wir für sie vielleicht der Feind.

Wachen hielten die Karawane an einem großen Holztor an und überprüften den Nachschub.

In gewissen Abständen ragten Türme über die Mauer auf. Fackelflammen tauchten Rabenwachen in ein gespenstisches Licht. Im Geiste ging ich ihre Aufstellung durch. Drei Türme. Vier Wachen in jedem. Zwei vor dem Tor, bestimmt auch zwei weitere dahinter.

Zusätzlich zu den Raben musste es auch Runenzauber geben, und wir mussten auf der Hut sein. Hier gab es Bindefesseln. Ich schloss die Augen und wünschte mir, die Erinnerung an das Brennen wäre nie zurückgekehrt.

Ich wusste nicht, wie viele Umläufe lang die unzerstörbaren Bindefesseln meine Handgelenke während der Eroberung umschlossen hatten. Ehrlich gesagt wollte ich mich auch gar nicht an alle Einzelheiten erinnern. Aus dem Eisen dieser Erde geschmiedet, aber mit irgendeiner Wildwut, einer Magie, die ich nicht kannte, verändert. Ein elender Zauber, der stark genug war, sogar Erdwildwut wie meine zu blockieren.

Diese Fesseln würden es uns noch weiter erschweren, aus dem Gefängnis wieder herauszukommen. Halvar würde gefesselt sein, da war ich mir sicher. Wir würden einen der Schlüssel stehlen müssen, die man nutzte, um die Bindefesseln zu entfernen.

Einen Schlüssel, den bestimmt der Aufseher über dieses Gefängnis in Verwahrung haben würde.

Drei Männer gegen den am schwersten bewachten, grausamsten Mann in diesem götterverlassenen Loch. Es sah nicht gut für uns aus. Aber mir war es nie wichtig gewesen, danach zu handeln, ob das Schicksal mir zu lachen schien. Es war nie freundlich zu mir gewesen, also musste ich mir mein eigenes Schicksal schaffen.

»Sack.« Eine Wache stieß den Getreidesack in meinen Armen an.

Ich hielt den Kopf gesenkt, eine Strickmütze über die spitzen Enden meiner Ohren gezogen, und hatte mir Farbe in die Augen geträufelt, um sie aufzuhellen. Die Wache prügelte mit einem Holzstock auf das Korn ein und lachte leise, als ich unter dem Schlag ächzte.

Er rammte mir das Ende des Stocks zwischen die Schulterblätter. »Dann mal weiter.«

Meine Füße stolperten, aber mein Mund verzog sich zu einem spöttischen Lächeln. Wertlose Bastarde. Zwei Schritte hinter mir ließ Thor seine eigene Überprüfung über sich ergehen und trottete dann demütig weiter wie ein unterdrückter Leibeigener.

Die Gefängnistore trugen oben eiserne Stacheln. Darüber ragten auf Pfählen ein paar Schädel auf. Unheilverkündende Rabenklauen, Zähne und Knochen baumelten an Lederriemen. Am Boden beschmierte Matsch die dünnen Stiefel, die wir in der letzten Siedlung aus dem Stall eines Bauern gestohlen hatten. Ein vertrauter Gestank nach Pisse und Fäulnis lag in der

Luft, auch nicht anders als damals, als ich hinter diesen Mauern gefangen gewesen war.

Die Wut schmeckte auf meiner Zunge wie Säure. Ich freute mich auf den Tag, an dem dieser Ort niedergebrannt werden würde.

Thor räusperte sich und nickte unmerklich. Unter dem Torbogen drängten sich die Leibeigenen eng aneinander, vielleicht um sich zu wärmen, vielleicht, weil sie Angst hatten, hier in der Falle zu sitzen. Ganz gleich, was der Grund dafür war, das Gedränge verschaffte uns Zeit, uns durch eine überdachte Brücke davonzuschleichen, die den äußeren Hof mit dem Hauptgebäude des Gefängnisses verband.

Gemeinsam eilten wir gesenkten Kopfes weiter und duckten uns hinter gestapelte Bierfässer auf halber Strecke der Brücke. Zwei Fackeln spendeten nur wenig Licht, aber fünfzig Schritte vor uns würden wir einen kleinen, beheizten Raum finden, in dem Rabenwachen sich ausruhten. Von dort aus führten Korridore wabenförmig zu Wachstuben und dem Zimmer des Aufsehers.

Wir brauchten keinen Grundriss.

Wir hatten Erinnerungen.

»Wie viel Zeit bleibt noch?«, zischte ich mit zusammengebissenen Zähnen.

Thor hob den Blick zum samtigen Himmel. »Der Mond steht fast im Zenit, also muss es binnen einer Stunde geschehen.«

Ich nickte und verlagerte meine Haltung, um mich einfacher hinter den Fässern verstecken und ein Spitzbogenfenster direkt vor uns im Blick behalten zu können.

»Du vertraust darauf, dass dieser Mann das Signal geben wird?«, fragte Thor.

»Nein. Aber er wird es tun.«

»Und wenn nicht?«

»Dann sorgen wir dafür, dass es Konsequenzen hat. Wie versprochen.« Ich würde jede Drohung in die Tat umsetzen. Das war die Art zu denken, von der Elise mir gesagt hatte, dass sie sie fürchtete. Sie hatte natürlich recht gehabt. Jetzt zweifelte ich nicht mehr daran, dass ich meine Seele verkaufen würde, um das meinem Volk angetane Unrecht zur rächen und Halvar zu befreien.

Es war besser, dass Elise weit von all dem entfernt war.

Seit wir uns getrennt hatten, waren mir Gerüchte zu Ohren gekommen, dass die zweite Kvinna noch lebte. Ich hatte gehört, sie habe in Ruskig Zuflucht gefunden. Ich hatte auch gehört, ihr künftiger Schwager habe sie zur zweiten Ehefrau genommen. Ein weiteres Gerücht besagte, dass ihr Leichnam nun die Tore des Rabensporns zierte.

Letzteres traf nicht zu – ich hatte mich vergewissert, um mich überhaupt ganz auf diese Nacht konzentrieren zu können. Wer wollte also sagen, welche Gerüchte zutrafen?

Thor versetzte mir einen Klaps auf die Brust. »Wir sollten uns umziehen.«

Grinsend zog ich ein Messer aus dem Stiefel. »Wenn meine Mutter noch am Leben wäre und sehen würde, wie du mich die ganze Zeit schlägst, würde man dich lebendig begraben, Thorsten.«

»Deine Mutter hatte mich lieber als dich, *mein Prinz.*« Thor schlitzte seinen Getreidesack am Saum auf und begann, die Fäden auseinanderzureißen. »Bei allen Höllen, ständig hast du der Königin etwas vorgeheult.«

Ich rammte mein Messer in meinen Getreidesack und schlitzte den Stoff auf, bis meine Stiefel unter Hafer begraben waren. Im Sack ertastete ich die Griffe der beiden Äxte, meine Kapuze, zwei Messer und die rote Maske. »Ich bereue nichts. Du und mein Bruder habt dafür gesorgt, dass ich meine Kindheit kaum überlebt habe.«

Thor lächelte, aber es wirkte abwesend, während er zwischen Hafer und anderem Korn in seinem Sack nach seiner Maske und seiner Kapuze suchte. Das Schweigen zwischen uns wurde immer lastender. An diesem Ort lag in der Luft eine Kälte, von der ich mir sicher war, dass nur wir beide sie spürten. Als würden Geister aus der Vergangenheit uns bei jeder Bewegung umgeben. Auch Thors Familie war hier gestorben. Und Sol gehörte ihm so gut wie mir.

Ergriffenheit ließ meinen Hals rau werden. »Wünschst du dir je, er wäre hier statt …«

»Nein«, unterbrach Thor mich. »Ich verschwende keine Zeit auf Wünsche.« Damit umfasste er meinen Hinterkopf und sah mir tief in die Augen. »Ich bestehe nur noch aus grausamen, scharfkantigen Scherben dessen, was ich einmal war, weil sie mir Sol genommen haben. Aber du bist mein Bruder, und ich habe mir kein einziges Mal gewünscht, dass irgendein anderer an meiner Seite stünde.«

Ich räusperte mich, bis ich keinen Kloß mehr im Hals hatte, tätschelte sein Gesicht und nickte ihm knapp zu.

Hinter den Fässern kauernd streiften wir vorsichtig die Leibeigenenkleidung ab. Ein- oder zweimal hielten wir inne, als ein paar Raben langsam vorbeigingen, gähnend und außer Dienst. Ich hatte mir schon wieder die Streitäxte an den Gürtel geschnallt, als Thor mir abermals auf die Schulter klopfte.

»Sieh doch.« Er zeigte auf das Fenster.

Eine neue Flamme auf einer einzelnen Kerze leuchtete grell durchs Glas. »Das ist das Signal. Bereit?«

»Seit Tagen.«

Geduckt liefen wir dicht an der Mauer der Brücke entlang. Sobald wir das Ende erreichten, presste Thor den Rücken an einer Seite neben die Tür. Ich packte eine Axt.

Dieser Ort war eine der Höllen.

Ich knirschte mit den Zähnen und versetzte der Tür einen so kräftigen Tritt, dass der abgenutzte Riegel brach.

Die nächsten Schritte verschwammen mir vor den Augen. Thor huschte geduckt vor mir ins Zimmer. Seine Klinge löschte das Leben eines halb bekleideten Raben aus, noch bevor der Krieger damit fertig war, seine Hose zu verschließen. Insgesamt waren fünf Wachen im Raum. Alle waren von dem plötzlichen Angriff überrumpelt. Alle waren nur teilweise bekleidet oder bewaffnet.

Schreie tönten mir in den Ohren. Angst. Überraschung. Eine Wache stürzte sich auf mich. Seine Klinge traf auf meine Axt. Es wurde ihm zum Verhängnis, dass er nicht sicher auf den Beinen war. Ich schlug seinen Hieb beiseite und schwang dann meine Axt nach seinem Hals.

Thor fluchte, als eine Wache einen Treffer oben an seiner Schulter landete. Ich warf meine Axt und wartete nicht ab, bis die Klinge sich in die Wirbelsäule des Raben gegraben hatte, bevor ich die zweite Axt zur Hand nahm. Nasses, klebriges Blut überzog meine Finger, als der vierte Rabe fiel.

Der fünfte Wachkrieger hatte seinen Rücken in die Ecke gepresst. Seine Schultern bebten; er zitterte am ganzen Körper. Bei den Göttern, er wimmerte, als ich durchs Zimmer auf ihn zuging. Verdammter Narr.

Ich presste das Ende der Axt gegen seine Kehle und fragte mit heiserer Stimme: »Wo ist es?«

Der Krieger sah mir nicht in die Augen und murmelte kaum

hörbar Gebete, als er in die Falten seiner Tunika griff. Er zog ein zerknülltes, zusammengerolltes Stück Pergament hervor. »Ich … ich will wissen, ob sie u … unbeschadet ist.«

Ich schnappte ihm die Rolle aus der Hand. »Ich halte meine Abmachungen ein. Deine Geliebte ist jetzt in Sicherheit, aber ich bezweifle, dass du die Nacht überleben wirst.«

Vor Angst riss er die Augen weit auf. »Du hast es versprochen! Ich nenne dir die Zellenblöcke, und du tust weder Tira noch mir etwas! Blutgeist, du …«

Ich lachte finster und beugte mich vor. »Sie ist in Sicherheit. Im Haus deiner Frau. Es ist nicht mein Problem, dass deine Frau nicht wusste, dass du dir eine andere genommen hattest. Ich hatte noch nie so viel Angst wie in dem Augenblick, als sie die Wahrheit erfahren hat. Mögen die Götter dir gnädig sein, wenn du wieder aufwachst.«

Mit der stumpfen Seite meiner Axt versetzte ich ihm einen Schlag auf den Kopf. Die Wache brach zu meinen Füßen zusammen.

Thor trat an meine Seite und drückte sich ein Leintuch auf seine Wunde. »Woher wusste Sven, dass der hier die Schwachstelle ist?«

»Seine Geliebte ist eine Bekannte von Sven. Ich habe etwas nachgeforscht, dann war mir klar, dass er der Richtige sein würde. Und ich habe nicht gelogen. Seine Frau ist wirklich Furcht einflößend. Sie wird ihn noch vor dem Morgengrauen begraben.« Mein Blick huschte zu seinem Arm. »Ist die Wunde tief?«

»Nichts, was ich nicht überleben werde.«

Wir breiteten das Pergament auf dem kleinen Tisch in der Mitte des Raumes aus. Eine grobe Skizze der verschiedenen Zellenblöcke, markiert mit der jeweiligen Art von Nachtvolk.

Luftfae wurden unter der Erde festgehalten, in der Nähe des Wassers und fern von allen Fenstern.

»Das Treppenhaus ist unsere größte Chance«, sagte Thor und deutete auf die Ostseite des Gefängnisses. »Ich erinnere mich, dass ich immer von Westen her zu den Zellen gebracht worden bin. Die Raben sind oft an der Westseite unterwegs. Die Treppe hier dagegen wird, glaube ich, nur benutzt, um die Toten fortzuschaffen. Siehst du, wie sie zum Fluss führt? Dort wird weniger Verkehr herrschen.«

»Da bin ich ganz deiner Meinung.« Ich rollte das Pergament wieder zusammen und zog meine Axt aus der Wirbelsäule der toten Wache.

»Valen, was ist, wenn hier keine Wildwut wirkt?«, fragte Thor.

»Sie muss. Wir haben keine Zeit, Jagd auf den Aufseher zu machen nur wegen seines verdammten Schlüssels.«

»Wir müssen auf die Bindefesseln vorbereitet sein.«

Muskeln an meinem Kiefer zuckten. Halvar würde gefesselt sein, da war ich mir sicher. Die Fesseln abzunehmen, würde ohne den speziellen Schlüssel ein Problem darstellen. »Machen wir uns lieber erst einmal Sorgen darum, ihn herauszuholen. Danach denken wir darüber nach, wie wir die Runen finden, um seine Bindefesseln zu sprengen.«

»Und wenn wir das nicht tun, besteht nur noch die Möglichkeit, dunkle, verderbte Zauber dunkler, verderbter Seher und Zauberer zu nutzen. Nicht vom Nachtvolk.«

»Ja, und wir sind vielleicht gezwungen, uns auf das Allerniederste einzulassen. Sind wir nicht genauso verzweifelt wie diese erbärmlichen Leute?«

Thors Mund war verkniffen, als er die Tür einen Atemzug lang anstarrte, bevor er wieder mich ansah. »Du bist von Geburt und von Rechts wegen *König*, also nein. Du bist nicht wie die. Riskiere keine dunklen magischen Tricks. Weder ich noch Halvar wollen das.«

»Nein«, sagte ich und packte ihn am Kragen seines Hemds. »Sol war König. Ich bin geboren worden, um für ihn zu töten. Sind wir jetzt fertig? Wir haben einen Mann zu retten.«

Thor atmete langsam aus. »Ja. Wir sind fertig. Für den Augenblick.«

»Dann beeil dich. Wenn diese Wachen sich nicht auf ihren Posten melden, wird man Alarm schlagen.«

Wir waren hineingelangt. Jetzt würden wir uns darauf konzentrieren, Halvar zu holen, bevor ich mir zu viele Gedanken darüber machte, wieder herauszukommen. Ein Schritt nach dem anderen.

Wir würden die Kanäle unter dem Gefängnis als Weg nach draußen nutzen. Das würde gefährlich sein, aber mit genug eisernen Gitterstäben würde ich uns schon durch die meisten Käfige dort wirken können. Es war ein anständiger Plan. In aller Eile und mit wenigen Hilfsmitteln geschmiedet, aber trotz der Risiken war es der sicherste Weg nach draußen.

Aber wie immer war das Schicksal launisch.

Das Gebrüll von Wachen in der Ferne ließ uns an der Tür der Wachstube erstarren. Ein Horn hallte in der Nacht wider. Ein weiteres folgte.

Ich runzelte die Stirn. Thor rannte zum Fenster und spähte hinaus.

»Verdammt«, fluchte er flüsternd.

»Was ist?«

Thors Augen verdüsterten sich, als er mich ansah. »Unsere Pläne müssen sich ändern. Das Gefängnis wird angegriffen.«

KAPITEL 8

PRINZESSIN AUF ABWEGEN

Ari stand am Kopfende eines wackeligen Tisches, der aus Brettern und Steinen zusammengesetzt war. Die Lichtung war feucht und kalt, doch außer Sichtweite der Gefängnismauer. Die Steinbrüche waren nichts weiter als ein Ort der Zwangsarbeit. Nichts von Bedeutung verbarg sich in diesem Boden. Gute Steine zum Bauen, aber kein Gold, kein Kupfer, kein Silber für Münzen. Ich hatte immer wissen wollen, warum die Könige von Timoran Nachtvolk hier knechteten. Unterdrückte die harte Zwangsarbeit die Wildwut? Oder folterte man die Nachtleute aus reiner Bosheit?

Da es in Ruskig genug Gerüchte gab, konnte ich erraten, dass die Könige in den Steinbrüchen mit Wildwut experimentierten. Durch Folter und Manipulation versuchten sie, sich eine Göttergabe selbst anzueignen.

Valen war hier einst gefangen gewesen. Damals noch jünger, aber er hatte mitangesehen, wie seine Familie niedergemetzelt worden war. Da der Nachtprinz ein Erdwirker war, hatte König Eli zweifelsohne versucht, ihm seine Wildwut zu nehmen.

Ich schloss die Augen, um die Schmerzen auszublenden, die er gelitten haben musste.

Schweiß und Tod überdeckten den Geruch der blühenden

Mondfahne ringsum und sorgten dafür, dass mir übel wurde und mein Magen sich verknotete.

Ich ging hinter der Mauer aus Männern auf und ab, die sich um den Tisch drängten und vorbeugten, als Ari einen abgenutzten Lageplan der Wildwutsteinbrüche ausbreitete. Ihre kräftigen Schultern verstellten mir größtenteils den Blick, aber ich konnte einfach nicht aufhören, mich zu bewegen.

Vertraute ich den Kundschaftern auf dem nahen Hügel so sehr, dass ich davon ausging, dass sie schon Alarm schlagen würden, wenn im Gefängnis etwas Ungewöhnliches vorfiel?

Ja. Mattis war einer von ihnen. Ja. Ich konnte ihnen vertrauen.

Egal wie oft ich es mir wiederholte, ich konnte nicht aufhören, auf und ab zu gehen.

»Berger, sag ihnen, was du mir gesagt hast«, befahl Ari.

Ein dicker Mann, der seinen Bart zweigeteilt und die Zähne eines Wildhunds hineingeschnürt hatte, nahm Aris Platz am Kopfende des Tisches ein. Er war Ettaner, und zwar ein Furcht einflößender. Ich wusste wenig über ihn, nur, dass er einer von Aris Spionen war und Wissen über die inneren Abläufe der Steinbrüche hatte.

Berger deutete auf eine Stelle auf dem Lageplan. »Dreimal am Tag wird diese Tür von den Gefängnisleibeigenen und zwei Wachen geöffnet. Sie halten sie hinter einer Mauer und in einer Nische verborgen, um die natürliche Quelle zu schützen. Dort schöpfen sie frisches Wasser.«

»Wie viele Leibeigene?«, fragte Ulf.

»Nicht mehr als fünf. Unbewaffnet. Gewöhnlich Frauen.«

»Das hat nichts zu sagen. Frauen können kämpferisch sein«, sagte Siv und verschränkte die Arme vor der Brust.

Berger würdigte sie kaum eines Blickes. »Die Wachen werden bewaffnet sein, aber sie sind einfache Fußtruppen. Und ich habe meine Zweifel, dass sie sich die Gesichter der Leibeigenen allzu genau ansehen. Das, mein König, das ist die Stelle, an der du sie hineinschickst.«

Aris Blick huschte vom Lageplan zu mir. Er krümmte die Finger, winkte mich an seine Seite. Ich wollte nicht gehorchen, weil ihm das doch nur zu Kopfe steigen würde, aber das Auf-und-ab-Gehen bewirkte nichts, als mein Blut in Wallung zu bringen.

»Elise, ihr werdet diese Nische durchqueren müssen«, sagte Ari. »Bist du bereit? In der Lage dazu? Gelangweilt? Verrat mir deine Gedanken.«

Ich folgte seinem Finger auf dem Lageplan. Die Pforte war nicht markiert, die Quelle auch nicht. Einfach nur eine Mauer. Wenn Berger sich täuschte, würden wir ohne Deckung sein und ohne jede Möglichkeit, hineinzugelangen. Doch es gab nicht viele Optionen, wenn man sich in einen bewachten Steinbruch schleichen wollte. »Es ist ein guter Plan. Ein guter Weg hinein.«

»Das ist es auch«, sagte Berger. »Unauffällig.«

»Wie werdet ihr an den Haupttoren zurechtkommen?«, fragte ich.

Ari grinste und schlug mit einer flachen Hand auf einen der runden Schilde. »Es ist immer ein Risiko damit verbunden, den Köder zu spielen, aber wir werden schon zurechtkommen, Kvinna.«

»Wenn ihr beiden tut, was ihr sollt«, brummte Ulf, »werdet ihr diejenigen sein, die uns das Signal zum Abrücken geben.«

»Wie fühlt sich das an, Ulf?«, fragte Siv spitz. »Zu wissen, dass dein Leben in den Händen einer Timoranerin und – wie hast du mich doch gleich genannt? – einer verräterischen Hexe liegt?«

Ulf kniff die Augen zusammen. »Mein Vertrauen gilt nicht dir; es gilt König Ari. Das hier ist sein Plan, und daran werde ich mich halten.«

»Ja, ich bin selbst ganz beeindruckt davon«, sagte Ari. Inzwischen war ich scharfsichtig genug, um zu erkennen, dass er Unruhe immer mit Humor und seiner flinken Zunge überspielte. Seine Augen hatten sich verdüstert und verrieten sein Unbehagen. »Und auch wenn keiner meiner Männer es so empfindet: Ich habe für uns alle genug Vertrauen zu euch, Elise und Siverie.«

»Es sei denn, wir lassen euch im Stich, damit man euch gefangen nimmt. Es ist schließlich eine gute Gelegenheit, dich loszuwerden«, sagte ich grinsend.

»Sehr wahr.« Ari trat näher und senkte die Stimme. »Aber ich weiß, dass du dir Sorgen um den Schatten machst, der gefangen genommen worden ist. Ich verstehe das überhaupt nicht, doch ich vertraue darauf, dass du ihn nicht in Gefahr bringen wirst. Außerdem habe ich den Schlüssel zu den Bindefesseln, die er gewiss trägt, also rate ich euch dringend, mich nicht verschmachten zu lassen. Ich bin nicht dazu geboren, in einer Gefängniszelle zu sitzen. Dazu bin ich viel zu interessant.«

Mein boshaftes Lächeln verflog. Jetzt war nicht der richtige Zeitpunkt, um Unwahrheiten zu sprechen. »Du hast recht. Ich sorge mich, und zwar um mehr als nur den Schatten. Ich werde euch nicht verraten.«

»Na, seht ihr.« Ari wandte sich seinen Männern zu. »Mir ist das gut genug.« Ulf schnaufte missbilligend, aber Frey zwinkerte mir zu, als Ari nach einem der Schilde griff. »Dann macht euch bereit. Wir haben ein Tor zu stürmen.«

Siv und ich hüllten uns in lange Mäntel und Kapuzen. Dann warteten wir, während eine Einheit des Clans sich mit Schilden ausrüstete und in Schildkrötenformation aufstellte.

Ari bellte Befehle, im Gleichschritt loszumarschieren. Ich kauerte neben Siv und sah zu, wie die Agitatoren die Schilde zu einem Wall an den Seiten, vorn und über sich hoben. Es war eine alte Strategie. Eine, die Timoraner wie Ettaner nutzten. Schild- und Körperwälle gaben einer angreifenden Einheit Gelegenheit, unter geringen Verlusten vorzurücken.

Wenn Nachtvolk zusätzlich Wildwut einsetzte, um die Sinne der nahen Wachen zu verwirren, würde sie vielleicht sogar undurchdringlich sein.

Ari war nicht der wahre König, aber er war ein so kluger Stratege wie jeder Adlige, den ich je gekannt hatte.

In dem Augenblick, als sie den Waldrand durchbrachen, ertönte Hörnerschall, um vor dem Angriff zu warnen. Durch Zweige und Dornranken sahen wir, wie Rabensporn-Wachen auf die Tore eilten und Bogenschützen über der Brustwehr Pfeile anlegten, und hörten, wie Rufe die Melancholie der Steinbrüche durchbrachen.

»Wir müssen uns beeilen«, sagte Siv.

Gemeinsam hasteten wir durchs hohe, trockene Gras zu der Pforte. Die Abstände zwischen den Latten des angrenzenden Zauns waren nicht groß genug, um hindurchzuschlüpfen, aber bevor wir uns im Wald versammelt hatten, hatten einige der Agitatoren eine gespalten, damit wir sie weit genug wegschieben konnten, um uns vorbeizuzwängen.

Ich strich mit der Handfläche über die Bretter, bis eines beiseiterutschte und meine Hand durch das Loch glitt. »Siv, hier!«

Ich hielt das Brett hoch, und Siv ging als Erste hinein. Zwei Wachtürme in unserem Rücken waren leer. Aris Ablenkungsmanöver hatte die Wachen weggelockt wie geplant. Da keine Blicke auf uns ruhten, rannten wir zur Quellmauer.

An der Ecke des Gefängnisses verrieten die Schatten, die sie dank der Fackeln warfen, herannahende Raben. Mir taten die Beine weh. Der Schlamm verschluckte meine Stiefel.

Die Mauer erreichen.

Wir hatten keine andere Wahl. Ich kämpfte mich energischer und schneller vorwärts, obwohl meine Füße immer wieder auf dem Unrat aus den Steinbrüchen ausglitten. Die Schatten wuchsen. Rufe tönten mir in den Ohren. Mit dem letzten Schritt hechtete ich hinter die Mauer und prallte hart genug auf, um den Ruck bis in die Wirbelsäule zu spüren.

Ich atmete nicht weiter.

Eine Einheit Raben tauchte mit erhobenen Klingen genau an der Stelle auf, an der wir uns eben noch befunden hatten, und stürmte zu den vorderen Toren.

Meine Knie wollten unter mir nachgeben, aber ich zwang mich zu jedem einzelnen Schritt. Die Mauer bildete eine Art Gässchen, das zu dem Wasserrinnsal abfiel. Ich zog meinen Dolch und hob eine Hand, um Siv ein Zeichen zu geben. Gemeinsam schlichen wir auf das Geräusch zu.

Frauen in schlichten Wollröcken knieten am Rande eines klaren Teichs. Sie füllten hölzerne Eimer. Eine summte eine traurige Melodie, und niemand bemerkte unsere Annäherung.

Der Atem stockte mir abermals in der Brust. Beim Ausatmen legte ich einen Arm um den Hals der nächstbesten Leibeigenen. Bevor sie einen Laut ausstoßen konnte, drückte ich eine Hand über ihren Mund. Die anderen kreischten, bis Siv mit ihrem Bogen auf eine nach der anderen zielte.

»Sag kein Wort«, zischte ich der Frau ins Ohr. »Zwei von euch müssen uns ihre Röcke und Eimer geben und dann zum Nordtor laufen. Dort gibt es eine Öffnung. Zwischen den Bäumen findet ihr eure Leute, Ettaner. Seid mit uns frei oder schreit nach euren Wachen – aber dann töten wir euch.«

Die Frau zitterte in meinem Griff.

»Will jemand schreien?«, fragte Siv leise und düster. Ihr Pfeil zielte auf die vier anderen Leibeigenen.

Keine rührte sich. Sie atmeten kaum.

»Ich nehme jetzt die Hand weg«, sagte ich zu der Frau in meinem Griff, »aber ich lasse die Spitze meiner Klinge an deinem Rücken. Zieh dich aus. Schnell.«

Siv packte eine andere Leibeigene, die ungefähr ihre Größte hatte. Die Frau wimmerte, gehorchte jedoch. Wir beeilten uns, unsere Kleider gegen ihre Röcke zu tauschen.

»Ihr anderen drei führt uns zu euren Wachen. Bleibt bei uns, dann seid ihr heute Abend auch frei.«

Eine Leibeigene nickte etwas überzeugter als zuvor. Ein Hauch von Licht kehrte in ihre dunklen Augen zurück, als ich mich an die beiden wandte, mit denen wir die Kleider getauscht hatten, und sie in Richtung des gespaltenen Zaunpfahls scheuchte. Ich hob die zurückgelassenen Eimer genau in dem Moment auf, als die eiserne Tür gegen die Steinmauer prallte.

»Bewegt euch«, sagte ein hochgewachsener, grobschlächtiger Kerl von einem Raben. Er spuckte einen braunen Klumpen vor die Füße einer der Leibeigenen und kaute dann an einem zerfaserten Zweig. Der Hunger in seinen Augen ließ mir etwas Galle in den Mund steigen.

Ulf hatte richtig geraten. Die Wachen würdigten unsere Gesichter keines Blickes; ihre Gelüste hatten ein anderes Ziel. Umso besser – so erkannte keine der Wachen, dass zwei ihrer Leibeigenen aufgemalte Runen unter Schmutzflecken und Asche verbargen.

Im Steinbruchgefängnis war die Luft von Fäulnis und Verwesung geschwängert. Aber angesichts des Summens von Wildwut durchzuckte Erregung mein Herz. Wie viele Nachtleute waren hier eingesperrt? Mehr von ihnen freizulassen, würde eine gute Strategie sein, die Ari in Erwägung ziehen musste, wenn er vorhatte, je Burg Rabensporn einzunehmen.

»Los.« Eine Wache versetzte mir von hinten einen Stoß. Ich stolperte eine Treppenflucht hinauf und verschüttete einen Teil des Wassers. Er packte mich am Haar und riss mir den Kopf in den Nacken. »Du liederliche kleine Schlampe. Jetzt hast du eine Schweinerei gemacht.«

Der Krieger verstärkte seinen Griff, zwang mich auf die Knie und presste mein Gesicht nur um Haaresbreite neben die Pfütze.

»Leck es auf.«

»Knut«, sagte die zweite Wache. »Wir haben keine Zeit. Die Tore.«

Knut schienen die Vordertore gleichgültig zu sein. Seine Finger verfingen sich tiefer in meinem Zopf. Mein Kiefer verkrampfte sich. Meine Finger tasteten sich an meiner Taille hinab und griffen nach dem Dolch in der Scheide an meinem Bein.

Der heiße Atem des Raben berührte meinen Hals. »*Auflecken*, habe ich gesagt. Wie ein Hund.«

Meine Fingerspitzen streiften den Dolchknauf, aber plötzlich wurde etwas Schweres gegen die Schläfe der Wache geschmettert. Der Mann ächzte und fiel um.

Siv holte noch einmal mit dem Eimer aus und zielte auf die fluchende zweite Wache. Ich riss den Dolch aus der Scheide. Mit rasendem Herzen und zitternder Hand rammte ich die Spitze zwischen die Rippen des Raben.

Er schnappte nach Luft, schlug nach mir und versuchte, meinen Zopf zu packen. Irgendetwas zu packen.

Ich schauderte und umklammerte den Dolch fester. Ungeübt

im Töten erstarrte ich, benommen vor Übelkeit und Unglauben. Wie beim letzten Mal, als ich jemandem das Leben genommen hatte.

Blut tropfte auf meine Hand. Als die Wache umfiel, fiel ich mit.

Der Mann litt. Die Wunde tötete ihn langsam. Ich konnte das Geräusch seines röchelnden Atems und seine hervorgestoßenen Gebete nicht länger ertragen. Ich kniff die Augen zu und drückte den Dolch tiefer hinein, bis alles aufhörte.

»Elise.« Siv packte mich unter den Achseln und zog mich weg.

Ich zitterte am ganzen Körper. Das hier war für Halvar. Für den Thron. Wenn ich in einem Kampf nicht kühlen Kopf bewahren konnte, hätte ich gar nicht hier sein sollen.

Ich atmete ein paarmal tief durch die Nase ein und war dann wieder sicherer auf den Beinen. Während mir Galle in der Kehle brannte, riss ich den Dolch heraus und wischte das Blut an meinen Röcken ab. Die anderen Leibeigenen verzogen angesichts des Bluts kaum das Gesicht und umringten den Mann, den Siv mit ihrem Eimer niedergeschlagen hatte, um ihm Silbermünzen aus den Taschen zu stehlen.

»Die unteren Zellen«, rief Siv und drückte einer Leibeigenen ihr Messer an die Kehle. »Wo liegen sie?«

Das Mädchen schluckte und zeigte einen schmalen Gang entlang. »Dort. An der Biegung ist eine Tür. Nehmt sie, dann führt die Treppe euch nach unten. Aber es gibt keinen Ausweg von dort unten.«

»Ja«, sagte Siv und zog ihre Klinge zurück. »Das wissen wir. Wenn ihr frei sein wollt, geht hinaus, dorthin, wo wir hergekommen sind, und lauft zu den Bäumen.«

Die drei Frauen warfen einen einzigen Blick auf die Wachen,

die sich nicht mehr rührten, und zögerten nur einen Atemzug lang, bevor sie zurück zur Quellpforte rannten.

»Elise«, sagte Siv, während sie mir eine Hand auf den Arm legte, »wir müssen weiter.«

Für Halvar. Für den Thron. Für Valen.

Ich nickte. »Vorwärts.«

KAPITEL 9

PRINZESSIN AUF ABWEGEN

Der Lärm des Angriffs hallte im Gang wider. Die Tür zu den unteren Zellen stand einen Spaltbreit offen, als wären Wachen die Treppe so schnell heraufgerannt, dass sie vergessen hatten, hinter sich abzuschließen. Feuchtes Moos tränkte die Stufen, und nur wenige Fackeln erhellten das Treppenhaus. Schatten hielten uns zum Narren, tanzten und sprangen wie Mahrdämonen, die ausgeschickt waren, unsere Träume heimzusuchen.

Das Treppenhaus öffnete sich zu den unteren Zellenblöcken. Jede Zelle bestand aus einer hölzernen Tür zwischen Gitterstäben. Bis auf das stetige Tropfen des Wassers in der Dunkelheit war es still. Die Luft roch nach fauligem nassem Stroh und einer dicken Wolke ungewaschener Haut. Aufgrund der offenen Fenster und Risse im Stein hielten die Zellen wenig Wärme, und jedes Ausatmen ließ Wolken vor meinen Mund treten.

Siv wandte sich nach links, während ich die rechte Seite übernahm. Wir spähten durch Türen und in Käfige.

»Halvar!«, rief ich, als wir mindestens ein Dutzend Zellen überprüft hatten. Die meisten waren leer, in zweien lagen Leichen. In den übrigen befanden sich Nachtleute, die sich nicht einmal umdrehten, um uns anzusehen. Ich fuhr mir mit den

Fingern durchs Haar. Panik stieg in meiner Brust auf. »Halvar, antworte mir!«

Nichts.

Zumindest nicht gleich.

»Es wundert mich nicht, dass du darum bittest«, kam nach ein paar Herzschlägen die heisere Antwort. »Denn wer würde den Klang meiner Stimme nicht genießen?«

Ich stieß ein wildes Lachen aus und schoss zu der Zelle, die sich in der hintersten Ecke befand. Er lag auf einer hölzernen Pritsche, ein Knie angezogen, eine Hand unter seinem Kopf.

Ein Lächeln huschte über mein Gesicht, und ich war verblüfft, wie erleichtert ich war, Halvar Atra wiederzusehen.

Er wandte den Kopf, um einen Blick auf die Gitterstäbe zu werfen. Die vertraute Gerissenheit stand in seinen Augen. Aber nach einem Atemzug schwand das Lächeln von seinen Lippen, und er sprang von der Pritsche auf. »Elise? Bei allen Göttern, bilde ich mir etwas ein?«

Ich lachte leise und steckte eine Hand zwischen den Gitterstäben hindurch. »Du bildest dir nichts ein. Wir sind hier, um dich herauszuholen.«

»Ich weiß nicht … Wie kommst du hierher? Woher wusstest du, dass ich gefangen genommen worden bin? Warte – bist du bei ihm?«

»Nein«, sagte ich niedergeschlagen. »Nein, wir haben auf andere Art von deiner Gefangennahme erfahren. Jetzt beeil dich. Wir haben nur eine einzige Chance, dich aus dieser Zelle herauszuholen.«

»Warte, Elise.« Halvar umfasste die Gitterstäbe. Erst jetzt fiel mir auf, dass einige seiner Finger verkrümmt und blau angelaufen waren und dass silberne Ringe um seine Handgelenke lagen. Runen waren in die Ringe eingraviert, und seine Haut war darunter rot und gereizt.

»Halvar.« Ich strich über die Blutergüsse an seinen Fingerknöcheln. »Haben sie dir wehgetan?«

»O ja«, sagte er leichthin. »Aber damit ist in diesem Loch ja zu rechnen.«

Ich schluckte die Woge aus Zorn hinunter und zeigte auf die Ringe. »Was ist das?«

»Bindefesseln. Sie machen mich fürchterlich gewöhnlich, indem sie meine prachtvolle Wildwut unterdrücken. Und sie brennen wie die verdammten Höllen.«

Das waren die Bindefesseln, von denen Ari gesprochen hatte – die, von denen er behauptet hatte, er habe einen Schlüssel, um sie zu entfernen.

»Wir nehmen sie dir ab, sobald du hier heraus bist.«

Er schüttelte den Kopf. »Ich bleibe.«

»Was? Nein.«

Halvar war bleich, seine Lippen aufgesprungen. Sein sonst so glänzendes, welliges Haar war verfilzt und mit einer leichten Staubschicht überzogen, aber sein Grinsen war so verschlagen wie eh und je. Mit einem schweren Seufzen ließ er sich wieder auf die Pritsche fallen. »Die Geste schmeichelt mir, wirklich. Überrascht bin ich natürlich nicht. Ich wusste ja gleich, dass du mich am meisten vermissen würdest, aber wenn du gekommen bist, trifft bestimmt auch meine Gilde bald ein. So, wie die Wachen von hier weggerannt sind, würde es mich nicht einmal erstaunen, wenn die beiden schon hier wären.«

»Du Dummkopf«, blaffte Siv. »Die Wachen sind unseretwegen gegangen! Wir lassen die Clanangehörigen draußen für Ablenkung sorgen und ihr verdammtes Leben riskieren, um dich zu retten. Jetzt steh auf und komm hier heraus.«

»Das Chaos seid ihr?«

»Ja«, sagte ich seufzend. »Siv, das Pulver.«

Siv griff in ihre Tunika und zog einen zusammengeschnürten Beutel aus Schweineleder daraus hervor. Wir hatten keinen Schlüssel, aber was Ruskig zu bieten hatte, waren die verborgenen Talente kundiger Giftmischer. Eigentlich war das ziemlich erschreckend. Kjell, ein alter Mann, dessen Bart bis zu seinem Bauchnabel reichte, hatte das Pulver für uns gemischt. Ari hatte uns versichert, dass es so wirksam sein würde wie jeder Schlüssel.

Mit einem kleinen Löffel schaufelte ich etwas von dem roten Gift hoch und schüttete es vorsichtig auf die Türangeln von Halvars Zelle.

»Pass auf«, mahnte Siv schrill, als ich auf den Löffel spuckte. »Lass nichts von dem nassen Pulver an deine Haut kommen.«

Ich nickte und leerte den Löffel über dem trockenen Pulver aus, bis es zu einer blutroten Paste wurde.

Fast sofort zischte und knackte das Pulver, und ein bisschen weißer Rauch stieg auf. Halvar war aufgesprungen und wich einen Schritt zurück. Wir auch. Der Gestank nach Erz und Asche breitete sich in den feuchten Zellen aus. Es dauerte nicht lange, bis die Angeln schmolzen und die Zellentür so weit aufsackte, dass sie sich bewegen ließ und Halvar herausschlüpfen konnte.

»Wo hast du solch ein Kunststück gelernt, Kvinna?« Halvar sah entzückt drein.

»Ruskig hat viele interessante Leute zu bieten. Du musst dich beeilen.«

Er zögerte. »Er wird mich holen kommen, aber wenn ich nicht hier bin, wird er hier alles kurz und klein schlagen.«

Siv stöhnte.

»Halvar, im Augenblick sind wir es, die dich holen kommen«, sagte ich.

Er schloss die Augen und presste die Lippen zusammen. »Er will nicht …«

Ich sollte nicht mehr erfahren, was der Nachtprinz nicht wollte. Die Tür am oberen Ende der Treppe flog krachend auf und ließ uns erschrocken verstummen.

Ich zog meinen Dolch. »Halvar, wir gehen jetzt.«

»Gut.« Er schüttelte die Hände aus und kletterte über die beschädigte Zellentür. »Klinge?«

Siv rüstete ihn mit einem schmalen Messer aus. Erst schien er protestieren zu wollen, ließ es dann aber doch in seinem Griff herumwirbeln.

Schreie zweier anderer ließen mir den Kopf tönen. Ich wünschte, wir hätten genug Pulver gehabt, um sie alle zu befreien, aber Kjell hatte uns gesagt, dass das Brandpulver tückisch und teuer war. Wir konnten es nur an einer Zelle und nicht an mehr benutzen.

Über die Treppe ergossen sich Rabenspornpatrouillen in den Zellenblock. Ihre dunkle Lederkleidung und ihre Rüstungsteile waren feucht vor Blut. Sie schrien uns zu, stehen zu bleiben, und griffen dann an, bereit zum Töten. Mein Verstand leerte sich. Ob vor Angst oder aus Instinkt, vermochte ich nicht zu sagen. Ich stieß einfach zu, führte Hiebe und parierte. Siv schlug sich im Kampf wacker, aber ich konnte den Blick nicht von Halvar wenden.

Er hörte keinen einzigen Moment lang auf zu grinsen. Sogar mit gebrochenen Fingern tänzelte er um die Wachen herum. Seine Klinge riss eine Kehle auf, fuhr zwischen Rippen, ins Herz, in den Bauch, als müsste er nicht einmal nachdenken. Die letzte Wache wich stolpernd zurück, nachdem Halvars

Messer ihr den Hals von der Seite aufgeschlitzt hatte, und die Leiche prallte auf mich.

Halvar hielt mich am Arm fest und zwinkerte. »Ich freue mich sehr, dich wiederzusehen, habe ich dir das schon gesagt?«

»Ja«, sagte ich und betrachtete die toten Wachen zu unseren Füßen. »Und jetzt verstehe ich, warum deine Familie die ersten Ritter gestellt hat.«

Halvar lachte leise, hob sich aber einen Finger vor die Lippen. »Wie ungezogen. Behalt diese Geheimnisse in jedem Fall für dich, liebe Elise.«

»Ich kann sowieso nicht in die Einzelheiten gehen. Die Wildwut hat mir die Lippen verschlossen.«

»Aha, das ist also immer noch ein wunder Punkt bei dir, ich verstehe.«

Ich verdrehte die Augen und rannte Halvar nach, dankbar, dass er am Leben war. Zerlumpt vielleicht, aber am Leben.

»Äh, meine gewiefte Agitatorin, dürfte ich wohl etwas fragen?«, begann Halvar, als Siv die Führung übernahm. »Wo genau werden wir aus dem Gefängnis entkommen?«

»Rauf«, war alles, was sie sagte.

Wir stiegen die Treppe erneut hinauf in das Stockwerk mit der Quellpforte und bogen dann in ein weiteres Treppenhaus ab. Hier oben tönte das Geschrei der Clanangehörigen durch alle Gänge. Wachen riefen Befehle; Bogenschützen schossen wieder und wieder. Draußen stiegen Flammen auf, und das wütende Prallen von Stahl auf Stahl verriet, dass die Schildwälle zusammengebrochen waren. Die Agitatoren kämpften.

»Hier«, rief Siv. Sie kam schlitternd vor einem Fenster neben einer Fackel an der Außenmauer zum Stillstand. Mit der Ellenbogenspitze zerschmetterte sie das Glas, hob dann die Fackel aus ihrer Halterung und schwenkte sie hin und her.

»Bist du sicher, dass das die richtige ist?«

»Ja«, stieß sie atemlos hervor. »Fünf von der Mitte des Gefängnisses entfernt.«

Ein Horn erscholl in der Ferne, das Signal für den Clan, sich zurückzuziehen. Ob die Agitatoren dazu jetzt noch in der Lage waren, blieb abzuwarten.

Siv schnippte mit den Fingern. »Zurückweichen!«

Aus den Bäumen hervor zischte ein Bolzen, an dem ein dickes Seil befestigt war, durchs Fenster und in die nassen Steine der Gefängnismauer. Siv überprüfte, wie straff das Seil gespannt war, stieg aufs Fensterbrett und schnallte einen Gürtel aus gekochtem Leder los, den sie um das Bein geschnallt getragen hatte. »Ich gehe als Erste.«

Siv schlang den Gürtel um das Seil, schloss die Schnalle wieder und schlüpfte in die Schlaufe. Sie zog sie unter ihren Achseln zurecht und sicherte sie. Dann sprang sie vom Fensterbrett in die Nacht. Siv rutschte mit angezogenen Beinen am Seil hinunter und entging den Eisenspitzen des Tors um wenige Schritte.

»Los.« Ich wandte mich Halvar zu, raffte die Leibeigenenröcke mit beiden Händen hoch und nahm dann einen ähnlichen Gürtel von meinem Bein ab. Sobald er am Seil befestigt war, bedeutete ich ihm, näher zu kommen. »Achte darauf, dass er unter deinen Achseln sitzt.«

»Ich lasse dich hier nicht zurück«, sagte Halvar.

»Ich komme gleich hinter dir.«

Widerwillig stieg Halvar aufs Fensterbrett. Ich half ihm, die Schlaufe über seinen Kopf zu ziehen, und war vorsichtig, um nicht in seinen Körper geschnittene Wunden, die ich vorher nicht bemerkt hatte, und seine gebrochenen Finger zu treffen. Er sah sich nach mir um, bestimmt drauf und dran, zu widersprechen, aber dann riss er die Augen auf.

Er schrie meinen Namen. Dann verschwamm alles.

Eine Faust traf mich am Hinterkopf. Ich geriet ins Stolpern, während mein Blick zwischen dem Raben, der mich überrumpelt hatte, und Halvar, der dem behelfsmäßigen Geschirr zu entkommen und für mich zu kämpfen versuchte, hin und her huschte.

Ich biss mir von innen in die Wange und versetzte ihm einen Stoß.

Halvar fluchte, als er aus dem Fenster sauste. Er rief noch einmal meinen Namen, aber der verklang, als Halvar verschwand.

Ich schmetterte die Schneide meines Dolchs gegen das Seil und durchtrennte es, bevor die Wachen es benutzen konnten, um ihm zu dem Ort zu folgen, an dem der Clan sich versteckte.

Der kräftige Arm einer Wache schloss sich um meine Taille. Ich schrie, trat um mich, biss. Alles war mir recht, um mich zu befreien, aber ich scheiterte, als er mir die Hand auf den Mund drückte und mich ins Wildwutgefängnis hineinschleifte.

KAPITEL 10

NACHTPRINZ

Im Gefängnis tobte ein Sturm aus Schreien, Kampfbefehlen und Blut. Die Hitze des Gefechts, ihr Geschmack, waren ein Weckruf für die Lust in mir.

Ich drehte die Äxte in meinem Griff. *Nicht jetzt.*

Mehr denn je mussten wir zu Halvar vordringen und verschwinden. Thor blieb in einem langen Gang stehen und warf noch einen Blick aus dem Fenster.

»Das sind Ettaner«, sagte er.

»Ettaner?« Ich folgte ihm ans Fenster und achtete darauf, in Deckung zu bleiben. Von dort, wo wir standen, waren die Angreifer zu sehen. Sie trugen bemalte hölzerne Schilde und rammten immer wieder das Tor. Nicht mit einem Rammbock, mit etwas anderem. Der Funke der Wildwut lag in der Luft. Das ergab keinen Sinn. »Thor, es sind Nachtleute bei ihnen.«

»Sie proben den Aufstand?« Er schien so erstaunt zu sein wie ich. »Warum, nach all der Zeit?«

Ich schüttelte den Kopf. Wir hatten längst nicht alles getan, was wir vorhatten, um den Rabensporn zu schwächen; noch nicht. Aber das hier war das Ergebnis, das wir die ganze Zeit über angestrebt hatten, und es fiel vor unseren Augen in sich zusammen. Zweifellos ein erbärmliches Heer, allerdings gut organisiert, so klein es auch war.

Es musste von jemandem angeführt werden, der tüchtig war und klare Pläne hatte.

»Wir müssen uns keine Sorgen um sie machen«, sagte ich. »Wir nutzen das hier aus, um mit Halvar zu entkommen. Beeil dich.«

In den unteren Zellen schlugen ein paar der Luftfae, die dort eingesperrt waren, gegen ihre Gitterstäbe und schleuderten den Göttern Flüche entgegen. Als hätte das Chaos der Schlacht etwas in ihnen wachgerufen.

»Halvar!«, rief Thor.

»Bei den Höllen«, grummelte ein hochgewachsener Fae. »Der schon wieder. Gebt einem anderen eine Chance. Er ist weg.«

Ich ignorierte ihn zuerst, bis wir an einer zerschmetterten Zelle in der Ecke ankamen. Die Angeln glommen wie glühende Kohlen, und Dampf stieg aus dem Eisen auf. Die Zelle war leer, und Halvar war im ganzen Block nicht zu finden.

Die Wildwut erhitzte mein Blut. Hatten sie seine wahre Identität herausgefunden? Ich schrie vor Wut und schmetterte den Axtkopf gegen die Gitterstäbe. Das Erz in den Zellen bog sich und stöhnte.

Ich war noch nie gut darin gewesen, meine Wildwut zu zügeln, wenn mich heftige Gefühle überkamen.

Ich wandte mich dem Gefangenen zu, umfasste die Gitterstäbe seiner Zelle und verbog sie. Er sah mit einem gewissen Entsetzen und voller Ehrfurcht zu, wie ich seine Zelle betrat. »Wohin hat man ihn gebracht?«

»I … i … ich weiß es nicht. Ein paar Leibeigene sind gekommen und … haben die Zelle aufgebrochen. Sie haben auch die Wachen getötet.«

Ich folgte seinem Blick und erkannte erst jetzt, dass in den Schatten unweit der Treppe die Leichen mehrerer Raben lagen. In meiner Hast, Halvar zu finden, hatte ich sie zuvor übersehen.

»Ich habe von dir gehört«, fuhr der Mann fort. Sein Blick huschte über meine Maske und zu der Axt in meiner Hand. »Blutgeist?«

»Thor.« Ich ignorierte den Mann und verließ die Zelle. »Wir suchen ihn. Sofort.«

»Wartet. Lass mich mitkommen, Blutgeist.«

»Nein.«

»Ich bin ein guter Kämpfer. Ich kann mit Wildwut umgehen. Bitte. Ich kann euch helfen.«

Ich wirbelte zu ihm herum. »Wie ist dein Name?«

»Stieg. Ich kann an eurer Seite kämpfen.« Er sah noch einmal die verbogenen Gitterstäbe an; zweifelsohne hatte er viele Fragen. »Das können wir alle.«

Es waren nur noch zwei weitere Fae da, die mit flehentlichen Bitten antworteten, sie zu befreien.

»Wir brauchen nicht noch mehr Luftfae«, sagte ich und stapfte zu Thor zurück.

Stieg folgte mir.

»Nicht alle hier haben Luftwildwut. Die beiden da haben andere Talente. Nimm uns mit, dann schwören wir dir alle Treue, Blutgeist. Wir sitzen hier vielleicht in einem Loch, aber wir hören Gerüchte. Wir wissen, wie du diesen timoranischen Bastarden zusetzt.«

»Du bist in Bindefesseln.« Er trug welche, die anderen aber nicht. »Warum nur du?«

Stieg zuckte die Schultern. »Ich weiß es nicht.«

»Weil die Frau und ich keine Luftfae sind«, sagte ein anderer Gefangener. Seine Arme waren blutig und voller Prellungen, aber er grinste. »Sie glauben, dass wir gebrochen und keine Bedrohung sind.«

»Willst du damit sagen, dass du eine Bedrohung bist?«

»Auf jeden Fall.«

»Wie nennt man dich?«

»Casper.«

Ich sah mich in den Zellen um. Casper hatte einen zottigen Bart und zerlumpte Kleidung. Eines seiner Augen war zugeschwollen. So böse, wie die Frau dreinsah, wirkte sie, als würde sie am liebsten jemandem die Kehle durchschneiden.

Thor sah mir in die Augen. Er schüttelte unmerklich den Kopf, als wüsste er schon, was ich tun würde. »Die Wildwut wird ihnen zu viel verraten.«

Das stimmte, doch ihre Mienen offenbarten denselben Hass auf die Raben wie meine. »Wenn ihr euch uns anschließt, nennt ihr mich Blutgeist oder Legion Grey. Was ihr sehen werdet, bringt euch vielleicht dazu, euch Gedanken zu machen, aber das tut ihr lieber nicht. Wenn ihr mich anders als bei diesem Namen nennt, werde ich euch töten. Einverstanden?«

»Ich nenne dich bei jedem Namen, den du willst, wenn du meinen Arsch hier herausholst«, sagte Casper.

Es war ein Risiko, aber jetzt, da wir uns zu Halvar durchkämpfen mussten, konnten wir zusätzliche Hände gebrauchen. Ich ging in die Hocke und drückte die Hände auf den Steinboden. Als ich noch ein Junge gewesen war, hatte das Brennen der Wildwut mir die Tränen in die Augen getrieben. Sol hatte mich gnadenlos damit aufgezogen, und ich hatte gelernt, mich stattdessen danach zu sehnen.

Meine Fingerspitzen wurden auf dem Stein heiß. Die Zellen erbebten, als Erz, Stein und Erdboden sich unter dem Einfluss meiner Magie verformten. Die Gefangenen schnappten nach

Luft und wichen hastig zurück, als die Gitterstäbe langsam knarrten. Sie verbogen sich in verschiedenen Winkeln. Einige brachen.

Ich schloss die Augen. Der Druck, der auf meinen Schultern lastete, nahm zu. Die Wildwut verlangte einem viel ab, und das hier war mehr, als ich je gewirkt hatte, seit der Fluch gebrochen worden war.

»Bei den drei Höllen«, sagte Stieg mit einem atemlosen Aufkeuchen.

Ich schrie eine letzte Welle heraus und sah zu, wie die Gitterstäbe ihrer Zellen sich noch weiter dehnten und endlich zerbrachen. Der Staub legte sich. Die Gefangenen starrten mich, noch immer in ihren Zellen, an, als könnte ich sie genauso zerbrechen.

Ich wischte mir mit dem Handrücken den Schweiß von der Stirn, stand auf und griff wieder nach meiner Axt. »Wir gehen jetzt. Bleibt gern und gafft, wenn ihr wollt.«

Ich wartete auf keinen von ihnen, bevor ich auf einen Abfluss am hinteren Ende des Zellenblocks zurannte.

»Nein, nein«, sagte Stieg lachend. »Wir kommen mit, Blutgeist. Ich knüpfe mein Schicksal an den Erdwirker.«

»Sie werden uns ein Klotz am Bein sein«, grummelte Thor.

»Wisst ihr alle, wie man kämpft?«, fragte ich.

»Wir Nachtleute in Timoran lernen, eine Klinge zu führen, sonst sterben wir«, sagte Casper.

»Du hast gesagt, dass du nicht zum Nachtvolk gehörst.«

»Wann?«, fragte Casper. »Es ist nicht meine Schuld, wenn die Raben nicht begreifen, dass es außer Luft, Feuer und Illusion noch weitere Talente gibt. Meine Begabung ist Wasser. Anders, so wie deine, Blutgeist. Du wirkst auf die Erde ein, und da frage ich mich, ob du …«

»Was habe ich gesagt?«, blaffte ich. »Du kennst mich nur unter zwei Namen, sonst schneide ich dir die Kehle durch.«

»Gib uns eine Klinge oder geh aus dem Weg. Männer wollen immer nur reden.« Die Frau drängte sich nach vorn durch. Ihr Haar war dunkel und in unregelmäßigen Stufen geschnitten. Unter dem Dreck und Schmutz in ihrem Gesicht funkelten zwei silberne Schmuckringe in ihren Wangen. Ihre Haut war hellbraun, aber ihre Augen wirkten fast golden, und an ihren Handgelenken fehlten die silbernen Bindefesseln.

»Gehörst du zum Nachtvolk?«

»Nein«, sagte sie. »Ich bin als Tauschhandelsware hergekommen, um eurem König von Nutzen zu sein. Dann habe ich gehört, dass er gestorben ist.«

Ich kniff die Augen zusammen. »Von Nutzen? In welcher Hinsicht?«

»Ich bin das, was man eine Alver nennt.«

Mir wurde flau im Magen. »Aus dem Osten? Wir kennen einen Elixisten.«

Die Frau grinste boshaft. »Die sind mein Lieblingsschlag. Ich bin, was man eine Profetik nennt.«

»Was zu allen Höllen ist eine Alver?«, flüsterte Stieg Casper zu. Der zuckte nur die Schultern.

»Als Profetik verfüge ich über unübertreffliche Sinne«, sagte die Frau. »Aber mein größtes Talent ist der Geschmack. Ich war hier, um als Giftschmeckerin für euren König zu dienen.«

»Er ist nicht mein König«, knurrte ich.

»Das ist mir gleich. Wenn du mich hier herausholst, stehe ich in deiner Schuld und kämpfe an deiner Seite, bis ich die Schuld beglichen habe.«

»Kehrst du nicht nach Hause zurück?«

Sie zuckte zusammen. Ein Teil ihrer gehärteten Schale zerbrach. »Ich zahle diese Schuld zurück, dann kehre ich heim. Ich habe einen Mann, der nach mir sucht. Einen Elixisten mit größeren Fähigkeiten, als ich sie je bei einem anderen gesehen habe. Er wird die Welt in Stücke reißen, um mich aufzuspüren, und ich mag diese stinkenden Jungs hier ziemlich. Es wäre mir zuwider mitanzusehen, wie sie ins Kreuzfeuer seines Zorns geraten.«

Ich grinste unter meiner Maske. »Dein Name? Wenn wir zusammen bluten sollen, müssen wir auch wissen, wie wir einander nennen sollen.«

Die Frau hob das Kinn. »Junius von Skítkast. Mir ist Junie lieber.«

Der Name ihres Heimatlands kam mir bekannt vor. Bevan – er hatte ihn früher schon einmal erwähnt. Wenn es so wild und ungezähmt war, wie Bevan gesagt hatte, dann konnten wir darauf zählen, dass Junius mit einer Klinge umzugehen verstand.

»Thor, gib ihnen die nötigen Mittel, sich zu verteidigen.« Mit einem Brummen verteilte Thor drei seiner Messer. Ich zog die zweite Axt. »Wir wissen nicht, wer angreift, aber für den Kampf sind wir nicht hier. Wir sind gekommen, um unseren Gildenbruder zurückzuholen. Helft uns, dann seid ihr frei.«

»Wir sind dein, Blutgeist«, sagte Stieg. Er neigte den Kopf, fast so, als hätte er noch einen ganz anderen Verdacht.

Sollte er nur. Er hatte getan, was ich verlangt hatte, und weder Fragen gestellt noch einen anderen Namen benutzt.

»Casper«, sagte ich. »Deine Wildwut verbindet sich mit dem Wasser?«

»Ein Sonderling, so hat meine Maj mich immer genannt. Kein typisches Nachtvolk. Eher wie ein Wassernyk.«

»Unter diesen Zellen verlaufen Kanäle. Kannst du das Wasser so weit wegschaffen, dass wir hindurchkönnen?«

»Kommt drauf an, wie viel es ist, aber wahrscheinlich könnte ich es zumindest hinbekommen, dass wir nicht ertrinken.«

Ich schob mit dem Fuß Schmutz und ranziges Stroh von einem der Eisengitter im Boden fort. Gemeinsam hoben Thor und ich es an und starrten in die modrige Schwärze hinab. »Da unten. Was brauchst du?«

»Nichts.« Casper streichelte seinen drahtigen Bart und legte dann den Kopf schief. »Ich muss bloß schwimmen.«

»Pass auf«, warnte ich ihn. »Wahrscheinlich gibt es eine Strömung.«

»Ich bin ein guter Schwimmer, Blutgeist. Aber es rührt mich, dass wir uns jetzt schon so nahestehen, dass du dir Sorgen um mich machst. Man nennt dich die Geißel Timorans, doch unter alledem bist du ein verdammter Liebender, nicht wahr?«

»Schon gut«, sagte Thor und versetzte Casper einen Stoß gegen die Schulter. »Nun mach hin.«

Casper lachte leise und schwang seine Beine ins Loch. Heute Nacht war ich dankbar für die rote Maske. Sie mussten mir nicht unbedingt ein Anzeichen für das Lächeln darunter ansehen. Das hier erinnerte mich zu sehr an das Leben vor der Eroberung. Als Nachtvolk und Ettaner sich geneckt, miteinander gelacht und friedlich zusammengelebt hatten.

Das weckte in mir den Wunsch, um eine Krone zu kämpfen, die ich eigentlich gar nicht wollte. Eine, die ich nicht verdient hatte.

Ich hatte nicht die Absicht, sie zu tragen, aber große Pläne, sie zu verbrennen.

Bevor er verschwand, wandte Casper sich mir zu. »Ich rufe euch, wenn die Luft rein ist.«

Dann war er verschwunden.

Die Stille wurde dicht wie Rauch, erstickte den Atem und

betäubte die Sinne, bis wir nichts mehr tun konnten, als reglos dazustehen und zu warten.

Ein Schmerzensschrei ertönte aus dem Boden.

»Casper!«, rief Stieg.

Nichts.

Schweiß ließ die Äxte in meinem Griff rutschig werden. Er hatte nur noch wenig Zeit, bis wir gezwungen sein würden, ihn im Stich zu lassen und einen anderen Weg zu nehmen. Wenn wasserbegabte Wildwut die Kanäle nicht freimachen konnte, hatten wir keine Chance.

Vielleicht hatte das Schicksal uns hier mit Casper, einem ungefesselten Wasserfae, zusammengeführt. Zur Warnung, dass mein ursprünglicher Plan undurchführbar war. Ich hätte dafür gesorgt, dass wir alle getötet worden wären.

»Frei!«, rief Caspers Stimme zu uns herauf.

Ich atmete langsam aus und ließ die Schultern sinken. Meine Erleichterung hielt einen einzigen Augenblick lang vor. »Los!«, wies ich Junie an. »Geh.«

Sie war mutig, diese fremdländische Alver-Frau, das musste ich ihr lassen. Sie hinterfragte nichts und zögerte nicht, bevor sie Casper in die Dunkelheit folgte. Thor und Stieg folgten hintereinander. Ich ließ mich in die Eiseskälte des Lochs gleiten, unsicher, wie tief es hinabging, aber ein Knall draußen ließ mir keine Wahl.

Wir mussten weg. Bald.

Kalte Luft peitschte ein paar Herzschläge lang auf mein Gesicht ein, bevor ich auf wassergetränkter, matschiger Erde aufschlug. Fäulnis besudelte die Luft. An den Wänden floss Wasser. Casper ächzte, die Hände zu Fäusten geballt. Das Wasser hatte sich geteilt und strömte aufwärts an der Wölbung des Tunnels und der Decke entlang, gleich sich bewegenden Wänden über dem Stein.

»Wäre schön, wenn wir uns beeilen könnten«, stieß Casper hervor. Sein Gesicht war rot angelaufen.

Ich nickte und folgte einem Lichtschein in der Ferne. Am ersten Tor, das die Kanäle von den Bächen trennte, die in den Wald führten, umfasste ich die Gitterstäbe. Meine eigene Wildwut war von den Zellen geschwächt. Die Stäbe gaben etwas nach, aber nicht genug, um jemanden von Caspers Größe durchzulassen.

»Lasst mich durch«, forderte Junie. »Ich bin die Kleinste und kann das Schloss von außen knacken.«

»Und wer sagt, dass du uns nicht im Stich lassen wirst?«, blaffte Thor.

»Niemand. Ich nehme an, ihr müsst einfach darauf vertrauen, dass ich meine Eide halte.«

»Geh«, sagte ich mit zusammengebissenen Zähnen und kämpfte gegen das Erz, um es zu biegen und zu brechen.

Junie zwängte sich seitwärts durch die Öffnung, die ich schon geformt hatte. Sie tastete sich unbeholfen vorwärts, und einen Moment lang dachte ich, sie würde vielleicht die Flucht ergreifen. Wenn sie eine Familie, einen Mann, hatte, warum hätte sie es nicht tun sollen?

Aber sie drehte sich um und musterte das Tor. »Es ist ein ganz einfaches Schloss.« Mithilfe der Messerspitze stocherte sie eine gefühlte Ewigkeit lang im Schlüsselloch herum. Casper sog immer wieder scharf die Luft ein. Immer mehr Wasser stieg um meine Knie.

»*Junius*«, sagte ich.

»Klappe.« Sie biss sich auf die Zungenspitze und verfluchte die Klinge.

Ich versuchte, noch stärker auf die Gitterstäbe einzuwirken. Sie gaben etwas nach, aber mir zitterten die Arme. Die Wildwut brannte, als würde sie jeden Augenblick aus meiner Haut hervorbrechen.

»Ich kann es nicht mehr zurückhalten«, sagte Casper.

Stieg packte ihn am Arm. »Du musst aber!«

Wasser schwappte um meine Taille, dann um meine Brust. Als es meine Schultern erreichte, hob ich das Kinn, bereit, die Luft anzuhalten.

Dann klickte das Tor.

Junius warf das Vorhängeschloss beiseite und riss das Gitter auf. Wir taumelten mit der reißenden Strömung ins Bachbett und suchten Halt am Rand.

Stieg lachte und schlug Casper ein paarmal auf den Rücken. »Gut gemacht, Wassernyk. Gut gemacht.«

Casper winkte ab und ließ sich dann ans Ufer fallen, um Atem zu schöpfen, aber Thor stupste seine Schulter mit dem Stiefel an. »Aufstehen. Wir können nicht hierbleiben.«

Wir waren in einer gewissen Entfernung vom Kampfgetümmel, doch ohne Deckung hier draußen zu bleiben, war töricht. Einen Moment lang vergaß ich, dass andere sich zu uns gesellt hatten, und zog die rote Maske herab.

»Ich hätte ja fast mit Reißzähnen gerechnet«, murmelte Stieg an Casper gewandt.

Ich ignorierte die beiden und verschaffte mir einen Überblick über unsere Umgebung. »Stieg, du hast gesagt, dass unser Mann von Leibeigenen mitgenommen worden ist.«

»Ja.« Stieg trat an meine Seite. »Aber ich bezweifle, dass sie wirklich Leibeigene waren. Sie hatten ein Pulver, das die verdammten Türangeln aufgelöst hat.«

»Warum sollte jemand Halvar herausholen?«, fragte ich Thor.

»Man muss die Verbindung zwischen ihm und dem Blutgeist entdeckt haben. Wir sollten mit einer Lösegeldforderung rechnen.«

Gewiss, jemand mochte wissen, dass Halvar ein Mitglied der Schattengilde war. Aber noch wahrscheinlicher war, dass jemand wusste, dass er Halvar Atra war, der erste Ritter des wiederhergestellten Valen Ferus.

Es würde ein höherer Preis zu bezahlen sein als ein Lösegeld. Wir würden gezwungen sein, zu tun, was die Verantwortlichen wollten, bis wir Halvars Freiheit ausgehandelt oder Schweigen erkauft hatten. Die dunkleren Regungen, die nach mir riefen, hätten am liebsten diejenigen niedergemetzelt, die ihn geholt hatten; dann hätten wir Ruhe gehabt.

Vielleicht würde ich es tun.

»Macht euch auf den Weg zu den Bäumen«, sagte ich nach einer Pause. »Wir entscheiden außer Sichtweite über unseren nächsten Schritt.«

Casper, Stieg und Junius packten ihre Messer fester und rannten Thor nach auf die Tore zu. Der Angriff sorgte zumindest dafür, dass wir freie Bahn hatten. Jede einzelne Wache war dort vorn und focht die Eindringlinge zurück.

Natürlich würden wir herausfinden müssen, wer heute Nacht angegriffen hatte. Vielleicht waren es die Leute gewesen, die Halvar geholt hatten, und ich musste wissen, wer dafür verantwortlich war, die Unzufriedenheit der Ettaner und des Nachtvolks zu schüren.

Diese Person würde ich im Auge behalten, unterstützen oder, falls sie meine Pläne wieder durchkreuzte, töten müssen.

»Legion!«, rief Thor und achtete darauf, meinen wahren Namen verborgen zu halten. »Runter.«

Hinter uns, in den Schatten der rückwärtigen Einfahrt, hielt eine Gefängniskutsche neben einem Hintereingang. Ich ließ mich hinter einen der Haufen aus Matsch und Stroh fallen, mit denen der Hof übersät war.

Vier Raben kamen aus der Tür gestürmt. Jemand zwischen ihnen wehrte sich gegen sie. Der Kutscher sprang vom Bock und schloss die nach hinten gerichtete Tür auf.

»Ari! Ari!«, schrie eine Frau. Sie trat und schlug um sich und lieferte den Wachen einen Kampf.

»Kvinna! Nein!«, rief eine andere Stimme von den vorderen Toren her.

Mein Herz geriet ins Stolpern. Nein. Nein, das war doch nicht etwa …

Die Männer, die den Angriff führten, richteten ihre Schilde auf die Kutsche aus. Sie versuchten, die Frau zu erreichen, um sie zu retten, wurden aber immer wieder von weiteren Raben aufgehalten.

»Bringt sie zum König«, sagte eine Wache, »er hat sie vermisst.«

»Bei allen Göttern«, flüsterte ich.

»*Valen*«, raunte Thor und ließ sich neben mir fallen. »Valen, nein. Denk an …«

Ich wartete nicht, bis er den Satz beendet hatte. Elise war hier, und man brachte sie zum Rabensporn.

Ich zog meine Äxte und rannte auf sie zu, so schnell meine Füße mich trugen.

KAPITEL 11

PRINZESSIN AUF ABWEGEN

»Das ist Kvinna Elise«, sagte der Wachkrieger, sobald er mein Haar zurückgerissen und mein Gesicht gemustert hatte. Sein Grinsen ließ einen Schauer über meine Arme tanzen. »Die kleine verräterische Prinzessin. Jetzt kann kein Zweifel mehr daran bestehen, auf welche Seite du dich geschlagen hast.« Er spuckte auf meine Stiefel. »Du wendest dich gegen dein Volk. Ich würde dem König gern einen Gefallen tun, indem ich dir hier und jetzt die Kehle durchschneide.«

Er pfiff, und drei Wachen umzingelten mich. Alle packten mich an den Armen, hielten mich mit unnachgiebiger Kraft fest.

Ich ließ mich fallen. Sie schleiften mich. Ich trat zu. Eine Wache ohrfeigte mich.

Draußen brannte mir der Rauch aus der Schlacht in der Kehle. Aus dem Augenwinkel sah ich ein paar kämpfende Agitatoren. Ich wusste nicht, wer es war, aber sie waren meine Chance. Halvar und Siv waren jetzt wahrscheinlich schon tief zwischen den Bäumen. Wenn meine Abwesenheit sie zurücklockte, würde ich längst auf dem Weg nach Burg Rabensporn sein.

Dort würde Calder mich demütigen. Runa würde mich foltern. Dann würden sie mich töten.

»Ari!«, schrie ich, verzweifelt darauf bedacht, von irgendjemandem gehört zu werden. »Ari!«

»Halt den Mund«, fuhr mich ein Krieger an. Er versetzte mir einen Fausthieb gegen den Hinterkopf.

»Kvinna! Nein!«

Ich atmete röchelnd aus. *Ari.* Er hatte mich gesehen. Er klang erschüttert. Aber würde er das Risiko eingehen und mich holen kommen? Halvar hätte es vielleicht getan. Siv und Mattis gewiss. Doch was konnten sie schon gegen den ganzen Rabensporn ausrichten?

Die Wache versuchte, mich hinten in die Kutsche zu stoßen. Ich wehrte mich gegen den Mann und fing mir noch einen Schlag auf den Mund ein.

»Rein mit dir, du dumme …« Der Krieger stieß ein gequältes Ächzen aus. Sein Griff lockerte sich sofort, und seine Mitraben stoben auseinander.

Ein Schrei stockte mir in der Kehle.

Eine schwarze Streitaxt steckte in seiner Stirn und hatte dem Mann den Schädel gespalten. Ich stolperte gegen die Kutsche, als eine andere Person von ihrem Dach sprang und das Blut einer weiteren Wache vergoss.

Mir schnürte sich die Kehle zu. Er war hier.

Bei den Höllen, ich wollte die Arme nach ihm ausstrecken, an seiner Seite kämpfen. Der Blutgeist riss seine Axt aus dem Kopf der Wache und wandte sich gegen den Kutscher und die zwei verbliebenen Wachen. Sie schlugen mit Bronzeschwertern nach ihm, aber er schlitzte ihnen die Beine an den Oberschenkeln auf oder zielte auf die Schwachstellen unter ihren Armen.

Der Kutscher stahl sich von dem Blutvergießen davon, nachdem er einen Hieb in den Arm bekommen hatte. Er kroch auf allen vieren auf die Vorderseite der Kutsche zu. Ich hob die

Klinge eines Raben vom Boden auf und empfing den Kutscher vorn, indem ich ihm die Spitze der Waffe an die Kehle setzte.

»Aufstehen«, sagte ich düster und leise.

Mit erhobenen Händen kam der Kutscher unter dem Wagen hervor, doch beim nächsten Atemzug versetzte er mir schon einen Stoß und versuchte, das Schwert meinem Griff zu entwinden. Ich verpasste ihm einen Tritt gegen den Knöchel. Er fiel hin, riss mich aber mit um.

Der Kutscher versuchte, sich auf mich zu wälzen, es gelang mir jedoch, das Schwert zwischen uns zu hebeln. Ich stieß die Klinge nach oben, bis sich seiner Kehle ein ersticktes Aufkeuchen entrang. Aus seinem Rücken ragte, im schwachen Licht vor Blut und Nässe glänzend, die Schwertspitze. Ich hatte den Mann über mir aufgespießt; sein Blut tropfte mir ins Gesicht. Mein Griff um das Schwert wurde schwächer, und sein totes Gewicht landete auf mir.

Bis andere Hände ihn wegrissen.

Valen, maskiert unter seiner Kapuze, zog mich auf die Füße.

»Valen«, flüsterte ich. Bei den drei Höllen, es fühlte sich an, als wären schon Umläufe vergangen, seit ich zuletzt diese dunklen Augen gesehen hatte. »Du bist hier.«

Ich wusste nicht, womit ich rechnen sollte. Seine Augen verrieten seinen Zorn. Vielleicht würde er sich abwenden und verschwinden. Würde er nach Halvar fragen?

Mit einem Schlag vergaß ich zu atmen, als er eine seiner Äxte fallen ließ und seine Handfläche an meine Wange drückte.

Blut und Knochen umgaben uns. Aber einen Moment lang konnte ich ganz ruhig sein.

»Elise.« Seine Stimme war sanft mit einem Unterton von Verzweiflung. Dann versteifte er sich. »Was hast du getan? Warum bist du hier?«

Ari brauchte den Blutgeist. Und ich war einer Meinung mit ihm. Aber zweifelsohne würde er unter Druck gesetzt werden. Ari und seine Leute wollten diesen Kampf so unbedingt, dass er drohen und mich gegen Valen benutzen würde. Vielleicht würde er jetzt auch Halvar benutzen, nachdem ich den Schatten in die Hände der Agitatoren ausgeliefert hatte.

Ich packte ihn an den Armen. »Valen, die Agitatoren haben angegriffen, aber sie sind deinetwegen hier. Sie wussten von Halvar, deshalb haben sie geplant, ihn zu befreien, doch nur, um dich zu fassen zu bekommen.«

Er kniff die Augen zusammen. Das Herz wurde mir schwer, als er einen Schritt zurück machte. »Du hast ihnen von mir erzählt.«

»Das kann ich nicht. Dafür hast du gesorgt.«

»Du wirst keine Ruhe geben, bis ich in einem Kampf stehe, den ich nicht will.«

»Nein, ich sage es dir, damit du gehen kannst, bevor sie dich sehen. Halvar ist in Sicherheit, Siv und ich haben ihn herausgeholt. Geh, Valen. Ich erkenne in deinen Augen, dass du nicht hierbleiben willst. Also geh. Wir erobern dieses Land auch ohne dich zurück.«

So viele Worte blieben unausgesprochen. Ich wollte ihn anflehen, zu bleiben, zu kämpfen, hier bei mir zu sein. Bei allen Göttern, ich war so zornig auf ihn. Mein Herz schmerzte um seinetwillen.

Ich wandte mich ab. Nach den Jubelrufen zu urteilen, die von den Clanleuten ertönten, neigte sich die Schlacht dem Ende zu. Sie waren siegreich gewesen und alles würde bald vorbei sein.

»Elise.«

Ich zuckte zusammen, drehte mich aber nicht um. Wenn

ich ihn noch einmal ansah, würde ich ihn kein zweites Mal verlassen.

»Elise! Runter.« Valens Hände packten meine Arme und rissen mich in den Schlamm. Sein Körper beschirmte meinen. Rufe ertönten, etwas über einen Bogenschützen auf der Dachkante.

Ich hörte auf, zu lauschen, als Valen nicht wieder aufstand.

Seine Atemzüge waren abgehackt, scharf und flach. Ich verlagerte meine Haltung, um mich aufzusetzen. »Was ist pa … nein! Valen, nein!«

Er sah mir in die Augen und blinzelte schnell. In seinem Kreuz war ein Pfeil tief in seinen Körper eingedrungen. Eine Blutlache bildete sich um die Wunde.

»Du musst … musst ihn herausziehen.«

»Halt still«, flüsterte ich und berührte den Pfeil behutsam.

Schweiß stand ihm auf der Stirn. Ich riss seine Tunika auf und versuchte, mein Entsetzen zu verbergen. Zu viel Blut erblühte quer über seine Haut. Säure stieg mir in die Kehle, als ich den Pfeil abbrach und dann umfasste, was vom Schaft noch übrig war. Valen sackte zusammen, hielt aber still und wappnete sich. Ich zählte bis drei und riss den Pfeil dann heraus. Valen stöhnte und sank auf seine Schulter. Mehr Blut quoll aus der Wunde. Hektisch zog ich mich bis aufs Unterhemd aus und presste den Stoff meiner Tunika auf seine Haut.

»Valen, sieh mich an.« Tränen ließen mir alles vor den Augen verschwimmen. Sein Blick wurde glasig, genau wie in dem Moment, in dem er am Schwarzen Grab in meinen Armen gestorben war. Als er sich, wie jetzt, vor mich geworfen und eine Waffe abgefangen hatte, die für mich bestimmt gewesen war. »Bitte bleib wach.«

»Elise.« Seine Stimme war sanft. Seine Fingerspitzen berührten meine Lippen. Ihm fielen die Augen zu.

»Valen? Valen!« Ich schüttelte seine Schultern, ließ mein Ohr auf seinem Herzen ruhen. Er war am Leben, wurde aber immer schwächer. Jeder Atemzug ging unregelmäßig, und sein Puls war unstet.

»Was zu allen Höllen ist geschehen?«

Ich fuhr herum. Ari, Mattis, Ulf und ein Dutzend Agitatoren kamen auf uns zugeeilt.

»Der Blutgeist«, sagte Mattis atemlos.

»Helft mir«, flehte ich. »Er hat einen Pfeil abbekommen und verliert zu viel Blut.«

Ari kniete sich neben mich und half mir, Valen auf die Schulter zu drehen.

»Lasst ihn los!« Thor und andere, die ich nicht erkannte, stürmten mit gezogenen Klingen auf uns zu.

»Die Schattengilde, nehme ich an?«, fragte Ari, der mir immer noch mit Valen half. Ich nickte und verstärkte den Druck auf die Wunde. Ari machte eine Kopfbewegung zu Ulf und Frey hinüber. »Haltet sie auf.«

Die beiden Wachen gaben ihrer Einheit ein Signal und traten Thor entgegen. Sie waren Valens Gilde gegenüber drei zu eins in der Überzahl, doch ich wusste, dass Thor furchteinflößend war.

»Thor«, rief ich. »Aufhören! Wir haben ihn.«

»Wen?«, fragte Mattis, schüttelte die Frage dann aber ab und stellte sich dem Angriff.

Thor hörte nicht auf mich. Er ließ seine Klingen fallen, und zum ersten Mal, seit der Fluch gebrochen war, wurde ich Zeugin dessen, wozu Thor in der Lage war. Aus seinen Handflächen brachen eisblaue Flammen.

»Verdammte Höllen«, stieß Ulf hervor und wich einem Feuerstrom aus. »Ein Feuerfae!«

Ich wusste nicht, wer die anderen bei Thor waren, aber sie erhoben ihre Klingen gegen die Agitatoren. Sie rückten nicht so sicheren Schritts wie Thor vor und waren in Lumpen gekleidet, doch sie kämpften trotzdem.

Ich wandte mich ab. Valen brauchte Hilfe, und das schnell.

Ari half mir, ihn zu stützen, sah sich aber immer wieder nach dem Scharmützel zwischen Klinge und Feuer um. Er fluchte unterdrückt und ließ eine Hand auf meiner Schulter ruhen. »Halt ihn am Leben, Elise.«

Ari ließ mich allein. Ich wusste, dass der Ersatzkönig über starke Wildwut verfügte, und nach ein paar Augenblicken fluchte Thor auf sie. Ari streckte eine Hand aus, und Thor hielt sich den Kopf. Die anderen auch. Zweifelsohne Illusionen. So, wie sie dagegen ankämpften, wohl entsetzliche.

Frey, Ulf und Mattis schlugen rasch zu und ließen Silberringe um die Handgelenke der Schattengilde zuschnappen.

Mein Inneres verhärtete sich. »Nein! Was tut ihr da?«

»Elise, es ist notwendig«, sagte Ari.

»Die sind doch schmerzhaft.«

»Das ist mir bewusst.« Ari erhob sich, nachdem er die Ringe um die Handgelenke einer Frau geschlossen hatte. Sie zuckte nicht zusammen, sah aber so finster drein wie die anderen. Ari kam wieder an meine Seite, noch einen Satz Bindefesseln in der Hand. »Hab Verständnis dafür, dass wir sie brauchen.«

»Du zwingst sie, Ari! Das ist es, was der Rabensporn sonst tut.«

»Wir sind nicht der Rabensporn!«, schrie er. Es war verstörend, sein sonst so verspieltes Auftreten in etwas Barsches und Zorniges übergehen zu sehen. »Sie sind Nachtleute. Sie sind Ettaner. Wenn sie nicht auf unserer Seite sind, dann sind sie gegen unser Volk und sind Feinde.« Ari schloss die Augen und mäßigte seinen Ton. »Ich schwöre dir, das hier dient nur dazu, sie dazu zu bringen, uns anzuhören. Ich werde ihnen Gelegenheit geben, auf uns zu hören und sich uns anzuschließen.«

»Und wenn sie es nicht tun? Was willst du dann tun, sie in Ketten legen? Sie töten?«

Er antwortete nicht. Sein Blick huschte wieder zu Valen. Der Nachtprinz atmete noch, aber nur schwach und mühsam.

»Er braucht unsere Heiler. Wir benutzen die Gefängniskutsche.« Ari schnippte erneut mit den Fingern. »Ulf, Frey, helft mit, ihn hochzuheben.«

Mattis stieß zu ihnen. Ulf kniete sich grinsend neben Valens Kopf. »Dann wollen wir doch mal sehen, wer sich hinter der Maske des Blutgeists verbirgt, oder?«

»Nein!«, schrie ich. »Ulf, er …«

Er zog das rote Tuch weg. Mattis zuckte zurück. Der Mund stand ihm offen.

»Das ist … er ist …« Wie vom Donner gerührt wandte er sich an mich. »Elise, das ist Legion Grey.«

Ari zog eine Augenbraue hoch. »Den Namen habe ich schon gehört.« Sein Grinsen wurde breiter. »Liebe Kvinna, ich weiß auch, wo. War nicht ein Mann dieses Namens mit deinen Brautpreisverhandlungen betraut?«

»Verdammt.« Mattis kämpfte sich auf die Beine. »Sagt denn niemand mehr die Wahrheit? Er hat dich belogen. Der Blutgeist war die ganze Zeit in deinen Gemächern.«

»Hör auf«, fuhr ich ihn an. Es erschöpfte mich, sie reden zu hören, als wäre Valen eine Beute, die man erringen oder erlegen konnte. »Ich habe mich schon mit seinem Namen abgefunden, Mattis. Wenn ich dazu in der Lage bin, dann sollten sich auch alle anderen damit abfinden.«

»Warum sollten wir das?«

»Weil es mit diesem Mann mehr auf sich hat, als du weißt. Und ich versichere euch, dass er es nicht zu schätzen wissen wird, wenn man ihm Bindefesseln anlegt.«

»Dann ist es ja gut, dass ich diese Entscheidungen fälle und nicht du, die eindeutig außerstande ist, ihre Gefühle beiseitezulassen.« Ari war verärgert. Er hatte gekämpft und war blutüberströmt. Wir waren alle gereizt.

Ari war nicht so bösartig wie Calder, aber er würde sich bei Valen nicht gerade beliebt machen, wenn er ihn zwang, gegen seinen Willen zu handeln. Nachdem er so lange ein Sklave eines Fluchs gewesen war, würde Valen so nie auf den Ersatzkönig hören. Und was mich am meisten ärgerte, war, dass ich Ari nicht die volle Wahrheit sagen konnte. Ich konnte nicht erklären, warum der Blutgeist sich nie auf seine Seite schlagen würde.

Ich kniff die Lippen zusammen und wandte mich ab. »Vergesst sein Gesicht für einen Augenblick und helft mir, ihn zu retten.«

»Rührt ihn nicht an!«, rief Thor. Jetzt, da er Bindefesseln an den Handgelenken trug, drückte Ulf ihn zu Boden.

»Thor«, sagte Mattis. »Legions ständiger Begleiter? Wer war im Gefängnis, Elise? Wer ist der andere Schatten?«

»Halvar«, antwortete ich und half Frey und Ari dabei, Valen von hinten in die Kutsche zu heben. Ich stieg neben ihm ein und drückte weiter die Hand auf seine Wunde. Meine Tunika war jetzt schon blutdurchtränkt.

»Halvar.« Mattis lachte bitter. »Der war es, natürlich.«

Die Agitatoren führten Thor und die anderen, die mit ihm gebunden worden waren, zur Rückseite der Kutsche. Obwohl Thor noch seine Maske trug, verrieten seine Augen seine Furcht, als er Valen bewusstlos hinten liegen sah.

Ulf schlug die Tür hinter ihnen zu und setzte sich neben Frey auf den Kutschbock. Eine Peitsche knallte, und die Stute zog an.

»Thor«, flüsterte ich, bis er den Blick hob. »Ich wollte das hier nicht. Er … er ist vor mich gesprungen.«

»Das wird er immer tun«, knurrte Thor. »Du wirst entweder sein Aufstieg oder sein Untergang sein. Und keiner von euch beiden sieht es.«

Eine Träne lief mir über die Wange. »Ich werde sie überzeugen, euch freizulassen. Euch alle.«

»Ich selbst bin mir nicht sonderlich wichtig, Elise Lysander«, sagte Thor. »Aber sei gewarnt. Rette ihn, sonst halten mich nicht einmal Bindefesseln davon ab, jeden Einzelnen von euch zu töten.«

KAPITEL 12

NACHTPRINZ

Der Wind peitschte in den Eisenkäfigen schon so lange auf uns ein. Strenge Fröste überzogen das Land, und der falsche König fand großes Vergnügen daran, Arvads Söhne den Elementen auszusetzen. Ich zog die dünne Wolldecke um meine Schultern.

»Sol, hast du jemals Angst?«

Sol hob den Kopf. Die Strähnen seines Haars und die Spitzen seines dunklen Barts waren mit Eiskristallen überzogen. Zweifelsohne sah ich ganz genauso aus.

Er hustete. Das Geräusch entrang sich seiner Brust in tiefen, heiseren Atemzügen. Als es vorbei war, sackte mein Bruder gegen seine Seite des Käfigs und schloss die Augen. »Ja. Ich habe ständig Angst.«

Sol ließ es sich nie anmerken. Er stand unerschütterlich da und beugte sich den timoranischen Eroberern niemals. Er hatte sogar einer Wache ein Auge genommen – der Grund dafür, dass wir in den Käfigen waren.

»Jetzt noch mehr« fuhr er fort, »denn sie wissen, wie sie mich brechen können. Sie haben meine Schwächen gefunden, kleiner Bruder.«

»Du sprichst von Thor?«

Sol verzog das Gesicht und hüllte sich enger in seine eigene erbärmliche Decke. Ich wusste nicht, ob Thorsten noch lebte. Kaum dass die Eroberer herausgefunden hatten, dass er Sols Geliebter war, hatte man ihn fortgeschleift. Eine Nacht lang hatten wir den Schreien gelauscht.

Am nächsten Morgen hatte Sol die Wache angegriffen und geblendet.

»Ich spreche von ihm«, gestand Sol. »Aber meine Schwäche geht über ihn hinaus. Sie wissen, wie sie mir mit denen, die ich liebe, wehtun können. Sie haben Herja genommen. Maj. Sie foltern Vater vor unseren Augen. Sie sperren dich hier mit mir ein, damit ich sehen kann, wie du immer schwächer wirst.« Er ließ den Kopf hängen. Seine Stimme brach. »Ich kann nicht schlafen. Ich kann nicht einmal die Augen schließen, aus Angst, dass du, wenn ich es tue, nicht wieder aufwachst.«

»Sol«, sagte ich, ein heftiges Brennen in meinen Augen. »Ich bin nichts. Lass nicht zu, dass sie mich gegen dich einsetzen. Wenn ich sterbe, dann sterbe ich eben. Du bist die Hoffnung von Etta. Das Schicksal hat vor langer Zeit dein Erstgeburtsrecht beschlossen, und du wirst es dir zurückholen. Aber lass nicht meinetwegen in deinem Widerstand nach. Verwandle dein Herz in Stein, wenn es sein muss.«

»Mein Herz in Stein verwandeln? Was für ein elendes Dasein.«

»Sieh dich um, Bruder. Wir leben schon im Elend.«

Sol schnaufte spöttisch; einer seiner Mundwinkel hob sich. Er sah unserem Vater ähnlicher als ich. Ein Beweis mehr, dass er dazu geboren war, König zu werden. »Sollen sie mir doch wehtun. Dann weiß ich wenigstens, dass ich noch ein Herz habe. Ich schäme mich nicht, zu sagen, dass, wenn du stirbst, ein Teil von mir mit dir stirbt. Ich liebe, und das setzen sie gegen mich ein, das ist wahr. Aber ich werde es nie bereuen zu lieben. Nicht einmal dich, so dumm du auch sein magst.«

Ich lachte. Nun ja – es war ein Geräusch irgendwo zwischen einem Lachen und einem trockenen Husten.

Dennoch konnte ich mich nicht erinnern, wann ich zuletzt auch nur ans Lachen gedacht hatte.

Die Erinnerung ließ mich aus dem Schlaf hochschrecken. Kalter Wind brachte das Brennen der frostigen Winternächte zurück. Jemand hatte einen schweren Pelz über meinen Körper gebreitet. Ich zog ihn um mich, als würden die eisigen Nächte der Vergangenheit mich aufs Neue brechen, stöhnte und versuchte mich aufzusetzen, aber die Welt begann sich zu drehen.

»Leg dich wieder hin«, befahl eine leise Stimme mir. Vertraut und sanft. »Du hast viel Blut verloren.«

»Sprich nicht so, als wäre er kein Mörder, Elise. Wie viele Leute hat er niedergemetzelt?«

Ich rieb mir den Kopf. Mir war selbst im Bett schwindlig. Wann hatte ich ein Bett gefunden? Wer redete von mir?

»Still. Du bist nur zornig, weil du ihn mochtest und dich verraten fühlst. Aber das ist genug.«

»Und du verteidigst einen Mann, der dich angelogen und in große Gefahr gebracht hat.«

»Er hat uns gerettet, Mattis.«

Mattis? Den Namen kannte ich. Die Benommenheit in meinem Schädel erlaubte mir aber nicht, ihn einzuordnen.

»Du lässt dich blenden, weil du ihn reizvoll fandest, gib es zu.«

»Mattis, wenn du hier drinnen nichts findest, um dich nützlich zu machen, solltest du vielleicht woandershin gehen. Vielleicht auch mit Siverie sprechen, weil es dir nicht gut zu bekommen scheint, dich im Zorn zu suhlen.«

Nicht lange danach durchbrach das Zuschnappen einer Tür meinen Nebel. Etwas Kühles und Nasses berührte meine Stirn. Ich versuchte, es wegzuschlagen, aber jemand ergriff meine Hand.

»Du hast Fieber«, sagte sie. »Lass mich dir helfen.«

Ich öffnete die Augen einen Spaltbreit. Fahles Licht erfüllte ein Zimmer. Das Licht der Morgendämmerung und einiger Kerzen auf einem Nachttisch. Als Nächstes sah ich ihre blauen Augen klar; ihr eisblondes Haar war offen und fiel ihr lang über die Schultern. Ich musterte sie einen Moment und ignorierte es, wie sich mir die Brust zuschnürte – ignorierte, dass ihre Berührung besser als alles andere heilte.

»Elise.« Meine Stimme war trocken wie Sand.

»Ich bin hier, Valen«, flüsterte sie.

Der süßeste Klang war mein wahrer Name aus ihrem Mund. Wir mussten allein sein, wenn sie ihn laut aussprach. »Was ist geschehen?«

Sie tupfte mir die Stirn abermals mit einem Tuch ab und seufzte. »Du hast wieder darauf bestanden, ein Held zu sein, und zugelassen, dass dein Körper durchbohrt worden ist. Das ist eine Angewohnheit von dir, die mir ziemlich zuwider ist.«

Der Nebel wurde immer dichter, aber in einem Moment der Schwäche streckte ich die Hand aus und tastete nach ihr. Sie tat mir den Gefallen und ließ ihre Stirn an meiner ruhen. So verschwommen ich sie auch sah, meine Finger fanden ihr Kinn, ihre Lippen. Der Wahnsinn ergriff von meiner Zunge Besitz, und ich gestand die Wahrheit, bevor ich sie aufhalten konnte: »Ich habe dich vermisst.«

Ein heißer Tropfen spritzte in mein Gesicht. Bei den Höllen, ich hatte sie zum Weinen gebracht. Ich hatte nie Anspruch darauf erhoben, gut mit Frauen umgehen zu können, und ich war offenbar nach wie vor aus der Übung. Aber sie überraschte mich. Ein Ruck ging durch meine Sinne, als ihre warmen Handflächen mein Gesicht umfassten und Elise mir einen sanften Kuss auf die Lippen gab.

Ich hatte von ihrem Kuss geträumt.

Einem Kuss, bei dem sich alles in mir auflöste. Einem Kuss, vor dem ich hätte davonlaufen sollen.

Wenn ich aus der Vergangenheit eines gelernt hatte, dann, dass es besser war, sein Herz zu verstecken, statt sich anmerken zu lassen, wen man am meisten liebte.

Bald würde ich fliehen. Um ihretwillen.

Aber ich erwiderte ihren Kuss. Sanft. Schwach.

Ich würde morgen fliehen.

Elise strich mit den Fingern über meine Stirn und löste sich von mir. Dichte Schwärze ergriff erneut von mir Besitz. Mein Körper erschauerte und kochte doch zugleich. Ihr Gesicht verblasste zu nichts, und ich sank wieder in einen unruhigen Schlaf.

Ich wusste nicht, wie lange ich geschlafen hatte. Als ich wieder erwachte, dörrte mir erbärmlicher Durst die Kehle aus. Ich stöhnte und stolperte orientierungslos aus dem Bett. Flackernde Kerzen reichten aus, mich wissen zu lassen, dass ich in einem seltsamen Zimmer in einem ebenso seltsamen Haus war, das aus bemoosten Zweigen errichtet war. Und ich trug kein Hemd.

Meine Faust schloss sich um den Seherstein an meinem Hals. Seine Macht war verflogen, aber mittlerweile war er mir ein sonderbarer Trost.

Ich musste Wasser auftreiben. Meine Lippen rissen beim geringsten Zucken ein. Auf dem Nachttisch stand eine Tonschale. Bestimmt hatte das Wasser darin dazu gedient, mein Fieber zu lindern. Es kümmerte mich kaum, und ich schüttete es mir in den Mund. Der Geschmack war ekelhaft und körnig, aber es erfüllte seinen Zweck gut genug.

Ein Stechen in meiner Seite lockte meinen Blick zu einem

schmutzigen Leinenverband um meine Taille. Ein durchdringender, fauliger Geruch aus der Wunde brannte mir in der Nase. Behutsam löste ich den Verband. Getrocknetes Blut umgab eine Wunde, die mit einer modrig braunen Paste bestrichen war.

Ich blätterte Gedanken und Erinnerungen durch. Das Gefängnis und der Pfeil. Sanfte Hände. Ein sachter Kuss.

Elise war hier; sie war im Gefängnis gewesen und hatte mich jetzt hergebracht. Wo auch immer »hier« war.

Sobald der Verband wieder angelegt war, wandte ich mich meiner unteren Hälfte zu. Meine Hose stank nach Blut und Schweiß. Ich hätte mich gern gewaschen oder wenigstens etwas Sauberes angezogen. Da ich so lange in einer einzigen Haltung verharrt hatte, klebte der Schmutz an mir wie eine zweite Haut.

Ich löste die Gürtelschnalle an meiner Taille, hielt aber inne, als ich eine neue Stimme hörte.

»Oh, bei den Höllen, lass das bitte. Es gibt Dinge, die ich nicht sehen möchte.«

Blut schoss mir in den Kopf und verscheuchte den letzten Rest Benommenheit. Ich warf einen Blick über meine Schulter. Junius nippte grinsend an einem Trinkhorn.

Sie war nicht allein. Casper, Stieg, Thor und … Halvar saßen an der Wand.

»Gut, dich auf den Beinen zu sehen«, sagte Halvar augenzwinkernd. »Wir hatten ja allmählich schon Angst, du hättest dich entschlossen, dick und faul zu werden.«

Ich durchquerte das Zimmer. Ein Ziehen durchlief die Wunde, als ich die Arme nach Halvar ausstreckte, aber das kümmerte mich nicht. Ich umarmte ihn fest und lachte. »Du bist am Leben. Ich war mir nicht sicher, ob die Raben dich wegen deiner Wildwut umbringen würden oder ob du so auf sie einreden würdest, dass es sie zu einem Mord treiben würde.«

Halvar grinste. Er hatte dunkle Ringe unter den Augen, wirkte aber gesund. »Ich habe sie bezaubert. Leider warst du mit deinem erbärmlichen Befreiungsversuch ja ziemlich langsam, also habe ich mich wirklich schon gefragt, ob ich nur ohne Kopf wieder hinauskommen würde.«

Stieg prustete. »Die beiden haben dich nicht gerettet. Das haben die Mädchen getan.«

»Ach ja. Meine Gilde ist zu spät gekommen«, sagte Halvar. »Ich hätte ja fast vergessen, dass eine in Ungnade gefallene Kvinna und ihre Gefährtin, die Agitatorin, das Retten übernommen haben. Vielleicht sollte ich sie umarmen gehen. Wir wissen doch, dass das eine höchst genussvolle Erfahrung für sie wäre.«

Ich schnaufte spöttisch und versetzte ihm einen Stoß gegen die Brust. »Rede nur weiter so, mein Freund, dann findest du dich bald noch einmal im Gefängnis wieder. Wie lange habe ich geschlafen?«

»Tagelang«, sagte Thor. Er hatte noch nicht gelächelt oder auch nur die geringste Erleichterung gezeigt. »Sie halten uns in Ruskig fest.«

Ich war seit der Eroberung nicht mehr in Ruskig gewesen. Die Küste hier war immer ein Lieblingsplatz meiner Mutter gewesen, aber als die Wildwutwälle hochgezogen worden waren, war hier alles verfallen.

Thor rang die Hände. Er vermied es, mich anzusehen.

»Du bist verstört«, sagte ich. »Was ist?«

Thor beugte sich über seine Knie. »Wie es scheint, hat unsere Gilde drei neue Mitglieder. Wenigstens in den Augen derjenigen, die hier das Sagen haben. Ich finde, sie sollten die Wahrheit kennen, wenn sie dir dienen sollen.«

»Sie müssen nicht unbedingt bleiben«, gab ich zu bedenken. »Wir haben Halvar gefunden. Unsere Abmachung ist zu Ende.«

Casper schnalzte mit der Zunge. »Wenn es euch gleichgültig ist, würde ich lieber bleiben. Wo soll ich schon hingehen? Der Rabensporn hat mir alles genommen. Meine Heimat, meine Familie.«

»Wir sind jetzt durch Blut verbunden«, sagte Stieg. »Wir haben gemeinsam gekämpft und verdammt noch mal gewonnen. Das ist nichts, was ich vergesse.«

Ich schüttelte den Kopf und sah Junius an. »Du hast dich nicht davongemacht.«

»Ich halte meine Versprechen«, sagte sie mit einem verschlagenen Lächeln.

»Und dein Versprechen ist erfüllt.«

»Das ist wahr, aber es sind gefährliche Zeiten. Hier bin ich genauso auf der Flucht wie zu Hause. Ich muss vorsichtig sein. Du und deine Leute scheinen von der Art zu sein, die sich darauf versteht, vorsichtig *und* tödlich zu sein. Ich bin dein. Für den Augenblick.«

»Und was ist mit deinem Mann, der die Welt in Brand stecken wird, um dich zu finden?«

Sie lachte leise und spielte mit den Enden ihres dunklen Haars. »Das wird er auch, sei versichert. Aber Niklas ist ein guter Verbündeter, wenn du je einen brauchen solltest. Eine Gilde, die seine Frau beschützt hat, wird nicht unbemerkt bleiben. Er ist der Gildemeister unseres Volkes, verstehst du?«

»Schickst du ihm eine Nachricht?«

Junius zog die Unterlippe zwischen die Zähne. »Ich will gern. Mehr als alles andere. Aber es ist gefährlich. Ich habe Angst vor dem, was geschehen wird, wenn er überstürzt handelt. *Ich* werde zu ihm gehen, wenn der richtige Zeitpunkt gekommen ist.«

Die Wertschätzung, die zwischen ihr und ihrem Mann bestand, flößte mir Respekt ein. Zweifelsohne war es schmerzlich, getrennt zu bleiben. »Dann werden wir tun, was wir können, um dir zu helfen, zum richtigen Zeitpunkt unbeschadet zurückzukehren.«

Sie grinste. »Wir haben eine Abmachung. Hilf mir, in mein Heimatland zurückzukehren, dann helfe ich dir in der Zwischenzeit.«

»Diese Gespräche haben wir doch schon geführt«, knurrte Thor. »Wenn sie Ergebenheit schwören, dann lautet mein Rat, es sie wissen zu lassen.«

»Natürlich werden wir sie töten müssen, wenn wir es ihnen sagen und sie zu fliehen versuchen, nachdem sie die Wahrheit erfahren haben«, sagte Halvar.

Stieg riss die Augen auf, bis Halvar laut auflachte und ihm auf den Rücken klopfte.

Es würde Folgen haben, diese drei Fremden in unsere Gilde aufzunehmen – und in die Wahrheit. Ihr Leben oder unseres konnte auf dem Spiel stehen. Mehr noch: Vertrauen war nur schwer zu gewinnen. Ich vertraute ihnen in gewissem Maße, aber mehr mussten sie sich erst verdienen.

Casper gähnte und kratzte sich am kurzen Kinnbart. »Wenn du uns sagen willst, dass du der Nachtprinz bist: Das wissen wir schon.«

»Ist das alles?«, fragte Stieg. »Jetzt bin ich enttäuscht. Ich hatte auf ein neues Geheimnis gehofft.«

Ich starrte Thor und Halvar mit offenem Mund an. Thor wirkte bereit, ein Blutbad anzurichten, während Halvar eine eher entzückte und belustigte Miene aufgesetzt hatte.

Junius räusperte sich. »Entschuldigt, aber wer ist der Nachtprinz?«

Casper deutete auf mich. »Valen Ferus. Ein Erdwirker. Einer, der die Erde aufreißen kann, meine fremde Schöne. Der Letzte, der verbürgt ist, wenn ich recht in der Annahme gehe. Vor Jahrhunderten hat dieses Land seiner Dynastie gehört. Hat dein Alvervolk eine lange Lebensspanne?«

Junie nickte.

»Die hat auch das Nachtvolk. Ich wünschte, wir könnten sagen, dass wir die Tyrannen von Timoran einfach überleben, aber sie züchten einfach immer mehr. Doch er ist der wahre Erbe des Throns.«

Ich hob eine Hand, um Schweigen zu gebieten. »Woher … woher wisst ihr das?«

»Durch deine Wildwut«, bemerkte Stieg, als hätte das offensichtlich sein sollen.

»Ich habe dir doch gesagt, dass es zu viel verraten würde«, wandte Thor mit Nachdruck ein.

»Ich habe allerdings eine Frage«, sagte Casper. »Wo warst du, Prinz Valen? Warum hast du uns so lange leiden lassen?«

Es war mir zuwider, dass sie glaubten, wir hätten sie im Stich gelassen. Sie kannten die Wahrheit, also hatten sie eine Antwort verdient. Mithilfe von Thor und Halvar erzählte ich ihnen alles. Der Fluch. Die Reise, um von ihm befreit zu werden. Was aus meiner Familie geworden war. Geschichten von Elise Lysander, der timoranischen Prinzessin auf Abwegen.

»Warum hältst du die Wahrheit geheim?«, fragte Stieg. »Sag den Leuten, wer du bist, dann werden sie an deiner Seite kämpfen.«

»Ich muss meine Familie rächen. Damit ich das tun kann, darf der Rabensporn nichts herausfinden, sonst schickt er seine geballte Macht, um meine Dynastie endgültig auszulöschen. Ihr werdet mich also weiterhin Legion nennen, verstanden?«

Casper und Stieg tauschten einen Blick, aber am Ende stimmten sie beide zu. Junie musterte mich, als sähe sie mich in ganz neuem Licht.

»Was ist?«

»Du hast meine Einschätzung nicht nötig, aber vergiss nicht, dass ich aus einem Land mit vier Regionen stamme, von denen jede einzelne ihre eigene Art der Brutalität gegen die Alver hat. Hier scheint es ganz genauso zu sein. Wenn du je in der Lage bist, mehr zu bewirken, hoffe ich, dass du es tun wirst. Du und dein Volk habt offenbar genug gelitten.«

»Ich sehe ja auch nicht tatenlos zu. Ich habe vor, Calders Volk gegen ihn zu wenden. Zuzusehen, wie sie sich selbst zerfleischen. Ich brauche keine Krone, um das zu tun, und das Volk erhebt sich auch ohne mich. Ich werde ihm nur zu einer günstigen Gelegenheit verhelfen. Vielleicht ist es Schicksal, dass am Ende ein anderer die Krone übernimmt.«

Stieg rümpfte die Nase, widersprach aber nicht.

»Also hat dich die Frau befreit, für die du den Pfeil abgefangen hast?«, fragte Junius nach einer langen Pause.

»Das hat sie«, räumte ich ein. »Wir sind getrennter Wege gegangen, weil sie sich nicht an meiner Rache beteiligen soll.«

»Dafür habe ich Verständnis, aber ich bin verwirrt. Was hat sich geändert? Sie hat gekämpft und alles verloren, um dich zu befreien, also warum lockt sie dich jetzt in die Falle?«

»In die Falle?«

»Deine Rückenwunde muss wirklich sehr wehtun, wenn du es noch nicht einmal bemerkt hast«, sagte Halvar. Er krempelte die Ärmel hoch. Zwei Silberringe umschlossen seine Handgelenke. Thor enthüllte seine. Stieg. Casper.

Junius lachte leise und hob die Hände. »Ich habe ihnen schon mehrfach gesagt, dass die hier nichts gegen Mesmer – meine

Magie – ausrichten. Aber sie sind recht hübsch, also werde ich sie behalten.«

Mein Blick fiel auf meine Handgelenke. Da waren Bindefesseln an beiden.

In meinem Blut pulsierte schwer die Magie, die meine Wildwut unterdrückte. Halvar hatte recht: Es war mir bis jetzt nicht aufgefallen. Das Fieber hatte so heftig gebrannt, dass mir nicht klar gewesen war, dass der Schmerz vermutlich von meinen Fesseln herrührte.

Ich stolperte zurück. Mein Herz raste. Elende, brutale Erinnerungen daran, auf dem Rabensporn und in den Steinbrüchen gefesselt und gefangen gewesen zu sein, drehten mir den Magen um, bis ich mich über die Wasserschüssel beugte und würgte.

Meine Gedanken kreisten in erstickendem Schmerz, Wut, dem Bedürfnis, zu überleben.

Gefangen.

Blut hämmerte in meinem Schädel. Ich beugte mich über den Nachttisch. Meine Lunge brannte bei meinen rauen Atemzügen.

Thor packte mich an der Schulter. »Sie werden uns nicht dauerhaft hier festhalten, das schwöre ich dir.«

Ich verabscheute meine Schwäche. »Thor … Ich kann nicht …«

»Sie werden dich nicht gefangen nehmen. Nicht noch einmal.« Er beugte sich zu mir. »Aber ich möchte dich um eines bitten. Wenn sie … wenn sie mich wieder gefangen nehmen wollen, dann sei der Mann, der meinem Leben ein Ende setzt, Valen. Bevor sie die Gelegenheit dazu bekommen.«

Die Entsetzlichkeit der Bitte weckte in mir das Bedürfnis, schon wieder zu würgen, aber ich nickte. »Wenn du mir das

Gleiche versprichst. Ich wünsche, ehrenvoll zu sterben, nicht in einem Käfig.«

»Schon gut, es reicht jetzt. Bei allen Höllen, bevor wir gleich Todespakte schließen«, begann Halvar, »sollten wir lieber kühlen Kopf bewahren. Ich war bei Elise, und sie schien nicht erfreut über diese Bindefesseln zu sein. Ich glaube nicht, dass es ihre Idee war.«

»Dennoch sind wir gefesselt. Sie weiß besser als jeder andere, was es für uns bedeutet, gefangen zu sein«, stieß ich mit einer Art Knurren hervor. Ich hatte längst vergessen, dass meine Haut klamm und schmutzig war, und es kümmerte mich nicht mehr, dass ich oberhalb der Taille nichts trug. Ich stapfte auf die Tür zu und riss sie auf, nur um mich in einer geschäftigen, belebten Stadt wiederzufinden.

Sie hatte mich in meiner Krankheit gepflegt, während sie mich zugleich als Geisel gehalten hatte.

Ich hasste sie.

Ich hasste sie so sehr, dass ich glaubte, sie vielleicht zu lieben. Und das hasste ich noch mehr.

»Valen.« Halvar kam eilig auf die Beine. »Wo willst du hin? Wir wissen nicht, wer da draußen ist.«

Ich kniff die Augen zusammen. »Ich gehe zu unserer Entführerin. Elise Lysander wird bald erfahren, was für einen Fehler sie begangen hat.«

KAPITEL 13

PRINZESSIN AUF ABWEGEN

Der Saal quoll vor Leuten über. Ettaner und Nachtvolk. Männer und Frauen. Manche tanzten zum Klang von Leiern und Trommeln. Andere lachten, aßen und tranken an Aris langem Tisch in der Mitte. Die gewölbten Deckenbalken waren geschmückt mit glänzenden Bändern und mit Bannern, die das Rabenemblem des alten Etta zeigten.

Ich biss mir auf die Spitze des Daumennagels, unfähig, irgendetwas zu essen, und stand in einem Kreis, der Aris Sitz umgab. Mattis und Frey lachten mit dem neuen König des Nachtvolks und schwelgten noch all die Tage später in Erinnerungen an den Erfolg im Gefängnis.

Pläne und Komplotte wurden geschmiedet, und ich konnte mich auf nichts davon konzentrieren.

Valen war auf dem Weg der Besserung, aber die Heiler hielten ihn weiter mit Nachtulme betäubt, einer stark wirkenden Arzneipflanze, die den Schlaf brachte.

Ich musste mit ihm sprechen, ihn vorwarnen, dass er hier nicht völlig frei war.

Als Ari befohlen hatte, dass seine Gilde einschließlich der neuen Gefangenen, die dem Blutgeist gefolgt waren, die Bindefesseln weiterhin tragen sollte, hatten Thor und Halvar mich angesehen, als hätte ich ihnen einen Dolch zwischen die Schulterblätter gestoßen. Die Handlungsweise eines Feiglings.

»Ich nehme an, das ist nur recht und billig, liebe Kvinna«, hatte Halvar bemerkt. Wie üblich hatte er gelächelt, aber in seiner Stimme hatte ein drohender Unterton gelegen. »Wir haben dich ja auch mitgenommen, als du nicht mit uns kommen wolltest.«

Thor war in seinem Schweigen gefährlicher. Er würde seine Drohung in die Tat umsetzen, wenn wir seinem Prinzen und seiner Gilde etwas tun sollten.

Die beiden waren schlimm genug, aber wenn Valen es bemerkte …

Ich schloss die Augen, schlang die Arme um die Taille und suchte nach einer Gelegenheit, noch einmal mit Ari zu sprechen.

»Sie haben Essen angenommen«, sagte Siv neben mir. Nun, da sie frisch gewaschen und in ein Kleid gehüllt war, hätte niemand mehr vermutet, dass sie sich erst vor zwei Tagen in die Wildwutsteinbrüche eingeschlichen hatte. Auch ich hatte mir ein langes Kleid geliehen, trug aber meinen Dolch am Gürtel.

»Ein Fortschritt«, sagte ich. Einen Großteil des Tages über hatte die Schattengilde alles abgelehnt und sich hinter verschlossenen Türen mit Valen eingeigelt. »Haben sie dich bedroht?«

Siv grinste. »Nein. Es war einer der neuen Männer. Er hat mir gedankt, hat mir gesagt, dass er jetzt wieder schlecht über uns reden müsse, und dann die Tür geschlossen.«

»Irgendetwas Neues von … Legion?« In Anwesenheit so vieler konnte ich seinen wahren Namen kaum denken. Nicht, wenn die Wildwut meine Zunge hütete.

Siv schüttelte den Kopf. »Ich habe nichts gesehen oder gehört. Aber wenn sie Essen annehmen, beginnt er vielleicht aufzuwachen.«

In meiner Brust blühte die Wärme der Vorfreude auf. »Dann muss ich mit Ari sprechen.«

Siv folgte mir und drängte sich durch den Kreis um Ari. Frey war gerade dabei, eine Geschichte zu erzählen. Er hatte sich die roten Bartstoppeln abrasiert, und seine erdbraunen Augen funkelten vor Lachen. Nicht der ernste, aufbrausende Mann, an den ich mich gewöhnt hatte. Aber wie bei den meisten hier wurde, wenn das Vertrauen wuchs, seine Abwehr schwächer, und seine wahre Natur schimmerte durch.

Mattis musterte Siv. Dieses eine Mal sah er sie nicht an, als wäre sie fauliger Flussschlick. In seinem Blick standen eher Traurigkeit und eine gewisse Sehnsucht. Wenn er doch nur seine Sturheit hätte beiseitelassen können. Dann würde sich auch die Anspannung legen, die seinen Körper ständig im Griff hatte.

»Ari«, sagte ich.

Der König hörte mich nicht, sondern lachte, als Frey zum Ende seiner Geschichte kam.

»Ari.« Ich klopfte ihm auf den Arm.

»Ach, Elise«, sagte er grinsend. »Wie liebreizend du heute Abend aussiehst. Was hältst du von diesem Saal? Vielleicht nicht so prächtig, wie du es gewohnt bist, aber ich glaube, wir sind auf dem besten Weg, den großen Saal des Rabensporns einzunehmen. Dort werden wir Platz für wahre höfische Feste, Tänze und Bankette haben.«

»Das klingt herrlich«, sagte ich. »Aber ich will nicht über die Größe von Sälen sprechen. Wir müssen uns über die Behandlung des Blutgeists unterhalten.«

»Ja, die Heiler sagen, dass er auf dem Weg der Besserung ist. Den Göttern sei Dank. Wir haben so hart dafür gekämpft, ihn herzuholen, dass es eine Schande wäre, wenn er sterben würde.«

»Ari, falls es dich interessiert: Du klingst wie ein gefühlloser König.«

Er lachte leise und trank einen Schluck aus seinem Horn. »Ich übe ja auch schon eine Weile.« Er sah mich an und seufzte. »Elise, mach dir keine Gedanken darum.«

»Du kennst ihn nicht. Es wird ihn kränken, gezwungen zu werden.«

»Die Bindefesseln sind nur zur Sicherheit gegen seine Wildwut.«

»Hast du ihn Wildwut verwenden sehen?«

»Nein. Nenn es eine begründete Vermutung.« Ari tippte gegen die Spitzen seiner eigenen Ohren.

»Ja«, sagte Mattis. »Wie hat er verborgen, dass er zum Nachtvolk gehört, als er sich als Unterhändler ausgegeben hat? So etwas habe ich noch nie gesehen.«

»Das ist ein Rätsel«, meinte Ari. »Aber auch abgesehen von den unverkennbaren Nachtvolkmerkmalen des Blutgeists hast du, Elise, mir nie eine eindeutige Antwort bezüglich seiner Fähigkeiten gegeben. Seine Gilde besteht aus seltenen Fae. Er ist der Anführer. Es erfordert keinen ausgesprochen scharfen Verstand, daraus zu folgern, dass er der Stärkste von ihnen sein muss.«

Ari wandte sich mir zu und beugte sich über die Armlehne seines Stuhls. Seine Augen funkelten vor Neugier. Ich mochte den Mann, obwohl ich es hätte besser wissen sollen. Er verfügte über eine unersättliche Neugier, und ich glaubte, dass er das Beste für Etta wollte. Aber hier irrte er sich. Valen würde nicht von seinem Plan angetan sein.

»Elise, würdest du mir jetzt wohl mehr über das Verhältnis erzählen, in dem du zum Blutgeist stehst? Ich gebe zu, dass es mich überrascht hat zu erfahren, dass er in Verkleidung als dein Brautpreisunterhändler gedient hat. Wusstest du die ganze Zeit um seine wahre Identität und hattest von Anfang an vor, gegen deine Familie zu kämpfen? Was hat euch getrennt? Der Schatten, den ihr aus dem Gefängnis befreit habt, antwortet fast so ausweichend wie du. Er redet, sagt aber zugleich rein gar nichts.«

Ich schnaufte spöttisch. »So ist Halvar nun einmal.«

»Siehst du.« Ari zeigte mit dem Finger auf mich. »Genau das. Du nennst sie beim Vornamen, als wärt ihr die engsten Freunde.«

»Das liegt daran, dass sie sich in ihr Leben eingeschlichen haben. Sie *waren* Freunde. Für uns alle«, sagte Mattis. »Nicht wahr, Elise?«

Ich warf ihm einen Blick zu. Er war immer noch wütend, und es war mir zuwider, dass ich ihm nicht alles sagen konnte. »Es ist wahr. Halvar war schon fast einen Umlauf lang auf unseren Ländereien, bevor Legion gekommen ist.«

»Aber warum?«, fragte Ari. »Warum wollten sie in dein Leben eindringen?«

»Sie brauchten meine Verbindungen«, behauptete ich. »Das ist alles. Meine Familie hat ihnen etwas gestohlen. Es war nichts als ein wertvolles Medaillon. Ich habe ihnen geholfen, es wiederzubekommen.«

Das war keine Lüge. Keine ganze.

Ari lachte und ließ den Kopf an der Rückenlehne seines Stuhls ruhen. »Nun gut, Elise. Dann glaube ich dir einmal, dass sie sich wegen eines Familienerbstücks verschworen haben, in dein Leben einzudringen. Sie müssen sich ja schrecklich gelangweilt und reichlich freie Zeit gehabt haben, um so einen komplizierten Plan zu schmieden.«

»Ich lüge nicht. Die Pläne sind nach dem Staatsstreich meiner

Schwester hastiger geworden, und ich kann nicht behaupten, dass es mich gefreut hat herauszufinden, hinters Licht geführt worden zu sein, aber mir ist klar geworden, dass meine Familie im Unrecht war. Auch, dass der Blutgeist kein Dämon gewesen ist. Als es vorüber war, sind wir getrennter Wege gegangen.«

»Kein Dämon?«, fragte Mattis mit einem Schnaufen. »Er tötet gnadenlos.«

Ich lächelte traurig. »Nein, Mattis. Er tötet, wenn es notwendig ist.«

Ari tippte sich gegen die Lippen und kniff die Augen zusammen. »Du verbirgst Dinge für ihn. Interessant. Ich wüsste zu gern, wie solch ein Mann derartige Loyalität anderer errungen hat. Sogar die Gefangenen aus den Steinbrüchen haben sich lieber für ihn entschieden als dafür, in Freiheit bei uns zu leben.«

»Die Schattengilde hat sie befreit. So etwas erzeugt Loyalität«, sagte Siv.

Ari nickte mit dem Kopf, stimmte zu, ohne es auszusprechen.

»Du willst seine Loyalität, Ari?«, fragte ich leise.

»Natürlich.«

»Du wirst sie nicht bekommen. Nicht wenn du ihn zwingst, hier zu sein.«

Ari spielte mit einem Silberring an seinem Finger. Sein Kiefer zuckte. »Dann sollte er sich unsere Pläne anhören und sich uns anschließen.«

»Das wird er nicht tun«, sagte ich. Mein Frust drängte an die Oberfläche.

Im Saal herrschte kein Übermut mehr. Es war fast still, während ich Aris Blick standhielt. Dann sah er über meinen Kopf hinweg. »Wenn er überhaupt auf jemanden hört, dann doch wohl auf dich.«

»Davon würde ich nicht ausgehen.«

»Ich nehme an, das werden wir gleich herausfinden.« Ari erhob sich von seinem Stuhl, die Lippen geöffnet, als wollte er noch etwas sagen.

Ich folgte seinem Blick, und mein Inneres verknotete sich. Valen teilte die Menge ohne ein Wort. Alles, was er tat, war, vorwärtszugehen. Ohne Hemd, mit finsterer Miene.

Ich leckte mir die Lippen. Ich blinzelte nicht.

Er sah niemanden bis auf mich an, als er vorwärtsstürmte.

»Blutgeist«, versuchte Ari es. »Wir haben darauf gewartet, mit dir zu sprechen …«

»Elise«, fuhr Valen mich an, seine Stimme leise und heiser. »Was hast du getan?«

Er zwängte sich durch den Kreis. Sofort traten Ulf und Frey vor Ari, die Schwerter halb aus den Scheiden gezogen. Aber der Blutgeist hatte es nicht auf den König abgesehen. Er hielt auf mich zu und drängte mich bis an die Wand zurück.

Seine Hand legte sich auf meine Schulter, seine Fingerspitzen ruhten an meinem Hals. Nach seinem Gesichtsausdruck zu urteilen, sollte das bedrohlich wirken, aber Valens Berührungen waren nie etwas anderes als sanft gewesen.

»Tritt von ihr zurück.« Mattis hielt eine Klinge an Valens Kehle.

Zum ersten Mal schien dem Nachtprinzen aufzufallen, dass wir nicht allein waren. Er musterte Mattis von oben bis unten und schlug das Schwert dann weg. »Lass uns in Ruhe, Tischler.«

»Das werde ich nicht tun, *Legion Grey*«, gab er spitz zurück.

»Mattis«, zischte ich. »Bitte. Er wird mir nichts tun.« Ich richtete meinen Blick herausfordernd wieder auf Valen. »Oder?«

Er hielt seine Handgelenke mit den silbernen Ringen hoch. »Warum?«

Ari räusperte sich. »Das ist eine Entscheidung, die ich gefällt habe. Notwendig, weil wir dich nicht kennen, aber gern mit dir sprechen würden.«

Valen sah Ari nicht an. »Du lässt mich binden? Nach allem.«

Sein Name wollte sich einfach nicht auf meiner Zunge formen, zumindest nicht sein wahrer Name. »Legion, lass uns anderswo reden.«

»Wie gesagt, Elise ist nicht diejenige, die dich gebunden hat, Blutgeist«, sagte Ari. »Aber setz dich, iss etwas. Wir haben einen Vorschlag für dich.«

Valens Daumen zeichnete meinen Kiefer nach. Sein Körper zitterte vor Wut. Es war ein Zusammenprall widerstreitender Gefühle, als ob er mich unbedingt berühren wollte, es aber hasste, dass er es wollte.

»Ich lasse mich nicht wieder *versklaven*«, sagte er, nicht zu Ari. Er sprach mit mir. »Mehr gibt es nicht zu sagen.«

»Versklaven?« Mattis stieß einen angewiderten Laut aus. »In Mellanstrad hast du das Leben eines reichen Handelsmanns geführt. Hattest Rang und Namen. Du weißt nichts über diese Leute hier. Nichts darüber, welches Leid in Timoran herrscht.«

»Mattis«, sagte ich warnend.

»Kühne Behauptung, Tischler«, mischte eine raue Stimme sich in den Streit ein. Alle Augen richteten sich auf die Rückseite der Halle. Thor, Halvar und die drei anderen stießen zu der Menge. Wie erwartet hatte Thor eine Klinge in der Hand. Halvar griff nach einem Trinkhorn voller Bier. Thor trat vor, den Blick auf Mattis gerichtet. »So redest du also, obwohl du das Leben eines Handwerkers im Schutze und in der Gunst einer Kvinna geführt hast. Vielleicht bist du derjenige, der keine Ahnung vom Leiden hat.«

»Lass es sein, Thor«, sagte Valen. »Wir haben diesen Leuten nichts mehr zu sagen.«

Er wandte sich zum Gehen und bedachte mich mit einem letzten bösen Blick, blieb aber stehen, als Ari ihm den Rückzugsweg verstellte.

»Geh weg.«

Ari grinste boshaft. »Ich glaube, das tue ich nicht.«

Meine Zunge klebte mir am Gaumen. Siv war die Einzige, die meine Sorge teilte, aber sie war zugleich auch die Einzige bis auf seine Gilde, die wusste, wem man hier so wenig Respekt entgegenbrachte. Ich glaubte, dass ich mich würde übergeben müssen, wenn die Anspannung noch lastender wurde.

Valen ballte die Fäuste und rammte Ari mit der Brust. »Aus dem Weg. Ich habe keine Angst vor Blutvergießen.«

»Verstanden«, sagte Ari. »Aber ich werde mich nicht rühren. Nicht, solange du mich nicht anhörst. Wir sind schließlich diejenigen, die dich gerettet haben.«

»Ihr seid die Narren, die unsere Pläne durchkreuzt haben. Ihr habt meinen Schatten entführt und einen Kampf mit dem Rabensporn vom Zaun gebrochen – und womit? Mit einer erbärmlichen Armee aus Flüchtlingen und Verbannten. Aus dem Weg.«

»Hier hast du keine Macht, Blutgeist. Du bist gebunden, waffenlos und von deiner Verletzung geschwächt. Was schadet es schon, uns anzuhören?«

»Mir gefällt die Art nicht, wie du redest. Ist das genug?«

Ari lachte trocken. »Ich könnte es befehlen. Das will ich eigentlich nicht. Mir wäre es lieber, wenn wir Verbündete wären.«

»Befehlen?« Valen lachte und sah seine Gilde an. »Er könnte mir etwas befehlen. Dann sag mir, Fae: Wer bist du, mir Anweisungen zu erteilen?«

»Dein König.«

Ich schloss die Augen gegen das Raunen, das den Saal durchlief. Frey und Ulf sahen Valen an, als wäre er ein Insekt – eines, das gleich unter Aris Stiefeln zertreten werden würde.

Narren. Götterverdammte Narren.

Valens Gesichtsausdruck veränderte sich. Der Hauch der Kreatur, die zu sein er einst verflucht gewesen war, verblasste, und seine Augen funkelten. Auf spöttische Art. »Mein König?« Er strahlte und sah sich abermals nach der Schattengilde um. »Hört ihr das? Ein König ist wieder auf den Thron gekommen. Welcher Dynastie entstammst du?«

»Das Land hat ihn erwählt«, sagte Frey. »Er hat das Leben zurückgebracht, das hier tot war.«

»Aha, ich verstehe. Ja, Etta wählt, wer herrschen soll, aber welches Leben hast du zurückgebracht?«

»Sieh dich um, Blutgeist«, sagte Ulf. »Hier kehrt die Macht zurück.«

Valen musterte Ulf. »Ich kenne dich. Du warst der Narr bei der Karawane.«

»Du hättest sie nicht entkommen lassen sollen.«

»Das hier ist deine Schuld«, sagte Valen und zeigte mit dem Finger auf Ulf. Er wirkte, als wäre er drauf und dran, den Mann zu erdrosseln.

»Legion, bitte«, sagte ich leise.

Er warf mir einen Blick zu. »Du unterstützt diesen König? Du stehst hinter seinem Herrschaftsanspruch?«

»Ari ist ein guter Anführer. Er hat diese Leute beschützt und beflügelt. Es würde dir nicht schaden, dir seine Pläne anzuhören. Du könntest hier eine Rolle spielen.«

Er verringerte den Abstand zwischen uns wieder. »Das ist nicht die Antwort auf die Frage, die ich dir gestellt habe. Unterstützt du *diesen* König?«

Ich schluckte mühsam, meine Stimme kaum mehr als ein Flüstern. »Ich sehe niemand anderen, der bereit ist, seinen Platz einzunehmen. Niemanden sonst, den ich unterstützen könnte.«

Ari prustete. »Vielen Dank, Elise. Deine enthusiastische Ergebenheit ist überwältigend.«

Valen verschlang mich mit Blicken. Er blinzelte nicht, bis Ari auf seinen Stuhl zurückgekehrt war und sich räusperte.

»Ob du glaubst, dass ich als König erwählt worden bin, oder nicht, Blutgeist, ist mir gleichgültig. Die Wahrheit ist, dass wir einen Aufstand begonnen haben. Einen kindischen Aufruf zum Krieg, das trifft zu, aber doch einen Aufruf. Wie in den meisten Kriegen muss man wählen, auf welcher Seite man stehen will. Hier gibt es zwei. Entweder stehst du deinen Leuten – dem Nachtvolk – bei, oder du verschließt die Augen davor, was sie vonseiten der Timoraner erdulden.

In dem Fall bist du unser Feind. Deshalb wirst du gebunden bleiben, bis bekannt wird, wo deine Loyalität liegt.« Ari drehte den Ring noch einmal um seinen Finger. Sein Auftreten war ruhig, gelassen, doch in seinem Tonfall lag eine Drohung. »Ich sehe in deinen Augen, dass du an Mord denkst, aber eines versichere ich dir: Wenn du mich tötest, wirst du diese Fesseln nie loswerden. Ich allein habe den Schlüssel dazu. Er ist gut versteckt.«

Valens Gesicht wurde etwas blass. Er griff nach seiner Taille, wie um nach seinen Äxten zu tasten, fand aber nichts. »Du bindest uns die Hände. Wie überaus timoranisch von dir.«

Ari schnalzte mit der Zunge. »Es geht um zu viel, um freundliche Spielchen zu spielen.«

»Was willst du von mir, König?«

»Ich will deine Gefolgschaftstreue, dein Schwert, deinen Ruf. Ich weiß, dass du Pläne und Komplotte schmieden kannst – das ist offensichtlich, wenn du ganz Mellanstrad und ein Königshaus getäuscht hast. Du bist allein mit nur einem anderen Mann in die Steinbrüche eingedrungen. Sei für mich dieser Mann. Du bist einer der Wenigen, die dem falschen Königshaus ein gewisses Maß an Furcht einflößen. Hilf uns, kämpfe für uns, und du wirst unter uns frei sein.«

Valen verschränkte die Arme vor der Brust. »Und wenn ich mich weigere?«

»Bleibst du gefesselt. Unser Gefangener.«

»Ich glaube, es wäre mir lieber, dich zu töten. Ich würde es tun, während du schläfst. Schmerzlos. Kurz und schnell.«

»Anscheinend dringe ich noch nicht zu dir durch.« Ari hielt inne und grinste dann. »Folgendes wird geschehen, Blutgeist. Du wirst unter Bewachung stehen, wie auch deine Gilde. Wenn ihr Widerstand gegen uns leistet oder uns Schaden zufügt, ja, wenn es auch nur den Hauch eines Gerüchts gibt, dass ihr euch verschwört, zu zerstören, was wir hier begonnen haben, wird eine einzige Person dafür bezahlen.«

Mein Herz stockte, als Ari mich ansah.

Es entging Valen nicht. »Drück dich klar aus, König.«

Ari verschränkte die Finger vor dem Körper. »Dein Zorn verrät, wie weh dir Elises Rolle bei deiner Gefangennahme tut. Dieser Schmerz beweist, dass sie dir wichtiger ist, als du es dir gern anmerken lassen möchtest.«

»Du würdest einer Frau etwas antun, um zu bekommen, was du willst.« Valen zog ungläubig eine Augenbraue hoch. »Was für ein mutiger Mann bist du doch.«

»Könige sind oft gezwungen, schwierige Entscheidungen zu fällen.«

»Ari?« Auf meinem Gesicht bildeten sich Schweißperlen vor ungesunder Hitze. Das konnte doch nicht wahr sein.

»Elise Lysander wird der Preis sein, Blutgeist.«

»Erst bringe ich dich um«, grollte Valen.

»Und damit beweist du, dass ich recht habe. Ich habe eine Schwachstelle in deiner Rüstung entdeckt. Sie wird den Preis zahlen, indem sie als Angehörige des timoranischen Königshauses und Feindin unseres Hofs und unseres Volkes …«

Ich trat an die Stirnseite des Saals. »Ich habe meine Loyalität mehr als einmal bewiesen.«

Ari hob eine Hand. Mir hatte es inzwischen ohnehin die Sprache verschlagen.

»Oder Elise wird, wie in alten Zeiten Königin Lilianna, als Brücke zwischen den Völkern dienen. Ich werde sie zur Gemahlin nehmen und zu meiner Königin machen.«

Valen wurde bei der Erwähnung seiner Mutter blass und dann rot, als Ari vorschlug, mich zu seiner Königsgemahlin zu machen.

»Du bist ziemlich gerissen«, rief Halvar laut. »Gewöhnlich nötigt mir so etwas Achtung ab, aber ich mag meine kleine Kvinna, und es gefällt mir nicht, wie du von ihr sprichst.«

»Es kümmert mich nicht, ob es dir gefällt oder nicht«, sagte Ari. »Es ist deine Wahl, Blutgeist. Füge dich. Hör uns an, sonst kostet es dich Elise.«

Valen schenkte mir einen Blick. Ich hob den Kopf und sah ihm in die Augen. »Das lasse ich nicht mit mir machen. Ich weigere mich, eine Spielfigur zu sein. Sag ehrlich, was du wünschst, und denk dabei nicht an mich.«

»Das ist unmöglich«, flüsterte er, so leise, dass nur die Nächststehenden es hören konnten. Valen wandte sich Ari zu. »Ich diene dir nicht. Ich werde dich nicht als König anerkennen, bis du bewiesen hast, dass du Ettas würdig bist. Aber ich werde dich auch nicht töten. Noch nicht.«

»Hörst du uns an? Schließt dich uns an? Dann nehme ich dir die Bindefesseln ab.«

»Nimm sie mir ab, und die Versuchung, dich umzubringen, wird mich überkommen.«

Ari seufzte. »Und du wirst dich den Konsequenzen stellen müssen.«

»Dann schlage ich vor, dass du mich gebunden lässt. Ich werde mich euch nicht anschließen, euch aber auch keinen Widerstand leisten. Du hast recht: Du hast eine Schwachstelle in meiner Rüstung entdeckt. Du hast meine Gilde angebunden wie Hunde. Und du bedrohst Elise. Eine Frau, die mir das Leben gerettet hat und in deren Schuld ich stehe. Jede Handlung, die ich in deinem Namen ausführe, werde ich nicht unternehmen, weil ich mich euch anschließe, und auch nicht, weil ich dir diene. Sondern weil du meine Fügsamkeit erzwungen hast. Du hast die Voraussetzungen dafür geschaffen, eine ganz bestimmte Art von Herrscher zu sein, *König*.«

Valen neigte das Kinn zu einer rachsüchtigen Verbeugung und stürmte aus dem Saal. Die Schattengilde blieb, bedachte die Nächststehenden mit bösen Blicken und folgte ihm dann.

KAPITEL 14

PRINZESSIN AUF ABWEGEN

»Du bist zornig auf mich.«

Ich wandte mich vom friedlichen Anblick des fahlen Monds ab und stellte fest, dass Ari in meiner Tür stand. Die Hände verschränkt und zwei Wachen im Rücken. Als er in meine kleine Hütte trat, blieben die Wachen draußen und schlossen die Tür hinter uns.

Ich antwortete nicht, sondern wandte mich wieder dem Mond zu.

»Ich kann es dir nicht verdenken. Diese Art von Gespräch ist nie angenehm.«

»Verzeihung, Majestät, aber ich bin heute Abend recht müde.«

Ari trat an meine Seite, ein vorsichtiges Lächeln auf den Lippen. Er hatte zugelassen, dass ein Hauch dunkler Bartstoppeln sein Kinn überzog. Er trug Goldringe in den Ohren, und abermals waren seine Augen mit Kajal umrandet. Jemand hatte sein Haar an den Seiten geflochten und halb hochgezogen. Er sah königlich und schön aus, und ich wollte schreien.

»Elise, ich würde dich nie als Verräterin vor Gericht stellen.«

»Warum sagst du es dann?«

»Weil ich ihm das Ausmaß unserer Notlage verständlich machen musste.«

Ich schüttelte den Kopf. »Ich weiß, dass es nie einfach ist, Herrscher und Anführer zu sein. Es bietet sich nicht immer klar dieser oder jener Weg an. Die Herrscher dieses Landes haben schon erbärmliche, sogar grausame Entscheidungen gefällt. Doch ich lasse mich nicht zur Spielfigur machen.«

Aris Augen saugten den Mondschein auf. Er nickte. »Die erste Drohung habe ich nicht ernst gemeint, aber die zweite ... Das wäre keine schlechte Idee, sondern in der Tat eine ziemlich gute.«

»Was?« Ich runzelte die Stirn. »Der Vorschlag, mich zu deiner Königin zu machen?«

»Warum nicht? Ich mag dich, und du erträgst mich.«

»So gerade eben.«

Er lachte leise und beugte sich über das Fensterbrett. »Wichtiger ist, dass du dem timoranischen Königshaus angehörst, und bei den Leuten beider Seiten beliebt bist. Ich bin hergekommen, um dir zu sagen, dass es meine Absicht ist, dich zu bitten, meine Königin zu werden, nachdem ich offiziell gekrönt worden bin.«

»Warum wartest du? Du könntest mich jetzt schon zwingen.«

»Elise, ich habe es nicht nötig, Geliebte zu zwingen.« Er legte den Kopf schief. »Und ich bin noch nicht gekrönt, weil ich mir den Thron verdienen möchte. Du weißt, dass Etta seine Herrscher selbst wählt. Ich ... Ich konnte bisher nicht noch einmal Leben zurückbringen wie vor all den Wochen, als ich die Mondfahne berührt habe. Ich will sicher sein, dass ich der König bin, den dieses Land braucht.«

Ich empfand ein gewisses Mitgefühl mit Ari. Er hatte einen verzweifelten Gesichtsausdruck. Es ging ihm nicht um Macht, sondern er glaubte wirklich, dass der Zufall, dass die Mondfahne unter seiner Hand erblüht war, auf seine Wildwut zurückging. Er übernahm die Verantwortung aus Pflichtgefühl, nicht aus Machthunger.

Ich konnte nur beten, dass er Gelegenheit haben würde, die Wahrheit zu hören. Dass der Nachtprinz zurückgekehrt war. Dass Valen Ferus das Leben wiederhergestellt hatte. Und dass er im Augenblick einfach stur wie ein Maultier war und sich weigerte, die gleiche Pflicht zu übernehmen.

»Ari …« Meine Gedanken sprangen wild in meinem Kopf umher. »Du willst mich nicht als deine Königin.«

»Doch.«

»Du liebst mich nicht.«

»Es ist kein Geheimnis, dass das hier eine strategische Verbindung ist, aber im Laufe der Zeit werden Gefühle stärker, die Zuneigung wächst. Uns beiden liegen dieses Land, die Gerechtigkeit und alle Leute am Herzen. Wir würden gut miteinander zurechtkommen.«

Ich wandte mich vom Fenster ab, sodass er mir in die Augen sah. »Ari, ich würde dir in fast allen Dingen widersprechen. Ich würde dich in den Wahnsinn treiben. Es liegt nicht in meiner Natur, still zu bleiben.«

»Stille habe ich noch nie gemocht.«

Ich lachte und ließ eine Hand auf seiner Brust ruhen. Er war jung, ehrgeizig und aufrichtig in dem, worum er bat. Ich sah es seinen Augen an. »Mein Daseinszweck als zweite Kvinna war es, in Mellanstrad eine vorteilhafte Verbindung einzugehen. Als ich dem entkommen bin, habe ich mir selbst geschworen, ein Ehegelöbnis, wenn ich es denn je spreche, nur aus Liebe abzulegen. Nicht um der gesellschaftlichen Stellung willen oder aus strategischen Gründen.«

Ari sah nach unten und legte seine Hand auf meine. »Das ist ein wunderbarer Gedanke, Elise. Aber ich glaube nicht, dass deine rasche Ablehnung darauf zurückgeht, dass du mich noch nicht liebst, sondern eher darauf, dass du dein Herz schon einem anderen geschenkt hast.«

Leichte Röte überzog meine Haut. Ich löste mich sanft von ihm und kehrte zum Mond zurück. Ich wollte nicht darüber sprechen. Es war ein Geständnis, das ich vermieden hatte; eines, vor dem ich mich fürchtete, seit man Valen Ferus nach Ruskig gebracht hatte.

Ari fuhr mit den Fingern durch die Spitzen meines Haars. Eine so sanfte Berührung, dass sie kaum da war. »Du hast vor uns allen Geheimnisse über Legion Grey und das, was wirklich zwischen euch beiden geschehen ist. Du weißt, warum er der Blutgeist ist. Warum er den Rabensporn verabscheut, aber nicht an unserer Seite kämpfen will.«

»Bitte frag mich nicht danach. Ich kann es dir nicht sagen.«

»Ich werde nicht fragen. Ich hoffe, dass du es mir mit der Zeit aus freiem Willen verraten wirst, weil du mir vertraust.« Ari trat einen Schritt zurück. »Ich lasse dich jetzt allein. Aber eines solltest du wissen, Elise: Ich werde dich bitten, meine Königin zu werden. Ich hoffe, du wirst darüber nachdenken. Mir ist bewusst, dass du dein Herz schon verschenkt hast, doch ich bin mir nicht sicher, ob es ihm möglich sein wird, die Geste zu erwidern. Selbst wenn er will. Ich würde mich nicht von dir abwenden. Ich würde dich nie zum Schweigen zwingen.«

Ich schlang mir die Arme um die Taille. Das Blut rauschte in meinen Ohren.

»Nun, ich habe genug gesagt«, warf er ein, als ich stumm blieb. »Schlaf gut, Elise.«

Sobald er gegangen war, ließ ich einer einzigen Träne freien Lauf.

Allmorgendlich stieg kühler Nebel auf. Bänder aus Feuchtigkeit umschlangen die Bäume und Behausungen, als ich aus meiner eigenen Hütte trat. Der erste Frost war nicht mehr weit, und es würde schwierig werden, die Leute in Ruskig dann weiterhin zu ernähren, wenn wir uns nicht darum kümmerten, Nahrungsvorräte anzulegen.

Ich legte mir eine Stola aus Fuchspelz um die Schultern und nahm einen geflochtenen Korb mit in die Schatten der Bäume. Ruskig war von Hecken, Wäldern und Wällen aus Dorngestrüpp und Mondfahne umgeben. Eine ganz eigene Welt.

Das Gras wurde im Morgentau leuchtend grün und in der Abenddämmerung mitternachtspurpurn. Schwarze Baumstämme waren mit Tupfen von grünem und gelbem Moos übersät. Bäche und Flüsschen waren klarblau mit weißen Steinen im Bett. Hirsche ästen. Raben beobachteten alles aus den Baumwipfeln. Blaue, purpurrote und glänzend schwarze Blüten wiegten sich auf einer nahen Wiese im leichten Wind.

Ruskig war voller Magie. So wie hier konnte das ganze Land sein – so hätte es sein sollen.

Ich kniete mich neben einen weitverzweigten Multbeerenstrauch. Die goldenen Beeren waren prall und mussten dringend gepflückt werden. Als die Sonne den Nebel verscheuchte, war schon der halbe Korb mit Multbeeren, Vogelbeeren, Kräutern und Gewürzen gefüllt.

Ich griff nach einem Busch mit seltsamen purpurnen Früchten. Ich konnte mich nicht erinnern, in all meinen langweiligen Stunden bei meinen Hauslehrern je ein Bild davon gesehen oder seinen Namen gehört zu haben.

»Die würde ich nicht anrühren, wenn ich du wäre.« Erschrocken zuckte ich zurück. Sie lachte über mein Erstaunen. Die Gefangene, die Valen folgte. Die Frau öffnete den Mund, beugte sich zu dem Busch und atmete tief ein. »Ja. Giftig, ganz sicher.«

Ich runzelte die Stirn. »Woher weißt du das? Was hast du getan?«

»Ich kann das Gift in ihnen schmecken.«

»Aber du hast sie nicht gegessen.«

»Gut beobachtet.«

Ich schnaufte. »Wie ich höre, bist du eine Alver. Der Begriff ist mir erst seit Kurzem bekannt. Mein alter Haushofmeister hat sich als Alver bezeichnet.«

»Ja, das hat man mir schon erzählt. Alver untergliedern einander in Schläge. Jeder Schlag verfügt über eine andere Form von Magie, die einen Teil des Körpers und des Verstands benutzt. Ich … Mich nennt man eine Profetik, also sind meine Sinne geschärft. Gewöhnlich könnte jemand wie ich etwas aus unglaublich weiter Entfernung oder in pechschwarzer Nacht sehen. Oder besser hören als ein Wolf. Manche haben sogar Visionen oder sehen Warnungen. Ich schmecke. Und die da …« Sie zeigte auf die Beeren. »… sind sehr giftig.«

Ich wich von dem Busch zurück. »Ich verlasse mich auf dein Wort.«

Die Frau nickte knapp und wandte sich einem unscheinbaren Strauch zu, dessen Blätter so groß wie mein Kopf waren. »Die hier allerdings helfen gegen Husten. Wenn man sie zerquetscht, geben sie einen Geruch ab, der lindernd wirkt.«

Ich lächelte und pflückte mehrere der Blätter. »Deine Magie ist eine nützliche Fertigkeit.«

»Eine heiß begehrte. Profetiks werden überall in den Königreichen benutzt.«

Ich wusste nicht, was ich dazu sagen sollte. Es war ungerecht, dass sie wegen ihrer Begabungen ausgenutzt wurden, aber

Könige und Mächtige stellten sich schon seit Jahrhunderten über das gemeine Volk. Diese Frau war genauso entführt und benutzt worden wie Calista wegen ihrer Fähigkeit, das Schicksal zu wenden.

Ich stützte den Korb auf meine Hüfte und sah zu, wie die Frau Wasser aus dem Bach schöpfte und trank. Sie war wunderschön. In gewisser Weise exotisch. Ihre Haut war hellbraun, und sie trug ihr schwarzes Haar zu kunstvollen Zöpfen geflochten.

»Ich bin Elise.«

»Ich weiß.« Sie wischte sich den Mund mit dem Ärmel ab. »Ich bin Junius. Du darfst mich Junie nennen.«

»Woher stammst du?«

»Aus einem Elendsviertel namens Skítkast. Im Osten.«

»Oh, mein Haushofmeister, Bevan, hat gesagt, dass er plante, mit dem Schiff nach Skítkast zu fahren, um bei einem Schmugglerring für Alver zu leben.«

Ein Schatten huschte über Junies Gesicht. »Dann geht er zu Niklas. Er wird gut behütet sein.«

Ihr Kinn bebte. Sie wandte sich ab und begann, den Schmutz unter ihren Fingernägeln fortzuwaschen. Ich zögerte, aber nach einem Moment kniete ich mich neben sie.

»Ich wollte dich nicht aufregen. Wer ist Niklas?«

Junies Wange zuckte. Sie wischte eine Träne fort. »Mein Mann.«

Ich kannte die Frau nicht, legte ihr aber unwillkürlich die Hand auf die Schulter. »Wie lange seid ihr schon voneinander getrennt?«

»Fast einen Umlauf«, sagte sie und schrubbte ihre Finger kräftiger als zuvor. »Wir waren an dem Tag, an dem es geschehen ist, zusammen. Wir haben einfach Vorräte eingekauft, und ich bin entführt worden, während er mit einem Händler gefeilscht hat.

Direkt von der Straße weg, kaum dass er mir den Rücken zugewandt hatte. Das Meer ist riesig, es gibt unzählige Königreiche und Regionen. Wenn ich nicht befreit worden wäre, hätte er mich nie gefunden, da bin ich mir sicher.«

»Aber jetzt?«

Sie sah mir in die Augen. »Jetzt habe ich neue Freunde, die mir helfen werden, ihn wiederzufinden. Bis dahin werde ich hier dienen.«

»Dem Blutgeist«, flüsterte ich.

»Dem König. Künftig wird es gut sein, diese Verbindung zu haben.«

»Ari ist derjenige, der dich …«

Sie kicherte und ließ mich verstummen. »Komm schon, wir wissen doch beide, dass ich nicht von Ari spreche.«

Mir stand der Mund offen. »Bei allen Göttern, er hat es dir erzählt?«

»Seine Gilde fand, wir sollten wissen, wem wir dienen. Er hat meine Loyalität und hat mir im Gegenzug versprochen, mir zu helfen, nach Hause zurückzukehren.«

»Ich bin dankbar, dass du loyal bist, aber ich fürchte, wenn du … L … Legion dienst, wirst du in einen Kampf mit hineingezogen, der nicht deiner ist.«

Sie warf mir einen verwirrten Blick zu. »Warum nennst du ihn nicht bei seinem wahren Namen?«

»Das kann ich nicht. Zumindest nicht vor dir«, sagte ich schmollend. »Der Narr hat meine verdammte Zunge mittels Wildwut gebunden. Ich kann von nichts sprechen.«

Junie lachte, stand auf und half mir auf die Beine. »Jetzt ergibt es einen Sinn. Nachdem ich herausgefunden hatte, wie viel du riskiert hast, um ihn zu befreien, konnte ich nicht verstehen, warum du das, was du weißt, geheim hältst.«

»Ich bin mir nicht sicher, ob ich seinen Namen aussprechen würde, selbst wenn ich könnte. Offensichtlich will er die Rolle des Königs nicht, und er war so lange gefangen – warum sollte man ihn bestrafen, indem man ihn zwingt, eine Bürde wie die Krone auf sich zu nehmen, wenn er es nicht will?«

Junie blieb bei mir, als ich den Korb aufhob. Gemeinsam traten wir den Rückweg in die Siedlung an.

»Sag mir eines«, bat ich am Waldrand. »Sind Gifte alles, was du schmecken kannst? Oder nimmst du alles verstärkt wahr?«

Sie warf einen Blick über ihre Schulter und senkte dann die Stimme. »Es gibt noch ein heikles Talent, über das ich verfüge. Ich habe noch niemandem davon erzählt, aber ich spüre, dass du gut bist und Valen nur helfen willst.«

Ich zog eine Augenbraue hoch. »Ich will nicht, dass ihm irgendetwas schadet.«

Junie grinste. »Ich schmecke Lügen.«

»*Lügen*? Unmöglich.«

Sie kicherte. »Nicht ganz. Mesmer ist eine Magie des Körpers, anders als eure Erdmagie. Wenn Leute lügen, kommt es zu einer Reaktion in ihrem Körper. Vielleicht strömt das Blut schneller. Der Puls beschleunigt sich. Schweiß. Ich schmecke den Unterschied.«

»Das ist erstaunlich.«

»Ja. Ein Grund mehr dafür, dass Könige es auf mich abgesehen haben. Dreckskerle. Als würde ich es ihnen erzählen, wenn es einen Verräter in ihren Reihen gäbe. Ich würde darum beten, dass sie ermordet werden.«

Mein Griff um den Korb verstärkte sich. »Ist das dein Plan mit Legion?«

Sie strahlte. »Und genau deshalb, Elise, habe ich dir davon erzählt. Du bist ihm gegenüber vielleicht loyaler als alle anderen. Nein, ich habe ihm nichts von meiner Begabung verraten, nicht etwa, weil ich ihm nicht vertraue oder weil ich Intrigen gegen ihn spinne. Es liegt eher daran, dass ich es gewohnt bin, sie geheim zu halten, aber ich benutze sie schon die ganze Zeit diskret. Bis jetzt scheinen die Leute hier Ari und seinen Plänen gegenüber recht loyal zu sein. Wirst du irgendjemandem davon erzählen?«

»Ich nehme an, du würdest es merken, wenn ich lügen würde?«

»O ja, das werde ich.«

»Ich habe das Gefühl, dass ich es Legion erzählen sollte.«

Sie grinste erneut. »Ich werde es ihm sagen. Aber hab Verständnis für die Gründe dafür, dass ich es nicht jedem unter die Nase reibe.«

»Ich werde dich nicht verraten. Ich kann nicht leugnen, dass es nützlich sein wird. Sehr nützlich.«

Junie wippte in einer Art zustimmendem Nicken mit dem Kopf und half mir, indem sie die andere Seite des Korbes nahm.

»Ich finde, er sollte seinen Thron besteigen«, sagte sie nach einem Augenblick. »Um die Wahrheit zu sagen, glaube ich, dass ihm das auch selbst klar werden wird. Ich habe in meiner Gilde bereits die übelsten Gestalten erlebt. Aber ich habe auch schon gesehen, was passiert, wenn ehrenhaften Leuten aufgeht, was ihr Schicksal ist. Er wird einen Grund finden, seinen Platz einzunehmen. Und wie gesagt: Es sollte doch höchst erfreulich sein, einen König zum Freund zu haben.«

Sie stibitzte eine Multbeere aus dem Korb und legte sie sich grinsend auf die Zunge.

»Da bist du ja, fremde Schöne.« Der kräftige Gefangene saß mit dem anderen Mann, Thor und Halvar zusammen auf einem Fass.

Junie verdrehte die Augen. »Casper, ich habe dir meinen Namen genannt.«

»Aber fremde Schöne klingt geheimnisvoller.«

Thor fing meinen Blick auf, erwiderte ihn einen Atemzug lang und ging dann davon. Mir wurde das Herz sehr schwer. Halvar grinste und klopfte auf den freien Platz auf dem Fass.

Ich tat ihm den Gefallen und setzte mich neben ihn.

»Dir macht etwas zu schaffen, Kvinna. Sag mir, was ich tun muss, um dich aufzumuntern.«

Ich stieß seine Schulter mit meiner eigenen an. »Leider bist du anscheinend der Einzige, der mich in letzter Zeit dabeihaben will.«

Halvar sah in die Richtung, in die Thor gegangen war. »Du solltest mittlerweile doch wissen, dass er schon mit einem abscheulichen Naturell geboren worden ist. Der versteht kein bisschen Spaß.«

»Und du bist sein Gegenteil.«

»Das werte ich als das größte Kompliment überhaupt.« Halvar legte mir einen Arm um die Schultern. »Spaß beiseite: Täusch dich nicht in ihm, Elise. Er ist nicht zornig auf dich. Wie könnte er das auch sein? Du hast ihn befreit. Was du ihm anmerkst, ist Sorge. Sorge, was geschehen könnte, was wahrscheinlich geschehen wird, und weil wir hier nichts zu sagen haben. Thor kann es nicht ausstehen, nicht die Kontrolle zu haben.«

Ich tätschelte Halvars Knie. »Ich schwöre dir, ich werde weiter darum kämpfen, dass ihr von diesen Bindefesseln befreit werdet.«

»Bei den Höllen – wir werden nie davon befreit«, sagte Halvar. »Nicht, wenn *mein gnädiger Herr* nicht aufhört, sich mit jedem in diesem verdammten Lager zu streiten.«

Ich stand auf. »Wo steckt er gerade?«

»Sich *streiten.*« Halvar zeigte auf den Stall. »Ich glaube, es ist gerade erst losgegangen, falls du allem noch einen Riegel vorschieben willst. Es sei denn, du möchtest lieber zuschauen. Sie sind ziemlich unterhaltsam.«

Ärger brannte in meinem Blut. Valens Zorn würde mich noch ins Grab bringen. Das hier war *sein Volk.*

Ich presste die Lippen zu einer schmalen Linie zusammen und stapfte auf den kleinen Stall zu.

Je näher ich kam, desto deutlicher verstand ich, was gesagt wurde.

»Verrat es mir, dann ziehe ich es vielleicht in Erwägung.«

»Gib sie mir.« Valens Stimme war leise und düster.

»Wie hast du verheimlicht, dass du zum Nachtvolk gehörst? Was schadet es schon, mir das zu erzählen?«

Mit der Schulter stieß ich die Tür auf. Mattis lehnte an einem der Karren und machte ein selbstgefälliges Gesicht. Valen stand fünf Schritte entfernt. Er hatte seine Haare zurückgebunden und war in eine schwarze Tunika gekleidet. Einen Moment lang fühlte ich mich in die Nächte zurückversetzt, in denen er mir vor dem Staatsstreich auf dem Rabensporn als Leibwächter zugeteilt gewesen war.

Als er mich im alten Schulhaus geküsst und berührt hatte.

Wie hatte sich alles doch verändert.

Ich erspähte den Grund für Valens Unmut. Mattis hielt eine der schwarzen Äxte in der Hand. So, wie er sie in seinem Griff herumwirbeln ließ und wie einen Schatz prüfend betrachtete, hatte ich kaum Zweifel daran, dass Mattis es mit voller Absicht tat, um Valen zu ärgern.

»Als Tischler hast du mir besser gefallen. Du bist ziemlich lästig, und ich bin nicht in Stimmung dafür.«

»Nun, du hast mir auch besser gefallen, bevor ich erfahren habe, dass du ein Lügner, ein Dieb und ein Mörder bist.«

Mattis lachte leise. »Was willst du machen, Blutgeist? Du bist gebunden, du hast keine Waffe, und wenn du mich anrührst, wird Elise diejenige sein, die darunter zu leiden hat.«

Valen ballte die Fäuste. »Es wird nicht immer so bleiben, und ich vergesse nicht, wer mich gekränkt hat.«

Mattis fuhr mit einem Finger über den Rücken der Axt. »Diese Äxte sind unglaublich. Was für eine Handwerkskunst! Echte Streitäxte. Ich glaube, ich behalte sie vielleicht. Setze sie zu einem guten Zweck ein statt zu unnützem Blutvergießen.«

Valen trat jählings einen Schritt auf den Tischler zu.

»Es reicht«, schrie ich.

Sie drehten sich beide um. Mattis' Gesicht lief rosig an, und Valen lächelte selbstgefällig – wie er es einst als Legion Grey getan hatte. Immer beherrscht, immer mit Hintergedanken.

»Elise«, sagte er. »Hier ist alles in Ordnung, aber ich finde, ich sollte dir sagen, dass ich nichts damit zu tun habe, falls dein Freund, der Tischler, plötzlich vermisst wird.«

»Du wirst ihn nicht verschwinden lassen.« Ich runzelte die Stirn, ging zu Mattis und nahm ihm die Axt aus der Hand. »Du – hör schon auf.«

»Er kann sie ohnehin nicht einsetzen. Es wäre eine Schande, sie verkommen zu lassen.«

»Sie dürfen nicht angerührt werden«, sagte Valen.

Ich streckte einen Arm aus und hielt ihn davon ab, Mattis zu schlagen.

»Mattis, es tut mir leid, dass du dich betrogen fühlst«, sagte ich. »Aber richte deinen Zorn gegen Burg Rabensporn. Die Leute dort haben uns allen geschadet; sie haben

Legion Gründe dafür geliefert, zu verheimlichen, wer er ist. Sie waren diejenigen, die dich gefoltert haben, nicht Legion, nicht Siv.«

»Es ist doch nicht, dass er mich betrogen hat. Er ist gekommen, um dir etwas anzutun.«

»Ich hätte ihr nichts angetan«, sagte Valen mit Nachdruck. »Du hast keine Ahnung.«

»Die hat er wirklich nicht, oder?« Ich bedachte den Nachtprinzen mit einem vielsagenden Blick, bis er sich abwandte. Kopfschüttelnd wandte ich mich meinem Freund zu. »Wäre es genug, zu wissen, dass er mich gerettet hat, dass ich ihn gerettet habe und dass wir einander vertrauen, auch wenn du es nicht verstehst?«

Mattis starrte das Stroh auf dem Boden an; sein Kiefer war verkrampft. »Es ist genug, um mich glauben zu lassen, dass er dir nicht die Kehle durchschneiden wird. Aber ich vertraue ihm nicht und glaube, dass er unbefristet gebunden bleiben sollte. Er ist gefährlich, das sehe ich seinen Augen an. Als könnte er es gar nicht abwarten, wieder zu töten.«

Damit drehte Mattis sich um und verließ den Stall durch eine andere Tür.

Stille umfing uns. Mir tat das Herz weh; es raste. Ich warf einen Blick auf Valen. Er sah mich nicht an. Stattdessen lehnte er sich mit einer Schulter an einen Pfosten und starrte zwei schielende Ziegen an.

»Er hat nicht unrecht«, sagte er mit gesenkter Stimme.

»Womit?«

»Was den Blutrausch betrifft. Er ist noch da.«

Ich presste mir eine Hand auf den Magen, der sich mir umdrehte. »Du bist immer noch verflucht?«

»Nein«, sagte er und sah mich an. »Ich verwandle mich nicht

mehr, aber es ist, als wäre der Ruf zu morden immer noch da, der mich dazu bringt, unaussprechliche Dinge zu tun.«

Ich hatte ihn schon so lange berühren wollen. Nicht so, wie ich es getan hatte, als er im Fieber gelegen hatte, auch nicht im Zorn, sondern in einem Augenblick, in dem wir unter uns waren, ruhig und allein.

Ich legte ihm die Hand auf den Arm. Er entzog sich mir nicht.

Valen wandte sich mir zu. Wir waren jetzt sehr nahe beieinander. Seine Fingerspitzen berührten meine Wange, ganz vorsichtig, als müsste er gegen den Drang ankämpfen zurückzuweichen. Als er endlich nachgab und eine Seite meines Gesichts umfasste, schmiegte ich mich in die Wärme seiner Hand, an die rauen Schwielen auf seiner Haut.

Er öffnete den Mund und schloss ihn dann wieder, als müsste er noch einmal über das nachdenken, was er sagen sollte. Der Nachtprinz gab mir einen sanften Kuss auf die Stirn. »Ich kann hier nicht zum Anführer werden, wie du es willst, Elise. Nicht, solange die Dunkelheit noch in mir lauert.«

»Du bist nicht die Dunkelheit, Valen.«

Er machte schon wieder Anstalten, sich davonzuschleichen. Nur allzu bald lösten seine Hände sich von meiner Haut. »Ich lasse dich jetzt allein.«

»Wie überraschend. Du tust ja schon die ganze Zeit nichts anderes, als mich zu meiden.«

In seinen dunklen Augen versank ich wie in einer Nacht ohne Sterne. »Und das ist das Beste so.«

Mein kaum geheiltes Herz zersprang. Valen weigerte sich einzusehen, dass er etwas anderes als Blut und Tod verdient hatte.

Er hatte mir einmal gesagt, dass sein Herz für mich schlug. Genauso schlug meines für ihn.

Als ich zusah, wie er den Stall verließ und auf Abstand von mir ging, zerbrach ich daran, wie sehr ich ihn wollte.

Ich würde tun, was ich konnte, um dem Nachtprinzen begreiflich zu machen, dass er mehr sein konnte. Er konnte sich als der Mann erheben, den Etta brauchte, aber ich würde meinem Herz nicht für einen Mann, der nicht bereit war, mich zu der Seinen zu machen, immer neue Wunden zufügen.

KAPITEL 15

NACHTPRINZ

Aris treuer, hünenhafter Leibwächter nahm die gesamte Tür der Hütte ein. Ulf. Der elende Kerl, der durch seine Einmischung dieses ganze Unheil überhaupt erst angerichtet hatte.

Sein Bart war zu zwei Zöpfen geflochten, die mit Knochen- und Silberperlen durchwirkt waren. Ulf war ein Furcht einflößender Ettaner und starrte uns aus zusammengekniffenen Augen finster an, als wir uns bei seinem Erscheinen nicht rührten. Erwartete er von mir, mich zu verneigen? In Habachtstellung zu gehen? Es war lächerlich und zugleich doch auch unterhaltsam.

Ulf räusperte sich zum zweiten Mal. »Der König hat dich zu sich bestellt.«

»Bestimmt«, sagte ich und schenkte mir noch ein Horn des wässrigen Biers von Ruskig ein.

»Du wirst vor ihm erscheinen.«

»Werde ich das?«

Halvar und Stieg lachten leise. Junius warf mir einen müden Blick zu. Sie hielt nichts davon, dass ich ein Geheimnis aus meinem Namen machte. Bei den Höllen, sie war fast so schlimm wie Elise. Es half nicht, dass die beiden sich so gut verstanden, als wären sie alte Freundinnen.

Die zweite Kvinna hatte nicht zum ersten Mal meine gesamte Gilde auf ihre Seite gebracht. Hatte ihnen süße Kuchen, zusätzliches Bier oder Pelze für ihre Betten zugesteckt. Sich vor dem Möchtegernkönig Ari für sie starkgemacht. Sie trieb mich zur Weißglut.

All die Wochen, in denen ich nun schon gebunden war wie ein Tier, unfähig, Stahl zu berühren oder das Brennen der Wildwut zu stillen, hatte ich darum gekämpft, Distanz zu ihr zu halten.

Aber wie der Ruf des Bluts zog sie mich an.

Wider besseres Wissen warf ich immer wieder verstohlene Blicke auf Elise Lysander. Ich stellte mich dicht neben sie, malte mir ihre Haut auf meiner aus. Alles, was dazu erforderlich war, wäre es, den Thron zu beanspruchen und meinen wahren Namen zu enthüllen. Ich ließ die Schultern hängen. Nein. Selbst dann durfte sie nicht an mich gebunden sein.

Ich wusste aus erster Hand, was aus Königinnen auf dem Thron von Etta wurde.

Nicht, dass Elise je meine Königin würde sein wollen.

Ich wollte sie nicht als Königin. Ich wollte nicht der verdammte König sein. Ich wollte einfach die timoranische Herrschaft über Etta ausmerzen. Das war noch eine Schwierigkeit, die zwischen uns stand: Diejenigen, die ich in Stücke zu reißen gedachte, waren von ihrem Blut.

Sie wusste es noch nicht, aber so schrecklich ihre Familie auch war, es würde eine große Herausforderung für sie sein, sie sterben zu sehen.

Ulf verlagerte seine Haltung in der Tür, zog sein Messer und lenkte meine Gedanken von Elises blauen Augen ab. Der Mann rammte die Spitze seines Messers in den kleinen Tisch. Casper schnaufte spöttisch. Thor war bereit, sich in die Schlacht zu stürzen. Sein Zorn glich meinem, brodelte ständig unter der Oberfläche.

Ulf schnalzte mit der Zunge, setzte sich dann auf einen der Stühle und raubte Stieg sein Trinkhorn voller Bier. »Bleib nur hier, wenn du möchtest, Blutgeist. Mir wäre es lieber.«

»Wie lautet die Drohung, wenn er sich heute weigert?«, fragte Halvar. Er saß zurückgelehnt auf seinem Stuhl; seine Knöchel ruhten gekreuzt auf dem Tisch. »Der Einfallsreichtum bereitet mir Vergnügen.«

»Keine Drohung«, sagte Ulf und warf sich eine geröstete Nuss auf die Zunge. »Aber wenn du nicht hingehst und dir den Plan unseres Königs anhörst, dann fürchte ich, bleibt es Elise allein überlassen, ihn auszuführen.«

Das lang gezogene Stöhnen, das ich ausstieß, klang eher wie ein Knurren. »Tut mir leid, Halvar. Die Drohung ist alles andere als originell.«

»Das ist sie«, murmelte Halvar. »Diesmal solltet ihr lieber Thor oder Stieg gegen ihn einsetzen. Nicht mich – wir hocken hier drinnen bereits zu lange aufeinander, und ich glaube, mittlerweile würde er mich euch gern ausliefern.«

»Das würde ich auch.«

»Bei den Höllen, ich hätte es gestern schon getan«, sagte Casper. »Geben dein Witz und dein Mund denn niemals Ruhe?«

Halvar lachte und schlug Casper so kräftig auf die Schulter, dass er fast vom Stuhl fiel. Sie rangelten grinsend miteinander und stachelten einander immer weiter an. Thor grummelte etwas, und Junius verließ die Hütte, als sie ihr fast das Trinkhorn aus den Händen schlugen.

Wir konnten inzwischen alle nur noch schlecht still sitzen.

Ulf lachte bitter. »Ihr missversteht mich. König Ari schickt sie nicht an deiner Stelle aus, um dir zu drohen. Nein – es ist

Elises Entscheidung. Sie hätte allerdings größere Überlebenschancen, wenn Legion Grey sie begleiten würde.«

Er hatte schon gewonnen. Allerdings hatte Ulf auch längst gewusst, dass er gewonnen hatte, bevor er die Hütte auch nur betreten hatte. Ari wusste, wie er das Messer immer tiefer in meinen Rücken treiben konnte. Wusste, wie er mich allmählich brechen konnte.

Er war gerissen.

Eine gute Eigenschaft bei einem König.

Dennoch wünschte ich mir, ich hätte meine Äxte. Vielleicht hätte ich Ulf ein Ohr genommen. Ein Auge? Er war arrogant, und ich mochte ihn nicht. Ehrlich gesagt mochte ich Ari lieber als Ulf. Kaum zu glauben, aber so war es, und ich hatte die Absicht, diesen Dreckskerl genau im Auge zu behalten.

»Sag deinem König, dass wir gleich kommen«, antwortete Thor für mich. Er wusste so gut wie die anderen, dass ich darauf eingehen würde, wenn es ein bisschen Frieden für Elise bewahrte.

Ulf stand auf und nahm sich noch etwas zu trinken. Er atmete übertrieben durch und wischte sich den Mund mit dem Ärmel ab. »Ich sage es ihm. Aber er ist auch dein König. Du tätest gut daran, dich zu erinnern, wer hier die Macht hat.«

Sobald die Tür geschlossen war, sah Thor mich mit zusammengekniffenen Augen an. »Ja, ich würde mich auch sehr gern daran erinnern, wer hier die Macht hat.«

»Drück dich klar aus, Thor. Nimm kein Blatt vor den Mund.«

»Klar? Na gut. Sie haben dich an den verdammten Eiern gepackt, Valen. Fordern deine Aufmerksamkeit, deine Dienstbarkeit, als wärst du irgendein Schuldknecht. Du, der Nachtprinz. Ich kann es nicht ertragen, das mitanzusehen.«

»Du würdest das Gleiche tun, wenn Sol als Druckmittel benutzt werden würde«, sagte ich ganz leise.

Thors Finger zuckten. Er widersprach meiner Behauptung nicht.

»Endlich gibst du zu, dass sie deine *hjärta* ist«, sagte Halvar. »Ich werde dir bald sagen, dass ich es dir ja gleich gesagt habe.«

»Das ist sie nicht«, behauptete ich und stapfte zur Tür. »Aber sie soll nicht meinetwegen leiden.«

Das stimmte durchaus. Ich kämpfte hart darum, die Leute in meiner Umgebung davon zu überzeugen, dass ich mich fügte, weil Elise diejenige war, die uns von dem Fluch befreit hatte. Aus keinem anderen Grund als dem, dass ich so tief in ihrer Schuld stand, dass die Rückzahlung ein Leben lang dauern würde.

Ich kämpfte genauso hart darum, mich selbst davon zu überzeugen.

Ari versammelte seinen Rat um eine Feuerstelle in der Mitte der Siedlung. Keine große Runde. Nur seine Leibwache, Elise, Mattis, Siv und meine Gilde, sobald wir eintrafen.

»Nett von dir, dich zu uns zu gesellen, Blutgeist.« Ari saß am Kopfende. Jemand hatte einen Stirnreif aus Vogelbeerblättern für den König angefertigt.

Der Anblick ließ einen Ruck durch meine Brust gehen.

Meine Eltern hatten abseits offizieller Anlässe nur selten Kronen getragen, aber die, die sie getragen hatten, hatten der Aris geähnelt.

Rachedurst verzehrte mich, und ich gestattete mir nur selten, in Muße an sie zu denken. Die Art, wie sie gelacht und einen aufgezogen hatten. Wie mein Vater mich im Kämpfen unterwiesen hatte. Wie meine Mutter mir etwas über Kräuter und Heilkunde beigebracht hatte.

Ich blinzelte, um nicht weiter den Stirnreif anzustarren, und ließ mich am Rand des Feuers nieder.

»Wie ich schon sagte«, fuhr Ari fort, »befindet sich eine

Flüchtlingskarawane jenseits des Fjords. Sie sind ohne Deckung und geschwächt. Aber ihr Bote hat uns versichert, dass sie etwas von Wert haben, wenn wir ihnen zu Hilfe kommen. Ungeschützt, wie sie sind, wird Burg Rabensporn sie bald finden und vernichten. Ich brauche Männer und die Schattengilde, um unseren Rettungstrupp auf seiner Reise zu begleiten.«

Mein Magen verkrampfte sich so sehr, dass mir übel wurde, als Ari auf Elise, Mattis und Siv deutete. Sie waren der Rettungstrupp?

»Und wie willst du unbemerkt zu diesen Flüchtlingen vordringen und sie dann über den Fjord und nach Ruskig schmuggeln?«, fragte Halvar in gereiztem Ton.

Ari stand auf, öffnete einen Fellsack und zog eine Pergamentrolle daraus hervor. »Wir benutzen das Land.« Der König breitete das Pergament – eine Karte mit Bergen und Landmarken – auf einem Findling unweit der Flammen aus. Er deutete auf eine Klippe in der Nähe der Südgestade. »Hier ist der Ort, an dem sie auf uns warten.«

Die Stelle lag einen halben Tagesritt von Svens Wirtshaus entfernt, doch es gab Meereshöhlen und Buchten. Ein tückisches, aber geschickt gewähltes Gebiet, um Schutz zu suchen.

Als Halvar neben Ari an den Tisch trat, nahm eine vergessene Erinnerung in meinem Kopf Gestalt an.

Wir hoben den Rand der Tischdecke an. Zu viele von uns hockten unter dem hinteren Tisch. Mir taten die Knie weh, aber ich biss mir in die Wange, um mich davon abzuhalten, an sie zu denken.

Auf der anderen Seite des Raums rieb sich mein Vater die Stirn und schloss die Augen.

»Bei den Höllen, Daj sieht müde aus.«

Sol versetzte mir einen Stoß mit dem Ellenbogen. »Nicht fluchen, Val. Herrad erzählt es Maj, wie immer.«

Er streckte meiner älteren Schwester die Zunge heraus. Sie starrte ihn finster an und krümmte die Finger, deren Nägel sie zu Krallen gefeilt hatte, die denen ihrer hässlichen, plattgesichtigen Katze glichen, und fauchte.

Sol zuckte vor ihr zurück.

Ich kicherte hinter vorgehaltener Hand. Er hätte nie zugegeben, dass Herja ein härterer Brocken als er war, aber … das war sie.

»Klappe«, flüsterte Halvar. Er kaute auf einem Streifen getrockneten Herings herum. Es stank fürchterlich, aber ich glaube, er tat es, um uns zu ärgern. »Ich will zuhören.«

»Wir bekommen Ärger«, sagte Thor, der Kleinste von uns. Er war vier Umläufe älter als ich, doch in diesem Umlauf hatte ich ihn an Länge übertroffen, als ich gerade erst zehn geworden war.

Sol schlug Thor auf den Rücken, das Gold seiner Augen strahlend wie ein Sonnenaufgang. »Vergiss nicht, warum wir hier sind. Es winkt eine große Belohnung, mein Freund. Hal – Strategie.«

Halvar verlagerte seine Haltung. Er war derjenige, der in diesem Umlauf die meiste Muskelmasse gewonnen hatte. Allerdings hatte er jetzt, da er vierzehn war, auch begonnen, mit den Rittern zu üben. »Wir benutzen die Säulen. Valen ist der Schmächtigste …«

»Nein!« protestierte ich. »Das ist Thor …« Ich ächzte, als Thor mir einen Fausthieb gegen den Arm versetzte. »Hör auf. Ich bin ranghöher als du.«

»Sei nicht so gemein, kleiner Bruder«, wies Sol mich an.

»Val ist der Schwächste«, fuhr Halvar fort und machte alles noch schlimmer. »Also wird er als Köder dienen. Du tust so, als wolltest du es schlau anstellen, mein kleiner Prinz, aber das wirst du nicht. Während man dich fängt und ausschimpft, dringen wir zu den Honigkuchen vor.«

»Aber dann bekomme ich keinen ab!«, jammerte ich.

Herja verdrehte die Augen. »Bei den Göttern, wir heben einen für dich auf.«

»Ich erzähle Maj, dass du geflucht hast«, drohte Sol, während er seine Haltung auf den Knien verlagerte. »Es ist ein ordentlicher Plan, Hal.«

»Denk bloß an mich, wenn es an der Zeit ist, deinen ersten Ritter auszuwählen«, sagte Halvar und strich sich die langen Locken aus dem Gesicht. »Bereit? Und …«

Die Tischdecke hob sich. Wir schrien alle vor Überraschung auf. Dagar, Halvars Vater und zugleich der wahre erste Ritter, sah uns stirnrunzelnd an.

»Aha, wir haben Heimlichtuer auf der Burg.« Dagar griff zuerst nach Halvar, packte ihn am Kragen seiner Tunika und zog ihn unter dem Tisch hervor. »Raus mit dir.«

Bis zum nächsten Vollmond bekam keiner von uns einen Honigkuchen zu schmecken.

Ich grinste und beobachtete, wie Halvar sich über die Karte beugte und gedankenschnell wie immer aus dem Augenblick heraus Strategien entwickelte. Er erinnerte mich sehr an Dagar, einen gerechten Mann, der bei jedem Schritt, den er unternahm, listenreich war und strategisch dachte. Ohne Dagar hätte es kein Ruskig gegeben. Er hatte während der Eroberung einen Großteil unserer Leute evakuiert. Er hatte geholfen, die Wildwutwälle zu errichten. Niemand hier ahnte auch nur, wer Halvar war und welchen Wert er mitbrachte.

Ich war nahe daran, die Wahrheit zu gestehen, und sei es auch nur, damit Halvar die Anerkennung bekam, die er verdient hatte.

»Ihr werdet aber Zeit verlieren, wenn Ihr nur bei Nacht reist«, hielt Ari ihm entgegen.

»Ja, doch wir werden Leben bewahren. Die Raben gehen selten nach Einbruch der Dunkelheit tief im Wald auf Patrouille.« Halvar lachte bitter. »Sie fürchten das Nachtvolk und Geschichten über Nyks und Wolvyn. Wir werden sie schon dazu bringen, von ganzem Herzen an diese Mythen zu glauben.«

Ari grinste. »Ihr seid also bereit mitzugehen?«

Halvar erkannte wohl, dass er sich verplappert hatte, und hob den Blick zu mir.

Ich runzelte die Stirn. Kein Teil von mir wollte auch nur einem Befehl von Ari oder seiner Leibwache folgen, aber Elise trug dunkle Kleidung. Sie hatte einen Dolch an der Taille. Sie würde mitgehen, und sie wollte mich nicht ansehen.

Bei allen Göttern, diese Frau würde noch mein Tod sein.

Einmal war sie es sogar schon gewesen.

Ich hätte nie damit gerechnet, dass solch ein lästiges, tollkühnes, schönes Geschöpf den Befehl über all meine Entscheidungen übernehmen würde. Ich versuchte, reichlich Distanz zu halten und unnahbar zu sein, aber beim kleinsten Gedanken daran, dass ihr etwas zustoßen könnte, wurde ich doch weich.

Sie verfügte nicht über Wildwut, doch es hätte genauso gut so sein können. Elise Lysander hatte mich mit einem Zauberbann belegt. Einem, den ich nicht brechen konnte.

»Wir gehen mit«, sagte ich und trat an den Rand des Feuers »Aber du wirst uns die Bindefesseln abnehmen.«

»Unter keinen Umständen«, entgegnete Ari, ohne mich anzusehen. »Ich kann es nicht riskieren, euch da draußen bei meinen Leuten und Leibwachen zu haben, wenn ich nicht weiß, was ihr vorhabt.«

»Bei allem Respekt, Ari«, sagte Elise, immer noch, ohne mich anzusehen. »Es wäre dir von Nutzen, ihnen ihre Wildwut zuzugestehen.«

Ich breitete selbstgefällig lächelnd die Arme aus, als wollte ich ihn auffordern, ihr zuzustimmen. Um die Wahrheit zu sagen, fiel es mir angesichts der zurückkehrenden Erinnerungen an die Tage, in denen mein Wort Gesetz gewesen war, immer schwerer, mich gegenüber einem König, der nicht wirklich vom Land erwählt worden war, unterwürfig zu zeigen.

»Danke für deine Einschätzung, Elise«, sagte Ari. »Aber der Blutgeist und seine Gilde haben ihre Gesichter kaum gezeigt. Selbst nach Wochen kennen wir sie noch nicht. Die Bindefesseln bleiben.« Ari richtete seine Aufmerksamkeit wieder auf die Karte. »Wenn das etwas an eurer Entschlossenheit ändert, euch an unserer Rettungsmission beteiligt, entschuldigen wir euch wohl und ihr könnt in eure Unterkunft zurückkehren.«

Blut toste in meinem Kopf. Was für ein aufgeblasener, arroganter …

»Bei den Höllen«, zischte ich leise. »Wir gehen mit, aber wir bekommen Waffen, und deine Leibwachen, *alle*, werden Halvars Anweisungen folgen. Niemand kann mit seinen strategischen Fähigkeiten mithalten.«

Einer von Aris Mundwinkeln hob sich zu einem Grinsen. Er hatte gewonnen und hatte keinerlei Bedenken, es mich wissen zu lassen. »Einverstanden. Ruh dich aus, Blutgeist. Ihr brecht bei Einbruch der Dunkelheit auf.«

KAPITEL 16

PRINZESSIN AUF ABWEGEN

Halvar bestand darauf, dass wir aus Ruskig aufbrachen, ehe der Mond im Zenit stand. In dem Moment unmittelbar bevor das letzte Tageslicht hinter den Hügeln verblasste. Ein kalter Schauer der Vorfreude durchlief meine Adern. Diese Nacht war voller Anspannung und Gefahren, aber noch mehr als die Wildwutsteinbrüche fühlte sich das hier wie ein Schritt vorwärts an.

Die Botschaft, die wir vom Kundschafter der Flüchtlinge erhalten hatten, besagte, dass es im Lager etwas von Wert gab. Etwas, das dem Rabensporn schaden konnte.

Ich schnippte mit den Fingern, als wir die Tore passierten. In Wahrheit entsprang meine freudige Erregung wahrscheinlich meiner Rastlosigkeit. Die Tage in Ruskig waren damit angefüllt, gegen Ari und seine Sturheit Valen gegenüber zu kämpfen oder Valen aus dem Weg zu gehen. Denn es schmerzte wie ein Dorn in meinem Herzen, so in seiner Nähe zu sein, während er sich verhielt, als wäre ich niemand von Bedeutung.

Wir sprachen wenig miteinander.

Ich redete vor allem mit Halvar, Stieg oder Junius. Thor war immer gereizt, und Casper verbrachte einen Großteil seiner Zeit mit Valen.

Aber heute Nacht, das hier, *das* war etwas, das ich tun konnte, um mich ein bisschen nützlich zu machen. Ich konnte Leuten, die vor meiner Schwester flohen, versichern, dass sie in Timoran eine Verbündete hatten. Auch wenn nur mein Name dienlich sein konnte, tat ich zumindest *etwas*.

Auf Halvars Anweisung hin bewegten wir uns in stetigem Tempo durch den Wald und die Dickichte in der Nähe der Küstenklippen. Zu weit entfernt vom Meer, um den Blick darauf ruhen zu lassen, aber doch so nahe, dass die Luft von Salzwasser und Nebel geschwängert war. Wir machten nur Rast, um ein paar Schlucke Wasser aus unseren Trinkschläuchen zu nehmen und uns die Schmerzen aus den Füßen zu massieren.

Die Wege waren uneben. Steine und Felskanten gruben sich in Stiefel und waren für mehr als ein Straucheln verantwortlich. Sogar Mattis hatte mittlerweile aufgehört, ein unbarmherziges Tempo vorzulegen. Er ging neben mir her und achtete gut auf jeden Schritt, den er machte, während wir einen steilen Pfad im Wald erklommen.

Meine Knie brannten. Schmutz sammelte sich unter meinen Fingernägeln.

Aber ich fragte kein einziges Mal, warum wir die gangbaren Wege mieden. Halvar war eindrucksvoll anzusehen. Gelegentlich blieb er stehen, um den Kopf zum Himmel zu heben, Laub, Rinde oder den Boden zu mustern und uns dann zu sagen, an welcher Stelle wir abbiegen oder welchen Hügel wir emporsteigen sollten.

Außerdem bekam er schon genug Widerspruch von Ulf und Frey. Meinen konnte er da nicht auch noch gebrauchen.

»Meinst du, ihnen wird jemals klar, dass er sie ignoriert?«, murmelte Mattis. Er wies mit dem Kinn nach vorn. Ulf bestand – nicht zum ersten Mal – darauf, dass Halvar uns näher ans Wasser führen sollte, um weicheren Boden und etwas zu trinken zu finden.

Seine Reaktion? Halvar drehte eine abgenutzte Streitaxt in der Hand und legte sie sich, die Schneide nach oben, über die Schulter. In der perfekten Haltung, um Ulf mit einem einzigen Schlag den Hals zu durchtrennen.

Ein Muskel pulsierte am Kiefer des königlichen Leibwächters. Er schüttelte den Kopf und wich zurück.

Ich grinste. »Ich glaube, es stört Ulf, dass Ari sich bereiterklärt hat, einem seiner Gefangenen den Befehl zu übertragen.«

Mattis' Blick huschte nach vorn. Sein Lächeln verflog. »Sie müssten keine Gefangenen sein, wenn sie sich vom Blutgeist lossagen würden.«

Mattis nahm jede Form von Lug und Trug persönlich. Ehrlich gesagt befürchtete ich, dass sein Argwohn ihn noch zu Tode kommen lassen würde, wenn er ihnen nicht vertrauen konnte.

»Halvar wird ihn nie im Stich lassen, und du solltest das auch nicht tun.« Mein Blick fiel auf Valen. Er hielt sich einen Schritt hinter Halvar neben Thor. Heute Nacht war er der Blutgeist. Rote Maske, schwarze Kapuze. Das Einzige, was fehlte, waren seine schwarzen Stahläxte.

Er war Furcht einflößend und bedrohlich anzusehen.

Ich vermisste ihn.

»Warum stehst du ihm bei, obwohl er dich kaum ansieht?«

Ich zuckte zusammen. Seine Worte trafen mich unmittelbar und heftig. »Wenn jemand einem so sehr vertraut, dass er einem seine gebrochenen, zersplitterten Einzelteile zeigt, kann man sie nicht ungesehen machen. Man hilft ihm stattdessen, wieder heil zu werden, und zeigt ihm die eigenen Bruchstücke.«

»Und du vertraust darauf, dass er dir gezeigt hat, was wirklich zerstört ist? Nicht einfach nur das, von dem er wusste, dass du es sehen und glauben wollen würdest?« Mattis nahm meine Hand und half mir, auf einem holprigen Stück des Pfads das Gleichgewicht zu halten.

»Ja. Ich habe jedes erbärmliche Stückchen zu Gesicht bekommen. Einzelheiten, die er nicht hätte verbergen können, selbst wenn er gewollt hätte. Vielleicht spricht er nie wieder mit mir, aber das ändert nichts daran, dass ich darauf vertraue, dass er mir nie etwas zuleide tun würde.« Instinktiv rieb ich mir die Finger, deren Spitzen fehlten. »Zumindest nicht absichtlich.«

Mattis musterte mich stirnrunzelnd. »Dann hilf mir, es zu verstehen, Elise. Als man mich ins Gefängnis gebracht hat, war das Wissen, dass du, Siv und … Mavs mit Legion Grey entkommen wart, mein einziger Trost. Mir ist klar geworden, dass ich ihm mein Vertrauen zu leichtfertig geschenkt hatte. Aber da du so unerschütterlich bist, möchte ich es verstehen.«

»Mattis, ich kann dir nicht mehr erzählen. Ich kann dir nicht sagen, warum er der Blutgeist ist. Ich kann dir nicht das Ausmaß seiner Gründe dafür, sich in mein Leben einzuschleichen, enthüllen. Ich kann dir nichts über seine Wildwut verraten.«

»Warum nicht?« Er beschleunigte seine Schritte, um mit mir mitzuhalten, als ich einen Hang schneller hinaufstieg. »Siehst du denn nicht ein, dass es uns allen helfen wird, ihn besser zu verstehen und ihm zu vertrauen.«

Ich lachte bitter. »O doch. Ich sehe ein, dass es sehr helfen würde.«

»Dann öffne deine Prinzessinnenlippen und sag es mir.«

Ich wirbelte zu ihm herum, ein frustriertes Lächeln im Gesicht. »Mattis, meinst du nicht, dass ich es dir sagen würde, wenn ich könnte? Wenigstens dir, weil ich dir, wie ihm, *vertraue*?«

»Ich verstehe das nicht. Warum …«

»Bei allen Göttern!«, ertönte Sivs Stimme hinter uns. Sie unternahm sonst keine großen Anstrengungen, sich mit Mattis zu unterhalten. Ich vermutete, dass ihr Schweigen dazu diente, ihn nicht weiter zu verärgern, aber heute Nacht starrte sie ihn böse an. »Wie oft muss sie denn noch sagen, dass sie es täte, wenn sie *könnte*? Das heißt, dass sie es *nicht kann*. Er hat uns verboten, davon zu sprechen. Die Wildwut eines starken Fae kann einen dazu zwingen.«

Sie schüttelte den Kopf und drängte sich zwischen uns hindurch. Mattis stand der Mund offen. Er starrte ihr ein paar Herzschläge lang nach, bevor es ihm dämmerte.

»Bei den Höllen.« Er sah mich an. »Du *kannst* es mir nicht sagen.«

Ich schnaufte. »Wie ich schon sagte.«

»Er ist ein verdammter Dreckskerl. Siverie darf es wissen und ich nicht?«, fragte Mattis. Nicht im eigentlichen Sinne zornig, eher so, als wäre er neidisch.

Ich lachte leise. »Sie war dabei. Sie hat dasselbe mitangesehen wie ich. Auch sie steht unter einem Wildwutbann, also versuch es gar nicht erst.«

Mattis schnaubte. »Er zwingt dich zum Schweigen und geht dir aus dem Weg, aber trotzdem bleibst du loyal. Er muss ja ein großartiger Liebhaber sein.«

Mir schnürte sich die Brust zu. Ich versetzte ihm einen Schlag gegen die Schulter. »Er ist nicht … mein Liebhaber.«

Zum ersten Mal grinste Mattis. »Natürlich. Wie auch immer, du musst ihn nicht mehr verteidigen. Er will fort, und bei der ersten Gelegenheit, die sich ihm bietet, wird er auf und davon sein. Nimm dich in Acht, Elise. Er will nicht hier sein.«

Das musste er mir nicht erst sagen. Ich durchschaute, wieso

Valen Ferus fortwollte. Dass das, was auch immer wir einst gehabt hatten, nicht genug war, ihn von seinem Blutdurst abzubringen. Aber meine Mauer gegen den Schmerz, den er mir zufügen würde, war brüchig und schwach.

»Das ist mir bewusst«, brachte ich hervor. »Ich bin nicht einer Meinung mit ihm, doch ich glaube, er ist der Ansicht, dass es sicherer für uns alle ist, wenn er auf Distanz geht.«

»Das kann ich nicht einschätzen. Offenbar könnt das nur du und Siv. Ist es sicherer für uns, weit entfernt von ihm zu sein?«

Ich schüttelte den Kopf. »Nein. Ich glaube, er wird hier gebraucht. Aber nur, wenn er das selbst einsieht. Er hat ein einsames Leben geführt und hat nur wenige Leute, denen er vertrauen kann.« Ich versetzte Mattis einen Rippenstoß mit dem Ellenbogen. »Wie lustig – es klingt, als ob ihr mit eurem mangelnden Vertrauen einiges gemeinsam habt.«

Bevor er antworten konnte, rief Halvar eine Pause aus.

Wir hatten im Wald flaches Gelände erreicht. Bäume umgaben uns von allen Seiten. Die Schatten waren so pechschwarz wie frische Tinte.

»Hier schlafen wir«, sagte Halvar. »Keine Flammen. Thor und Legion übernehmen die erste Wache.«

Aus den Reihen der Leibwächter ertönte das ein oder andere Stöhnen. Da das Meer nicht weit entfernt war, würden sie den Nachtwind bis in die Knochen spüren. Die Morgendämmerung nahte, aber die Augenblicke, bevor die Sonne aufging, waren die kältesten. Ich zog zwei zusammengerollte Wolldecken aus einem Rucksack und kuschelte mich eng mit Mattis und Siv zusammen. Er gab stumm nach und ließ zu, dass sie dicht bei uns blieb. Niemand musste heute Nacht erfrieren.

Ich zog die Wolle bis unter meine Nase. Mir brannten die Augen vor Übermüdung. Aber bevor sie vom Schlaf übermannt wurden, fing ich Valens Blick auf, als er das Lager durchquerte, um die erste Wache zu übernehmen.

Einen ganz kurzen Moment lang blieb er stehen, als würde er mich studieren. Mich in sein Gedächtnis einprägen.

Ein paar stetige Atemzüge lang waren all seine Bruchstücke an der Oberfläche. Er kämpfte gegen sich selbst. Gleichgültig? Das nahm ich ihm nicht ab.

Er versuchte, es sich selbst einzureden.

Ich grinste. Zweifelsohne würde der Nachtprinz erbärmlich scheitern.

Sol hat heute Abend mit Arvad gesprochen. Er ist von ihrem Treffen mit einem neuen Lächeln zurückgekehrt. Einem zufriedenen.

Wann ist mein Erstgeborener erwachsen geworden, um sich einen Geliebten zu nehmen? Seine Wahl ist natürlich keine Überraschung, und ich bin überglücklich. Thorsten war schon seit ihrer Knabenzeit seine zweite Hälfte. Dennoch kann ich den Sonnenprinzen nicht als etwas anderes als ein fröhliches, unbeholfenes Kind sehen, das durch die Gänge saust. Jetzt setzte ich eine Verlautbarung seines hjärta *auf, um sie allen kundzutun.*

Herja hat kein Interesse an Gespielen, Ehegelöbnissen oder Liebe. Sie kümmert nur die Klinge. Gut. Ich habe nicht den Wunsch, ein weiteres Kind so bald teilen zu müssen. Allerdings macht Valen nun, wie üblich, um es seinem Bruder gleichzutun, allen Hofdamen und Adelstöchtern schöne Augen, als wollte er sich diejenige aussuchen, die sein Herz erobern wird. Dem Nachtprinzen ist nicht danach, sich meine Ermahnungen anzuhören, dass er gerade erst zwölf geworden ist …

Ich hob den Blick von den Seiten und blinzelte im fahlen Morgenlicht. Tränen ließen mir die blasse Schrift vor den Augen verschwimmen. Ich wusste nicht, warum die Szene so tiefen Eindruck auf mich machte, aber ich hielt dem Lager den Rücken zugewandt und betete, dass niemand mich sehen würde.

Ich hatte kein Glück.

»Muss ja etwas Schreckliches sein, was du da liest, wenn es dich zum Weinen bringt.«

Halvar lehnte grinsend an einem Baum. Mir wurde flau im Magen. Hinter ihm tauchten Thor und Valen auf, die von der ersten Wache zurückkehrten. Stieg, Mattis und Frey verschwanden zwischen den Bäumen, um die nächste zu übernehmen.

»Nein«, sagte ich. »Nichts Schreckliches.«

»Was ist es denn?« Halvar setzte sich neben mich auf den Findling.

Ich wich Valens Blick aus, spürte ihn aber im Nacken. »Liliannas Tagebuch.«

»Aha«, sagte Halvar mit einem leisen Lachen. »All die Umläufe lang haben wir unseren lieben Prinzen damit aufgezogen, dass er diese Seiten so gründlich gelesen hat. Jetzt wissen wir, dass sie von uns handeln, und ich interessiere mich ganz neu dafür. Was steht im heutigen Eintrag?«

Thor trug seine sauertöpfische Miene zur Schau und sagte noch weniger als Valen. Dennoch würde er es vielleicht wissen wollen. »Äh, ich habe gelesen, wie der Sonnenprinz damals seinen Geliebten erwählt hat.«

Halvars Grinsen zuckte, und ein Schatten huschte durch seine Augen. Gemeinsam spähten wir vorsichtig zu Thor.

Das verbitterte, finstere Starren war verschwunden. Sein Gesicht war weicher, seine Augen pechschwarz. Er leckte sich die Lippen und trat einen Schritt auf mich zu. »Darf ich … es sehen?«

Ich reichte ihm das Tagebuch und ließ ein paar Fingerknöchel knacken, während ich zusah, wie er die Seite überflog. Mein Herz wurde leichter, als seine Lippen sich zu einem Lächeln kräuselten. Es war ein müdes, abwesendes Lächeln, aber immerhin war trotz allem eines da.

»Ich erinnere mich daran«, sagte er und reichte es mir dann mit einem Nicken zum Dank zurück. Er stieß Valens Arm an. »Und ich erinnere mich auch sehr gut, dass du jedes Mädchen aus unserem Unterricht gefragt hast, ob es sich der Aufgabe gewachsen fühlte, einen Prinzen zu lieben.«

»Er war so enttäuscht, als niemand Interesse hatte«, sagte Halvar.

Ich schlug mir eine Hand vor den Mund, um ein unwillkürliches schrilles Auflachen zu unterdrücken. Valen starrte die beiden finster an, aber daraus, wie er die Lippen zusammenkniff, schloss ich, dass er sich sehr anstrengte, um nicht zu lächeln. Dieser Moment fühlte sich zu echt, zu einfach an. Wir hatten so lange hinter Wällen gelebt, dass es mich verstörte, einen flüchtigen Blick darauf zu erhaschen, wie das Leben gewesen war, als der Nachtprinz noch Legion Grey gewesen war.

Der Moment verging zu rasch.

»Du solltest versuchen, dich auszuruhen«, sagte Valen, die Augen auf mich gerichtet. »Wir brechen bald auf.«

»Ich dachte, wir reisen nachts?« Auf der Suche nach einer Erklärung sah ich Halvar an.

»Das wollten wir eigentlich auch«, sagte er. »Bis wir entdeckt haben, dass eine dieser verdammten Karawanen auf dem Weg zur Burg Rabensporn ist. Sie ist zu nahe. Wir müssen uns beeilen und die Flüchtlinge erreichen, bevor sie versuchen, ohne Deckung weiterzureisen.«

»Was für eine Karawane?«

Halvar zuckte die Schultern. »Vermutlich für das bevorstehende Ehegelöbnis.«

Ich verzog das Gesicht. Runa und Calder warfen das Geld dieses Landes zum Fenster hinaus, um eine extravagante Ehegelöbniszeremonie auf die Beine zu stellen. Seit Wochen fuhren Wagen und Karren aus allen möglichen Siedlungen zum Rabensporn, um Waren zu liefern.

Ich wusste, dass der Blutgeist und die Schattengilde mehrere davon angegriffen hatten.

»Ihr werdet sie passieren lassen?«, fragte ich.

»Wir müssen uns auf etwas anderes konzentrieren«, sagte Valen. Er wich einen Schritt zurück, aber dann wurde seine Miene weicher. »Du solltest dich wirklich ausruhen.«

Ich versuchte es, doch der Schlaf wollte sich nicht einstellen. Als Halvar uns bedeutete, tiefer in den Wald vorzudringen, brannten mir die Augen vor Übermüdung.

Je näher wir den wilden, ungezähmten Klippen an der Küste kamen, desto mehr verlor der Weg jeden Anschein eines gebahnten Pfads. Felsiges Schiefergestein bröckelte unter unseren Füßen. Die klare Seeluft belebte die Sinne. Die Bäume wurden spärlicher und wichen Stränden voll schwarzer Kiesel mit zerklüfteten Buchten und Höhlen.

Klug und gefährlich zugleich für die Leute, sich hier zu verstecken. Einerseits würde Burg Rabensporn wahrscheinlich ihre Patrouillen nicht aufs Spiel setzen, um sie hier zur Strecke zu bringen.

Man würde sie einfach aushungern. Andererseits waren diese Klippen berüchtigt für die unberechenbaren Gezeiten und rauen Wind.

Halvar ließ unseren Rettungstrupp anhalten. Er runzelte die Stirn, während er das leere Ufer musterte. Nichts als Rauch von verloschenen Feuern und Seenebel empfing uns hier. Ein Kribbeln des Unbehagens lief mir über die Armrücken. An meiner

Seite löste Siv den Gurt, mit dem ihr Messer an ihrer Taille befestigt war.

Mein Blut heizte sich auf. Wir kamen zu spät. Das war die einzige Erklärung. Sie waren schon geflohen, oder noch schlimmer: Burg Rabensporn konnte sie gefangen genommen haben.

Ich irrte mich in jeder Hinsicht.

Bevor ich den Gedanken an ihr Schicksal auch nur zu Ende gedacht hatte, hörten diejenigen von uns, die die Nachhut bildeten, Rufe und Schreie. Ein Hinterhalt. Aus der Dunkelheit der Höhlen stürzten Gestalten, die in schäbige Umhänge und Mützen gehüllt waren, hervor. Beim nächsten Atemzug presste schon jemand ein Messer an meine Kehle. Mein Verstand wirbelte die Arten heran, auf die ich mich verrenken oder zuschlagen musste, um mich loszureißen.

Die Stimmen in meiner Nähe verrieten, dass Siv, Frey, Casper und womöglich auch Mattis auf die gleiche Art, wie ich gefangen worden waren.

Heißer Atem strich über meinen Hals. »Halt still, dann …«

Der Mann, der mich festhielt, konnte den Satz nicht vollenden. Ein kleines Messer mit starrer Klinge zischte an meinem Ohr vorbei. Der Mann fluchte und entging einem Treffer nur knapp. Noch zwei Atemzüge, dann schrie er auf. Valen und die anderen, die nicht in den Hinterhalt geraten waren, umzingelten die Schatten.

Der Nachtprinz hielt ein weiteres Messer – ich war mir nicht sicher, woher er es hatte – und musterte den Mann, der die Hand an meiner Kehle hatte und mir eine Klinge an den Halsansatz drückte, mit zusammengekniffenen Augen.

»Lass die Finger von ihr«, warnte Valen.

Der Mann duckte sich und benutzte mich als menschlichen Schutzschild. »Komm nicht näher, sonst schlitze ich sie auf.«

»Die Gelegenheit wirst du nicht bekommen.«

Ein Pfeifen durchbrach die Nacht. Aus dem Eingang einer Meereshöhle trat ein Mann in den Sonnenuntergang. Er schien nur aus kantigen Gelenken und loser Haut zu bestehen, als wäre diese einfach über seine Knochen gezogen. »Das reicht. Wenn ich mich nicht täusche, sind diese Besucher nicht vom Rabensporn. Seht doch, sie bringen Kjell mit.«

Ein erleichtertes Aufatmen ging durch die Leute, die uns gefangen genommen hatten, als der Kundschafter sich mit erhobenen Händen hinter Ulfs Körper hervorschob.

»Sie sind hier, um uns zu holen«, sagte er. »Crispin, sie sind hier, um uns zu holen.«

Der knochige Mann – Crispin, wie ich annahm – grinste. Auf eine Handbewegung von ihm hin löste sich das Messer von meiner Kehle, gefolgt von einem gemurmelten: »Tut mir leid.« Valen machte ruckartig einen Schritt vorwärts, und der Mann, der mich gefangen hatte, stolperte fluchend über die Kiesel.

»Du hast daneben getroffen«, flüsterte ich mit einem Blick auf das Messer am Boden.

Der Nachtprinz umfasste mein Handgelenk und zog mich zurück. Ich war mir nicht sicher, ob er überhaupt bemerkte, dass er es getan hatte. Ein winziger Anflug eines Lächelns trat auf sein Gesicht. »Ich treffe nie daneben.«

»Ihr seid hier willkommen. Wir stehen in eurer Schuld«, rief Crispin laut. Er winkte uns zu den Höhlen. »Kommt herein und seht euch an, was wir für den neuen König des Nachtvolks haben.«

KAPITEL 17

NACHTPRINZ

Die Höhlen waren feucht und kalt. Zitternde Leute drängten sich darin. Seit langer Zeit hatte niemand mehr anständig zu essen bekommen, und die meisten hatten wunde Stellen oder rissige Haut aufgrund der Elemente oder alter Prügel.

Ich bemühte mich, sie nicht anzustarren.

Crispin war anscheinend eine Art Ältester für die Flüchtlinge. Sein Haar war dünn und grau wie die Morgendämmerung. Sein Bart verdiente die Bezeichnung kaum. Schütter und unregelmäßig. Fleckige Tücher waren um seine Füße gewickelt und hielten Lederstreifen an den Sohlen als behelfsmäßige Stiefel. Wenn die Fröste anbrachen, würden die meisten hier so, wie sie gekleidet waren, nicht überleben, wenn sie nicht mit uns kamen.

»Hier entlang«, sagte Crispin und führte uns in eine Höhle.

Die Steinwände und der Boden waren nass und rutschig von der Gischt des Meeres, aber die Öffnung der Höhle war dem Wasser zugewandt. Tageslicht verscheuchte das Halbdunkel so weit, dass wir die beiden übel zugerichteten Rabensporn-Wachen klar erkennen konnten, die gefesselt auf den Knien lagen.

Crispin grinste mit einem Anflug von Wahnsinn. »Wir haben euch doch gesagt, dass die Reise sich lohnen würde.«

Ulf und Frey tuschelten miteinander; Ulf schien zufrieden mit dem erbärmlichen Anblick zu sein. Frey wirkte verstörter. Eine Bewegung in einer Ecke lenkte meine Aufmerksamkeit auf Elise. Ihr Gesichtsausdruck war aufgeregt und doch zugleich am Boden zerstört. Ich widerstand dem Drang, auf sie zuzugehen, biss die Zähne zusammen und wandte mich ab. Der Rabensporn war mein Feind. Auch ihrer, aber ich konnte nicht vergessen, dass die Menschen dort zugleich ihre Leute waren.

Diese Wachen … Es konnte durchaus sein, dass sie sie kannte.

Ich wollte sie vor dem beschützen, was kommen würde, wenn sie sich weiter an Aris Pläne hielt. Sie würde vertraute Gesichter sterben sehen. Oder sie würde von der Hand derjenigen, die sie einmal geliebt hatte, fallen. Der Dämon in mir verfluchte sie dafür, dass sie solch eine Närrin war. Dass sie sich in diese Lage gebracht hatte. Der Ruf in mir nach Blut und Kampf flehte mich an, der verbannten Kvinna gegenüber gleichgültig zu sein.

Aber der größere Teil von mir wollte den Konflikt einfach auflösen und sie berühren, bis sie an mich geschmiegt dahinschmolz wie schon so oft zuvor.

Halvar lachte leise und trat auf die gefesselten Wachen zu. »Was sollen wir denn mit den Dreckskerlen anfangen? Sie sehen ja aus, als hätten sie seit einer Woche nichts mehr gegessen.«

»Genau«, antwortete Crispin.

»Ihr habt sie hungern lassen?«, fragte Elise angewidert.

»Sie oder wir«, sagte Crispin und ging auf eine der Wachen zu. »Sie wollen frei sein, aber etwas zu essen wollen sie noch viel mehr, also haben sie gesagt, dass sie bereit wären, zu reden und uns die Pläne des falschen Königs zu verraten.«

Halvar beugte sich vor und sah einem Raben in die Augen. Das Gesicht des Wachkriegers war rissig und voller Schorf.

Seine Augen waren rot gerändert, und er stank nach Erbrochenem.

»Sie könnten einfach lügen.«

»Werden wir nicht«, murmelte der Krieger. Die Anderswelt war zweifelsohne nur noch Zentimeter von dem Mann entfernt.

»So hungrig?«

Der Krieger schloss die Augen. Seine Atemzüge gingen rau und mühsam. »Wir … kennen Pläne.«

»Aber ihr könntet euch zurück in euer Lager schleichen und verraten, was ihr über uns wisst.«

»Sie würden es nicht einmal über die Klippen schaffen«, sagte Elise stirnrunzelnd.

»Hat die Frau etwa Mitgefühl mit diesen Bastarden?«, raunte Crispin Thor zu. Er glaubte, dass er flüsterte, aber wir hörten es alle.

Elise kniff die Augen zusammen. »Ich habe Mitgefühl mit allen Menschen.«

»Es ist nicht mehr als das, was Burg Rabensporn auch tun würde. Was man dort schon getan hat«, sagte ich, bevor ich es mir zweimal überlegen konnte.

Elise richtete ihren finsteren Blick auf mich; ein Schmerz, den sie nicht aus Mitgefühl mit irgendjemand anderem empfand, blitzte im Blau ihrer Augen auf. »Vergebt mir«, sagte sie mit vor Wut zitternder Stimme. »Aber ich möchte nicht wie Burg Rabensporn werden.«

Crispin schnaubte. »Dann solltest du dich aus so etwas wie dem Krieg heraushalten, De Hän. Der wird nun einmal zwangsläufig unschön.«

Eine der Wachen begann zu husten. Das Geräusch hallte in der Höhle wider. Elise hob ihr Kinn, ignorierte uns alle und ging auf den Mann zu. Sie musterte seine Haut, fühlte seinen Puls und sah dann Crispin an. »Das Mindeste, was ihr tun könntet, wäre, ihnen sauberes Wasser zu holen. Ihr möchtet, dass sie reden – dann befeuchtet ihnen die verdammten Münder.«

Crispin errötete, aber wohl nicht vor Wut, sondern eher vor Verlegenheit, weil es ihm nicht vorher aufgefallen war. Er sah einen seiner Mitflüchtlinge an und nickte. Es dauerte ein paar Augenblicke, bis der Junge mit einem Eimer und einem Löffel zurückkehrte. Elise nahm den Eimer und schöpfte vorsichtig Wasser in die Münder der Raben.

Einer würgte und hätte sich beinahe mit leerem Magen übergeben. Wider besseres Wissen trat ich an ihre Seite und nahm ihr den Löffel ab. Dieser Moment war mir zu vertraut. »Du machst es zu schnell«, sagte ich mit gesenkter Stimme.

Sie richtete ihren prüfenden Blick auf meine Hände, während ich beiden Wachen mit dem Löffel kleine Mengen Wasser einflößte. Sie rang die Hände im Schoß und flüsterte: »Du sagst das so, als hättest du Erfahrung.«

Ich stockte. Düstere Erinnerungen verschlugen mir den Atem. Nächte, an denen der Hunger von innen heraus an mir genagt hatte. In denen der Durst gebrannt hatte, bis ich nicht mehr hatte sprechen können.

»Weil du *wirklich* Erfahrung hast«, sagte sie eher zu sich selbst und senkte den Blick zum felsigen Höhlenboden. Ein Ausdruck entsetzlichen Leids zeichnete sich auf ihren sanften Zügen ab.

Was dachte sie? Ich wollte sie fragen, wandte mich aber ab, sperrte sie stattdessen aus. Ich wurde damit fertig, den Wachen noch zwei Schlucke einzuflößen, und stand dann auf. »Was plant Calder?«

Einer der Raben – der stärkere – hob den Blick und musterte mich. »Verschont das Leben meiner Schwester … Vorher sage ich kein Wort.«

Schwester? Die Rabin war vornübergebeugt. Sie war in so dicke Pelze gehüllt und das Haar hing ihr so verfilzt ins Gesicht, dass ich nicht darauf gekommen war, dass sie eine Frau sein könnte. Eines ihrer Augen war zugeschwollen; ihre Finger voller Blutergüsse, als wären sie mehr als einmal gebrochen worden.

»Wir waren das nicht«, beeilte Crispin sich zu sagen, als wüsste er schon, welche Frage ich gleich stellen würde. »Sie sind gefallen – einfach von der Klippe herab und ans Ufer. So haben wir sie gefangen.«

»Sie sind von der Klippe gefallen?«, hakte Thor nach.

Crispin nickte mit Nachdruck. »Wenn die Nacht anbricht, ist es verdammt schwer, noch etwas zu sehen, weil der Stein so feucht und dunkel ist. Das soll nicht heißen, dass ich glaube, dass Raben Dummköpfe sind – ich schätze, jeder hätte abstürzen können, wenn er zu dicht an die Kante gekommen wäre.«

Ich sah die beiden verhärmten Wachen wieder an. »Ihr redet, dann wird sie verarztet.«

»Du kannst keine Versprechungen machen, Blutgeist«, grummelte Ulf. »Du führst hier nicht den Befehl.«

»Ich aber, großer Bär«, konterte Halvar. »Wenn ihr Informationen von irgendjemandem wollt, kann der Blutgeist sie beschaffen.«

Der Rabe riss die Augen auf, als ich mich auf ein Knie niederließ.

»Blutgeist.« Er stieß es als atemloses Flüstern hervor. »Bei allen Göttern.«

»Wie lautet dein Name?«

»Brant. Sie heißt Kari«, sagte er erstickt.

»Wo ist der Rest eurer Einheit?«

Brant rutschte auf den Knien hin und her und zuckte zusammen. »Wir … sind von ihnen getrennt worden. Unsere

Patrouille war für die Südgestade und die Städte dort zuständig.«

»Getrennt worden. Das kommt mir unwahrscheinlich vor.«

Der Rabe wandte den Blick von uns ab. Seine Nasenlöcher blähten sich.

»Lügen wird dir nichts nützen«, sagte Elise. Sie schenkte mir einen wissenden Blick. Wahrscheinlich dachte sie das Gleiche wie ich – wir konnten auf Junius' Begabung zurückgreifen, aber das mussten sie nicht unbedingt erfahren. Elise räusperte sich und setzte nach, als hätte sie selbst die Fähigkeit, Lügen zu schmecken. »Du sagst nicht die Wahrheit, und wir sind eine ganze Weile gereist. Wir sind gereizt, und mit unserer Geduld ist es bald vorbei.«

Ein Hauch von Stolz brannte in meiner Brust. Schlaue Kvinna. Sie kannte die Anzeichen für Unwahrheiten so gut wie jeder Krieger hier. Sie war immer anders als die übrigen timoranischen Adligen gewesen, und sosehr ich es auch versuchte, bekam ich einfach nicht genug von ihr. Ich hatte Erinnerungen an vergangene Umläufe, und ich konnte mich nicht entsinnen, jemals, auch nicht im Adel des alten Etta, einer Frau begegnet zu sein, die mich so erregte, herausforderte und fesselte wie Elise Lysander.

Brant sah besorgt seine Schwester an. »Einer … Einer von den Hauptleuten unserer Einheit … Ich habe ihn dabei erwischt, wie er Kari mit Gewalt nehmen wollte. Ich … Ich habe ihn angegriffen.«

»Wasser«, befahl Halvar, als Brants Erzählung in einem Hustenanfall unterging.

Junius war diejenige, die vortrat und die Lippen des Raben benetzte.

»Danke«, flüsterte er.

Ich klopfte ihm gegen die Wange, damit er fortfuhr. »Du hast deinen Offizier angegriffen? Das ist ein Todesurteil.«

»Hast du eine Schwester, Blutgeist? Vielleicht einen Bruder?«

Elise schnappte nach Luft, wohl unwillkürlich, wenn man danach urteilte, wie sie gleich darauf die Lippen zusammenpresste. Heißer Stahl durchdrang meine Brust, grub sich tief hinein und zerschnitt sie.

»Hatte ich.«

Brant nickte. »Dann weißt du, wie es ist. Es hätte ein verdammter König sein können, und ich hätte ihn doch in Stücke gerissen. Es kommt selten vor, dass Frauen aus Timoran als Kriegerinnen dienen; wenn sie es tun, werden sie oft verspottet, vergewaltigt oder sogar getötet. Aber wir hatten niemanden sonst, keinen Ort, an den sie hätte gehen können, nachdem ich mich zu den Waffen gemeldet hatte. Sie hat ihre Stärke unter Beweis gestellt und ist aufgenommen worden, unter der Bedingung, dass sie bei mir bleiben würde. Ich war verantwortlich für sie. Verschont sie, dann rede ich.«

Ich glaubte ihm. Es quälte mich bis heute entsetzlich, dass ich nicht in der Lage gewesen war, Herja und meine Mutter zu beschützen. Zahllose Albträume all der Dinge, die ich hätte tun können und hätte versuchen sollen, um sie zu retten, hatten sich meinem Gehirn eingebrannt.

»Du hast mein Wort, dass sie am Leben bleiben wird. Was weißt du?«

Brant wirkte beruhigt oder war vielleicht auch nur zu müde, um zu widersprechen. Er räusperte sich und sagte langsam: »Der König – Calder … Er jagt Nachtleute. Er glaubt, dass man aus ihrem Blut … Elixiere, Gifte und Zauber gewinnen kann, die Timoraner einsetzen können. Er möchte sie als Waffen verwenden. Er hat schon Nachtleute vergiftet. Sie mit dunkler, verderbter Wildwut manipuliert – und die, die zu schwach sind, ihm zu dienen, blutet er aus. Er nimmt ihr Blut, um es zu untersuchen und damit zu experimentieren.«

»Das ist unmöglich«, sagte ich.

»So?« Brant schnaufte spöttisch. »Ich habe es selbst gesehen. Sie haben Nachtleute, die ihnen dienen. Starke. Sie konnten bereits seltsame Elixiere nachbrauen, die die Erde wie Wildwut anschwellen lassen. Manche können auch vergiften.«

»Wie manipulieren sie das Nachtvolk?«

Brant schloss für ein paar Atemzüge die Augen. »Es ist seltsame Wildwut. Nicht vom Nachtvolk, zumindest glaube ich das nicht. Es gibt eine Hexe, die auf der Burg lebt. Man erzählt sich Geschichten, dass ihresgleichen jedes Begehren, jeden Wunsch wahr werden lassen kann. Alles, was sie tun muss, ist, es aufzuschreiben, dann verändern die Schicksalsgottheiten den Pfad. Sie wandeln sogar die Loyalität des Nachtvolks.«

Ich versteifte mich, als Elise eine Hand auf meiner Schulter ruhen ließ. Ihre Augen waren in einem Ausdruck, der nach Entsetzen aussah, weit aufgerissen.

»Calista«, flüsterte sie. »Die Zauberin.«

Das Blut wich mir aus dem Gesicht. Verfluchten sie etwa noch mehr Nachtleute?

»Was für eine Zauberin?« Ulf drängte sich nach vorn. »Wovon sprichst du?«

Elise blinzelte gegen ihre Benommenheit an. »Äh … Königin Annika hatte eine Hexe – wie sie sie genannt hat. Sie konnte … Schicksalsgeschichten schreiben.«

Brant versuchte zu lächeln. »Ja. Ja, das klingt nach der, von der wir gehört haben. Soweit ich Kenntnis davon habe, hat Burg Rabensporn sich von Anfang an diese Hexen gehalten. Wer weiß, wie viele sie haben?«

Eine. Elise sah mich an. Wir wussten beide, dass sie eine einzige hatten. Die anderen, wie diejenige, die mich verflucht hatte, waren längst tot. Doch eine blieb, gezwungen, ihren Willen zu tun. Allerdings hatte das Mädchen mich auf seltsame Art gerettet. Sie hatte eine Geschichte geschrieben, die mich zum Schwarzen Grab führen sollte. Aber wie lange konnte sie gegen sie ankämpfen, bevor es für sie in die Anderswelt ging?

»Alle Einheiten sollten indes nicht nur Nachtvolk jagen«, fuhr Bran fort, »sondern hatten vor allem auch Befehl, die Schwester der neuen Königin zu finden.«

Ein nervöses Schaudern durchlief die Höhle. Füße scharrten auf Stein. Der Hass benebelte mir die Sinne. Es würde mir großes Vergnügen bereiten, den Knabenkönig umzubringen, wenn er auch nur versuchte, Elise anzurühren.

»Warum wollen sie sie?«, fragte ich. Meine Stimme war rau und ganz die des Blutgeists.

Brant zuckte die Schultern. »Ihre Hexe hat gesagt, dass sie nicht getötet werden darf oder dass sie gebraucht wird. Irgendetwas in der Art. Ich weiß nicht alles. Aber ich weiß, dass wir sie finden und gefangen nehmen sollten. Lebendig.«

Also beschützte die Schicksalshexe Elise immer noch bis zu einem gewissen Grade. Tapfer von ihr. Doch ganz gleich, welche Pläne Calder und Runa hatten, wir würden sie gewiss durchkreuzen.

Ich richtete mich auf und sah Crispin an. »Wie ihr versprochen habt, habt ihr uns etwas Nützliches geliefert. Jetzt haben sie ihren Teil der Abmachung erfüllt. Bindet sie los und holt ihnen verdammt noch mal etwas zu essen.«

»Wer bist du, dass du Befehle erteilst?«, fragte Ulf. »Mit König Ari sprichst du kaum, aber jetzt verlangst du von uns, all deinen Anweisungen zu folgen.«

»Halt's Maul, Bär«, sagte Halvar herablassend.

»Ihr seid gebunden«, entgegnete Ulf. »Alle miteinander. Frey und ich sind die vom König abgeordneten Wachen. Was wir sagen, geschieht im Namen unseres Königs. Ihr habt euch doch nicht einmal für eine Seite entschieden. Wir haben es nicht nötig, Raben durchzufüttern.«

»Sie sind Flüchtlinge«, wandte Elise ein. »Sie werden nicht zu ihrer Einheit zurückkehren.«

»Das ist mir gleich«, gab Ulf zurück. »Sie sind Feinde.«

»Und sogar der Krieg hat seine Sitten«, sagte Halvar und klang ganz wie sein Vater. »Hör auf herumzujammern, dass dein König ein paar Nachtleuten in Ketten den Befehl übertragen hat. Ihr gebt uns zu essen, also behandelt die Raben wie eure Gefangenen, wenn ihr möchtet. Ich finde das bisher recht erträglich. Vielleicht zieht sie das auf eure Seite.«

»Ich will sie nicht«, grummelte Ulf.

»Es reicht«, sagte Frey und schob seinen Mitleibwächter hinter sich. »Ari ist ein gerechter König. Selbst Feinden gegenüber. Zieht sie aus dieser verdammten Pfütze und gebt ihnen, was ihr zu essen dahabt.«

»Es ist nicht viel«, sagte Crispin.

»Wir haben aus Ruskig etwas Proviant für euch alle mitgebracht«, warf Siv ein.

Crispin nickte. Daraufhin traten Flüchtlinge vor und durchschnitten die Lederfesseln der beiden Raben. So schwach er auch war, Brant eilte an Karis Seite, als seine Schwester vornübersank. Sobald er ihr die Haare aus dem Gesicht strich, war ihre Weiblichkeit unverkennbar. Sie war schlank, hatte ein paar Sommersprossen auf der Nase und lange Wimpern.

Halvar zog sie in seine Arme. Ihre Augen öffneten sich kurz, bevor ihr Kopf zurücksank. Frey und Mattis halfen Brant, aus der Höhle zu stolpern, und ließen uns andere schweigend zurück.

Nach ein paar Augenblicken klatschte Crispin in die Hände. »Na, dann sollten wir uns wohl zum Aufbruch bereitmachen.«

Als ich Anstalten machte, ihm zu folgen, rammte Ulf seinen Finger in mein Gesicht. »Pass bloß auf, Blutgeist. Du hast Pläne in deinem dunklen Kopf, und ich vertraue dir nicht.«

»Gleichfalls.« Ich grinste boshaft. Das Bedürfnis, dem Leibwächter den Bauch aufzuschlitzen, erstickte meine Vernunft.

Ulf stürmte hinaus. Junius stupste meinen Ellenbogen an. Ein besorgtes Stirnrunzeln ließ eine Furche zwischen ihren Augenbrauen erscheinen. »Seine Wut schmeckt sauer.«

»Und das heißt?«

Sie schüttelte den Kopf. »Ich bin mir noch nicht sicher. Aber gewöhnlich bedeutet es, dass ich bald das Vertrauen zu jemandem verlieren werde. Ich werde ihn im Auge behalten.«

Wie auch ich es tun würde.

Die anderen gingen nach und nach in die Haupthöhle hinüber. Elise stolperte über die Felsen und wich meinem Blick aus.

Sag etwas. Man hatte über sie gesprochen, sie war ein Teil der Pläne ihrer Schwester und hatte es verdient, dass man sie berücksichtigte. Niemand sonst hatte ein Wort darüber verloren.

Ich musste mit ihr sprechen, einen Moment lang vergessen, dass ich sie von mir gestoßen hatte. Die Rache und das Blut vergessen und mich an Augenblicke erinnern, in denen wir uns in verborgene Nischen geschlichen hatten und die Welt in Ordnung gewesen war.

»Dein Cousin wird dich nicht finden.« Leere Worte und nicht einmal annähernd das, was ich wirklich hätte sagen sollen.

Elise blieb stehen. Ihre Augen leuchteten und waren so lebendig. So nah. »Vielleicht doch.«

Ich trat einen Schritt näher. »Nein, wird er nicht.«

»Wenn doch …« Sie zögerte und biss sich vor Nervosität auf die Lippen. »Dann töte mich, bevor er mich gefangen nimmt.«

»Elise …«

»Ich kümmere mich jetzt um die Raben«, unterbrach sie mich. »Danke, dass du deinen Teil dazu beigetragen hast, ihnen das Leben zu retten. Ich bin mir sicher, dass es dir nicht leichtgefallen ist, da du Timoraner ja so sehr verabscheust.«

Sie ging. Ohne ein weiteres Wort oder auch nur einen Blick. Normalerweise sah sie mich voller Sehnsucht, Wut oder Enttäuschung an. Das alles war mir lieber als *nichts*.

Warum war ich überrascht? Hatte ich nicht gewollt, dass sie mich aus ihrem Leben herausschrieb? Ich hatte Erfolg gehabt, und sie würde eher in Sicherheit sein, wenn sie nicht länger mit einem rachsüchtigen Prinzen verbunden war.

Warum dann tat ihr leerer Blick mir so weh, als hätte eine Faust mich ins Herz getroffen?

KAPITEL 18

PRINZESSIN AUF ABWEGEN

Wir blieben nicht lange in den Meereshöhlen. Eine kurze Rast, ein halbes hartes Honigbrötchen und etwas mit Wasser verdünnter Wein, dann bestand Halvar darauf, dass wir nach Ruskig aufbrachen.

Mit den Flüchtlingen im Schlepptau würde die Reise langsamer verlaufen, und wir würden die Wege, die wir einschlugen, strategisch auswählen müssen. Auch wenn wir uns schon über die Felssteige beschwert hatten, waren sie doch nichts im Vergleich zu dem Matsch und glitschigen Schlamm in der Nähe der Wildwutsteinbrüche. Wir würden eine Route wählen, die uns einen weiteren Tag kosten und hinter Burg Rabensporn herumführen würde.

Ulf hatte Halvar mehr als einmal gesagt, dass er ein Narr war und uns vermutlich tot sehen wollte, wenn er uns auf solche Pfade führte.

Am Morgen, nachdem wir die Höhlen verlassen hatten, glaubte ihm schon mehr als einer aus unserer Runde. Einige murmelten sogar, dass Halvar und der Blutgeist sich gegen uns verschworen hätten und uns unweit der Burg zurücklassen wollten, damit die Raben uns das Fleisch von den Knochen picken konnten.

Ich war das Murren bald leid, wollte aber auch nicht in Valens Nähe sein. Er war lästig und schön, und ich wollte nicht, dass mir auch nur eines von beidem zu schaffen machte.

Meine Schritte wurden immer langsamer, bis ich am Ende der Reihe ankam. Dort war Brant mit den Handgelenken hinten an einen Karren gebunden, auf dem seine Schwester lag, die am Vorabend nur kurz das Bewusstsein zurückerlangt hatte und dann in einen unruhigen Schlaf gesunken war.

Brants Gesicht war sauber, und man hatte Schweiß und Unrat aus seinem Bart entfernt. Er war nicht viel älter als ich, höchstens ein paar Umläufe. Gut aussehend, mit scharfen eisblauen Augen und hängenden Schultern, als bräche sein Rücken unter der Last der Welt zusammen.

Ich versetzte einem Kieselstein einen Tritt. Er traf das Rad des Karrens. Brants Blick folgte ihm; dann schaute er auf und musterte mein Profil.

»Du bist Timoranerin«, sagte er heiser.

»Das bin ich.«

Sein Mundwinkel zuckte. »Wenn ich raten müsste, würde ich sagen, dass du keine beliebige Timoranerin bist.«

»Ich bin niemand.«

Er lachte leise. »Ja, und ich werde hier nicht in den Tod geschleift.«

»Das wirst du auch nicht«, sagte ich.

»Wirklich nicht? Weil der Blutgeist das behauptet hat? Er ist selbst ein Mörder; ich gebe nicht viel auf sein Wort, Kvinna.« Ich zuckte zusammen, und Brant schnaufte spöttisch. »Wie ich schon sagte: keine beliebige Timoranerin.«

»Woher wusstest du es?«

»Als ich erwähnt habe, dass der Rabensporn dich sucht, hast du reagiert. Das hat die Hälfte von euch. Ich war zu durcheinander, um es gleich zu bemerken, aber du gehörst eindeutig zu ihnen. Warum hast du dich von deiner Familie abgewandt?«

»Weil meine Schwester und Calder Anstalten machen, unschuldige Leute niederzumetzeln. Sie haben den Thron mittels eines Staatsstreichs geraubt. Dieses Land hat sie nicht erwählt.« Ich zupfte an meinem Zopf und seufzte. »Dieses Land hat niemanden aus meinem Haus erwählt.«

»Hochverräterische Worte, Kvinna«, sagte er. Nicht drohend, eher schelmisch, als hätte er genau das von mir erwartet.

Ich schenkte ihm ein verständnisinniges Lächeln. »Bist du anderer Meinung?«

»Nein«, sagte Brant. Er spähte über den Rand des Karrens, als Kari in ihrem Schlaf erschauerte. »Nein, ich bin nicht anderer Meinung. Timoraner sind Plünderer. Unsere Vorfahren haben das meiste gestohlen, und jetzt kämpfen wir darum, es zu behalten.«

»Was, wenn wir es nicht tun müssten? Kämpfen, meine ich. Was, wenn wir alle vereint sein könnten? Das war es, was König Arvad und Königin Lilianna angestrebt haben.«

»Der Nachtvolkkönig?«

»Seine Königin war Timoranerin.«

Brant musterte mich mit einer hochgezogenen Augenbraue. Nach einem Moment nickte er. »Du hast recht. Das hätte ich fast vergessen. Aber ich hatte eine Amma, die uns die Geschichte erzählt hat, wie das Eisland dank ihrer Ehe mithilfe von Magie verbunden wurde. Amma Pjoke hat Kari immer den Gefallen getan, romantische Geschichten zu erzählen, und sie hat gesagt, bei ihrer Eheschließung hätten die Götter die Himmel aufgerissen und die Erde beben lassen, um ihre Billigung zu zeigen.« Er lachte leise und sah zum Himmel. »Ich weiß nicht, ob Frieden möglich ist. Ihr ahnt nicht, welche Stärke

Calder allmählich gewinnt. Er genießt Unterstützung aus den östlichen Königreichen und auch eine gewisse aus dem westlichen Königreich. Er manipuliert wirklich Nachtleute, damit sie ihm dienen.«

Mir wurde flau im Magen. Zweifelsohne würde Calder ein Furcht einflößendes Heer zusammenziehen, eines, gegen das zu kämpfen selbst für Valen schwierig sein würde. Wenn Ari ihn doch nur von seinen Bindefesseln befreit hätte! Wenn der Nachtprinz doch nur nicht so verdammt stur wäre und seinen Platz eingenommen hätte!

Ich schüttelte den Gedanken an ihn ab. Nicht jetzt. Noch nicht. Mit einem vorsichtigen Lächeln machte ich einen Schritt zur Seite, sodass ich Schulter an Schulter mit Brant stand. »Geht es dir gut? Musst du dich ausruhen? Halvar wird dir Gehör schenken, wenn du es musst.«

»Er ist der Anführer?«, fragte Brant, bevor er fluchte, weil sein Fuß in einer dicken, schmutzigen Schlammlinse versank.

»Ja, er gehört zur Schattengilde.«

»Noch eine Überraschung. Der Blutgeist und seine Gilde zeigen Menschlichkeit.«

»Das tun sie.«

Brant seufzte tief. »Mir geht es gut. Und dieser Schatten, dieser Halvar, hat mehrfach nach Kari gefragt. Hat sogar eine alte Frau aufgetrieben, die sich ein bisschen mit Kräutern auskennt, die helfen sollen zu verhindern, dass sich einige ihrer Wunden entzünden.«

Mir wurde warm ums Herz. Halvar war ein guter Mann. das waren sie alle. Nur eben … fehlgeleitet.

»Aber sie sind Gefangene?«, fragte Brant.

»Es ist kompliziert«, sagte ich. »Der Blutgeist möchte allein gegen den Rabensporn kämpfen, und König Ari will ihn als

Verbündeten. Die Bindefesseln hindern sie daran, Wildwut einzusetzen, aber sie haben die Erlaubnis erhalten, bei der Suche nach den Flüchtlingen zu helfen.«

Ich fand, dass keine Notwendigkeit bestand, ihm anzuvertrauen, dass ich der Köder war, den Ari Valen vor die Nase hielt. Das hätte nur zu weiteren Fragen geführt.

Brant schnaufte und reckte den Hals, um schmerzhafte Verkrampfungen zu lockern. »Ich bin zu dem Schluss gekommen, dass ich Männer wie den Blutgeist nicht verstehe.«

»Es ist das Beste, es gar nicht erst zu versuchen«, sagte ich grinsend.

Ein Pfeifen war das Signal für uns, anzuhalten. Mir war gar nicht klar gewesen, dass wir schon so nahe am Rande von Lyx und den königlichen Siedlungen waren.

»Jetzt geht der Spaß los«, murmelte Brant.

Meine Fingernägel gruben sich in meine Handflächen, als Halvar und Thor unsere Reihe abschritten und Anweisungen für unseren nächsten Schritt erteilten. Thor – der ein wenig aufgelebt war, seit er Liliannas Tagebucheintrag gelesen hatte – blieb bei uns stehen.

»Wir werden gleich den Schleichweg durch das alte Gräberfeld nehmen.« Thor bedachte mich mit einem wissenden Blick.

Das Schwarze Grab. Ich atmete zittrig aus. Wir würden an der Stelle vorbeikommen, an der Valen Ferus gestorben und dann wiedergeboren worden war.

Ich berührte Thor am Arm und senkte die Stimme. »Geht es ihm … gut?«

Sein Kiefer zuckte. »Er überlebt es. Wie immer. Halt die Augen offen, Elise. Ich vertraue diesem Ort nicht.«

Ich zog meinen Dolch und sah Brant an. »Ich vertraue aber dir.«

Er stöhnte vor Erleichterung, als die Lederriemen abfielen, und rieb sich die geschwollenen Handgelenke. Ich reichte ihm ein Klappmesser, das Mattis aus Aris Beständen beschafft hatte. Der Ausdruck der Erleichterung auf dem Gesicht des Raben war es wert.

Das Land um das Schwarze Grab hatte sich nicht sehr verändert. Kleine Hügel, die mit Schlamm und hohem Gras bedeckt waren, lagen direkt vor uns. Die Fläche war immer noch von dichtem Mondfahnengestrüpp an beiden Ecken markiert. Zwischen den Dickichtwällen lagen erbärmliche, verunstaltete Türme, die den ganzen verzauberten Bereich zu einem großen Viereck abzirkelten. Die Hügel in der Mitte und die Pfade daneben würden eine Todeszone sein, falls Raben auf den Spitzen dieser Türme lauerten und die Fläche mit ihren Pfeilen bestrichen. Oder, bei den Göttern, falls die Schattenwächter zurückkehrten.

Die Mondfahne war quer über das Schwarze Grab weggeschnitten. Rings um die Mondfahne waren Wappen der Familie Lysander zu erkennen. Ich schauderte. Es war gespenstisch, die Runen und Symbole unserer Familie so offen zur Schau gestellt zu sehen. Sie waren vorher noch nicht da gewesen. War Runa hergekommen? Wusste Calder, was ich getan hatte? Verdammte Höllen! Wussten sie über Valen Bescheid?

Ich wandte mich von den gespenstischen Wappenschilden ab und den Grabkammern aus Grassoden zu. Um die Kammern herum waren neue Totems der Götter errichtet, und um die Totems herum Pfähle, auf die Köpfe gespießt waren. Nicht nur irgendwelche Köpfe – die von Raben.

Mir drehte sich so heftig der Magen um, dass ich mir die Hand vor den Mund schlug, um nicht zu würgen. Ich schämte mich ein bisschen, dass mein erster Gedanke Valen galt. Hatte er das hier getan? Er hatte mich fortgestoßen, weil der Rabensporn Wachen geschickt hatte. Oder waren das hier die kläglichen Überreste armer Krieger, die ihren neuen König enttäuscht hatten?

Ich bekam Gelegenheit, danach zu fragen. Valen schlängelte sich zwischen den Leuten hindurch, die sich vorsichtig im Gänsemarsch durch das dichte Gestrüpp und zum Schwarzen Grab vortasteten. Seine Augen waren dunkel und bekümmert. Wieder einmal bedeckte die rote Maske Nase und Kinn.

An meiner Seite angekommen wandte er sich nach vorn und ging weiter, ohne etwas zu sagen.

Ich verlangsamte meine Schritte. Was der Nachtprinz dann tatsächlich auch tat. Als Brant und der Karren zehn Schritte vor uns waren, wandte ich mich ihm zu und kniff die Augen zusammen. »Steckst du hinter dem Massaker hier?«

Das Schweigen, das eintrat, verstörte mich, doch nach einem Augenblick beugte Valen sich vor und sagte: »Nein. Aber dass unsere Freunde leider ihre fleischlichen Hüllen hinter sich gelassen haben, ist der Grund dafür, dass ich zusammen mit dir hinübergehen werde.«

»Oh, jetzt bist du plötzlich so besorgt.« Vielleicht war es kleinlich von mir, aber ich war so zornig, dass ich hätte schreien können. Die Worte sprudelten aus mir hervor, als hätten sie ihren eigenen Willen.

Als wollte er mich noch weiter ärgern, lachte Valen leise. »Ist das deine Art zu sagen, dass du mich vermisst hast?«

Er war der Nachtprinz. Er war der Erbe des ettanischen Throns. Er war verflucht, benutzt, geschlagen und ausgehungert worden. Er hatte mich belogen. Aber seine schlagfertige, arrogante Zunge würde mich nicht nur stets zornig machen, sondern entlockte mir auch gegen meinen Willen ein Lächeln.

»Deine Abwesenheit ist mir kaum aufgefallen.« Um seine Augenwinkel bildeten sich Fältchen. Bei den Höllen, ich wünschte, ich hätte sein Grinsen selbst bezeugen können. Er zog zwei schmale Schwerter, als ich mich abwandte. »Wie ich sehe, haben sie dem Blutgeist Waffen anvertraut. Darauf kannst du aber stolz sein.«

»O nein, Kvinna. Vertrauen genieße ich hier nicht. Ich habe sie gestohlen.«

Valen scheuchte mich vorwärts und hielt einen Mondfahnenzweig beiseite. Ein sehnsüchtiger Blick trat in seine Augen, als er eine Blüte studierte.

»Was meinst du, warum das Wappen meiner Familie hier ist?«

»Ich weiß es nicht«, gestand Valen. »Aber entweder ist es höhnischer Hinweis darauf, dass deine Schwester dahintergekommen ist, worin die Bedeutung dieses Orts besteht, und damit gerechnet hat, dass du zurückkehren würdest. Oder es ist einfacher und Calder hat das Gelände seiner künftigen Königin zum Geschenk gemacht.«

»Hoffen wir, dass die zweite Möglichkeit zutrifft«, sagte ich.

Valen neigte das Kinn. »Hoffen wir es.«

Es war nicht hilfreich zu wissen, dass der Nachtprinz nervös war. Er begrub es unter einem heiteren Tonfall und lockerem Geplauder, aber Valens Blick hörte nicht auf, über die Fläche zu schweifen. Wir drängten uns vorsichtig durch die Mondfahne. Am Rand der Begrenzung prallte ich gegen Brants Rücken. Der Rabe hatte sich nicht über die Mondfahnenhecke hinausgewagt und starrte auf die weite Fläche um das Schwarze Grab.

»Brant?«

»Dieser Ort bringt Blut«, flüsterte er. »Ich habe die Sagas studiert. Er ist verflucht.«

Valen und ich tauschten einen Blick. Der Rabe hatte keine Vorstellung von den Geheimnissen dieses Landes – und auch nicht davon, wie recht er hatte.

»Ich glaube, er war einmal verflucht«, versuchte ich es. »Aber jetzt ist er nicht mehr als eine Grabstätte.«

»Nein«, sagte Brant. »Irgendetwas steckt in diesem Boden. Ich weiß es. König Calder hat mit diesem Ort einiges angestellt. Er ruft nach Blut.«

»Was weißt du?«, fragte Valen schneidend.

»Nichts, nur, dass dieser Ort Leute in die Falle lockt und Burg Rabensporn vor nicht allzu langer Zeit hier war. Sie haben hier etwas angerichtet, da bin ich mir sicher. Ich *spüre* es.«

»Brant«, sagte ich und versuchte, ihn zu beruhigen, während ich ihn vorwärtsschob. Ich hatte von geistiger Benommenheit gehört, und auch wenn Brant ein Rabe war, hatte er einiges durchgemacht. Seine Gedanken überschlugen sich, das war unverkennbar. »Lass uns langsam weitergehen. Siehst du, Kari liegt auf dem Karren, und sie sind zum Grab vorgedrungen. Nichts ist geschehen.«

»Nenn es ein Bauchgefühl.«

»Vielleicht steckt ein bisschen Nachtvolk in dir«, sagte Valen und drehte ein Schwert in seinem Griff.

Valen hatte den Krieger nur aufziehen wollen, aber Brant nickte. Seine Stimme war ausdruckslos. »Ich glaube, ja. Ich habe immer schon Dinge gespürt, die andere nicht wahrgenommen haben, ein bisschen so, als ob ich einfach weiß, was man in bestimmten Situationen tun muss oder ob schlimme Dinge geschehen werden. Und es werden schlimme Dinge geschehen.«

Meine Haut kribbelte. Valen versuchte es zu überspielen, aber er versteifte sich. Mir entging nicht, dass er sein zweites Schwert fester packte.

»Kvinna«, sagte Brant. »Nimm dich in Acht.«

Ich erwiderte nichts. Die Art, wie Brant mich ansah, als wüsste er um meine Verbindung zu diesem Ort, war verstörend. Der Krieger schloss die Augen und trat auf die Freifläche.

Nichts geschah.

»Er verliert den Verstand«, murmelte Valen.

Vielleicht. Es war möglich, dass die geistige Benommenheit die Oberhand gewonnen hatte. Aber mir lief ein kalter Schauer über die Arme. Brants Warnung und sein Eingeständnis, dass seine Instinkte etwas Ungewöhnliches waren, machten mich nervös.

»Bereit?«, fragte Valen.

»Bist du es?«

Er starrte nach vorn. »Nein, aber was haben wir schon für eine Wahl?«

Ich wusste nicht, warum, doch seine ehrliche Antwort sorgte dafür, dass ich mich besser fühlte. Wenn der Nachtprinz zögerte – vielleicht aus ein bisschen Furcht heraus –, dann war ich wohl doch kein so großer Feigling. Valen schob eines seiner Schwerter in die Scheide und streckte die Hand aus. Ich nahm sie und hielt mich fest.

Gemeinsam wechselten wir ein weiteres Mal ins Land des Schwarzen Grabs über.

Die Sterne über uns funkelten; der leichte Wind spielte mit meinem Haar. Nichts veränderte sich.

Ich lachte nervös und schämte mich dafür, solch eine Närrin und so verängstigt zu sein. Der Fluch war gebrochen. Wie ich Brant gesagt hatte, war das hier jetzt nur noch eine Grabstätte.

Zwei Schritte weiter, und der Boden bebte. Valen blieb stehen. Sein Griff um meine Hand verstärkte sich. Mein Körper erstarrte, als die Brise sich legte. Schwärze löschte die Sterne aus.

Ich konnte nicht schreien, konnte mich nicht rühren.

Die Wand aus Schatten teilte sich in einzelne Erscheinungen auf. Der Goldglanz feuriger Klingen hob sich brennend von der Dunkelheit ab.

Die Wildwutwächter kreischten. Sie umzingelten uns. Dann griffen sie an.

KAPITEL 19

NACHTPRINZ

Die Wächter kamen so schnell, dass ich kaum Zeit hatte, die Klinge zu heben und einem den schattenhaften Wanst aufzuschlitzen, bevor der nächste uns in den Rücken fiel. Elise hatte Mühe, ihren Dolch zum Einsatz zu bringen; sein Knauf verfing sich an der ledernen Scheide an ihrem Gürtel. Ich sorgte dafür, dass ich Rücken an Rücken mit ihr stand, und mähte die Wächter nieder, bevor sie in ihre Nähe kamen.

»Was tut ihr da?«, schrie der verdammte Dummkopf von einem Tischler. Mattis starrte uns an, als hätten wir den Verstand verloren.

»Wonach zu den Höllen sieht es denn aus?«, knurrte ich zurück. »Nimm dir eine Klinge und kämpf gegen sie.«

»Gegen wen?«

Bei allen Göttern, ich hatte keine Zeit, mich mit Mattis und seinen ständigen Fragen abzugeben. Elise straffte sich in meinem Rücken, die Waffe endlich fest im Griff, und stieß einen Zornesschrei aus, als ein Wildwutwächter sich auf ihr Herz stürzte.

»Es sind zu viele!«, rief sie.

Ich fluchte leise. Die Schatten kämpften gegen mich. Die verfluchten feurigen Schwerter ließen eine elende Hitze auf mein

Gesicht niederprasseln. Aber nach einem Augenblick war klar, wen die Wächter wirklich wollten. Mein Inneres verkrampfte sich vor eisigem Schrecken. Elise. Ihre Hiebe zielten auf sie.

Sobald ich die Verbindung gezogen hatte, war es mir klarer als alles andere. Aus irgendeinem Grund konzentrierten sich diese Bastarde ganz auf sie. Ich stand ihnen bloß im Weg.

Wir holten aus und stießen zu. Einige der Flüchtlinge starrten uns an, als hätten wir den Verstand verloren. Die düsteren Überreste der Kreatur in mir wollte ihnen die Kehlen aufschlitzen, um sie dazu zu bringen, mit dem Gaffen aufzuhören und uns verdammt noch mal zu helfen.

Thor und Halvar stürmten mit erhobenen Klingen zu uns zurück.

»Was ist los?«, rief Thor. »Was ist los?«

»Was …« Ich ächzte durch einen Hieb gegen einen Wächter hindurch. Ein andersweltliches Kreischen ließ mein Blut erschauern, als er sich durch meinen Schlag in kalten Nebel auflöste.

Thor und Halvar hielten Waffen. Sie standen mindestens zwanzig Schritte entfernt, verhielten sich aber, als wüssten sie nicht, wo sie zuschlagen sollten.

»Könnt ihr sie nicht sehen?«, rief ich. Schlag. Ducken. Stoß. Elise schrie hinter meinem Rücken auf. Sie rammte ihren Dolch durch einen Wächter. Wenn er eine Kehle gehabt hätte, wäre sie zerfetzt gewesen.

»Nein!«, rief Halvar. Stieg, Casper und Junie waren genauso verwirrt zu ihnen gestoßen.

»Es sind die verdammten Wächter!«

Thor kam näher und schwang ziellos sein Schwert. Rein zufällig traf er einen Wächter. »Sag uns, wo! Warum zu den Höllen können wir sie nicht sehen?«

»Sie sind …« Ich brach ab und konzentrierte mich auf zwei Wächter, die mir in die Flanken fielen. Beide Schwerter brannten in meinem Griff. Ich verfluchte Ari. Wildwut hätte diese Schatten vernichtet, daran konnte kein Zweifel bestehen, und dieser Narr von einem König und seine verdammten Bindefesseln hinderten mich daran, uns zu beschützen. *Sie* zu beschützen.

»Sie sind überall!«, vollendete Elise.

Thor und Halvar traten näher. Die anderen auch. Junie schloss die Augen. Aber nach einem Moment begann sie sich Wächtern zuzuwenden und sie fast perfekt gezielt zu treffen. Konnte sie sie *schmecken*?

Frey und Ulf starrten uns voller Verunsicherung an. Sie waren verdammte Taugenichtse. Siv eilte zu Elise, aber ein Wächter stieß sie zurück. Sie schrie auf, zweifelsohne vor Überraschung, unfähig zu sehen, welche Macht sie aufgehalten hatte. Mattis hatte aufgehört, dumme Fragen zu stellen, und hielt eine Streitaxt erhoben, aber niemand wusste, wo er zuschlagen sollte.

»Ich glaube, es geht um Blut«, rief der wahnwitzige Rabenkrieger uns zu.

Ich hörte ihn kaum. Mir taten die Arme weh. Elise atmete schwer. Weitere Wächter erhoben sich. Bald würden sie uns in einem Stück verschlingen. Ich hatte sie hier schon einmal fast sterben sehen. Ich war nicht bereit, das noch einmal zu tun.

»Es geht um Blut!«, rief der Rabe wieder. Er lächelte, dieser Narr. »Blutgeist, sie wollen ihr Blut.«

»Bei allen Höllen, was meinst …« Ich brachte die Frage nicht zu Ende. Ich musste mir den Atem aufsparen.

»Es ist für eine Lysander bestimmt!«, sagte Brant. »Dieses Land ist für sie verflucht. Es will ihr Blut!«

»Wieso kann er sie denn dann sehen?«, rief Halvar.

Es spielte keine Rolle. Ob nun aus Instinkt oder aus Verzweiflung, ich hatte einen Einfall, und er ging mir nicht wieder aus dem Kopf. Dieser Ort hatte schon einmal Blut verlangt, um einen Fluch zu brechen. Die Wächter würden es überall vergießen, aber wir hatten es an einer besonderen Stelle vergossen, um die Wildwutbande zunichtezumachen.

Es war die einzige Chance, die ich hatte.

Ohne Vorwarnung packte ich Elises Handgelenk und rannte einen Hang hinauf.

»Valen …« Ihr musste klar geworden sein, wohin wir liefen, denn sie beschleunigte ihre Schritte.

Hinter uns drangen Heulen und Schreie wie von Gespenstern in den Bäumen immer näher. Wir kämpften uns auf der Hügelkuppe über den erhöhten Rand des Steinsymbols. Eine Kugel aus Dornranken und zusammengerollten Schlangen am Griff einer Klinge. Ich zerrte Elise in die Mitte. Der Wappenschild, der meinen Fluch gebrochen hatte, war weiterhin Teil des Steins.

»Deine Hand!«, rief ich.

Elise streckte mir die Handfläche hin. Im nächsten Atemzug schnitt ich eine breite Wunde in ihre helle Haut und ließ das Blut auf den Stein tropfen.

Nichts.

Verdammte Höllen. Nichts.

Die Wächter stürmten auf uns zu. Auf Elise. Es waren zu viele, und ich hatte keine Pläne mehr. Da mir nichts mehr zu tun blieb, schloss ich Elise in meine Arme, drückte sie an meine Brust und zog sie auf den Stein hinab. Mit meinem Körper bedeckte ich ihren. Sie klammerte sich an mich, und ich schloss die Augen. Elise barg das Gesicht an meiner Brust. Ich umfasste mit einer Hand ihren Kopf, hielt sie fest und wartete auf den Schlag der feurigen Klingen.

Grelles Licht drang durch meine zusammengekniffenen Augenlider. Zischen und Knurren lösten sich auf wie Rauch im Wind. Im nächsten Moment war alles, was ich hörte, unser Keuchen und das dumpfe Pochen meines Pulses im Kopf.

»Was ist das?«

Ich glaube, es war Frey, der die Frage stellte. Ich öffnete ein Auge einen Spaltbreit. Eine Kuppel aus schwachem Licht umgab uns und löste sich dann in Nebel auf.

Noch ein Moment verging, dann kam Halvar an meine Seite geschlittert. »Sind sie weg?«

Ich nickte und klammerte mich immer noch an Elise. Sie zitterte. Oder vielleicht war ich derjenige, der zitterte.

»In der Nacht damals war es genauso«, flüsterte Halvar, so leise, dass nur wir es hören konnten. »Das Blut hat geglüht, dann ist das Licht gekommen.«

»Hol den Raben.« Ich hatte Fragen an Brant. Wir hatten uns in eine sitzende Stellung aufgerichtet, aber ich hatte Elise nicht losgelassen, und auch sie hielt mich immer noch fest, als Brant auf die Knie gestoßen wurde. Ich starrte ihn böse an. »Du hast gesagt, es sei für sie verflucht. Woher wusstest du das?«

»Ich habe es euch doch gesagt«, murmelte er. »Ich bekomme so ein Gefühl, und ich weiß genug über Wildwutflüche, um zu wissen, dass die meisten Blut erfordern, um sie zu brechen. Wenn dieses Land wirklich verflucht war, dann würde Blut erforderlich sein, davon bin ich ausgegangen. Die Lysander-Wappen haben mir verraten, dass es wahrscheinlich Kvinna Elises Blut war, um das es ging. Ich habe keine große Magie verwendet, ich verschweige euch nichts, ich habe nur aus dem Gefühl meine Schlüsse gezogen.«

»Aber wenn der Fluch Elise wollte«, fragte Frey, »warum hat der Blutgeist die Geister auch gesehen und niemand sonst?«

Brant musterte mich mit prüfendem Blick. »Ich weiß es nicht. Das Einzige, was ich daraus folgere, ist, dass dieses Land den Blutgeist kennt. Es konnte sich nicht vor ihm verstecken.«

Mein Blut hatte dieses Land als Opfer getränkt. Ich würde es nicht laut aussprechen, aber wenn Brant recht hatte, ergab das durchaus einen Sinn. Leider lenkten seine Annahmen alle Blicke auf uns. Frey und Ulf betrachteten mich wie einen neuen Feind. Siv biss sich auf die Unterlippe, aber sie wusste so gut wie wir, warum dieses Land mich kannte. Mattis legte den Kopf schief und musterte erst mich, dann Elise.

Thor trat vor. »Wir können alle auch noch später Vermutungen über Wildwutflüche anstellen. Ich bin dafür, dass wir uns von diesem verdammten Landstück davonmachen und in Deckung gehen, so schnell wir können.«

Die Schattengilde führte die anderen vom Stein weg, zurück zu den Flüchtlingen unten. Elise und ich folgten, aber sobald wir in den Schatten der Bäume gelangt waren, nahm ich ihre Hand. Nach den Wächtern hätte ich nicht einmal dann die Finger von ihr lassen können, wenn ich es versucht hätte. Wenigstens nicht für die nächsten paar Augenblicke.

Sobald wir allein waren, wandte ich mich Elise zu. Sie schmiegte sich an meine Hand, als ich diese an ihrem Arm heraufwandern ließ. »Ich hasse diesen Ort.«

Sie lachte und lehnte die Stirn an meine. »Bei allen Göttern, ich auch. Und ich hasse es, dass du ständig darauf bestehst, deinen Körper als meinen persönlichen Schutzschild einzusetzen.«

Elise ließ eine Hand über meinem Herzen ruhen. Ich bedeckte sie mit meiner. »Du bist kleiner als ich. Da ist es nur sinnvoll, dass ich der Schutzschild bin.«

»Nein, die Körpergröße hat damit nichts zu tun. Du hast ein ungesundes Bedürfnis, den Helden für mich zu spielen.«

»Bin ich dein Held?«

Sie verpasste mir einen Klaps auf die Brust. Ich lachte und legte den Arm um ihre Taille, hielt unsere Köpfe weiter zusammen.

Elises Fingerspitzen strichen über meine Wange, während ihr Lächeln verblasste. »Ich möchte lieber, dass du weiteratmest, als dass du so ein törichter Held bist.«

»Ein törichter Held wäre ich nie. Ich wäre ein großer.«

»Ich glaube, ich hasse dich.«

Ich lachte, und bevor ich es mir anders überlegen konnte, presste ich meine Lippen auf ihre. Sie schnappte nach Luft, aber nur kurz. Elise erwiderte meinen Kuss. Unser Atem vermischte sich, bis wir im Gleichtakt Luft holten. Mein Griff um ihren Zopf verstärkte sich, zog ihren Körper an meinen. Ich grinste. »Wenn das Hass ist, gefällt er mir ziemlich gut.«

Sie schlug mir auf den Arm und schlang dann die Finger um den Halsausschnitt meiner Tunika.

»Ich denke zu viel an dich«, stieß sie atemlos hervor. Ihre Zähne schrammten über meine Lippe.

Ein Stöhnen summte zwischen uns – ob von ihr oder von mir, kümmerte mich nicht – und grollte in meinen Adern.

»Ach so?« Die glatte Haut ihres Halses wurde zu betörend, zu verlockend, um sie weiter zu ignorieren. Sie bot mir die Kehle dar, als ich sie dort küsste. »Sag mir, worüber du nachdenkst.«

Warum ließ ich zu, dass das hier weiterging? Ich hätte aufhören und davongehen sollen. Meine Vernunft, meine Ängste schrien mir allesamt zu, Elise sofort loszulassen. Aber meine Logik floh in die tiefsten Winkel meines Verstands. War so gut wie vergessen. Ich hatte mich danach gesehnt. Es war falsch und schwach. Ich würde nichts als Unzufriedenheit in ihr Leben bringen, wahrscheinlich sogar den Tod.

»Ich denke darüber nach«, sagte Elise und zeichnete mit einer sanften Berührung die Bartstoppeln an meinem Kinn nach, »was für ein Narr du bist.«

»Hmm.« Ich lächelte an ihrem Mund. »Wie romantisch.«

»Darüber, wie du mich angelogen hast. Mich hinters Licht geführt hast.« Ihre Finger fuhren durch mein schweiß- und schmutzverklebtes Haar, als machte es ihr nichts aus. »Über die Nacht im Schulhaus.«

Mein Magen verkrampfte sich. Ein dunkles, sinnliches Bedürfnis, sie unter mir liegen zu haben, genau wie in jener Nacht, tobte in mir.

»Ich denke darüber nach«, flüsterte sie, »dass ich alles noch einmal genauso machen würde, wenn es mir dich einbringen würde.«

Ich hatte die Krone von Etta nicht verdient. Denn ein logischer, vernünftiger König würde seine Gedanken auf das richten, was am wichtigsten war, statt sich seinen niederen Begierden hinzugeben und sich zu nehmen, was er eigensüchtigerweise wollte.

Ich küsste sie, heftig und voller Verlangen. Ich wollte zurück in jene dunklen, heimlichen Nächte. Meine Hände ergriffen von den Kurven ihres Körpers Besitz. Ich schmeckte sie – ihre Zunge auf meiner. Am liebsten wäre ich in eine Zeit zurückgekehrt, in der ich für sie noch nicht Blutgeist gewesen und auch noch nicht wieder der Nachtprinz geworden war. In die Zeit, in der wir einfach nur Legion und Elise gewesen waren.

Das hier würde nicht so enden, wie wir wollten, da war ich mir sicher. Ich hatte die feste Absicht, Burg Rabensporn zu zerstören, und machte mir kaum Hoffnungen, dass ich danach noch atmen würde. Sie hatte mehr verdient als einen Mann, der sich in Blut suhlte. Elise hätte ein langes, geruhsames Leben führen sollen. Und nach all dem hier würde sie vielleicht, wenn Ari Erfolg hatte, einen Liebsten ihrer Wahl bekommen. Keinen, der so düster und verloren war wie ich.

Ich neigte den Kopf und löste mich von ihr. Ich sah sie nicht an, hielt sie aber weiter fest.

»Valen«, flüsterte sie und rieb die Furche zwischen meinen Augenbrauen. »Du musst dich nicht von mir abwenden.«

»Du verstehst das nicht«, gestand ich, öffnete mich dennoch ein wenig, ließ sie ein. »Die Erinnerungen, die ich habe – was sie dir antun würden, Elise … Das wäre noch schlimmer als die entsetzlichste Erinnerung überhaupt.«

»Ich bin in Gefahr, ob nun mit dir oder ohne dich.«

Bis zu einem gewissen Grade wusste ich das. Mir war bewusst, dass sie aufgrund ihres Namens und nicht meinetwegen gejagt wurde. Aber wenn man dem noch die Wahrheit hinzufügte, dass Kvinna Elise den Nachtprinzen befreit hatte, dann würde sie für den Rabensporn eine größere Beute sein als ich. Eine wahre Verräterin. Ich wusste, was der Rabensporn mit Verrätern tat.

Ich blieb stumm.

Elise seufzte. Sie drückte mir einen Kuss auf die Schläfe. »Ich kann das Grauen, das dir immer noch zu schaffen macht, nicht ermessen, Valen Ferus. Ich wünschte nur, du würdest es gelegentlich bei mir abladen, um deine eigene Bürde leichter zu machen. Aber du solltest wissen, dass ich nie aufgehört habe zu glauben, dass du mehr als die Rache bist, und das werde ich auch nie tun. Du bist die Macht, die dieses Land heilen kann.«

Sie berührte sanft die Spitze meines Ohrs und entzog sich dann meinen Armen. Elise ließ mich allein – mit nichts als meinen Gedanken und einer unstillbaren Sehnsucht, gegen die ich nichts ausrichten konnte.

KAPITEL 20

PRINZESSIN AUF ABWEGEN

Heute Abend war mir der durchdringende Gestank von Svens Wirtshaus ein Trost. Halvar führte uns vom Schwarzen Grab her erschüttert dorthin und kam zu dem Schluss, dass die Dickichte um die Schenke herum sicher genug waren, um dort unser Lager aufzuschlagen. Sven hatte gegen die zusätzlichen Münzen in seiner Kasse nichts einzuwenden, als Aris Leibwache Zuflucht in seinem Schankraum suchte. Der alte Wirt begrüßte Valen als Legion, fragte, wann sie ihre Geschäfte wiederaufnehmen würden, und eilte dann betriebsam umher, um alberne Dinge wie das Öffnen eines Fensters oder das Hochlegen von Füßen auf seinen Tischen in Rechnung zu stellen.

Ich schürte ein Feuer am Waldrand und lauschte dem Gelächter der Wachen und einiger von Crispins Leuten, die an Svens Tischen spielten und lachten.

»Geht es ihr gut?«, fragte ich Halvar. Er tupfte Karis Stirn mit einem kühlen Handtuch ab.

»Ihr Fieber brennt«, antwortete er. »Aber sie kämpft.«

»Du hast Interesse daran entwickelt, dich um sie zu kümmern«, sagte ich. »Warum?«

Halvar zuckte die Schultern. »Ich weiß es nicht. Sie ist eine Kämpferin, aber man hat sie gezwungen, Dinge gegen ihren

Willen zu tun. Man hat sie misshandelt, und obwohl sie Timoranerin ist, hatte sie das nicht verdient.«

Ich lächelte ihn an, während er wieder daran ging, ihre heiße Haut zu benetzen. Was er damit meinte, war, dass sie wie er war. Valen hatte gelitten, aber Thor und Halvar auch. Alle waren in den Steinbrüchen gefangen gewesen, alle hatten mit eigenen Augen Gräueltaten an ihrem Volk und an ihren Familien bezeugt.

Verflucht sollten sie sein.

Sie behaupteten, Rache zu wollen, aber die drei vom Hof der Ferus hatten alle zu große Herzen. Sie würden ihre Pläne nie zum Erfolg führen. Dazu hatten sie zu viel Mitgefühl.

»Elise.« Mattis trat unverhofft zwischen den Bäumen hervor und schleifte Brant hinter sich her. Mein Freund warf den Raben zu Boden.

»Mattis, was tust du da?«

»Ich will Antworten«, sagte er mit zusammengebissenen Zähnen. »Dieser Dreckskerl wusste etwas über jenen Ort. Du und der Blutgeist habt etwas gesehen, das wir nicht sehen konnten. Was ich wissen will, ist, woher dieser Rabe dieselben Dinge wusste.«

»Mattis, du hast seine Gründe genauso wie ich gehört«, sagte ich. »Er hat geraten.«

»Ich möchte betonen, dass ich nicht ganz ins Blaue hinein geraten habe«, erwiderte Brant, verstummte aber, als Mattis ihn finster ansah.

»Kennst du ihn?« Mattis kniff die Augen zusammen.

»Nein.« Ich runzelte die Stirn. »Vor unserem Aufenthalt in den Meereshöhlen habe ich ihn nie getroffen.«

Mattis sah aus, als würde er gleich aus seiner Haut bersten. »Wer ist der Blutgeist? Warum hat etwas euch beide an diesem götterverlassenen Ort angegriffen? Diese Geheimnisse treiben mich noch in den Wahnsinn. Du bist mir wichtig, Elise, aber ich weiß nicht, wie ich euch beschützen soll, dich und S …« Er brach ab und schüttelte den Kopf.

»Beruhig dich.« Junius trat in den Feuerschein. »Ich glaube, ich kann wenigstens ein paar Antworten über unsere kleine Wache hier geben.« Brant richtete sich auf und sah neugierig drein, als Junius sich neben ihn kniete. Sie zückte ein kleines Messer. »Streck die Hand aus.«

Brant fragte nicht, warum, zuckte aber zusammen, als sie ihm einen kleinen Schnitt in der Handfläche zufügte. Ich rümpfte die Nase, als Junius sich über das hervorquellende Blut beugte und daran roch.

Brant zog die Hand weg. »Äh, was machst du da?«

Junius hob grinsend den Kopf. »Du gehörst nicht zum Nachtvolk. Du bist zum Teil Alver.«

»Wirklich?« Ich zog die Augenbrauen hoch und rückte näher heran. Ein neuer Geruch lag in der Luft. Durchdringend und scharf, wie etwas süßlich Fauliges, das Übelkeit erregte.

»Hast du dein Blut nie gerochen?«, fragte Junius. »Das ist kein Aroma, das die meisten ignorieren können.«

Brants Gesicht lief rot an. »Meine Familie hat immer geglaubt, dass ich schwaches Blut oder eine Art Krankheit hätte. Was ist ein Alver?«

»Ich«, sagte sie. »Ich bin eine Alver. Wie euer Nachtvolk verfügen wir über Magie. Du sagst, dass du manchmal so ein Gefühl hast?«

Er nickte. »Ja. Ich kann es dann nicht abschütteln.«

»Ja. Es gibt Alver, die unglaubliche Sinne besitzen. Sicht, Gefühle, Instinkte. Es geht sogar so weit, dass manche Visionäre sind. Du bist von meinem Schlag. Eine Art Profetik – so nennen wir Leute mit seltsamen Sinnen.«

»Ein Profetik?«

»Ja, ich kenne viele, die Sinne wie du haben. Es ist eine eindrucksvolle Begabung. Ich würde nicht sagen, dass du den stärksten Mesmer hast …«

»Mesmer?«

»So nennen sie ihre Wildwut«, erklärte ich Brant.

Junie tippte sich ans Kinn. »Stammen deine Eltern aus diesem Land?«

Brant rutschte hin und her und knetete die Finger in seinem Schoß. »Die Frau meines Vaters konnte keine Kinder bekommen, also hat er sich viele Geliebte genommen. Manche von ihnen waren zuvor Leibeigene. Aber man hat uns nie gesagt, wer unsere jeweilige Mutter war. Stattdessen sind wir von seiner Frau großgezogen worden, als wäre sie unsere Mutter. In den Hinsichten, auf die es ankam, war sie es wohl auch.«

»Aha. Aber eine dieser Geliebten könnte aus einem fremden Land gekommen sein.«

Brant zuckte nur die Schultern.

Junius verschränkte die Arme und grinste selbstgefällig. »Die gute Nachricht ist, dass du eindeutig ein Alver bist. Die schlechte ist, dass die Leute dich jetzt wie einen Wolf in der Nacht jagen werden. Willkommen in der Welt der Magie.«

Ulf und Frey stießen zu unserem Kreis. Ulf hockte sich vor Junius hin und starrte sie böse an. »Woher weißt du, dass er deine verderbte Wildwut hat?«

»Mesmer«, verbesserte sie. »Und ich weiß es, weil sein Blut stark ist.«

»Und er war derjenige, der uns am Schwarzen Grab gerettet hat«, sagte ich.

»Ich verstehe immer noch nicht, wie.« Mattis schmollte.

»Magie, Tischler.« Junie lachte. »Kannst du es nicht dabei

belassen? Wahrscheinlich hat er im Kopf eine Vision gesehen und sie als seine eigenen Gedanken abgetan.«

»Das ist …« Brant schüttelte den Kopf und sah zu seiner schlafenden Schwester hinüber. »Kari … Müsste sie dann nicht auch eine Alver sein?«

»Nein«, sagte Junie. »Nicht unbedingt. Manchmal bringen selbst zwei Alver keine Alvernachkommen hervor. Es kommt wohl nur über denjenigen, den das Schicksal dazu auserwählt.«

Ulf zeigte frustriert auf die Bindefesseln an Junius' Handgelenken. »Kannst du deine Magie immer noch nutzen?«

»O ja. Das habe ich euch allen auch gesagt. Für mich sind sie nichts als hübsche Armreifen.«

Mit einem gefährlichen, grausamen Grinsen zog Ulf ein Messer aus dem Stiefel. »Dann finde ich, wir sollten dir die Kehle durchschneiden. Wer sagt schon, dass du dich nicht gegen uns wenden wirst? Erst dir, dann dem Raben.«

»Zurück, Ulf.« Valen und der Rest seiner Gilde kamen zwischen den Bäumen hervorgestürmt. »Du wirst sie nicht anrühren.«

Ulf richtete sich wieder zur vollen Größe auf und brüllte vor Lachen. Sein Atem stank nach saurem Bier. »Und was kannst du tun, um mich aufzuhalten, Blutgeist? Du trägst diese hübschen Fesseln. Wir haben deine Liebste …« Er wies auf mich. Ich zuckte nicht mit der Wimper. »Du bist nichts als Aris Köter.«

»*Legion*«, sagte ich warnend.

Ich war nicht schnell genug, oder es kümmerte ihn ohnehin nicht – das war schwer zu sagen.

Bevor der Name auch nur ganz meinen Mund verlassen hatte, warf Valen ein Messer mit gerader Klinge (wo er immer all die Waffen auftrieb, wusste ich nicht). Die Spitze verfehlte Ulfs

Hals nur knapp. Sie drang weiter hinten mit einem dumpfen Knall in den Stamm eines Baumes ein.

Ulf war so überrumpelt, dass er in seiner trunkenen Benommenheit schwieg. Valen ging die letzten Schritte auf ihn zu, das vertraute kühle, gelassene, gerissene Grinsen im Gesicht.

»Ich bin deiner allmählich müde.« Er holte tief Luft und tätschelte Ulfs Wange. Kräftig. »Ich bin vielleicht der Köter, aber ich frage mich, was dein teurer König denken wird, wenn er erfährt, dass du bei jeder Gelegenheit diejenigen, denen er den Befehl übertragen hat, zu töten gedroht oder ihnen den Gehorsam verweigert hast. Wir sind auf sein Geheiß hier, nicht wahr? Lass den Raben und meine Gilde in Ruhe, und …« Valen reckte sein Gesicht so nahe an Ulfs, dass er ihn hätte auf die Wange küssen können, wenn er gewollt hätte. »… hör auf, Kvinna Elise in meiner Anwesenheit zu bedrohen.«

Der bullige Leibwächter spannte sich an. Adern traten an seinen Armen hervor. Er hielt seinen Zorn nur mühsam in Zaum, während Valen, gefolgt von seiner Gilde, verschwand. Frey ging zu Ulf, nur, um weggestoßen zu werden, bevor der vierschrötige Leibwächter in die andere Richtung als die Schattengilde davonstürmte.

Der Nachtprinz hatte nichts zu mir gesagt, und ich wollte ihn erwürgen. Gestern Abend war ich unter Gedanken an seinen Mund auf meinem eingeschlafen. An seine Hände, die von meinem Körper Besitz ergriffen hatten. An sein Verlangen nach mir, dem er widerstand. Bei den Göttern, auch ich wollte ihm widerstehen, scheiterte aber immer wieder erbärmlich daran.

Ich versuchte, Mitgefühl zu haben. Ich wusste nicht, was für entsetzliche Erinnerungen jetzt in seinem Kopf lebten, doch ich hatte die Angst in seinen Augen gesehen. Hatte den Schmerz in seiner Stimme gehört, als er zugegeben hatte, dass der Gedanke daran, was der Rabensporn mir antun würde, ihm Albträume bereitete.

Allerdings war ihm nicht bewusst, dass ich die gleichen Albträume hatte.

Mehr als einmal hatte ich wachgelegen und mir vorgestellt, was Calder wohl tun würde, wenn er erfuhr, dass der Nachtprinz zurückgekehrt war. Die Folterungen, die Valen erdulden würde, wenn er je wieder in Gefangenschaft geriet.

Aber die Angst dämpfte nicht den Schmerz meiner Sehnsucht nach ihm. Solange wir frei waren, waren Augenblicke mit ihm alles, was ich wollte. *Es wird nicht für immer sein.* Ich versuchte, den kalten Eindringling von einem Gedanken zu verscheuchen, scheiterte aber. *Selbst wenn ihr überlebt: Er ist ein Prinz. Du bist nichts.*

Ich zuckte zusammen, als jemand mich am Arm berührte. »Oh, Siv«, sagte ich und fasste mir an die Brust. »Du hast mich erschreckt.«

»Wie geht es dir?«

Ich warf einen Blick über ihre Schulter. Mattis schmollte, den Rücken an einen Baum neben Brant gelehnt, aber sie waren nicht nahe genug bei uns, um uns zu belauschen. Frey war Ulf mit gekrümmtem Rücken wie ein Besiegter nachgeschlichen. Dennoch hielt ich die Stimme gesenkt. »Wie viel länger sollen wir noch einem König dienen, obwohl wir wissen, dass der wahre Erbe unter uns ist und jeden verärgert, mit dem er spricht?«

Sivs Gesicht zuckte. Aha, sie fand es also witzig. Mir kam nichts daran belustigend vor.

»Elise«, sagte sie, als ich mich abwandte. »Wir können ihn nicht zwingen. Ich bin überzeugt, dass er zum rechten Zeitpunkt schon noch erkennen wird, dass er mehr erreichen und mehr sein kann, wenn er den Pfad einschlägt, den das Schicksal für ihn gewählt hat.«

»Ich wünschte, ich könnte deine Zuversicht teilen.«

»Komm mit. Da ist etwas, worüber ich mit dir sprechen wollte.« Siv zog mich in den Schatten einer großen weißen Espe. »Das Schwarze Grab ist wieder verflucht worden, und ich glaube, das hat dasselbe Mädchen getan, dem du begegnet bist.«

Ich schüttelte den Kopf. »Nein, Calista wollte frei sein.«

»Ich sage nicht, dass sie es freiwillig getan hat, sondern nur, dass der Rabensporn besser verstehen könnte, was sie bewirken kann.«

»Glaubst du, sie kennen dort die Wahrheit über Valen?«

Siv zuckte die Schultern. »Ich weiß es nicht. Aber, Elise, wenn sie diese Mädchen nutzen, um das Schicksal zu verändern, und der Rabe die Wahrheit gesagt hat, welcher dunklen Magie bedienen sie sich dann noch?«

Möglichkeiten schrammten durch mein Gehirn, bis mir der Schädel pochte. »Wir sollten auf alles vorbereitet sein. Aber Calista ist gerissen. Sie hasst die Leute vom Rabensporn. Ich glaube nicht, dass sie uns Steine in den Weg legen wird – zumindest nicht absichtlich.«

»Wer ist diese Hexe?« Mattis trat zwischen uns. Er war so leise näher gekommen, dass ich ihn gar nicht gehört hatte.

Siv sah ihn an, ein düsterer Schatten in ihrem Blick. Tausend unausgesprochene Dinge standen zwischen ihnen. »Sie ist eine Gefangene, die wir vor dem Staatsstreich kennengelernt haben. Als Sklavin, die das Königshaus mit ihrer Magie belustigen sollte. Aber sie kann das Schicksal vorhersagen, es sogar verändern. Das ist eine Gabe, die sich als gefährlich für uns erweisen könnte.«

»Dann sollten wir einen Meuchelmörder schicken, um sie zu töten«, sagte Mattis. »Vielleicht den Blutgeist, weil er das Töten doch so liebt.«

»Hör auf, so bitter zu sein«, gab ich mit einem finsteren Blick zurück. »Wir werden das Mädchen nicht töten. Sie ist dort nicht frei. Aber ich würde nicht Nein zu einem Plan sagen, sie zu befreien.«

Siv nickte zustimmend.

»Ich bin mir nicht sicher, ob das eine Rolle spielt«, sagte Mattis, »aber ich habe eine Idee, wann wir Gelegenheit haben könnten, die Hexe zu finden.«

»Wirklich?«, fragte Siv. »Wann?«

»Es wird riskant sein und uns wieder zum Rabensporn bringen.«

»Dieser Kampf wird früher oder später unweigerlich nach Burg Rabensporn führen«, sagte ich.

Mattis feixte. »Stimmt. Ich spreche von dem Ehegelöbnis. Bald werden Calder und deine Schwester ihr königliches Gelöbnis sprechen. Es ziehen schon jetzt Karawanen durchs Land und füllen die Häfen mit den kostbarsten Dingen für ihre verdammte Zeremonie. Dann wagen wir uns hinein.«

»Wie? Es werden zahllose Raben Wache halten.«

»Wir müssen einfallsreich sein.« Mattis rieb sich gedankenverloren das Kinn. Dieser Augenblick weckte in mir die Sehnsucht nach den sorglosen Tagen, in denen wir am Glockenturm Übungskämpfe ausgefochten, uns über die Traditionen des Adels lustig gemacht und Milchküchlein gegessen hatten, als gäbe es keine Rangunterschiede zwischen uns.

»Wir werden Aris Unterstützung und seinen Befehl brauchen«, sagte Siv. »Aber ich sehe den Sinn darin. Wir finden einen Weg, uns unbemerkt einzuschleichen, und schneiden ihnen ins Knie. Heben ihre Röcke und schauen nach, was sie darunter verstecken.«

Zum ersten Mal seit Wochen grinste Mattis Siv an. Er senkte das Kinn zu einem tiefen Nicken. »Genau, meine blutrünstige Siverie. Genau.«

KAPITEL 21

NACHTPRINZ

»Valen«, stieß Stieg atemlos hervor. Er klopfte gegen den Türsturz am Eingang meiner Hütte. »Du willst bestimmt mitkommen. Schnell.«

Halb bekleidet schoss ich von dem durchgelegenen Bett hoch. Seit wir vor zwei Tagen mit den Flüchtlingen, die wir abgeholt hatten, zurückgekehrt waren, war ich kaum in den Sonnenschein hinausgetreten. Zum Teil, weil Ulf versuchte, Ärger zu machen, wann immer wir uns begegneten. Ein anderer Grund war, dass ich mich davon abhalten wollte, in der stürmischen See von Elises Augen zu versinken. Wenn ich sie wiedersah, würde ich sie nicht mehr loslassen können.

Dabei saß ich schon tief genug in der Falle.

Mit einer frischen Tunika über den Schultern eilte ich Stieg nach. Thor und Casper warteten draußen. Als ich Halvar und Junius zuletzt gesehen hatte, waren sie damit beschäftigt gewesen, die kranke Rabenwache zu pflegen. Die Frau war zu sich gekommen, aber die Heiler von Ruskig ließen sie immer wieder in den Schlaf fallen und weckten sie nur kurz, genau, wie sie es damals bei mir getan hatten.

Frischer Regen, der über Nacht gefallen war, funkelte im üppig grünenden Gras, sorgte aber auch dafür, dass eine dicke

Schlammschicht sich auf unseren Stiefeln bildete, als wir den Abhang zum königlichen Langhaus hinaufstiegen. Der Geruch von gekochtem Fisch und Wildgemüse schlug uns entgegen, als wir eintraten. Das Feuer loderte. Leute tranken aus Holzkrügen und Knochenschalen. Um die mit Pelzen ausgelegte Estrade herum drängte sich wieder einmal eine ganze Schar, die ins Gespräch mit Ari vertieft war.

Seine dunklen Augen entdeckten mich über die Köpfe seiner Getreuen hinweg. »Ah, der Blutgeist. Ich habe mir ja gleich gedacht, dass du kommen würdest, wenn du die Neuigkeit erfährst.«

Ich kniff die Augen zusammen und trat einen Schritt auf die Estrade zu. An seiner Seite musterte Elise mich. Frische Vogelbeerblätter waren in ihr eisblondes Haar geflochten. Bemalte Knochenperlen schmückten ihren nackten Hals. Gedanken an ihren schnellen Puls und die fiebrige Hitze ihrer Haut unter meinen Lippen kamen mir, als ich zu lange ihren schlanken Halsansatz anstarrte.

Ich war ein Narr. Versteckte mich in meiner winzigen Hütte, als verlangte mein innerstes Wesen nicht, in der Nähe dieser Frau zu sein. Als würde es ihr auch nur den geringsten Schutz bieten, wenn ich mich von ihr fernhielt. Zu viele, die ich geliebt hatte, waren meinem Leben entrissen worden, und ich konnte es nicht ertragen, noch eine zu verlieren.

»Komm. Gesell dich zu uns«, sagte Ari strahlend.

»Was soll das?«, fragte ich.

»Wir besprechen die Vorbereitungen.«

Er forderte mich heraus, die Frage zu stellen, und es funktionierte. »Was für Vorbereitungen?«

»Für das königliche Ehegelöbnis. Die Zeremonie findet bald statt!«

Ich ballte die Hände zu Fäusten. Mein Blick schoss zu Elise. »Du hast dem nicht zugestimmt.«

Verwirrt zog sie eine Augenbraue hoch.

»Oh. Oh, ich sehe schon. Du hast mich missverstanden«, sagte Ari mit einem leisen Lachen. »Auch wenn ich zuversichtlich bin, dass Elise mich bald genug heiß und innig lieben wird, ist diese Zeremonie nicht unsere. Der falsche König und Kvinna Runa werden am nächsten Hochmond ihr Gelöbnis sprechen.«

»Entschuldige«, flüsterte Stieg mir zu und klopfte mir auf die Schulter. »Er hat es klingen lassen, als würde das königliche Ehegelöbnis eindeutig hier stattfinden.«

Ari lachte. »Ich fand das sehr schlau und hatte so eine Ahnung, dass das Gerücht den Blutgeist dazu bringen würde, angerannt zu kommen.«

»Ari«, sagte Elise mit zusammengebissenen Zähnen. »Du spielst gefährliche Spiele.«

»Ich spiele unterhaltsame Spiele.«

»Bei den Göttern, sagst du uns nun, warum das Ehegelöbnis wichtig ist?«, blaffte Thor.

»Es ist sehr wichtig«, sagte Ari, als sollten wir erpicht darauf sein zu erfahren, was sich in seinem Verstand abspielte. »Adlige aus dem ganzen Land werden an dieser Zeremonie teilnehmen. Zweifelsohne sogar welche aus anderen Ländern. Zahllose ettanische Leibeigene werden gezwungen sein, dem beizuwohnen. Das ist unsere Gelegenheit, der Welt zu zeigen, dass jemand anders Anspruch auf den Thron erhebt. Wie meine Freunde hervorgehoben haben …« Er deutete auf Mattis und Siv. »… ist es zugleich unsere Gelegenheit, herauszufinden, welche Wildwut Burg Rabensporn verbirgt. Wir werden uns ihr Nachtvolk und ihre Hexe holen.«

»Ihre Hexe?« Ich sah Elise an. Mit einem kaum merklichen Nicken bestätigte sie es – sie wollten die Schicksalszauberin.

»Es wird eine Machtdemonstration sein, aber wenn wir ihnen ihre Wildwut nehmen«, sagte Ari, »wird das sicherstellen, dass Calders Herrschaft kurz bleibt. Wir holen uns zurück, was man uns gestohlen hat.«

Gemurmel brandete rings ums Feuer auf. In Aris Blick stand eine Art wilder Wahnwitz. Ich wollte ihn verspotten, ihm sagen, dass sein Plan leichtsinnig war, aber bei den Höllen – er ergab einen gewissen Sinn. Königlichen Ehegelöbnissen wohnten alle Adelshaushalte bei. Wenn Ari Calders Kräfte schwächen wollte, indem er sein hochrangiges Blut tötete und sich alle Fae holte, die er unter seiner Kontrolle hatte, würde es die perfekte Gelegenheit sein.

Ari zog den Pelzumhang um seine Schultern zurecht und wandte sich wieder dem Kreis zu. »Es wartet vor dem Ehegelöbnis noch jede Menge Arbeit auf uns. Wir müssen das gemeine Volk, Leibeigene und viele von denen, die wir in der Vergangenheit Freunde genannt haben, in unsere Absichten einweihen. Der falsche König hat allein auf Burg Rabensporn über tausend Raben. Im gesamten Königreich ist die Zahl dreimal so hoch.«

»Mindestens«, sagte Halvar. Er scherzte oft, doch niemand verstand mehr von der Stärke und der Strategie eines Heers als er. »Aber lass nicht die Bündnisse außer Acht, die mit fernen Königreichen geschlossen worden sind. Wir wissen nicht, wie es um die wahre Stärke des Rabensporns bestellt ist.«

Ari nickte besorgt und presste sich eine Faust auf den Mund, als er in die Flammen starrte. »Das ist ein Argument – und ein Grund mehr, dass wir unsere eigene Streitmacht zusammenziehen müssen.«

»Aber wir müssen auch hineingelangen«, sagte Mattis.

»Ja. Ich glaube, die besten Aussichten haben wir, wenn wir uns als Barden und Spielleute verkleiden«, fügte Ari hinzu. »Zu solch einem Ereignis werden viele Spaßmacher und Narren eingeladen.«

Frey schürzte die Lippen. »Das erfordert Planung und Bestechung.«

»Ja, und auch in dem Fall brauchen wir Zahlen. Also …« Ari klatschte in die Hände. »Wir fangen dort an, wo wir wissen, dass es loyale Leute gibt. Elise und Mattis haben sich schon dazu bereiterklärt.«

»Wozu bereiterklärt?«, fragte ich. Mein Blick huschte zu Elise. Sie sah mir in die Augen, wandte sich aber nach einem Atemzug wieder Ari zu.

»Dazu, nach Mellanstrad zurückzukehren und diejenigen zu rekrutieren, die nach dem Staatsstreich dort zurückgeblieben sind. Es gibt Leute, die Elise, jedoch nicht ihrer Familie gegenüber loyal sind. Mattis hatte Freunde unter den Handwerkern. Aber auch Legion Grey, der Händler, soweit ich weiß.«

Aha. Das war also der wahre Grund dafür, dass Ari mich dabeihaben wollte. Er irrte sich nicht. Als ich in Mellanstrad Legions Ruf aufgebaut hatte, hatte ich Bekanntschaft mit reichen Leuten, Leibeigenen, Hafenarbeitern und Spielern geschlossen. Einem Querschnitt durch die Bevölkerung. Ich hatte beliebt sein wollen – und müssen –, um als Brautpreisunterhändler ausgewählt zu werden.

Aber würden diese Leute zu uns halten? Sie waren geizig, ungebildet oder es gewohnt, anderen zu dienen. Ich konnte es nicht einschätzen.

»Wie sollen sie ihm vertrauen, wenn sie herausfinden, was er alles getan hat?«, fragte Mattis.

»Sie werden nicht erfahren, dass er der Blutgeist ist«, erklärte

Ari. »Er wird als Legion Grey zurückkehren, der loyale Beschützer ihrer gütigen Kvinna.«

Siv räusperte sich. Sie sagte nie viel und wich oft meinem Blick aus. In diesem Moment aber sah sie mich an, ohne zu blinzeln. »Ich glaube, das ist ein guter Plan. Allerdings sieht Legion … anders aus als bei seinem Aufbruch. Er gehört unverkennbar zum Nachtvolk. Wir müssen uns einen Grund dafür einfallen lassen.«

»Auch ein gutes Argument, Siverie«, sagte Ari. Der König legte den Kopf schief. »Blutgeist, was erzählen wir ihnen? Natürlich nur, wenn du bereit bist zurückzukehren.«

»Man wird mich nicht zwingen?«, fragte ich. »Seltsam.«

Aris Lächeln verriet seine Verärgerung. »Ich habe meine Bedingungen für deine Fügsamkeit festgelegt. Du kennst die Konsequenzen. Aber lass uns einmal so tun, als würdest du bei unserem beeindruckenden Plan mitspielen, statt wie ein Kind zu schmollen. Was erzählen wir ihnen? Oder möchtest du lieber, dass ich dir die Ohrenspitzen abschneide?«

»Es ist kein großes Geheimnis, wie ich meine Abstammung verborgen habe«, sagte ich und unterdrückte eine Aufwallung von Zorn. »Es ist mittels Wildwut geschehen, also würde ich ihnen genau das erzählen. Es wäre nicht so schwer zu glauben, dass Nachtleute in Mellanstrad lieber unerkannt bleiben würden.«

»Es ist eine seltsame Wildwut.«

»Das ist nicht meine Sorge.«

Ari kratzte sich am Kinn. »Willst du damit sagen, dass du mitgehst, oder nicht? Ich möchte nicht den ganzen Abend hierbleiben, und es sind Pläne zu schmieden.«

Mein Blick huschte zurück zu Elise. Diesmal stand sie auf, sah mich zur Antwort finster aus zusammengekniffenen Augen an und sagte: »Triff deine Wahl unabhängig von mir. Ich tue es mit dir oder ohne dich. Ich brauche deinen Schutz nicht. Nicht mehr.«

Sei ehrlich zu ihr, dieses eine Mal in deinem verdammten Leben. Ich war zweifellos ein Feigling geworden, was die Wahrheit betraf. Ich hatte mich dagegen gesperrt, bis ich Elise wieder und wieder zurückgestoßen hatte. Zuneigung und Liebe führten dazu, dass Feinde Druckmittel in die Hand bekommen konnten. Sie führten zu Schmerz. Elise war meine *Qual.*

Wenn die Bestie, das gefühllose Monster in mir, jemals gebraucht worden war, dann jetzt.

Auf mein Schweigen hin wandte Elise sich ab und verließ das Langhaus.

Was die anderen um uns herum betraf, hatten sie vielleicht die verborgene Bedeutung ihrer Worte nicht erkannt. Sie hatte mir jegliche Schuld erlassen, die ich ihr für ihren Anteil daran, den Fluch zu brechen, vielleicht noch hätte zurückzahlen müssen. Sie hatte sich unabhängig von mir für diesen Kampf entschieden. Ich hatte ihr versprochen, dass ich sie stets beschützen würde, selbst wenn ich nicht bei ihr war.

Doch das wollte sie nicht mehr.

Seltsam, aber der Gedanke, dass sie mich nicht mehr brauchte, mich nicht mehr wollte, tat mehr weh als der Pfeil, den ich in den Rücken bekommen hatte.

Über die Nächte in Ruskig war mein Rachedurst zu etwas bloß noch Lästigem verkocht.

Je länger ich hierblieb, desto stärker ging mein Drang, gegen den Rabensporn zu kämpfen, auf Elise zurück. Auf den Wunsch – das Bedürfnis –, sie vor allem zu beschützen. Ari irrte sich. Elise war keine Schwachstelle in meiner Rüstung, sie zerstörte sie verdammt noch mal voll und ganz.

Ich sah zu Thor und Halvar. Ihre Gesichter verrieten nichts. Sie würden mir folgen, ganz gleich, welche Entscheidung ich traf.

Ich hob den Blick zum Thron des Königs. Meine Stimme klang düster und leise. »Wann brechen wir auf?«

KAPITEL 22

NACHTPRINZ

Wasser schwappte gegen die Planken des schmalen Langschiffs. Die schwarzen Riemen verschwanden in den Schatten des Flusses. Jeder Ruderschlag wurde vorsichtig ausgeführt, um nicht zu viele Wellen aufzuwirbeln oder zu viel Lärm zu machen.

Ari überraschte mich. Ich wusste nicht, wie er an das Gefährt gekommen war, aber es schenkte uns einen Weg nach Mellanstrad. Wir ruderten langsam durch den Fjord und in den Fluss, der durch Nieder-Mellanstrad verlief.

Es war kein Kriegsschiff, nicht einmal ein Schiff, das eines Adligen würdig gewesen wäre. Ein Dutzend Ruder, ein zerlumptes Segel, ein Rabenkopf statt Jörmungandr am Bug. Doch es sparte Zeit und eröffnete uns einen Fluchtweg, auf dem wir nicht zu Fuß davonlaufen mussten, falls der Rabensporn in Mellanstrad einen festen Stand bewies. Kundschafter berichteten, dass die wenigen Raben, die noch dort waren, ihre Zeit in Bierschenken zubrachten oder in verlassenen Häusern schliefen.

Ich vertraute nicht darauf und würde auf der Hut bleiben.

Thor schob sich noch ein Messer in den Gürtel. Er, Halvar und Frey gingen als Erste von Bord und sahen nach, ob unter den Bäumen in der Umgebung die Luft rein war. Als sie uns ihr Zeichen gaben, wies Ari den Rest von uns an, das Schiff zu verlassen. Junius und Casper sollten an Bord bleiben, weil Casper ein Wasserfae war und Junius eine Klinge zu führen verstand.

Was Casper betraf, hatte das keinen Zweck, da Ari nicht bereit war, ihm die Bindefesseln abzunehmen. Ich wies auf die Scheinheiligkeit hin, und der Narr lachte nur.

Elise verließ das Schiff mit Mattis und Siv. Sie hatte auf der Reise flussaufwärts nicht mit mir gesprochen. Was gab es auch zu sagen? Ich hatte zu viele Worte, aber keines formte sich je zu etwas Lohnendem. Mir widerstrebte, dass sie mitgekommen war. Dass sie sich ihrem Zuhause wieder stellen musste. Sie hatte es niedergebrannt und zerstört gesehen, in der Nacht, in der dieser Bastard versucht hatte, sie anzurühren.

Ich hätte ihn töten sollen.

Ich ballte die Fäuste und bemerkte es erst, als Elise einen verwirrten Blick auf meine Hände warf und mir dann in die Augen sah, als würde sie mich stumm anflehen, ihr mitzuteilen, was mir zu schaffen machte. Auf mein Schweigen hin stellte sie sich stattdessen neben Ari.

»Wir gehen erst in die Spielhallen«, sagte Stieg hinter meinem Rücken. »Wird er Elise auf ihre Ländereien schicken?«

»Ich weiß es nicht, aber wenn er es tut, setzt er sie einem zu großen Risiko aus.«

Wie auf das Stichwort hin drängte Ari sich zwischen uns. »Hersir Grey«, sagte er mit einem Anflug von Belustigung. »Wir folgen dir in die Elendsviertel von Mellanstrad. Ich bete zu den Göttern, dass du noch Freunde hast.«

Der neue König schien Vergnügen an meinem Unmut zu haben. Er weigerte sich, mir meine Äxte zurückzugeben, was ein Fehler von ihm war; sollten wir angegriffen werden, würde ich gezwungen sein, tatenlos dazusitzen und zuzusehen.

Halvar stieß meine Schulter an und reichte mir einen gewebten Beutel. Mein Freund zwinkerte. Ein Blick hinein zauberte mir ein Lächeln aufs Gesicht. Eine rote Maske, eine schwarze Kapuze und ein Dolch in einer Scheide, aus Aris privaten Beständen gestohlen.

Ich würde heute Abend Legion Grey sein, bis ich jemand anders sein musste. Jemand von tödlicherer Art.

Ich schulterte die Tasche mit den Ausrüstungsgegenständen des Blutgeists und übernahm die Führung auf dem Weg zwischen den Bäumen hindurch.

Nieder-Mellanstrad hatte sich verändert. In den Mietshäusern herrschte weniger Leben. Die meisten Zimmer waren verwaist, seit der Rabensporn durch die Straßen gefegt war. Wo einst auf Gestellen und Leinen Wäsche und Hosen gehangen hatten, waren jetzt nur noch leere Wäscheleinen übrig. Ein durchdringender Gestank nach Blut lag in der Luft. Bei jedem Schritt trat ein wenig mehr davon aus den feuchten, ungepflasterten Straßen hervor. Bestimmt war ich der Einzige, der es schmecken konnte.

Der vertraute Drang, es einzuatmen, mich auf die Gewalt einzulassen, schlug seine Krallen in meine Brust und nagte daran.

Ich blieb vor einem weiß getünchten alten Haus stehen und musterte den angesengten Türrahmen. Die zerbrochenen Fenster.

»Was?« Ari drängte sich durch die kleine Schar aus Ruskig. »Was ist das?«

»Hier hat Legion Handel getrieben«, erklärte Halvar.

Ich wandte mich ab und ging Richtung Spielhalle. Was auch immer ich an Münzen oder Wechseln in dem kleinen Geschäftsraum zurückgelassen hatte, gehörte nun dem Rabensporn und Calder. Es war ein seltsamer Gedanke, dass ich diese

Zeit vermisste. Obwohl ich verflucht gewesen war, hatte ich als Legion Grey in manchen Augenblicken ein bisschen Frieden gefunden und mich zugehörig und nützlich gefühlt.

Jetzt kannte ich meinen Namen, hatte aber kaum einen Daseinszweck, außer zu töten und zu hassen.

Als wir weitergingen, grüßten ein paar Leute uns. Manche bettelten um Silbermünzen oder Brot. Einige Frauen und Männer aus Aris Hofstaat – sie waren zu selbsternannten Höflingen geworden – boten ihnen Zuflucht in Ruskig an. Die meisten Bettler sahen uns an, als wären wir verrückt geworden, aber einige reihten sich ein.

Ich verbarg meine Ehrfurcht und Freude, als Elise zu den Ersten gehörte, die den Bedürftigen Bier und Brot anbot. Ein paar schnappten nach Luft und neigten die Köpfe. Manche sprachen Gebete um die Rückkehr ihrer Kvinna. Die meisten waren in ihrem Leid zu benommen, um es auch nur zu bemerken.

Die Spielhalle lag in der Nähe des Hafens. Bevor der Rabensporn sich gegen Mellanstrad gewandt hatte, war das Haus nur windschief gewesen. Jetzt fehlten ein paar Dachschindeln, und die Tür hing nicht mehr ganz richtig in den Angeln. Ein übler Geruch nach Brackwasser, Salz und Schweiß hatte die Hügel schon immer umweht. Das war heute nicht anders.

»Es scheint voll zu sein«, sagte Ari.

Er hatte recht: Die Fenster der Spielhalle leuchteten vor Kerzenschein, und alle paar Atemzüge lang durchbrach brüllendes Gelächter die Nacht. Männer torkelten betrunken und zufrieden heraus. Einige hatten Frauen und andere Männer am Arm.

Frauen war hier früher nie erlaubt gewesen. Vielleicht kümmerte das nun niemanden mehr, da das Leben aller hier auf den Kopf gestellt worden war.

Ari schlug mir auf die Schulter. »Na, dann lass uns loslegen.«

Ari, Frey und die Höflinge machten Anstalten, den schlammigen Hang hinab zum Haus zu gehen.

»Sie werden verzweifelt sein«, meinte Thor. »Es sollte nicht allzu schwer sein, sie zu überzeugen.«

Wenn sich nicht mehr Leute Aris Sache anschlossen, dann hatte ich kaum Zweifel, dass er Elise allein ihres Namens wegen zu seiner Königin machen würde. Er irrte sich nicht, wenn er glaubte, dass die Leute von Mellanstrad viel von der zweiten Kvinna hielten.

Ihre Wesensart und ihr Gerechtigkeitssinn waren die Eigenschaften gewesen, die ich ausgenutzt hatte, als ich ein Mitglied des Königshauses gebraucht hatte, um meinen Fluch zu brechen. Wenn sie sich mit dem neuen König des Nachtvolks verband, würden sich ihnen zweifelsohne andere anschließen.

Der Gedanke drehte mir den Magen um.

»Du musst es nicht unbedingt tun.« Elise tauchte hinter mir auf und schlug stirnrunzelnd ihre Kapuze zurück.

Ich wollte die Hand nach ihr ausstrecken, ihre weiche Haut spüren. Zugleich wollte ich davonlaufen.

»Ich bin gehalten zu tun, was der König befiehlt.«

Sie schnaufte spöttisch. »Es kümmert dich doch kaum, was Ari sagt. Geh zurück. Das hier ist nicht dein Kampf.«

»Elise …« Mir stockte die Stimme in der Kehle. Sie starrte mich stumm an, als ich versuchte, etwas – irgendetwas – zu sagen, aber mir fiel nichts ein.

»Ich wünschte, du würdest gehen, statt mich mit deiner Gleichgültigkeit zu quälen. Lass mich vergessen und …« Sie schüttelte den Kopf und wandte sich zum Gehen.

Ich packte ihre Hand und zog sie zurück. Mein Blick fiel auf die zwei fehlenden Fingerspitzen. So viele Dinge hatten uns zusammengeführt. So viele versuchten auch, einen Keil zwischen uns zu treiben.

»Was willst du?«, flüsterte sie. »Wenn du dich lange genug sperrst, wird Ari dich freilassen, weil du ihm nicht von Nutzen sein wirst. Und schieb nicht seine lächerliche Drohung, mit mir das Ehegelöbnis sprechen zu wollen, als Ausrede vor. Ich bin durchaus in der Lage, auf eigenen Beinen zu stehen, und offen gesagt glaube ich auch nicht, dass es dir sehr wichtig ist.«

Es war mir wichtig. Verdammt noch mal zu wichtig.

»Du bist naiv«, sagte ich statt all der freundlichen, sanften Worte, die ich hätte wählen können. Ich beugte mein Gesicht zu ihrem. »Ari ist der anerkannte König, und das hier ist ein Krieg. Wenn eine Verbindung mit dir das ist, was seine Streitmacht stärkt, wird man dir keine Wahl lassen.«

»Ich werde mir selbst immer eine Wahl lassen.«

Ich schüttelte den Kopf. »Und deshalb bist du naiv. Er freundet sich jetzt mit dir an, aber selbst du musst doch zugeben, dass du zustimmen würdest, wenn die Verbindung diesem Land zum Vorteil gereichen würde.«

Sie hob das Kinn und sagte mit gesenkter Stimme. »Ich bin überhebliche Könige, die glauben, über mein Leben bestimmen zu können, so leid. Betrachte mich nicht länger als Bürde, die du tragen musst. Mein Schicksal gehört mir.«

Ohne ein weiteres Wort stapfte Elise den Hügel hinab.

Ich hatte sie verletzt. Ihre Augen hatten die Wahrheit verraten. Erst hatte ihr Onkel von ihr verlangt, mit irgendeinem timoranischen Narren das Ehegelöbnis zu sprechen. Ari bedrohte ihre Freiheit und ihr Herz. Und ich. Ich war der Schlimmste von allen. Ich war vor ihr davongelaufen, als sie mich angefleht hatte zu bleiben. War in ihr friedliches Leben eingedrungen. Hatte ihr ihren gesellschaftlichen Rang genommen und sie in diesen Kampf gedrängt, war aber auf Distanz geblieben, hatte sie wieder an mich gezogen, nur um sie abermals von mir zu stoßen, als sei ihr Opfer nicht weiter von Bedeutung.

Ich rückte die Tasche auf meiner Schulter zurecht. Sie wollte, dass ich ging, aber das würde vollkommen unmöglich sein, daran konnte kein Zweifel bestehen.

An der Spielhalle angekommen, traten Halvar, Thor und ich als Erste ein. Der Raum stank nach Rauch und ungewaschener Haut, aber mein Körper entspannte sich. Fast so, als wären wir nach Hause gekommen.

»Bei den verfluchten Höllen! Das ist Legion Grey.«

Korman, ein Nachtwächter, der dazu neigte, sich allzu sehr der Trunksucht hinzugeben, hob ein Trinkhorn. Er war schon immer ein verlotterter Kerl gewesen, aber jetzt hatte sein Bart kahle Stellen, zwei Schneidezähne waren verschwunden, und eine neue Narbe durchzog seine Lippe.

Ich grinste. »Es ist lange her, mein Freund. Du bist jetzt noch viel hässlicher.«

»Und ihr drei habt verdammte Fae-Ohren.«

»Die haben wir.«

»Setzt euch. Ihr habt eine Geschichte zu erzählen, und ich habe die ganze verdammte Zeit auf der Welt.« Korman brüllte vor Lachen und schmetterte sein Trinkhorn auf den Tisch. Grinsend zog er den Stuhl neben sich heraus und bedeutete mir, mich zu ihm zu setzen. »Holt dem Dreckskerl etwas zu trinken.«

Der Schankwirt nickte und ging hinter der Theke an die Arbeit. Korman zog die Nase hoch und stützte sich auf die Ellenbogen. »Legion Grey. Ich dachte ja schon, die Nornen hätten deinen Lebensfaden längst ins Vergessen gezogen. Erst einmal möchte ich wissen, wie du versteckt hast, dass du zum

Nachtvolk gehörst. Es gibt ein paar Fae im Untergrund, die das liebend gern wüssten.«

Ich grinste und lehnte mich auf dem Stuhl zurück. »Komplizierte Wildwutzauber. Die Art, die Blutopfer und den Verzehr des eigenen Erstgeborenen erfordert. Das ist die Sache nicht wert.«

Korman prustete noch einmal vor Lachen und rieb sich das Kinn. »Ich werde so tun, als ob ich das glaube. Wo zu den Höllen warst du? Seit dem Überfall auf Burg Rabensporn habe ich nichts mehr über dich gehört.«

»Ich war mit dem Überleben beschäftigt – so wie alle anderen. Sag schon, wie ist es mittlerweile in Mellanstrad?«

Korman verzog das Gesicht, obwohl er gerade einen großen Schluck Bier trank. »Wie in der zweiten Hölle. Kalt, zugig, voll mit zu vielen Männern, die Messer lieben. Sie beobachten uns, als würden wir hier verdammte Angehörige des Königshauses verstecken. Die Steuern und die Geldstrafen bringen uns noch um. Der einzige Ort, an dem noch Leben herrscht, ist die Spielhalle hier. Und das auch nur, weil die Raben Hugos Bier mögen.«

»Sie glauben, dass ihr die Kvinna versteckt?«

Korman schnaufte. »Die verdammte Königin glaubt, dass ihre Schwester ihrem gestohlenen Thron zum Verhängnis werden wird. Als wäre sie eine Göttin mit der Macht, das Schicksal zu ändern. Sag schon, Hersir Grey: Wo steckt die kleine Kvinna? Ich habe gehört, der Blutgeist habe ihr die Kehle durchgeschnitten.«

Ich rang darum, mein Gesicht ausdruckslos zu halten. Korman starrte sein Trinkhorn einen halben Atemzug lang finster an und fuhr dann fort: »Wir haben die Leute von dem Lysander-Anwesen aufgenommen. Was von ihnen übrig ist zumindest.

Ich bin ja der Meinung, dass sie entweder tot oder geflohen ist. Timoranische Prinzessinnen hatten noch nie viel Rückgrat.«

»Das würdest du anders sehen, wenn du Kvinna Elise kennen würdest.«

Korman zuckte die Schultern. »Ich vermute, du weißt es am besten. Hast du eine Ahnung, wo sie hingegangen ist? Du warst auf der Burg doch bei ihr.«

»Das war ich, aber wir sind getrennt worden und …«

»Ich bin hier, Korman.«

Ich stöhnte verärgert, als Elise sich durch die wachsende Menge drängte. Mit einem vielsagenden Blick bat ich sie, wieder zu gehen.

Korman starrte sie fassungslos an. Getuschel durchlief die Spielhalle, als sie die Kapuze von ihrem hellen Haar zog und sich neben mich an den Tisch setzte. Elise ließ die Schultern nicht hängen. Sie zeigte keine Schwäche. Nein, sie trank verdammt noch mal einen Schluck aus dem Horn, das Hugo für mich gebracht hatte.

»Kvinna«, flüsterte Korman atemlos. »Ich … ich habe gehört, der Blutgeist habe Euch zu der Seinen gemacht und wäre über Euch hergefallen.«

Sie grinste. »Auch wenn ich das äußerst angenehm gefunden hätte, hat er mich leider gehen lassen.«

Korman sah sie an, als wäre sie ein bisschen verrückt geworden. Mein Gesicht wurde heiß.

»Was tust du da?«, fragte ich leise durch zusammengebissene Zähne. »Du solltest dich zurückhalten.«

»Ich werde doch nicht hier herumstehen und die Leute meiner Stadt glauben lassen, dass ich sie im Stich gelassen habe.« Elise sah den Nachtwächter wieder an. »Was haben Runa und Calder hier getan? Und warum?«

Korman sah ihr in die Augen. »Ich weiß nicht, warum sie die Dinge tun, die sie tun. Sie verhaften Leute. Richten sie hin, und das alles nur, weil sie behaupten, dass sie euch helfen. Warum fürchten sie euch?«

»Weil Elise eine Angehörige des timoranischen Königshauses ist, die zum neuen König des Nachtvolks hält.«

Ich hob den Blick erneut, als Ari vortrat, arrogant grinsend, als wäre das hier ein Spiel. Wusste denn eigentlich niemand, wie man sich an einen Plan hielt?

»Korman«, sagte ich. »Das hier ist Ari Secondar. Der anerkannte König der Ettaner und des Nachtvolks in Ruskig.«

Korman riss die Augen auf. »Bei allen Göttern. Du hast ja wohl eine ganz schöne Geschichte zu erzählen.«

Ari setzte sich auf den Platz an Elises anderer Seite. Er strahlte in die Runde am Tisch. »Es war recht überraschend; allerdings wissen wir ja, dass Etta seine Könige und Königinnen erwählt.«

»König Ari hat die Mondfahne zurückgebracht. Habe ich mit eigenen Augen gesehen«, sagte Frey. »Er hat die Hand auf einen Busch gelegt, und die Knospen sind aufgeblüht.«

Ich warf einen verstohlenen Blick auf Elise. Für einen Moment sah sie mir in die Augen. Ich konnte sie geradezu sagen hören, dass Etta *wirklich* seinen König erwählt hatte, dass er den Ruf aber ignorierte.

Ein paar Männer scharten sich um Korman und hörten zu, wie Ari von ihrem Zufluchtsort in Ruskig erzählte. Er sprach von dem Angriff auf die Wildwutsteinbrüche, von dem Bündnis mit Kvinna Elise – der Timoranerin, die immer gerecht und gütig zu Ettanern gewesen war.

»Wir sind euretwegen hier«, sagte Ari mit ruhiger, kraftvoller Stimme. »Wir lassen euch keinen Moment länger ohne Unterstützung. Kvinna Elise hat darauf bestanden, dass ihr ihre Leute seid, und ich stimme ihr zu. Wir haben eure Freunde bei uns. Elise und Legion Grey. Wir haben die Wildwut auf unserer Seite. Was wir brauchen, sind körperlich tüchtige Leute, die bereit sind, für dieses Land zu kämpfen. Die Schicksalsgottheiten sagen uns, dass es jetzt an der Zeit dafür ist.«

Stille senkte sich über die Spielhalle. Korman fuhr sich mit den Fingern langsam durchs fettige Haar. Frauen beteten. Einige Leute nickten und grinsten etwas boshaft. Andere schienen drauf und dran zu sein, durch die Tür zu flüchten.

Halvar stellte sein Trinkhorn ab und schlug Korman auf die Schulter. »Na komm. Warum dieses Schweigen? Ihr seid die Leute aus der Unterwelt dieses Landes. Gewalttätig, zupackend und gewissenlos.«

»Hör auf«, sagte ein Hafenarbeiter namens Harald. »Deine Schmeichelei wird dir nichts nützen.«

Halvar lachte leise. »Das hier ist unser Land. Es ist uns durch Knochen, Blut und Folter gestohlen worden. Schlagt euch auf unsere Seite. Kämpft für euer Volk. In diesem Boden steckt noch Leben, und wir können es nicht schaffen, wenn unsere Völker nicht vereint sind.«

Korman seufzte tief. »Ihr seid wirklich in die Wildwutsteinbrüche eingedrungen?«

»Das sind wir«, bestätigte Ari.

Der Nachtwächter sah Elise an. »Eure Leute werden Euch die Haut bei lebendigem Leib abziehen. Sie werden Euch in Stücke schneiden. Woher sollen wir wissen, dass Ihr wirklich auf unserer Seite steht?«

»Das tut sie«, sagte ich. »Niemand hier ist in dem Maße Zeuge der Opfer geworden, die Kvinna Elise für Leute gebracht hat, die nicht die Ihren sind, wie ich.«

»Sie hat uns freundlich behandelt.« Die gedämpfte Stimme einer Frau ertönte über die Köpfe der anderen hinweg.

Elise stand auf und suchte das hintere Ende des Raumes ab. Dann lächelte sie. »Arabella. Du bist hier.«

Ich erhob mich von meinem Platz, als Elise sich durch die Menge zu einer Ettanerin durchschlängelte, die eine Rabentätowierung an der Kehle trug. Das Zeichen für eine Leibeigene.

Nach einem ganz kurzen Zögern umarmte die Leibeigene Elise und lachte. »Ich wusste, dass Ihr noch am Leben sein müsst, weil sie so besessen von Euch sind.«

»Wie geht es dir? Wo ist Ellis?«

»Er arbeitet für Hugo, in seinem Schweinekoben. Er kommt gleich herein. Es ist gut, Euch wiederzusehen, Kvinna.« Arabella wandte sich wieder dem Raum zu. »Ich habe auf dem Lysander-Anwesen gedient, wie viele von euch. Elise hat die Leibeigenen nie schlecht behandelt. Sie hat uns Essen zugesteckt, uns gegen den Zorn ihres Vaters in Schutz genommen. Sogar gegen den alten König. Sie hat uns immer versteckt, wenn er auf der Suche nach Leibeigenen, die er verkaufen konnte, angekommen ist.«

Elise wischte sich die Augen und drückte Arabellas Hand. Sie sah Korman an. »Ich bin als Timoranerin geboren, aber ich habe kein Land. Ich bin keine Ettanerin, und ich bin eine Verräterin an meinem eigenen Volk. Ich bin freiwillig auf der Seite der Leute aus Ruskig.«

Der Nachtwächter sagte nichts. Ein paar Leute tuschelten. Ich spannte mich an, bereit, Elise zu verteidigen, wenn sie sich gegen sie wenden sollten. Töricht von Ari und Elise, sich einzumischen. Jeder konnte sie als Lösegeld missbrauchen, um Gunst zu gewinnen.

Zu dem Zeitpunkt, als Korman leise in sein Trinkhorn lachte, brannte mir schon der Brustkorb, weil ich den Atem anhielt.

»Ach, nun seht nicht so besorgt drein, Kvinna. Wir nehmen Euch auch ohne alle großen Reden. Betrachtet Euch als Ettanerin mit einem Hauch Plünderin in Euch.«

Alle in der Spielhalle lachten gemeinsam. Ich entspannte mich fast. Grinste beinahe.

Bis die Tür der Spielhalle aufflog und Stieg atemlos und rot im Gesicht hereingestürmt kam. »Burg Rabensporn! Sie sind hier!«

»Was!« Binnen eines halben Atemzugs war ich auf den Beinen.

Leute stoben auseinander. Korman riss eine Falltür im Boden auf und rief Frauen und Kindern zu, dass sie nach unten gehen sollten.

»Woher wussten sie davon?«, knurrte er und warf dann einen Blick auf die Theke. »Ach, verfluchte Götter, Hugo!«

Erst jetzt fiel mir auf, dass der Schankwirt nirgendwo zu sehen war. Das Blut pochte mir im Kopf. »Er hat euch verraten?«

»Hat Angst bekommen. Wahrscheinlich als er sie da gesehen hat«, sagte Korman und zeigte auf Elise. »Sie unterhalten ein verdammtes Rabenlager auf dem Lysander-Anwesen. Elitewachen, Legion. Elitewachen. Ich habe sogar ein- oder zweimal einen der königlichen Einspänner gesehen. Sie wollen sie. Und das unbedingt.«

»Elise«, sagte Ari, »wir müssen weg.«

»Es bleibt keine Zeit«, fuhr ich ihn an und griff in den Beutel. »Alle, die können: Lauft zu den südlichen Kais. Dort liegt ein Schiff auf dem Fluss.«

Stieg warf einen Blick aus dem Fenster. »Beeilt euch besser. Eine verdammte königliche Kutsche ist auf dem Weg hierher.«

Elise sah mich an, die Augen vor Entsetzen weit aufgerissen.

Sie zog einen Dolch aus einer Scheide an ihrem Bein. Mattis und Siv kamen von der Rückseite der Spielhalle und bauten sich neben ihr auf. Ich sah ihr in die Augen, während ich mir die Kapuze über den Kopf zog und mein Gesicht mit dem roten Tuch maskierte.

»Verdammte Höllen«, sagte Korman. »Du bist der Blut …« Der Nachtwächter kniff die Lippen zusammen, hob die Hände und schüttelte den Kopf. »Nein. Nein, ich will es gar nicht wissen.«

»Jetzt wäre ein günstiger Zeitpunkt, mir meine Äxte zu geben«, sagte ich zu Ari.

»Pech gehabt«, gab Ari zurück und spähte vorsichtig aus dem Fenster. »Sie sind immer noch in Ruskig.«

»Narr.« Ich zog den Dolch aus der Tasche. Ari sah ihn, ignorierte ihn aber, während ich mich meinem Schatten zuwandte. »Stieg, führ die Leute zum Fluss.«

Er zögerte nicht, sondern folgte einer Gruppe Frauen durch die Falltür. Korman zog die Nase hoch und wischte sie sich mit der Hand ab. An meiner Seite wippte er auf den Fersen vor und zurück.

»Du solltest gehen«, sagte ich.

»Lieber nicht.«

»Sie könnten dich töten.«

»Dann sorg dafür, dass ich mein Schwert in der Hand halte, wenn ich sterbe, Blutgeist.« Er zwinkerte mir zu und zog eine schartige kurze Klinge aus der Scheide an seinem Gürtel. »Ich möchte gern mit den Göttern zu Abend essen.«

»Frey«, sagte Ari, eine Hand an seiner Klinge. »Berichte mir, was vorgeht.«

Frey ging ans Fenster und sah hin und her. »Sie haben mindestens zwei Dutzend Raben. Es ist eine Kutsche da, mein

König. Eine schöne. Wie der Schatten gesagt hat, ist es entweder ein Mitglied des Königshauses oder eines des Hochadels. Oh, da steigt jemand aus. Bei den Höllen – das ist der verdammte Hauptmann der königlichen Leibgarde.«

Elise wurde blass. Sie sah mich an. Ohne es zu bemerken, hatte ich mich bis an ihre Seite vorgearbeitet. Ich nahm ihre Hand und verschränkte meine Finger mit ihren. Dicht an ihrem Ohr flüsterte ich: »Ist er das?«

Wenn Jarl Magnus, der Bastard, der Elise fast umgebracht hatte, draußen war, würde ich ihn vom Bauchnabel bis zur Nase aufschlitzen, ohne lange nachzudenken.

»Ich weiß es nicht.« Sie schauderte und verstärkte ihren Griff um meine Hand.

Eine Stimme von draußen ließ es in der Spielhalle still werden: »Wir kommen mit einem Waffenstillstand. Einem Augenblick des Friedens.«

»Das ist Jarl«, sagte Elise.

Wut, die ich nicht nutzen konnte, kochte in meinen Adern.

Jarl rief noch einmal: »Wir sind gekommen, um mit Kvinna Elise Lysander zu verhandeln. Richtet ihr aus, wenn sie dort drinnen ist, dass ihre Schwester, die Königin von Timoran, mit ihr zu sprechen wünscht.«

KAPITEL 23

PRINZESSIN AUF ABWEGEN

In der Spielhalle senkte sich unbehagliches Schweigen herab. Das einzige Geräusch war mein Puls, der dumpf in meinen Ohren pochte.

»Elise«, rief Jarl. »Komm heraus, dann wird weder dir noch sonst jemandem hier etwas zustoßen.«

»Tu es nicht«, sagte Valen in düsterem Ton. Seine Hand hielt weiterhin meine umklammert und zog mich zurück.

»Geh mit dem Schatten. Bringt die Leute ins Freie«, befahl Ari Frey.

Der Leibwächter nickte und öffnete die Falltür noch einmal. Die Raben waren überall, und wenn Jarl hier war, hieß das, dass Calder und Runa ihre grimmigsten Krieger geschickt hatten.

Ulf starrte aus dem Fenster, sein Kiefer steinhart angespannt. »Es sind zu viele. Sie werden uns auslöschen.«

»Das Schicksal ist auf unserer Seite, Ulf«, sagte Ari mit fester Stimme.

Danach zu urteilen, wie der kräftige Leibwächter die Augen schloss, zweifelte ich daran, dass er so viel Zuversicht wie sein König hatte.

Mattis und Siv zogen beide ihre Waffen. Siv einen Dolch, Mattis eine Axt und ein Messer. Siv sah mich an, ihre Furcht unter Tapferkeit begraben. Mattis warf einen Blick auf sie. In seinen Augen stand ein ganz anderes Gefühl.

»Elise«, rief Jarl noch einmal. »Ich wollte nicht, dass es so weit kommt.«

Ein neues Geräusch durchschnitt die Nacht. Ein Schrei. Der Schrei eines Kindes. Im nächsten Atemzug gefolgt von dem Arabellas.

»Ellis!« Sie rannte zur Tür, aber Thor hielt sie fest. Arabella trat und schlug um sich und schrie nach ihrem Sohn. Thor hielt sie fest an seinen Körper gedrückt, bis sie schluchzend in seinen Armen zusammenbrach.

Er sah erst mich an, dann Valen. Trotz seiner Maske loderte Valens Zorn hoch wie eine offene Flamme.

»Komm nach draußen, dann bleibt der Junge am Leben«, sagte Jarl. »Versteck dich wie ein Feigling, und ich schicke seinen Kopf hinein, damit seine Mutter ihn begraben kann.«

Arabella unterdrückte ein ersticktes Aufschluchzen. Sie übergab sich, immer noch in Thors Armen.

Ich löste meine Finger aus Valens Griff.

»Elise«, fuhr er mich an und fasste nach mir. »Wage es ja nicht.«

»Ich lasse nicht zu, dass er für mich stirbt. Du hast gesehen, wozu Jarl imstande ist – er wird nicht zögern, einem kleinen Jungen etwas anzutun. Öffne die Tür, Ulf.«

»Warte«, sagte Ari. »Ich sollte gehen.«

»Sie wollen mich«, erwiderte ich. »Ari, sie wissen nicht, wie du aussiehst. Das ist immer noch ein Vorteil. Sie werden nicht wissen, wer das Nachtvolk anführt.«

Ari sah aus, als wäre er nahe daran, zu widersprechen, dann aber nickte er mir knapp zu.

»Du gehst nicht dort hinaus«, sagte Valen. »Sie führen dich hinters Licht.«

Ich ignorierte ihn. »Öffne die Tür.«

Zwanzig Schritte entfernt hielt Jarl Ellis' Arm umklammert. Der Junge weinte, versuchte aber, sicher dazustehen.

»Lass ihn los«, rief ich.

Jarls hämisches Grinsen ließ mein Inneres zu heißer Säure werden. »Ich habe mich schon gefragt, ob du überhaupt hier bist.«

»Lass den Jungen los, Jarl, sonst mache ich keinen Schritt mehr.«

Jarl hob die Hände und sah zu, wie Ellis davonstolperte. Der Junge rannte in die Spielhalle, in Arabellas Arme. Obwohl er mittlerweile ein kräftiger Elfjähriger war, wiegte seine Mutter ihn, überschüttete seine Wangen mit Küssen unter Tränen und streichelte sein zerzaustes schwarzes Haar.

»Nehmt sie mit«, sagte Ari. »Los, los.«

Arabella schenkte mir einen tränenreichen Blick. Ihr Kinn zitterte. Dann verschwand sie mit einem weiteren von Aris Leibwächtern durch die Falltür.

Siv kam an meine Seite. Sie nahm meine Hand. »Tu es nicht.«

»Ich habe keine Wahl.«

Mattis stellte sich hinter sie. »Elise, bitte.«

Ich umfasste die Hände der beiden. »Helft, die Leute von hier wegzuschaffen. Bitte. Ihr müsst für mich mithelfen. Ich glaube nicht, dass sie mir etwas antun werden. Noch nicht. Es gibt erst noch etwas, das sie von uns wollen.«

»Ich lasse nicht zu, dass du dort hinausgehst«, beharrte Mattis.

»Mattis, das hier ist ein Kampf. Verhandlungen und Augenblicke des Waffenstillstands gehören dazu. Aber die Leute von Mellanstrad sind unbewaffnet, und ihr versteht euch beide darauf, eine Klinge zu verwenden. Kämpft für sie.«

Ich wandte mich sofort ab. Hinter mir erteilten einige Leute aus Aris Leibwache meinen Freunden Anweisungen bezüglich des Wegs, den sie einschlagen mussten, um den Hafenarbeitern, den Fischern, den Frauen und den Kleinen zu helfen, in Sicherheit zu gelangen.

Ich durfte nicht an sie denken. Nicht jetzt.

Valen durchquerte den Raum in drei Schritten. »Ich gehe mit ihr.«

Halvar, Thor und Stieg merkten schlagartig auf, bereit zu kämpfen oder zu protestieren. Wahrscheinlich beides.

»Nein«, sagte ich und schämte mich dafür, wie sehr mir die Stimme zitterte. Ich ließ eine Hand auf Valens Brust ruhen. »Nein, das darfst du nicht. Du wirst *gebraucht.*«

Valen beugte das Gesicht nahe an meines. Durch die Maske hindurch streiften seine Lippen meine Wange.

»Versuch mich aufzuhalten.«

»Geh«, sagte Ari, seine Augen wie schwarze Steine. »Jag ihnen so viel Angst ein, dass sie sich in die Hose machen, Blutgeist.«

Nicht allein der Blutgeist folgte mir in die Nacht. Die Schattengilde hatte sich maskiert und bewaffnet. Sie umgab mich wie ein dunkler Kreis, bereit, bei der ersten Bedrohung vor mich zu springen.

Ehrlich gesagt half ihre Anwesenheit mir, mich ein wenig straffer aufzurichten.

Jarl trug dichte Pelze um die Schultern und an jeder Hüfte eine Klinge. Das Heft einer weiteren ragte aus einer Scheide auf seinem Rücken über seine Schulter. Seit ich ihn zuletzt gesehen hatte – in der Nacht, in der er mich an ein Bett gefesselt hatte und versucht hatte, mich zur Ehe zu zwingen – hatte er sich einen Bart stehen und sich die Haare bis auf Schulterlänge wachsen lassen.

Seine hellen Augen verengten sich. »Stehen bleiben. Keinen Schritt weiter, Blutgeist. Sie kommt allein.«

Valen lachte. Seine Stimme war nicht mehr die des Nachtprinzen, sondern das leise, heisere Raunen des Blutgeists. »Hast du Angst, dass ich zu Ende bringe, was ich bei unserem letzten Treffen begonnen habe?«

Jarl zuckte zusammen, richtete seinen finsteren Blick dann aber auf mich. »Du kommst allein, Elise, sonst …«

»Sonst was, Jarl?«, fragte ich höhnisch. »Was willst du tun? Du hast deine Geisel freigelassen. Du hast Männer, aber du weißt, wie die Schattengilde kämpft.«

»Es herrscht Waffenstillstand.«

»Und wir werden auch keine Klinge erheben, solange es nicht notwendig ist. Aber du musst mich für wahnsinnig halten, wenn du glaubst, dass ich unbegleitet mit dir irgendwohin gehe.«

Er umklammerte den bronzenen Knauf seines Breitschwerts fester. Wir waren in der Unterzahl, aber ich schöpfte ein wenig Freude aus der merklichen Furcht vor der Schattengilde und dem Blutgeist, die Jarl an den Tag legte.

»Folgt mir«, sagte er nach einem schmerzlichen Schweigen.

Jarl führte uns zu einem weißen Baldachin hinter den Kutschen und den Reihen der Rabenspornkrieger. Auf einem Plüschkissen sitzend und in ein langes Kleid gehüllt, starrte Runa uns nieder, als wären wir nicht besser als der Schmutz an ihren Füßen.

Meine Schwester trug einen goldenen Stirnreif. Ihr Haar war zum Zeichen für ihr bevorstehendes Ehegelöbnis geflochten worden. Goldene Ringe schmückten ihre Ohren und Finger, und auf ihre Handrücken waren Runen tätowiert.

Ich hasste meine Schwester. Aber noch bei dem Gedanken kam mir die Erkenntnis, dass ich nicht gegen sie kämpfen wollte.

»Ich hatte ja keine Ahnung, dass du derart gewalttätige Beziehungen geknüpft hast, Schwester«, sagte Runa. »Der Blutgeist. Ich wäre beeindruckt, wenn du nicht solch eine Närrin wärst.«

»Es gibt viele Dinge, die du nicht weißt, *Schwester*.«

Eine Gestalt trat an der Rückseite des Baldachins hervor, und ich biss ein Keuchen zurück.

»Daj«, flüsterte ich. Mein Vater stand hoch aufgerichtet und breitschultrig da. Seine Haut war nicht länger fahl und eingefallen. Sein Haar war dichter geworden, sein Bart geflochten und mit Silberperlen geschmückt. Leif Lysander sah wieder ganz nach dem Prinzgemahl aus, der er einst gewesen war.

Calistas Geschichte, die meinem Vater das Schicksal einer Krankheit eingebracht hatte, war zweifelsohne mit Valens Fluch verschwunden.

Der Kiefer meines Vaters verkrampfte sich. Ein flüchtiger Schatten aus Schmerz huschte durch seine Augen, bevor sein Blick hart wurde. »Tochter. Ich schäme mich der Gesellschaft, in der du dich aufhältst.«

»Oder Ihr habt Angst davor«, sagte Halvar hinter seiner Maske.

Natürlich fand er auch jetzt noch einen Anlass zum Sticheln.

»Runa«, sagte ich. »Was willst du?«

Meine Schwester musterte mich einen Moment lang. »Ich will, dass dieser Streit zwischen uns endet, Eli. Wir sind von einem Blut. Wir sind Schwestern. Du gehörst zu deinem Volk und deiner Familie.«

»Meine Familie hat versucht, mich umbringen zu lassen«, sagte ich trocken.

»Nein, da irrst du dich. Wir haben nach dir gesucht, um dich in Sicherheit zu bringen.«

»Nachdem ihr unseren Onkel umgebracht hattet? In Sicherheit vor euren Untaten?«

Runa runzelte die Stirn. »Ich erwarte nicht von dir, das zu verstehen, Elise. Unser Onkel hat Timoran so geführt, dass es zu der eiskalten Ödnis geworden wäre, aus der unsere Vorfahren geflohen sind. Wir werden es retten. Wir haben das Leben zurückgebracht.«

Ich schnaubte. Jeder behauptete, derjenige zu sein, der dafür verantwortlich war, das Leben nach Timoran zurückgebracht zu haben. Hätten sie doch nur gewusst, dass der Mann an meiner Seite der war, der über die nötige Magie verfügte, dieses Land zu retten und die Narben zu heilen, die so tief eingegraben waren.

»Elise, für den Fall, dass du zur Vernunft kommst und mit uns zurückkehrst, hat der König ein angenehmes Leben für dich arrangiert«, sagte meine Schwester. Sie deutete auf Jarl. »Du und Jarl werdet das Ehegelöbnis sprechen …«

»Nein«, mischte Valen sich ein.

Seine Stimme erschreckte meine Schwester. Sie brauchte einen Moment, um ihren Blick vom Blutgeist loszureißen und fortzufahren. »Gemeinsam werden euch Ländereien in Lyx übertragen, noch stattlicher als die unserer Eltern. Du wirst uns helfen, den Frieden mit den Ettanern zu sichern. Sie vertrauen dir; sie bringen dir Wertschätzung entgegen. Gemeinsam können wir Timoran zu dem machen, was ihm vom Schicksal bestimmt ist.«

»Ich bin nicht bereit, eure Pläne mit dem Nachtvolk mitzutragen«, sagte ich. »Ich weiß, dass ihr versucht, euch die Wildwut selbst unter den Nagel zu reißen. Ihr foltert Ettaner, Nachtvolk und unsere eigenen Leute, um eure ehrgeizigen Pläne voranzutreiben. Wenn ihr schwört, mit diesen Dingen aufzuhören, und auch schwört, den Thron aufzugeben, ja – dann wird unser Streit enden.«

Runa lächelte hämisch. »Du bist eine Närrin, Elise. Sehr viele Leute werden zu Schaden kommen, wenn du nicht aufhörst.«

Mein Blut wurde heiß. Ich sah rot. Lachen und Erinnerungen daran, wie wir kleine Mädchen gewesen waren, verblassten zu etwas wie Hass – es war ein seltsames Knäuel von Gefühlen. Verachtung, Leid, Bedauern, Traurigkeit. Ich beugte mich über den schmalen Tisch, auf dem ein mit Silber besetztes Trinkhorn für die künftige Königin stand, sodass unsere Gesichter nur noch um Haaresbreite voneinander entfernt waren.

»Du bist bedroht, Schwester, sonst hättest du mich nicht hergerufen. Vielleicht bist du diejenige, die die Närrin ist.«

Runa sprang auf. »Wir werden Legion Grey töten.«

Ich zog eine Augenbraue hoch. »Was?«

Runa lächelte selbstgefällig und bösartig. »Ja. Nachdem du geflohen warst, haben wir deinen Brautpreisunterhändler aufgespürt. Wenn ich mich recht entsinne, mochtest du ihn leiden. Ich werde dafür sorgen, dass ihm jeder Zentimeter Haut von den Knochen abgezogen wird. Seine Schreie werden bis zu deinem letzten Atemzug in diesem Land widerhallen.«

Runa atmete schwer. Ich musste mich sehr bemühen, nicht zu lachen.

Halvar nahm sich an meiner Stelle die Freiheit. »Was für eine brutale Schilderung.«

Als ich kicherte, fuhr meine Schwester zornig auf: »Glaubst du, dass ich es nicht tun werde?«

Sie geriet ins Schwimmen und wollte unbedingt wie die düstere, Furcht einflößende Königin des Landes erscheinen. Das würde ihr nicht gelingen.

»Ich glaube, du lügst«, sagte ich.

»Ich bin überrascht. Ich dachte, du würdest dem Mann mehr Zuneigung entgegenbringen.« Sie wandte sich an Jarl. »Sorg dafür, dass es geschieht.«

Jarl neigte zustimmend den Kopf. Ich biss mir auf die Innenseite der Lippe. »Ist das alles, was du hast, um mir zu drohen?«

»Als Erstes werde ich seine Augen nehmen«, sagte Runa. »Vielleicht kannst du sie zur Erinnerung an deine Gefühllosigkeit aufbewahren.«

»Das hier ist ermüdend und offen gesagt eine Enttäuschung«, sagte Valen. »Ihr lügt, wir wissen, dass Ihr es tut, und wir werden nie hinter Eurem falschen, gestohlenen Thron stehen.«

»Euer Fehler«, zischte Runa mit zusammengebissenen Zähnen. »Er wird sterben, unter …«

»Es reicht.« Valen seufzte gereizt, und bevor ich protestieren konnte, zog er auch schon die rote Maske herunter. »Eure Drohungen sind kindisch, und Legion Grey ist eindeutig nicht in Eurer Gewalt.«

Es bereitete mir große Befriedigung, Jarls Gesicht blass werden und Runa ins Stammeln geraten zu sehen. Mein Vater war der Einzige, der nur verärgert wirkte.

»Hersir Grey … *Er* war die ganze Zeit in meinem Haus!«

»Seltsam, nicht wahr?«, sagte Valen.

Jarls Blick huschte zwischen uns beiden hin und her. Ich konnte nur vermuten, welche Art von Gedanken in seinem Gehirn wüteten. Wie er Legion töten würde? Wie er sich vor ihm verstecken würde. Ich hoffte, dass ihm das Wissen, dass Legion Grey das ganze Königreich an der Nase herumgeführt hatte, schlaflose Nächte bereiten würde.

Er führte immer noch alle an der Nase herum.

Nachdem Runa sich wieder gefangen hatte, versetzte sie einer Wache neben sich einen Stoß. »Nimm ihm ein Auge.«

Valen griff nach seiner Klinge, aber zu meinem Entsetzen zeigte sie nicht auf den Nachtprinzen.

Runa schickte den Krieger zu unserem Vater.

»Runa«, sagte er fassungslos.

Meine Schwester wirbelte zu mir herum. »Das hast du zu verantworten, Elise.«

Zwei Wachen packten die Arme meines Vaters. Er wehrte sich und schrie, als sie ihn in die Knie zwangen. Der Krieger, dem meine Schwester den Befehl erteilt hatte, zog ein Fläschchen aus seiner Tunika hervor. Ich hatte mit einem Messer gerechnet, ging aber davon aus, dass es sich bei der trüben Flüssigkeit um eine Art Gift handelte.

»Hast du den Verstand verloren?«, schrie ich sie an. Valen hatte seinen Dolch gezogen. Thor, Halvar und Stieg taten es ihm nach.

»Tochter, nein.« Mein Vater kämpfte gegen die Raben an. Er kniff die Augen zu, als die Phiole über seinen Kopf gehoben wurde.

Runa hob eine Hand, und der Krieger verharrte. »Sein Schicksal liegt in deinen Händen, Elise. Komm mit uns und erspare unserem Vater das Leid. Oder vielleicht ist meine Schwester wirklich tot.«

Ein Arm schlang sich um meine Taille und riss mich zurück. Valen schleifte mich unter dem Baldachin hervor.

»Nein!«, schrie ich. Runas Grinsen verflog. Sie senkte die Hand und nickte. Mein Herz geriet ins Stolpern. »Nein! Aufhören!«

Valen hielt mich an seine Brust gepresst, als der Krieger die Phiole ins rechte Auge meines Vaters ausleerte. Das Gebräu zischte. Tiefe, schwarze Adern breiteten sich vom Auge meines Vaters über sein Gesicht und seinen Hals aus.

Ich wünschte mir verzweifelt, ich könnte wegsehen. Ich blinzelte nicht.

Was auch immer es war, schien sein Auge von innen heraus verfaulen zu lassen. Seine Schreie hallten in meinem Kopf wider. Wie konnte sie das tun? Was war meiner Schwester zugestoßen, das sie zu etwas so Grausamem und Hässlichem gemacht hatte?

Sie richtete ihren düsteren Blick auf mich. »Tötet sie.«

In den nächsten Momenten ging alles ganz schnell. Valen zog mich vom Baldachin fort. Thor und Halvar warfen sofort Messer, fast gleichzeitig, und streckten die beiden Wachen nieder, die meinen Vater festgehalten hatten. Stieg wandte sich Jarl zu. Der Aufprall von Stahl auf Stahl klirrte durch die Nacht.

»Ich kann ihn nicht zurücklassen.« Ich wehrte mich gegen Valen. In meinem Kopf drehte sich alles.

»Sie werden dich töten«, sagte er. »Es ist die Verderbnis, Elise. Dunkle Wildwut. Man kann ihm jetzt nicht mehr helfen.«

Ich bekam kaum mit, dass eine Reihe von Nachtvolk, Ari in der Mitte, mit gezogenen Schwertern vor der Tür der Spielhalle stand.

»Bereit!«, rief Ari. Er nickte Valen zu, würdigte mich aber kaum eines Blickes. Es brauchte nicht viel, um zu erkennen, dass etwas schiefgegangen war und der Blutgeist mir das Leben rettete. Aris Leibwächter zückten die Klingen; Nachtleute hoben ihre Handflächen. Unter dem Baldachin hervor kreischte Runa ihren Wachen zu, anzugreifen – uns alle niederzumetzeln.

Valen pfiff, und kaum einen Atemzug später rannten Stieg, Halvar und Thor zurück zur Spielhalle.

»Zeigt ihnen die Wildwut dieses Landes«, brüllte Ari. »Zeigt ihnen, was sie *nie* haben werden!«

Seine Stimme sickerte tief in mein Blut ein, erweckte etwas

darin zum Leben. Ari war nicht der wahre König. Eines Tages würde er das erkennen, aber es konnte kein Zweifel daran bestehen, dass er ein Anführer war. Noch dazu ein sehr Furcht einflößender.

Die Nachtleute bewegten sich wie ein Mann. Ihre Hände waren geöffnet. Einige knieten sich hin. Die Wildwut rief nach der Erde. Nicht auf die Art, wie Valen den Boden verformen und aufreißen konnte, sondern so, dass Dornranken, Zweige und Büsche sich wie scharfe Finger ausstreckten und den Rabensporn-Baldachin umfassten.

Ein Schimmern von Magie umgab die Spielhalle, zweifelsohne irgendeine Illusion, die die Raben daran hinderte, klar zu sehen.

Einige der Wachen schrien wütend auf, als Brombeerranken sich wie Schlangen im Gras um ihre Knöchel ringelten und sie zu Boden rissen. Sträucher begruben die Wachen am Boden.

»Wir halten durch!«, rief Ari. »Zieht in Einheiten ab. Lauft zum Fluss!«

Ulf starrte ausdruckslos den neuen Zustrom von Wachen aus dem Lager meiner Schwester an. Wir hatten für den Augenblick die Wildwut, aber immer mehr Raben strömten herbei, wie eine wahre Plage.

»Was zu den Höllen ist das?«, rief Stieg.

Valens Arm schloss sich fester um meine Taille, doch sobald ich klar sehen konnte, erstarrte ich. Etwas Dunkles kroch über die Erde. Ein Schatten – nein –, etwas Greifbares wie Tinte sickerte in die von Wildwut gelenkten Zweige ein. Das Schwarz verschlang das Gras, raubte ihm die Farbe. Leben verdorrte zu etwas Trockenem und Brüchigem. Als die schwarzen Stränge über die gefangenen Wachen flossen, ließen mir ihre Schreie das Blut in den Adern gefrieren.

»Was ist das?«, wiederholte Stieg.

»Weg hier!«, rief Valen. Die echte Angst in seiner Stimme ließ mir einen eiskalten Schauer über den Rücken laufen. »Die Wildwut wird nicht standhalten.«

Ari zögerte nicht. »Rückzug! Rennt zum Schiff.«

Mit einem Erschauern löste die Barriere aus Wildwut sich auf. Um mich herum flohen Aris Verteidiger in die Dunkelheit. Ich war mir fast sicher, dass jemand meinen Namen rief. In meinem Kopf wirbelte ein schmerzender Schwindel, der meinen Körper befiel, meine Muskeln erstarren ließ. Was ging hier heute Nacht vor? Wie war meine Schwester nur so grausam, so machtgierig geworden?

Das Entsetzen über all das füllte meinen Schädel aus, verlangsamte alle Gedanken, bis ich kaum noch mithalten konnte.

»Elise.«

Valen. Seine Hände lagen auf meinen Schultern. Er schrie mir ins Gesicht.

»Los. Du musst laufen.«

Warum hatte er eine Klinge gezogen? Warum lief er nicht davon?

Ich blinzelte. »Komm mit.«

»Ich werde sie aufhalten.«

Ein kalter Schlag gegen meine Brust riss mich aus meiner Benebelung. Ich war sofort wieder aufmerksam. Das Herz klopfte mir bis zum Hals. »Nein, d …du trägst Bindefesseln.«

Ich schrie auf, als eine andere Hand mein Handgelenk packte. Stieg riss mich zurück.

Valen befahl es ihm.

»Nein! Nein, du kannst nicht dagegen kämpfen.«

Der Nachtprinz ignorierte mich. Er wandte sich ab, zu schnell, als wäre er sonst nicht in der Lage zu gehen.

Die Schattengilde und der Blutgeist hoben ihre Waffen. Das Letzte, was ich sah, war, wie die schwarze Tinte einige von Aris Wildwutzweigen verschlang und eine neue Einheit Raben die versengte Hügelflanke hinab auf die Schattengilde zustürmte.

»Stieg, nein!«

»Sie werden sie zurückhalten«, brummte er. »Uns etwas Zeit erkaufen. Komm schon, hör auf, um dich zu treten. Bei allen Göttern, du bist so stur!«

Als die Spielhalle völlig verschwand, gab ich auf. Stieg war dreimal so stark wie ich. Benommen erlaubte ich ihm, mich zwischen den knorrigen Bäumen hindurchzuziehen, bis der Boden feucht wurde und die Luft von abgestandenem Wasser und Fäulnis geschwängert war.

Das Langschiff dümpelte ein gutes Stück vom Ufer entfernt auf dem Wasser. Männer wateten zu ihm, andere zogen sie aufs Schiff.

Stieg raste mit mir in den eisigen Fluss.

Ich hustete gegen den Kälteschmerz an, zwang aber meine Füße, in Bewegung zu bleiben.

Jeden Moment würde Valen zwischen den Bäumen hervorkommen.

Er brauchte keine Wildwut. Solange er unter dem Fluch gestanden hatte, war ihm gar nicht klar gewesen, dass er über Wildwut verfügte, und er hatte trotzdem überlebt. Er war der Blutgeist – genauso, wie er der Nachtprinz war.

»Kvinna, hier.« Ich weiß nicht, wer mich an Bord zog. Korman? Frey? Sobald ich schwer auf dem Deck aufgekommen war, wandte ich mich wieder den Bäumen zu.

»Losrudern«, befahl Aris atemlose Stimme.

»Nein! Ari, sie sind noch da draußen.«

Der König knirschte mit den Zähnen und fluchte. Er drehte sich dem Wald zu, suchte wie wir anderen die Schatten ab.

»Wir dürfen nicht warten«, verkündete Ulf bestimmt. »Ihre Schiffe werden uns in die Enge treiben.«

»Ari«, sagte ich. Mir brach die Stimme. »Lass sie nicht zurück. Ich flehe dich an.«

Sein Kiefermuskel zuckte. Er suchte das Flussufer noch einmal mit Blicken ab und schnippte neben sich mit den Fingern. Nach ein paar angespannten Augenblicken wandte Ari sich an mich. »Wir können nicht hierbleiben, Elise.« Er zögerte. »Es tut mir leid.«

Die Ruderer legten sich in die Riemen. Das Schiff machte einen Satz vorwärts.

»Nein.« Hektisch rannte ich zum Bug. Beiläufig nahm mein Verstand wahr, dass Siv und Mattis da waren. Arabella und Ellis. Junie und Casper. Aber nicht Valen. Bitte. *Bitte.* Ich fasste mir an die Kehle, einen Fuß auf die oberste Planke gesetzt, bereit, ins Wasser zu springen. »Wartet! Halt!«

Mein Finger zitterte, als ich auf die Bäume zeigte. Drei Gestalten brachen aus den Schatten hervor und rannten in den Fluss.

»Halt«, befahl Ari. Die Strömung trug uns noch, aber nur so langsam, dass sie uns einholen würden.

Die Schattengilde ließ sich im Fluss mittreiben. Korman, Mattis und Casper beugten sich vor und packten sie an den Unterarmen, bevor die Strömung sie flussabwärts reißen konnte. Ich blieb wie erstarrt am Bug stehen, die Hand an der Kehle, während Thor, Halvar und Valen an Bord gehievt wurden, tropfnass, aber noch atmend.

Ari lachte leise, doch das schien auf Nervosität zu beruhen. Er schlug Valen auf die Schulter, als der Nachtprinz sich in eine sitzende Stellung hochstemmte. »Ich wusste ja, dass ich dich nicht bereuen würde.«

Valen schnaufte und schüttelte den König ab, grinste aber. »Sie werden uns verfolgen. Ich schlage vor, du bringst uns jetzt von hier weg, König.«

Sobald die Ruderer ihr Tempo wieder beschleunigten, trat auf dem Langschiff angespannte Ruhe ein. Alle blieben in Alarmbereitschaft, aber je weiter wir flussabwärts fuhren, desto stärker breitete sich ein Gefühl des Friedens aus. Meine Fingernägel drangen ins Holz des Schiffs. Von meinem Standort aus konnte ich Mattis klar sehen. Er umfasste Sivs Gesicht mit beiden Händen, flüsterte etwas, das nur sie hören konnte, und küsste sie dann.

Ein Lächeln umspielte meine Lippen.

Er küsste sie, bis sie nachgab und ihre Arme um seinen Hals legte.

Diese starrsinnigen Dummköpfe.

Ich sah zu Valen. Von der anderen Seite des Schiffs aus schaute er mir in die Augen. Ich wollte, dass er zu mir kam. Wollte, dass er den Blick abwandte. Es dauerte nicht lange, bis Männer aus der Spielhalle mit Fragen und erbärmlichen zotigen Witzen über ihn und die Schattengilde herfielen.

Er würde nicht zu mir kommen.

KAPITEL 24

PRINZESSIN AUF ABWEGEN

Noch bevor das fahle Licht der Morgendämmerung zwischen den Bäumen hervorbrach, kehrten wir nach Ruskig zurück. Diejenigen, die wir dort zurückgelassen hatten, begrüßten die Erschöpften und Abgekämpften mit Nesselsuppe und Kräuterbrötchen. Ari bellte Befehle, Unterkünfte für all jene zu finden, die wir aus Mellanstrad gerettet hatten.

Siv verschwand mit Mattis zwischen den Bäumen, und ich bezweifelte, dass ich die beiden an diesem Vormittag noch wieder zu Gesicht bekommen würde.

Valen sah mich, umgeben von der Schattengilde, von der anderen Seite des großen Saals her an. Sein Blick durchschnitt mich wie Glasscherben. Wie konnte er jedes einzelne Stück von mir mit einem einzigen Blick in seinen Bann zwingen? Weshalb hatte er noch immer diese Macht über mich, obwohl er auf der gesamten Rückfahrt nichts zu mir gesagt hatte?

Die größere Frage war vielleicht, warum ich es zuließ.

Ich konnte jetzt nicht die Kraft aufbringen, seine Anwesenheit zu ertragen. Nicht, wenn er damit fortfahren würde, Mauern zwischen uns zu errichten. Ich würde meine eigenen bauen. Tränen drohten mir die Augen feucht werden zu lassen, aber ich wischte sie weg und eilte zurück in meine Hütte.

Drinnen zündete ich nur eine einzelne Kerze an, schlüpfte in ein dünnes Hemd und schlug Liliannas Tagebuch auf. Die einzige Möglichkeit, mich dem Nachtprinzen nahe zu fühlen, boten mir in letzter Zeit die Erinnerungen seiner Mutter.

Als ich zwei Seiten weit gekommen war, flog die Tür krachend auf.

Ich stieß einen erstickten Schrei aus, drückte mir das Tagebuch an die Brust und wirbelte herum, um den Eindringling anzusehen.

Mein Puls beschleunigte sich.

Valen stand in der Tür, seine Augen wie die reine Mitternacht. Seine dunkle Tunika und seine Hose verschmolzen mit der Dunkelheit, aber der Kerzenschein wärmte seine bronzefarbene Haut.

Er trat ein und schloss die Tür hinter sich ab.

Auf einmal wurde mir bewusst, dass mein Hemd viel zu durchscheinend war. Ich verschränkte die Arme vor der Brust und wandte mich ab, ohne etwas zu sagen. Nicht einmal die Worte, um zu fragen, warum er gekommen war.

Seine schweren Schritte ließen die Bodendielen knarren. Mit einem Anflug von Vorsicht stellte der Nachtprinz sich vor mich.

Er räusperte sich. »Es tut mir leid. Wegen deines Vaters. Es ist nicht leicht zuzusehen, wie denen, die man liebt, Schaden zugefügt wird.«

Ich zuckte zusammen. »Mein Vater bringt mir wenig Liebe entgegen, aber er ist der einzige Vater, den ich habe. Warum bist du hier? Hätten wir nicht auf dem Schiff darüber sprechen können?«

Valen trat von einem Fuß auf den anderen. Er starrte seine Fingernägel an. »Bist du … bist du verletzt?«

Ich wollte nicht über das sprechen, was in Mellanstrad

geschehen war. Ich wollte auch nicht so tun, als ob wir einander kaum kannten. Nicht, wenn wir so viel übereinander wussten.

»Mir geht es gut.« Wieder Schweigen. Ich tat, als würde ich weiter in dem Tagebuch lesen. »Du?«

Er lächelte selbstgefällig. »Sie haben mich nicht angerührt.«

Ich schluckte an einem trockenen Kratzen im Hals vorbei und spielte mit der Holztasse voll kaltem Tee auf meinem Tisch. »Kann ich irgendetwas für dich tun?«

»Möchtest du, dass ich gehe?«

Nein. Bleib. Ich wünschte, ich wüsste, warum er vor mir davonlief, nur um immer wiederzukommen. Das hätte ich alles laut aussprechen können. Stattdessen tat ich so, als würde ich weiterlesen.

»Was liest du da?«

Ich biss mir auf die Lippen und bemühte mich verzweifelt, nicht zu grinsen. Er zappelte weiter herum. Verschränkte die Finger, spielte mit seinem Gürtel, fuhr sich mit der Hand durchs Haar. Ein Prinz – ein König –, der vor Nervosität nicht ein noch aus wusste, war unterhaltsam.

»Das Tagebuch. Die Königin hat gerade ihren jüngsten Sohn, diesen Wüstling, mit einer der Höflingstöchter im Stall erwischt. Es ist wirklich skandalös.«

Mein Lächeln ließ sich nicht mehr unterdrücken, als ich den Blick zu Valen hob und sein Erröten seinem Gesicht einen Hauch Rosa hinzufügte.

»Es ist ziemlich witzig«, fuhr ich fort. »Eine Mutter, die ihren Sohn ständig dabei ertappt, wie er …«

»Schon gut.« Er nahm mir das Tagebuch eilig aus den Händen. »Es war mein Fehler, dir das hier zu geben.«

»Verständlich, weil du damals noch nicht wusstest, dass es darin um dich geht.«

»Ja. Aber nun, da ich es weiß, solltest du wissen, dass meine Mutter bekannt dafür war, jede Einzelheit ihres Tages schriftlich festzuhalten und dazu neigte, die Wahrheit zu … *dramatisieren.*«

Ich zog die Augenbrauen hoch und tat unbeeindruckt. »Nachtprinz, willst du mir damit etwa sagen, dass deine Mutter Übertreibungen niedergeschrieben hat?«

»Nein«, sagte er und kam ein Stück näher. »Ich würde meine Mutter keine Lügnerin nennen, aber in einer Hinsicht täuscht du dich.«

»Und in welcher?«

Er antwortete nicht gleich. Valen grinste, auf gerissene Art, und legte das Tagebuch auf den Tisch. Dann stützte er die Arme beiderseits von meinem Stuhl auf, sodass sie einen Käfig um mich bildeten.

Der Atem brannte mir in der Brust.

Seine Augen hatten eine ganz eigene Magie. Das heiße Schwarz versuchte, die Mauer zu durchbrechen, die ich sorgsam zwischen uns errichtet hatte. Ein paar Risse ließen meine Entschlossenheit, Valen Ferus gleichgültig zu begegnen, in Stücke brechen. Aber der saubere Duft seiner Haut, das selbstgefällige Lächeln, das seinen Mund umspielte, die Art, wie dunkle Locken sich über seiner Stirn sammelten … Ich lief Gefahr, bei einer einzigen Berührung zusammenzubrechen.

Schwach. Ich war schwach, es gab keine andere Art, es zu beschreiben.

»Ich war jung«, sagte er, »aber ich bin kein Wüstling.«

Mir schnürte sich die Kehle zu. Er war so dicht bei mir. Ich sah im Schwarz seiner Augen jetzt das Gold und das dunkle Grün. Wenn ich nicht aufpasste, würde ich ihm auf Gnade und Ungnade ausgeliefert sein.

»Was …« Ich räusperte mich, als meine Stimme ins Stocken geriet. »Was tust du hier?«

»Ich bin die Distanz leid.«

»Eine Distanz, die du geschaffen hast.«

»Aus gutem Grund. Zumindest dachte ich das.« Valen lehnte seine Stirn an meine und senkte die Stimme. »Ich hatte heute Nacht Angst um dich.«

Ich leckte mir die Lippen. Meine Haut brannte darauf, noch näher zu ihm zu kommen. »Durchaus verständlich. Es war erschreckend.«

»Ich hatte keine Angst um irgendjemanden sonst.«

Seine Fingerspitzen zeichneten den Umriss meines Kiefers nach, wanderten meinen Hals hinab. Ich schnappte nach Luft.

»Valen«, flüsterte ich, »was machst du da?«

Er zögerte. »Glaubst du, dass ich auf Distanz zu dir gegangen bin, weil du mir gleichgültig bist?«

»Ja.« Ich zögerte nicht. »Ich glaube, du vergnügst dich nur mit mir – oder möchtest dich mit mir vergnügen. Wie neulich am Schwarzen Grab.«

»Du lässt es klingen, als ob du mir nichts bedeutest und nur ein warmer Körper für mich bist.«

Ich zuckte die Schultern. Ich hatte das unverkennbare Begehren in seinem Blick gesehen, aber für mich ging es nicht nur um Verlangen. Er war so viel mehr, und es war mir zuwider, dass ich nicht über ihn hinwegkam. *Von Anfang an zum Scheitern verurteilt.* Die verdammte eiskalte Stimme drang wieder in meine Gedanken ein. Ich schüttelte den Kopf und wandte mich ab.

Valen hob mein Kinn mit dem Fingerknöchel an. Er führte sein Gesicht näher an meines. »Der Fluch ist gebrochen, also gibt es keinen Grund mehr für mich, in deiner Nähe zu bleiben, ja?«

»Du hast das Gefühl, in meiner Schuld zu stehen.«

»Aha«, war alles, was er sagte.

Ich schüttelte den Kopf und hatte Angst, dass ich an Begehren und Verlangen ersticken würde, wenn ich mich nicht bewegte.

Ich erhob mich von meinem Stuhl und entzog mich Valens Armen. »Valen, vielleicht hast du es zuerst anders empfunden, aber ich weiß, dass du nicht hier sein möchtest. Ich weiß, dass du …«

Mir versagte die Stimme. Valen hatte den Abstand zwischen uns verringert. Sein Arm lag um meine Taille, seine Hand hielt meine Wange gefangen. Von der Brust bis zu den Hüften prallten wir aufeinander. Mein Körper brannte für ihn.

»Du irrst dich.« Seine Stimme war tief und rau. Sein Daumen strich über meine Unterlippe. »Ich möchte überall sein, wo du bist, Elise Lysander. Ich habe alle verloren. Ich habe zugesehen, wie man sie gegen mich verwendet hat, bin Zeuge geworden, wie man sie gefoltert hat. Aber der Gedanke, dich zu verlieren, ist schlimmer als jedes Leid, das ich in der Vergangenheit empfunden habe. Und ich hasse mich selbst dafür.«

Ich krallte mich an seine Tunika, hielt ihn eng an mich gezogen. »Warum?«

»Dein Name allein trägt dir ein Kopfgeld ein. Wenn man mich noch hinzufügt, wird das Spinnennetz der Gefahr gleich zehnmal so stark. Wie kann ich dir das antun?«

»Wer sagt, dass ausschließlich du derjenige bist, der die Entscheidung trifft?«

Er verflocht die Finger in meinem Haar, legte meinen Kopf in den Nacken. »Wenn wir auf Abstand zueinander bleiben, ist es das Sicherste. Es ist die beste Wahl. Für dich.«

»Warum bist du dann hier?«

Ein halbes Grinsen umspielte seinen Mund. »Weil ich, wie meine Mutter schon schrieb, nie jemand war, der die beste Wahl getroffen hat.«

Valen presste ungestüm seine Lippen auf meine.

Sofort schlang ich die Arme um seinen Hals. Mein Mund öffnete sich. Seine Zunge war warm und weich. Ich grub die Fingernägel in seine Schultern.

Wir stolperten gemeinsam durch die Hütte, bis mein Rücken gegen die Wand prallte.

»Du beherrschst mich.« Er lächelte an meinem Mund. »Alles an mir. Das ist lästig, da ich doch ein Prinz bin.«

Ich trat ihn gegen das Schienbein. »Nein. Du bist ein König.«

Ich brach den Kuss ab, schwer atmend, mit rasendem Herzen. Seine Augen glommen vor Begehren. Eine seiner geschickten Hände glitt an meiner Taille hinab; er ballte den Satin meines Hemds in seinem Griff zusammen und ließ dann seine rauen Hände über die glatte Haut meines Oberschenkels gleiten.

Ein Lächeln umspielte seinen Mundwinkel. »Kvinna, wenn ein Mann dich so berührte, würde es dir dann gefallen?«

Augenblicke, in denen er noch Legion Grey gewesen war, ein Mann, dem es verboten gewesen war, mich zu berühren, ein Mann, der es dennoch getan hatte, gingen mir durch den Sinn. Ich schloss die Augen und ließ den Kopf an die Wand zurücksinken. Mein Griff um seine Tunika hielt mich aufrecht, gleichzeitig brachten seine Finger listig mein Fleisch zum Brennen.

»Oder so?« Er grinste an meinem Halsansatz, während er die zweite Hand die Kurve meiner Taille und dann meine Rippen heraufgleiten ließ. Lippen und Zähne streiften meine Haut, ließen mir Schauer die Wirbelsäule hinabtanzen.

»Ja«, stieß ich in einem atemlosen Flüstern hervor.

Seine Berührung kletterte höher, wurde kühner. Jeder Atemzug ging schwer und tief, bis mir vor Entzücken schwindlig wurde und ich das Gefühl hatte, dass meine Beine unter mir nachgeben würden.

Valen festigte seine Herrschaft über meinen Körper noch, hielt mich enger an sich gezogen und dabei zugleich aufrecht. Ich bäumte mich auf, presste mich an ihn und schlang sein Haar um meine Finger. Mein Körper erschauerte vor Verlangen, als seine Hände jeden Zentimeter von mir eroberten und seine Lippen erneut auf meine trafen.

Legion Grey hatte schon gleißend helle Leidenschaft in meiner Seele entzündet, aber diese Momente jetzt hier, in meiner Hütte, mit einem einst toten Prinzen wieder zu erleben, ließ unstillbares Verlangen in mir brennen.

Und zu etwas Tieferem werden.

Etwas wie Liebe.

Meine Fingerspitzen glitten unter seine Tunika, zeichneten die Formen seines Oberkörpers nach. Valen stöhnte an meinem Mund, und sein Körper spannte sich an. Ich ließ eine Hand auf seinem Herzen ruhen und schob ihn zurück. Die Kante meines Betts traf auf seine Knie, und so setzte er sich unbeholfen darauf. Ich stellte mich vor ihn, meine Finger taub, mein Körper lebendig.

Er war nicht der Nachtprinz, war kein Brautpreisunterhändler. In diesem Moment war er einfach nur Valen, ein Mann, der sich in mein Herz gestohlen hatte und nie wieder gegangen war.

Er gehörte mir.

In der Nacht im alten Schulhaus auf dem Rabensporn hatten seine Hände meinen Körper erobert. Damals hatte er meine Loyalität erworben, aber heute Nacht war es anders. Zwischen uns gab es keine Geheimnisse mehr. Keine Illusionen.

Mir zitterten die Hände, als ich nach den Ärmeln meines

Hemds griff. Als Mädchen hatten Runa und ich immer über Geliebte nachgedacht und uns die Frage gestellt, wie es sein würde, mit ihnen das Bett zu teilen. Wir hatten gekichert und uns ausladende große Gesten gut aussehender Krieger vorgestellt, lustvolle Nächte auf Blütenblättern und weichen Pelzen.

Das hier war nicht das, was ich erwartet hatte.

Dennoch wollte ich nichts daran ändern.

Mein Hemd entglitt mir und landete zusammengeballt zu meinen Füßen. Valens Lippen öffneten sich; sein Blick schweifte gefolgt von einem Hitzeschauer über meinen nackten Körper. Er schluckte. Dann nahm er meine Hand und führte mich zu ihm.

Der Nachtprinz zog mich auf seinen Schoß und stemmte meine Hüften hoch, bis ich rittlings auf ihm saß.

»Wende dich nicht wieder von mir ab, Valen Ferus«, flüsterte ich und strich mit den Fingern über seine Wange.

»Das könnte ich nicht einmal, wenn ich es versuchen würde.«

»Sie gewinnen, wenn wir nicht leben.«

Eine seiner Hände fuhr über die Kurve meiner Hüfte, die andere glitt zwischen meine Beine. Ich sank auf ihn, atemlos und fiebrig, und zog ihm dann seine Tunika über den Kopf. Die Hitze seiner Haut auf meiner ließ mir einen Schauer über die Arme laufen. Er stöhnte, als meine Lippen über sein Ohr strichen.

Valen legte mich auf den Rücken und brachte sich über mir in Position. Unsere Beine bildeten ein Gewirr, unsere Körper standen in Flammen. Hektisch streifte er seine Hose ab, und ich keuchte in seinen Mund, als wir verschmolzen. Er zog sich zurück, als ob er damit rechnete, dass ich aufhören und mich von ihm abwenden würde.

Stattdessen küsste ich ihn. Küsste ihn, bis seine rauen Atemzüge im Gleichklang mit meinen waren. Ich bot ihm die Kehle dar, wünschte, ich könnte ihm noch näher sein – aber auch das wäre nicht genug gewesen. Jede Berührung hinterließ flammende Hitze auf meiner Haut.

Valen küsste mir den Schweiß von der Stirn. Seine Augen verschlangen mich mit Blicken, während seine Hüften sich an meinen wiegten. Unsere Körper wurden heiß, leises Aufkeuchen erfüllte die Nacht. Erst schnell und gierig, dann langsam und zärtlich. Bei jeder Stellungsänderung auf dem schmalen Bett mischte sich Gelächter unter die Küsse, die wir tauschten.

All das Begehren und Verlangen, das sich aufgebaut hatte, seit wir uns zum ersten Mal begegnet waren, kam in einer Flut aus Leidenschaft, Lust und etwas Weicherem zusammen.

Etwas Sanfterem und Dauerhaftem.

Als wir fertig waren, berührte Valen mit den Fingern den Saum meiner Lippen und küsste mich dann, als wäre es das erste und letzte Mal zugleich. Ich hielt seinen Kopf an meine Brust gezogen. Sanft zeichnete er Linien an meinen Armen auf und ab.

Bevor der Schlaf mich übermannte, flüsterte Valen im Dunkeln: »Elise, ich entscheide mich dafür, zu leben.«

KAPITEL 25

NACHTPRINZ

»Sie w … wollen dich, Bruder«, flüsterte Sol. Seine Lippen waren blau angelaufen, und seine dichten schwarzen Wimpern waren mit Frost überzogen. »Du h … h … heilst das Land.«

»Hör auf«, sagte ich. Meine Stimme war kaum mehr als ein Flüstern. Es tat mir weh zu sprechen, als würde jedes Wort Hautschichten in meinem Rachen abschälen. »N …nun rede nicht so.«

Sol legte eine Hand um meinen Hinterkopf. Seine Muskeln verkrampften sich in der Kälte, aber es gelang ihm, meine Stirn an seine zu ziehen. »V … v … versprich es mir, V … Valen. Versprich mir, d …dass du, wenn sie dich b … b … befreien, den Thron zurückerobern wirst.«

»Halt den Mund.« Ich legte den Arm um seine dünnen Schultern und hielt ihn. »Halt den Mund, Sol.«

»Ich bin eine Bedrohung für sie, B … B … Bruder. Ich mache ihnen Angst. Als sie Daj g …geholt haben, wusste ich, dass sie auch mich töten würden. Wir können Etta n … n … nicht retten. Nicht wie deine W … W … Wildwut. Sie werden sie ausnutzen wollen.«

»Ich w …werde es nicht retten. Nicht für sie.«

»Für uns, Valen. Für unser V … Volk.«

»Das Schicksal hat dich erwählt.«

Sol schloss erschöpft die Augen. Ich verstand. Es war anstrengend, sich zu lange zusammenhängend zu äußern. An den meisten Tagen wechselten wir uns in unserem Winterkäfig ab. Einer versuchte wachzubleiben und darauf zu achten, dass der andere nicht zu atmen aufhörte.

»Das Schicksal hat dich erwählt«, wiederholte ich, meine Handfläche an seine Wange gelegt. Sol würde König werden. Er würde zurückholen, was man uns gestohlen hatte.

Aber irgendetwas in meinen Knochen sagte mir, dass das hier erst der Anfang der elenden Pläne des Schicksals war.

Die Sonne hatte den Nebel der Dämmerung verscheucht. Draußen verriet das Geplapper der Leute von Ruskig, dass der Morgen sich schon längst dem Mittag näherte.

Ich hatte noch keinen Fuß vor die Tür gesetzt.

Von dem Stuhl an dem kleinen Tisch aus hatte ich den perfekten Blick auf ihr schlafendes Gesicht. Elise lächelte im Schlaf. Ihr Haar war zerzaust, und ich konnte mich nicht erinnern, je etwas so Schönes gesehen zu haben.

Die ganze Nacht lang hatte ich die Ehre gehabt, an ihrer Seite zu schlafen und ihren Körper in den Armen zu halten. Ich hatte mich kaum gerührt. Allerdings hatte mir immer wieder ein Gedanke im Hinterkopf zu schaffen gemacht. Vielleicht war er es gewesen, der eine der letzten Erinnerungen an meinen Bruder hervorgelockt hatte.

Ich musste mit den anderen sprechen, aber ich wollte noch nicht gehen.

Meine Finger zeichneten den Rand der Holztasse nach, die ich hielt; die Kräuter waren stark. Als würde sie meinen Blick spüren – oder vielleicht auch nur die Kräuter riechen –, flatterten Elises Augenlider im Morgenlicht. Sie streckte die

Arme über den Kopf und sah sich um, bis sie sich orientiert hatte.

Ein sanftes Lächeln breitete sich auf ihren rosigen Lippen aus, als sie mich sah. »Beim Aufwachen gleich einen halb nackten Prinzen sehen? Habe ich ein Glück! Ganz nackt wäre natürlich besser, aber ich nehme, was ich kriegen kann.«

Ich kniff die Augen zusammen, ging zum Bett und kniete mich daneben. Meine Finger verflochten sich mit ihrem Haar. Ich zog ihren Mund dicht an meinen, sodass meine Lippen ihre liebkosten, als ich sprach. »Führ mich nicht in Versuchung, sonst gehe ich nie.«

»Dann habe ich die Absicht, dich den ganzen Vormittag lang in Versuchung zu führen.« Sie küsste mich, ausführlich, liebevoll und aufrichtig.

Ich hielt ihr die Tasse mit dem Kräutertrank hin. »Ich, äh, habe das für dich angerührt. Ich will dir nicht vorgreifen, aber wenn du es möchtest.«

Sie rümpfte die Nase. »Was ist das?«

»Meine Schwester hat es verwendet.« Ich kratzte mir das Gesicht. »Damit kein Kind …«

Elise zog eine Augenbraue hoch und trank einen Schluck. »Klug. Ich will mir gar nicht vorstellen, was Runa täte, wenn ich ein Kind hätte.«

Ganz meine Gedanken. »Es ist nicht so, dass ich nicht … Mit dir … Es ist …«

»Valen, bitte«, sagte sie und ließ eine Hand auf meinem Arm ruhen. »Du solltest dich glücklich preisen, der Vater meiner Kinder werden zu dürfen.«

Ich grinste boshaft, riss ihr die Tasse aus der Hand und kniff sie in die Seiten, bis sie vor Lachen rot im Gesicht wurde. Als ich mich zurückzog, trat wohliges Schweigen zwischen uns ein.

Nach einem Augenblick streichelte Elise meine Wange. Eine reizende Angewohnheit, von der ich nicht geahnt hatte, dass ich sie wollte. Ihr Lächeln verflog. »Was macht dir zu schaffen?«

Ich ließ die Schultern hängen, setzte mich auf den Boden und lehnte mich gegen die Bettkante zurück. Elises Fingerspitzen fuhren über meine Kopfhaut, und ein Schauer tanzte mir über den Nacken. Ihre Berührung war beruhigend, und ich verfluchte mich selbst dafür, die ganze Zeit über versucht zu haben, ohne sie auszukommen.

»Valen«, flüsterte sie. »Ich sehe es deinen Augen an. Irgendetwas beschäftigt dich. Ich kann die letzte Nacht vergessen, wenn du …«

»Nein.« Ich wandte mich rasch um und brachte dieses schreckliche Gesprächsthema mit einem Kuss zum Verstummen. »Es gibt kein Zurück, keine Reue, Elise.«

»Was ist es dann?«

»Ich muss mit der Gilde sprechen, mit dir und wohl auch mit Siv, weil sie weiß, wer ich bin. Mit niemandem sonst.«

Elise stützte sich auf einen Ellenbogen. Sie hinterfragte es nicht, sondern erkundigte sich nur: »Wann?«

»So bald wie möglich.«

»Ich gehe sie suchen. Wenn du dein Gesicht zeigst, will bestimmt halb Ruskig mit dir Pläne schmieden, oder Ari schickt dich ins nächste gefährliche Abenteuer.«

Ich lächelte spöttisch, widersprach aber nicht. Der König würde mich nicht vom ständigen Brennen der Bindefesseln befreien, doch er wollte, dass ich handelte wie sein erster Ritter oder wie ein königlicher Meuchelmörder.

Sie schlug die Pelze von ihrem Körper zurück und sprang aus dem Bett. Ihre blasse Haut verschlug mir den Atem. Ich muss irgendeinen wilden Laut ausgestoßen haben, denn sie warf mit geröteten Wangen einen Blick über ihre Schulter. »Was ist, Nachtprinz? Verstört mein Anblick dich?«

»Er zieht mich eher in seinen Bann, und ich bezweifle, dass ich künftig an irgendetwas anderes als deinen Anblick denken werde.«

Sie lachte und beeilte sich, ein schlichtes Kleid anzuziehen. Bevor sie die Hütte verließ, kam Elise zu mir und gab mir einen Kuss auf den Mund. Dann ging sie die Schattengilde suchen.

Ich lief in dem kleinen Zimmer auf und ab, zappelte herum und fragte mich, ob ich den Verstand verloren hatte. Ich machte das Bett und versuchte, die Spuren dessen zu verbergen, was hier geschehen war. Ich schämte mich nicht, aber ich wusste nicht, wie Elise sich fühlen würde, wenn plötzlich alle erfuhren, dass wir ein Liebespaar waren.

Allerdings war ich mir sicher, dass die meisten schon einen Verdacht hatten.

Ich versuchte sogar, Tee zu kochen, aber etwas brannte am Boden der Kanne an, und ich gab auf.

Nicht lange danach öffnete sich die Tür, und Junie kam als Erste herein. Siv folgte ihr, dann der Rest der Gilde. Elise schloss uns ein und bot allen einen Sitzplatz an. Casper und Stieg wirkten noch verschlafen. Halvar suchte nach Bier, das Elise, wie er behauptete, versteckt halten musste. Siv und Junie setzten sich aufs Bett, und Thor starrte aus dem Fenster.

Er würde einschätzen können, ob ich gerade den Kopf verlor oder nicht.

»Ari sucht nach dir«, sagte Elise und presste mir eine Hand aufs Herz, während sie den Krug hervorholte, den sie in einer Truhe stehen hatte. Halvar sang ein Loblied auf sie, als sie ihm ein Trinkhorn einschenkte.

»Er kann warten«, sagte ich.

»Na, dann kommst du besser direkt auf den Punkt«, erwiderte Junie. »Ich glaube, er ist seit gestern Abend ziemlich nervös und kommt wahrscheinlich gleich her und bricht die Tür auf.«

Ich verschränkte die Arme vor der Brust und starrte zu Boden. Es fiel mir schwer, meine Gedanken zu sammeln, weil ich nicht wusste, womit ich anfangen sollte.

»Etwas macht mir zu schaffen, seit Elises Schwester ihrem Vater ein Auge genommen hat.«

Thor schloss die Augen. Ein Muskel in seinem Kiefer pulsierte. Ich war nicht wahnsinnig. Er machte sich auch Gedanken.

»Ihr habt alle die Dunkelheit gesehen, die sich ausgebreitet hat, nicht wahr?«

»Nein, aber Frey und Ari können von nichts anderem reden«, sagte Casper. Er schauderte. »Das macht mir eine verdammte Angst. Was für eine Art Wildwut bewirkt so etwas?«

Ich kniff die Lippen zusammen und wagte es, Thor anzusehen. Er war blass und hatte dunkle Ringe unter den Augen. Bestimmt hatte er gestern Nacht kaum Schlaf gefunden.

»Valen?«, fragte Elise, als ich zu lange still blieb.

»Ich habe diese Art dunkler Wildwut – Verderbnis, so haben wir sie damals genannt – bisher nur bei einer einzigen Person gesehen.« Ich hielt inne. Wie sollte ich das erklären? Es war ein Geheimnis, eines, das nur die engsten Vertrauten des Hauses Ferus kannten. Es war mir zuwider, es zu bewahren, als wäre es etwas, dessen man sich schämen musste. Das war es nicht. Einfach nur anders. Ich hob den Blick, suchte und fand Elise. Sie war die Ruhe im Sturm. »Bei meinem Bruder.«

Elise öffnete den Mund. »Also hat er doch über Wildwut verfügt.«

Ich nickte. »Ja, aber niemand hat davon gesprochen.«

»Lächerlich«, grummelte Thor. »Als hätte Sol je irgendjemandem Schaden zugefügt.«

Ich bedeutete Thor mit einem Blick, sich ruhig zu verhalten. »Sol sollte König werden, und auf den Rat ihrer Seher hin hielten unsere Eltern es für das Beste, Sols Wildwut geheim zu halten. Wahrscheinlich ist das der Grund dafür, dass meine Mutter sie in ihren Tagebüchern nie so recht erwähnt. Er war der Sonnenprinz, die Hoffnung Ettas. Und seine Wildwut brachte Tod, Krankheit und Dunkelheit.«

»Nur Prinz Valen konnte etwas dagegen ausrichten«, warf Halvar grimmig ein.

»Warte«, meldete sich Elise zu Wort. »Die kranken Agitatoren auf unseren Ländereien. Glaubst du …«

»Bei den Höllen«, sagte Halvar. »Das hätte ich fast vergessen, aber … ja. Valen, ich glaube, du hast sie ihnen genommen. Du warst damals aufgrund des Fluchs verwandelt, doch ich vermute, du hast dem irgendwie ein Ende gesetzt.«

»Ich heile keine Körper«, sagte ich.

»Du erinnerst dich nicht, aber du hast die Verderbnis zurückgezogen und das … Das hat sie nicht geheilt, sondern getötet. Sie muss irgendwie manipuliert gewesen sein, trotzdem hat deine Wildwut sie zurückgezogen.«

Elise ließ eine Hand auf meinem Arm ruhen. »Wie wirkt man der Verderbnis mit Erdwildwut entgegen?«

»Sol und ich waren Gegensätze.« Ich schüttelte den Kopf, ein Brennen in meiner Brust. Bei den Göttern, wie ich meinen Bruder vermisste! »Ich konnte die Welt zum Blühen bringen; er konnte sie zerstören. Was mir jetzt, nachdem ich von den Agitatoren gehört habe, aber mehr denn je Sorgen macht, ist, dass der Rabensporn irgendwie die Verderbnis manipulieren konnte und die Macht hat, sie gegen uns einzusetzen.«

»Sol«, sagte Thor, seine Stimme leise und rau. »Sie haben Sol manipuliert, und das hier ist sein Vermächtnis. Was von seiner Magie noch übrig ist, wird für das Böse eingesetzt.«

»Das wissen wir nicht, Bruder«, sagte Halvar und klopfte Thor auf die Schulter.

»Das wissen wir nicht«, stimmte ich zu.

»Meint ihr …« Stieg zögerte. »Meint ihr, sie haben einen Dunkelfae mit derselben Begabung?«

»Es ist möglich, nehme ich an. Aber gestern Abend war es trotzdem anders. Ich habe die Verderbnis nie auf diese Art in ein Fläschchen abgefüllt gesehen. Ich habe keine Macht über den Körper, zumindest nicht, was Sols Magie betrifft. Sol hat Krankheit über die Erde gebracht, sodass ich ihr entgegenwirken konnte. Aber wenn der Rabensporn weiß, wie man mit Wildwutgiften tötet, sind wir in größerer Gefahr, als ich bisher dachte.«

»Wir müssen den Fae finden, den sie benutzen«, sagte Stieg.

»Und ihm die Kehle durchschneiden«, setzte Casper hinzu.

»Oder den Giftmischer«, schlug Elise vor. »Wer weiß, ob sie dank ihrer Experimente einen Weg gefunden haben, diese *Verderbnis* künstlich herzustellen?«

»Ich sage es euch, damit ihr euch in Acht nehmt«, sagte ich. »Wir müssen Heilmittel vorbereiten. Mondfahne wirkt machtvoll und könnte unsere einzige Hoffnung gehen Verderbnis im Körper sein. Jeder sollte einen Vorrat davon haben.«

Elise trat an meine Seite. »Wir müssen es Ari sagen.«

»Tu das, aber erwähn Sol nicht«, sagte Thor. »Sein Name soll nicht von dummen Leuten in den Schmutz gezogen werden, die eine Wildwut fürchten, die sie nicht verstehen.«

Elise ließ mich stehen und ging zu Thor. Er war niemand, der sich gern bemitleiden ließ, aber er schenkte ihr ein kleines Lächeln, als sie seine Hand umfasste und drückte.

»Ich glaube, wir müssen unseren furchtlosen König dazu bringen, deine Wildwut nicht mehr zu fürchten«, sagte Halvar. »Wir müssen diese Bindefesseln loswerden.«

»Ihr könntet ihm die Wahrheit sagen«, schlug Casper vor.

Ich schüttelte den Kopf. »Nichts hat sich geändert. Ich will die Krone nicht. Ari kann Anführer bleiben.«

»Aber Etta hat ihn nicht erwählt«, sagte Halvar.

»Früher oder später wird es das schon«, beharrte ich. »Außerdem ist es jetzt das Wichtigste, dass die Leute sich aufs Überleben konzentrieren. Der Rabensporn wird wiederkommen, und wir müssen darauf vorbereitet sein. Nicht in einen Kampf darüber verstrickt, wer bei einem Aufstand die schwache Krone tragen soll.«

Der Ausdruck ihrer Gesichter machte klar, dass keine einzige Person im Zimmer meiner Meinung war, aber dieses eine Mal widersprach niemand. Ich hatte gesehen, was aus Leuten wurde, die ihre Macht nicht aufgeben wollten. Ari war nicht grausam und ehrgeizig, doch er schuf einen Stachel im Fleisch von Burg Rabensporn. Ich würde all seine Anstrengungen zunichtemachen, wenn ich mich offenbarte.

Aber der Narr konnte uns die verdammten Bindefesseln abnehmen.

Wenn diese Verderbnis ein Überbleibsel der Magie meines Bruders war, konnte es sein, dass ich der Einzige war, der sie zerstören konnte.

Wenn sie etwas anderes war, dann betete ich zu den Göttern, dass wir einen Weg finden würden, sie zu überleben.

KAPITEL 26

PRINZESSIN AUF ABWEGEN

Ich blätterte durch die frühen Einträge von Liliannas Tagebuch. Das meiste hatte ich in der Mitte und auf den letzten Seiten gelesen – nachdem Valen geboren worden war. Aber ich überflog die frühen Passagen und suchte nach irgendetwas. Allerdings war die Königin schlau. Sie formulierte alles sorgsam, doch nachdem ich die Wahrheit über den Sonnenprinzen erfahren hatte, fielen mir doch ein paar Hinweise auf.

… bricht mir der Sonnenprinz das Herz. So ein einsames Kind. Aber es ist das Beste so. Sein Unterricht sollte innerhalb der Burgmauern stattfinden, bis er reif genug ist, Stunden in der Adelsschule zu besuchen …

… Herjas Fieber hat nachgelassen. Sol ist nach wie vor untröstlich, ganz gleich, wie oft wir ihm schon erklärt haben, dass die tückischen Fröste der Grund dafür waren …

Mit einem Seufzen schob ich das Tagebuch in meine Schultertasche.

Wie wünschte ich mir doch, Lilianna wäre hier. Ich hatte so viele Fragen, und zwar nicht nur über ihre Kinder. Valens Mutter war Timoranerin gewesen. Sie hatte gelernt, im Gleichgewicht zwischen beiden Welten zu bleiben. Ihre Kinder und ihr Mann gehörten der Magie und Etta, aber ihr Volk war eines der Ödnis, eines des Krieges. Mein Herz lebte hier unter dem Nachtvolk, bei der Wildwut und bei Valen. Dennoch ließ ich mich wie meine Vorfahren auf das Erregende des Kriegs ein. Ich liebte auch mein Volk.

Heute schien die Sonne warm, doch es herrschte große Anspannung. Der Zeitpunkt des königlichen Ehegelöbnisses war nur noch wenige Tage entfernt.

Vom Morgen bis zum Zwielicht arbeiteten die Leute in Ruskig daran, sich darauf vorzubereiten. Grelle Kostüme wurden für diejenigen geschneidert, die die Rolle der fahrenden Barden und höfischen Spaßmacher spielen sollten. Spitze Kappen mit Goldfäden, Schnabelschuhe mit Glöckchen an der Spitze, Wämser mit Messingknöpfen, lange Strümpfe mit schwarzen und weißen Streifen.

Es dauerte einige Zeit, alles Nötige zusammenzuholen. Und mit »zusammenzuholen« meine ich: zu stehlen. Ari schien es zu gefallen, Valen aus seiner Rolle als Blutgeist und bekannter Mörder in die seines ganz persönlichen Diebs wechseln zu lassen.

Ich hatte keine großen Schuldgefühle, und ich war mir auch nicht sicher, ob man die Schattengilde wirklich als Diebe bezeichnen konnte. Es war eine seltsame Form des Diebstahls. In den meisten Fällen passten einige Mitglieder von Valens Gilde alle reisenden Langschiffe am Fjord oder auch Karawanen auf Handelsstraßen ab, trieben sie in die Enge, nahmen, was gebraucht wurde, und ließen sie dann mit einem Geldbeutel voller Silbermünzen und grausamen Drohungen für den Fall, dass sie mit irgendjemandem über sie sprachen, zurück.

Mir gefiel nicht, wie Ari den Nachtprinzen wie einen hergelaufenen Halunken ausnutzte.

Aber wenn er Nacht für Nacht in mein Bett stieg, legte der Erbe von Etta Wert darauf, mich daran zu erinnern, dass das hier nur eine vorübergehende Phase war. Wenn wir leben – wirklich leben – wollten, mussten wir Burg Rabensporn stürzen.

Meine Finger kribbelten vor Vorfreude. Ulf und sein Trupp von Kundschaftern hatten schon die Nachricht gebracht, dass man die Schicksalshexe gesichtet habe. Ich empfand durchdringende und heftige Erleichterung angesichts des Wissens, dass Calista nicht mehr in ihrem Käfig und noch am Leben war. Das Mädchen hatte sich für Fremde in Gefahr gebracht. Sie hatte um Valens Fluch gewusst, sie hatte erkannt, dass er wichtig war, und sie hatte seine Geschichte mit einem Weg in die Freiheit geschrieben.

Wenn wir uns wiedersahen, würde ich sie nicht zurücklassen. Sie würde von dort befreit werden. Sosehr die anderen auch überzeugt waren, dass wir die Dunkelfae ermorden mussten, die Calder benutzte, um die Verderbnis zu verursachen, glaubte ich doch, dass wir sie genauso wie Calista retten mussten.

Wer konnte schon sagen, welche Folterungen sie erduldeten?

Thor beharrte genauso wie Valen darauf, dass Prinz Sol trotz seiner dunklen Wildwut gütig und liebevoll gewesen war. Höchstwahrscheinlich war es bei diesen Dunkelfae genauso, und sie waren nur gezwungen, auf Geheiß von Feinden zu handeln.

»Elise.« Junius winkte mir zu. Sie saß neben Siv und einem halben Dutzend Heiler vor einem großen Bottich. »Wir sind bereit für mehr.«

»Ich bin schon unterwegs«, sagte ich und hielt meinen Beutel hoch.

Junius nickte und wandte sich wieder dem Bottich zu und zerstieß mit einem dicken Knüppel Blütenblätter, Mineralien und Kräutersäfte zu einer suppenartigen Mischung.

Wenigstens hörte Ari auf Valen, was den Einsatz von Mondfahne als Gegenmittel gegen jegliches Gift betraf. Es hatte nur ein paar Heiler gebraucht, die zugestimmt hatten, was die Heilwirkung der Blüten anging. Seit Tagen füllten die Leute nun schon Trinkschläuche und Phiolen mit dem Elixier.

Ich hatte Freude daran, die Blüten zu sammeln. Das führte mich fort von dem geschäftigen Treiben zwischen die stillen Bäume.

Hecken aus Mondfahne wuchsen dicht und üppig in der Nähe des Baches. Ich kniete mich neben eine und wählte die seidigsten der silbernen Blüten aus.

Ein Ächzen in meinem Rücken sorgte dafür, dass sich mir die Nackenhaare aufstellten. Eilig zog ich den Dolch aus meinem Beutel und schlich mich durch den flachen Bach, wobei ich darauf achtete, nicht auf Zweige oder totes Laub zu treten. Dann spähte ich über die Heckenreihe.

Meine Nervosität verflog sofort, und eine Flut von Wärme wallte in meiner Brust auf.

Kinder saßen in einer Reihe, kicherten, zappelten herum und applaudierten ihren Spielgefährten, die in einem Kreis aus Zweigen fechten übten.

Sie wurden bei ihren Waffenübungen nicht von *irgendjemandem* unterwiesen.

»Parieren, so«, sagte Valen und rückte das hölzerne Übungsschwert vor Ellis' schmaler Brust zurecht. »Jetzt sag mir: Welche Körperteile beschirmst du jederzeit?«

»Kopf, Herz und Männlichkeit!«, rief Ellis.

Valen warf Halvar einen finsteren Blick zu, der vor Lachen brüllte. Seufzend richtete Valen das Übungsschwert vor dem Bauch des Jungen aus. »Fast, aber du beschützt deine Innereien. Hör nicht auf Dummköpfe, Junge.«

»Dummköpfe?«, wiederholte Halvar und wischte sich die Augen. »Möchtest du etwa dort einen Stich abbekommen?«

An Halvars Seite war Kari, die nervös wirkte. Aber ein schüchternes Lächeln brachte ihre Augen zum Leuchten. Die Rabin hatte in den letzten paar Tagen ihre Kraft zurückgewonnen, und da Brant damit beschäftigt war, zusammen mit den Kartografen Wege in die Burg aufzuzeichnen, blieb sie in Halvars Nähe. Ich hatte nur kurz mit ihr gesprochen, und sie war schüchtern und respektvoll gewesen. Dank ihrer Zeit bei der Garde hatte sie einen stärkeren Körperbau als die meisten Frauen, aber sanfte Gesichtszüge und freundliche Augen.

»Wer ist der Nächste?«, fragte Valen und zerzauste Ellis' Haare, als der Junge in die Reihe zurückkehrte.

Ein Mädchen mit schmutzigen Wangen, spitzen Ohren und silbernen Augen sprang auf. »Dolch!«

Valen neigte den Kopf und griff nach einer kürzeren Übungsklinge. Er reichte sie dem Mädchen. Sie schwang die Klinge sofort und kicherte, als Valen so tat, als wäre er getroffen.

»Anscheinend ist der Blutgeist Inge nicht gewachsen«, rief Mattis – ich musste zweimal hinsehen –, ja, Mattis. Er lächelte und lachte, als die Kinder Inge anfeuerten, den Blutgeist zu besiegen. Ein paar Hiebe und Unterweisungen später fiel Valen auf die Knie, als Inge einen Schnitt über seine Brust führte.

Er ließ sich wie tot hintenüber auf den Boden fallen.

Ermuntert von Halvar stürzte sich die Kinderschar auf den Nachtprinzen. Lachen hallte in meinem Kopf wider. Diese Kleinen hatten keine Ahnung, wer sich die Zeit nahm, ihnen beizubringen, sich zu verteidigen. Sie wussten nicht, dass er ihr König war, dass er diesen Krieg schon länger als jeder andere von uns führte.

Mir schnürte sich die Brust zu. Valen fand allmählich wieder seinen Platz bei seinem Volk. Der Gedanke allein brannte so heftig in mir, dass ich hätte weinen können.

Mir hatte noch nie jemand auf diese Weise am Herzen gelegen. Auf eine Art, die dazu führte, dass ich Seltsames dachte, mir ein Leben jenseits von Kämpfen und Flüchen ausmalte. In dem ich jeden Abend und jeden Morgen sein Gesicht zu sehen bekam. In dem wir Geliebte und Freunde sein konnten und immer so lachen würden.

Ich wollte all das – mit ihm. Ich hatte noch nie jemanden geliebt, aber die Gefühle, die ich für Legion Grey entwickelt hatten, erwachten für Valen Ferus erneut.

Ich liebte ihn.

Ich liebte den Nachtprinzen von Etta. *Er ist ein König – und was bist du?* Ich zuckte angesichts der eiskalten Stimme zusammen, in der immer Zweifel mitschwangen. Aber heute wappnete ich mich dagegen. Er war zwar der Erbe dieses Landes, was ihn zum König machte. Aber dieser König hatte *mich* erwählt. Die gefallene Kvinna ohne Namen, ohne Ländereien, ohne Stellung. Er hatte sich für mich entschieden.

Ich trat einen Schritt vor, um mich an dem Spaß zu beteiligen, blieb aber stehen, als ein Horn ertönte.

Alles Blut wich mir aus dem Gesicht. Ich wirbelte herum und sah zur Siedlung. Eine Warnung vor einem Angriff. Wie … wie war das möglich? Die Wildwut, die Ruskig beschützte … Sie … Sie konnte nicht durchbrochen werden, es sei denn, jemand hatte die Eindringlinge eingelassen.

Ich brach durch die Hecke und lief zu den Kindern. Valen war schon auf den Beinen, eine echte Klinge in der Hand. Kari breitete die Arme aus, damit die Kleinen ihr folgten, und beobachtete mit blassem Gesicht, wie Halvar seine Maske anlegte und sein Schwert zog.

Valen packte mich am Arm. »Was ist das?«

»Ich weiß es nicht«, sagte ich. »Ich habe Blütenblätter gesammelt und … ich weiß es nicht.«

Seine Handfläche bedeckte meine Wange; der flehentliche Blick seiner Augen ließ mich zerbrechen. »Geh mit Kari. Versteckt die Kinder.«

»Nein.« Ich schüttelte den Kopf. »Ich lasse dich nicht allein …«

»Elise, ich flehe dich an. Beschütze sie. Kari ist allein nicht stark genug.«

Ich wollte protestieren, wollte ihm vorwerfen, mich fortzuschicken, weil er Angst um mich hatte. Aber er war gefasst. Wie er es einst als Legion Grey getan hatte, zog er den Dolch, den ich wieder eingesteckt hatte, aus meinem Beutel und reichte mir die Klinge.

»Vergiss nicht, du hast es versprochen.«

Der Augenblick, in dem wir in meinen Gemächern in meinem Elternhaus dicht beieinandergestanden hatten, nachdem wir einen Angriff von Agitatoren überlebt hatten, lief in meinem Kopf noch einmal ab. *»Ich habe ein Gelübde abgelegt, dich zu verteidigen«*, hatte er zu mir gesagt, *»aber ich muss wissen, dass du dich auch selbst schützen wirst. Um jeden Preis. Versprich mir das.«*

An diesem Gelübde hatte sich nichts geändert.

Ich nahm den Dolch. Der Schmerz darüber, Valen alleinlassen zu müssen, war überwältigend.

Es scherte ihn nicht, dass alle zusahen, als er mich eng an sich zog und mich küsste. Nicht lange genug, und der Kuss entsprang aus Furcht. Ein Zittern verdüsterte seine Stimme, als er mir an die Ohrmuschel flüsterte: »Zweifle nie daran, für wen mein Herz schlägt.«

Valen ließ mich los und nahm noch einen Sachs von Mattis entgegen, bevor er die rote Halbmaske über sein Kinn zog und zum Blutgeist wurde.

Es wäre eigensüchtig gewesen, ihm zu folgen. Leichtsinnig, seine Bitte aus Angst davor, ihn zu verlieren, außer Acht zu lassen. Wir hatten Aufgaben zu erfüllen, wir kannten die Risiken. Wir waren entschlossen, trotzdem zu leben. Ein Schauer lief mir über den Rücken, als in der Ferne Schreie ertönten. Die Verzweiflung verlangte von mir, zur Siedlung, zu meinen Freunden zu laufen. Die Pflicht erforderte etwas anderes.

Mit Tränen in den Augen drehte ich mich auf dem Absatz um. Das Knacken von Zweigen und das Rascheln von Laub durchbrach die Stille des Waldes, als ich Kari nachrannte. Die Rabin war schnell und war schon zwischen den Bäumen verschwunden.

Ich fand sie und die Kinder kurz darauf an einem Hang, an dem Erdrutsche auf einer Seite Baumstämme hatten abstürzen lassen. Mein Fehler war, mich Kari von hinten zu nähern. Bevor ich mich rühren konnte, hatte die Rabin schon geschickt die Schneide eines Messers hoch unter meinem Kinn angesetzt.

Eine Flamme flackerte in ihrem Blick. Sie atmete schwer und riss das Messer zurück. »Tut mir leid, Kvinna.«

»Du bist Furcht einflößend«, sagte ich, hob ein winziges Mädchen über einen umgestürzten Baumstamm und setzte es sicher neben Ellis.

»Ich habe mir selbst versprochen, mich nie mehr überwältigen zu lassen.« Ihr Kiefermuskel zuckte, als sie die Köpfe der Kinder abdeckte.

»Kari, du musst dich hier verstecken«, sagte ich. »Du bist noch nicht wieder ganz gesund.«

»Ich werde kämpfen, wenn es nötig ist, Kvinna Elise«, sagte

sie voller Tatendrang. »Man mag mir hier nicht vertrauen, aber Kinder sind Kinder. ich werde nicht zögern, sie zu verteidigen. Du hast mein Wort.«

Ich glaubte ihr. Ich versuchte, die schwachen Schreie zu ignorieren, die der Wind herbeitrug. Durch einen Tränenschleier sah ich die verängstigten Gesichter unter den Baumstämmen an. »Niemand macht auch nur einen Mucks. Denkt klein, wie winzige, stille Mäuse. Ganz gleich, was ihr seht oder hört, ihr rührt euch nicht. Ihr sprecht nicht.« Ich legte mir einen Finger auf die Lippen. »Verstanden?«

»Ja, Kvinna«, ertönte Ellis' Stimme von links.

Ich berührte Karis Arm. »Ich schleiche mich hinter die Bäume und halte Wache. Wenn ich etwas sehe, gebe ich dir ein Zeichen mit einem Pfeifen wie ein Häher. Rein mit dir – ich decke dich ab.«

Kari hockte sich an eine Stelle in dem Baumstammgewirr. Wenn nötig, konnte sie die Kinder auf der anderen Seite hinausführen und mit ihnen fliehen. Als ihr Kopf gut genug verborgen war, kauerte ich mich ein gutes Stück entfernt hinter Bäume und wartete.

Rauch brannte mir in der Nase. Das Blut hämmerte in meinem Schädel. Der Wald war still, aber in meiner Seele waren meine Gefühle in Aufruhr. Alles, woran ich danken konnte, war die Frage, ob die Leute in der Siedlung auch nur die geringste Aussicht hatten, sich gegen das, was kam, zur Wehr zu setzen. Siv, Junius – hatten sie die Zeit, sich zu verteidigen? Würde Aris Leibwache genug sein?

Valen und die Schattengilde verstanden sich aufs Kämpfen. Ich zwang mich, daran zu denken, dass die Leute von Ruskig zugleich die Agitatoren von Timoran waren. Sie wussten, wie man eine Klinge hielt.

Aus dem Augenwinkel sah ich einen Schatten. Meine Sinne erwachten schlagartig zum Leben. Ich sah nichts, aber irgendetwas, irgendjemand war da.

Eine Bewegung. Das leise Knacken eines Zweigs.

In einer Baumgruppe zur Linken duckte sich eine Gestalt tief und schlich mit äußerster Vorsicht auf den Hang zu, an dem Kari sich versteckt hielt.

Wenn ich es geschickt anstellte, konnte ich die Person von hinten überrumpeln.

Um lautlos zu töten, musste man zuerst den Mund zuhalten. Als zweites die Kehle durchschneiden. Schwachstellen der Rabensporn-Rüstung: die Gelenke, an denen sich Rüstungsplatten überlappten, die Achseln, der Hals. Wenn jemand einen Schild trug, auf die Beine und den Rücken zielen. Lektionen aus den Monaten, die ich nun schon ein Leben außerhalb des Adelsdaseins führte, liefen wie ein Reigen immer wieder ab, als ich der Gestalt nachschlich – jetzt deutlich als bewaffneter Rabe zu erkennen.

Es mussten noch mehr hier sein. Ich hielt Ausschau nach irgendjemandem sonst zwischen den Bäumen. Einen einzelnen Krieger hier herauszuschicken, hätte keinen Zweck gehabt. Aber niemand kam in Sicht. Das machte mich nervöser als alles andere. Der Rabe kam Karis Versteck immer näher. Ich bezweifelte, dass er wusste, dass sich Kinder und eine ehemalige Rabin dort aufhielten, doch er suchte eindeutig nach Flüchtlingen. Zwölf Schritte. Zehn.

Meine Beine schmerzten davon, in der Hocke zu bleiben. Arten, ihn zu töten, verdüsterten meinen Verstand. Als ich das erste Mal jemandem das Leben genommen hatte, hatte es mich fast umgebracht. Inzwischen hätte ich für jeden in Ruskig getötet, ohne lange nachzudenken. So schrecklich es auch war, ich wünschte denen den Tod, die Leute bedrohten, die ich liebte. Ein winziger Einblick in das, was der Fluch des Blutrausches meiner Vorstellung nach mit sich gebracht haben musste.

Fünf Schritte. Drei.

Hinter seinem Rücken hob ich meinen Dolch.

Der Rabe wirbelte so schnell zu mir herum, dass ich zurückstolperte. Mein Körper landete aber nicht etwa auf dem Boden, nein. Ich fiel in Arme. Lederrüstung, behandschuhte Hände, fauliger Kräutergeruch aus dem Mund. Ein Rabe hatte mich fest im Griff, und bald wimmelte es unter den Bäumen von weiteren Wachen, die Befehle riefen und lachten.

Ich schrie, trat um mich, wand mich in seinem Griff. Mir versagte die Stimme, aber ich pfiff. Das Talent hatte ich seit meiner Kindheit: Ich konnte den Ruf der Häher nachahmen. Eine Mischung zwischen dem Krächzen eines Raben und der Melodie eines Singvogels.

Der Krieger warf mich zu Boden, als mein Ellenbogen auf eine weiche Stelle unterhalb seiner Arme traf. Er versetzte mir einen Tritt gegen die Rippen, setzte sich dann rittlings auf mich und hielt meine Hände über meinem Kopf fest. Ein weiterer Krieger strich mir grob die Haare aus dem Gesicht.

Sie tauschten einen Blick und bleckten dann zusammen die vom Rauchen gelben Zähne. Der Rabe, der mich auf den Boden drückte, rief über seine Schulter: »Wir haben die Kvinna! Wir haben sie.« Er warf mir einen bösen Blick zu. »Hoch mit dir.«

Ich schrie keinen Protest heraus. Welchen Zweck hätte es auch gehabt, *Nein, bitte nicht* zu rufen? Hörte je jemand darauf, wenn eine Gefangene so etwas sagte?

Mir fehlten die Worte, aber ich hielt mein Versprechen an Valen. Ich kämpfte. Ich kämpfte mit jedem Tropfen Kriegerblut in meinen Adern. Als die Raben versuchten, mich vom Boden hochzuziehen, rissen meine Fingernägel einem die Wange auf. Er ohrfeigte mich. Von meinem Platz auf dem Boden aus keilte ich aus und traf den anderen vor ein Knie.

Sie verfluchten mich, traten mich, rangen mit mir.

Ich ertastete einen Stein und warf ihn einer Wache an den Kopf. Ich kämpfte, bis am Ende ein Krieger meinen Zopf packte und mich zurückriss. Zusammen drehten die Raben mich auf den Bauch, knieten sich auf meinen Rücken und hielten mich still.

Nach einem neuerlichen Kampf glückte es ihnen, mir die Arme auf den Rücken zu fesseln und mich dann hochzuheben. Ich trat weiter um mich und bekam immer noch ihre Schläge ab. Ein Rabe hielt mir den Mund zu. Sein Gefährte packte meine Knöchel. Sie trugen mich zwischen sich, als wäre ich einer der umgestürzten Baumstämme. Ich wusste, dass ich besiegt war.

Sie mochten mich gefangen nehmen, aber ich würde ohne jeden Zweifel kämpfend sterben.

KAPITEL 27

NACHTPRINZ

Die Siedlung lag in Schutt und Asche. Hütten brannten, eine ganze Einheit Raben verwüstete die Läden, stürzte Karren um, vergoss Blut.

Das Gras war nicht mehr üppig und grün, sondern rostrot vor Blutlachen, Fleisch und Leichen. Dunkelheit tobte in mir. Die Wildwut in meinem Blut brannte unter meiner Haut, verzweifelt darauf bedacht hervorzubrechen. Ich konnte nichts gegen die Bindefesseln an meinen Handgelenken ausrichten, aber ich konnte eine Waffe bekommen.

Bevor wir die Grenze zur Stadt überschritten, packte ich Mattis beim Kragen und zog sein Gesicht an meines heran. »Meine Äxte. Sofort.«

Mattis reagierte nicht gereizt. Er nickte nur und rannte zu den Ställen, in denen er meine Waffen weggeschlossen hatte.

»Nachtprinz«, sagte Halvar an meiner Seite. »Heute kämpfen wir für unser Volk.«

Ich drehte das Schwert in meiner Hand. Ein neu entzündetes Feuer loderte in meiner Brust auf. Diese Leute waren meine! Sie waren das Volk, bei dessen Verteidigung mein Vater und der Rest meiner Familie während der Eroberung gestorben waren. Zum ersten Mal, seit meine Erinnerungen zurückgekehrt waren, verschob sich das erdrückende Pflichtgefühl, und die Erkenntnis, dass die Bürde eine Ehre war, durchzuckte mein Herz.

Dieses Land hatte meine Dynastie, mein Blut erwählt. Es hatte mich erwählt.

Kämpf, Valen! Kämpf, wie du noch nie zuvor gekämpft hast! Kämpf wie die Götter! Sols Stimme spendete mir Kraft.

»Legion.« Mattis kehrte zurück und reichte mir die beiden schwarzen Äxte. Sie glänzten, poliert und unbenutzt.

Ich übergab dem Tischler das Schwert und verlor keine Zeit. Wir stürzten uns ins Chaos.

Wildwut brodelte im Boden. Wurzeln, Ranken und Erde umschlangen die Raben. Die Nachtleute kämpften, so gut sie konnten, aber es war nicht genug. Es waren zu viele Wachen. Bald ging den Fae eines auf: Je häufiger sie innehielten, um Wildwut einzusetzen, desto mehr von ihnen starben unter einem raschen Schwerthieb.

Ich fiel einem Krieger in den Rücken und begrub eine Axt in seiner Wirbelsäule. Die Frau, auf die er es abgesehen hatte, kämpfte sich eilig wieder auf die Füße. Sie lächelte höhnisch und etwas boshaft, hob das Schwert des Raben auf und rammte es in eine in der Nähe stehende Wache.

Es dauerte nicht lange, bis Rufe verrieten, dass man die Schattengilde bemerkt hatte. Auf der anderen Seite des Dorfplatzes kämpfte Junius an der Seite von Stieg und Casper. In der Nähe des königlichen Langhauses focht Thor, maskiert und gnadenlos, neben Ari und Frey.

Meine Äxte hatten eine beruhigende Wirkung auf mich. Jede der Klingen dämpfte die düstere Todessehnsucht, die ich in mir trug, und spielte doch zugleich mit ihr. Mit den Äxten hatte ich die Kontrolle. Ich konnte töten und mit klarerem Kopf zurücktreten. Vielleicht erschuf ich ihre Macht nur in meinem Verstand, aber war das noch von Belang? Nun, da ich meine Äxte wiederhatte, war ich flink und tödlich.

Drei Wachen stürmten auf mich zu. Ich trieb eine Axt tief in einen Oberschenkel. Als der Mann fiel, hieb ich einer anderen Wache die Brust auf. Ich wirbelte herum und zog in einem Rückhandschlag die Klinge einer Axt über die Kehle des ersten Raben. Zwei waren schon tot, bevor der dritte schlitternd zum Stillstand kam.

Ich ließ ihm Zeit auszuatmen. Dann warf ich beide Äxte und begrub sie tief in seinem Bauch.

Als er zu Boden sackte, hatte ich die Klingen schon wieder herausgerissen und mich dem Nächsten zugewandt.

Zwei Raben griffen mich an. All meine Waffenübungen mit den Rittern des Hofs waren mir als Blutgeist zugutegekommen, auch wenn ich damals nicht gewusst hatte, wer mich ausgebildet hatte. Schnelle Schritte ließen mich außer Reichweite bleiben. Eine Wache schwang ihr Breitschwert. Ich wich einen Schritt nach hinten und spürte den Luftzug des Schlags im Gesicht. Der Mann zuckte zurück und rechnete bestimmt damit, dass ich parieren würde. Ich rührte mich nicht. Mir ging es darum, seine Fähigkeiten auszuloten. Er beeindruckte mich nicht, und sein Wachkamerad beeindruckte mich sogar noch weniger.

»Fane!«, rief der Rabe, der versucht hatte, mich niederzustrecken. Er war außer Atem und blutete aus der Lippe. »Willst du da einfach nur herumstehen?«

Bei den Worten setzte sein Gefährte sich unvermittelt in Bewegung. Er machte einen Ausfallschritt und zielte mit einer kurzen Klinge auf mein Herz.

Bring sie zum Stolpern, mein Prinz.

Ich grinste, als ich mich an Dagar erinnerte. Halvars Vater

hatte mir viele Schritte beigebracht. Präzise, strategische Manöver mit meinem Körper, um die Beinarbeit eines Gegners durcheinanderzubringen. Die Klinge kam von vorn. Ich zog den Bauch zurück, um dem Stoß zu entgehen.

Er versuchte es mit einem Schlag von oben nach unten. Ich duckte mich. Als er vorwärtsstolperte, schwang ich eine Axt hoch und schlitzte ihm die Wange auf. Mit einem Tritt gegen den Rücken stieß ich ihn beiseite. Sollte er doch bluten. Unter meiner Maske verzerrte ein Grinsen meinen Mund, als der erste Rabe dort ansetzte, wo der andere abgebrochen hatte.

Dieser Rabe zielte besser. Das verlangte mir mehr Nachdenken ab. Vorbeugen, zustoßen, parieren, zuschlagen. Stahl tönte auf Stahl, als sein Schwert gegen meine Äxte prallte.

Bring sie ins Stolpern. Auch nach Jahrhunderten hatte der Rabensporn seine Krieger noch nicht gelehrt, ihre Füße zu schützen. Die Wache führte einen wuchtigen Schlag. Im letzten Moment wich ich aus und versetzte ihm dann einen Tritt in die Kniekehle.

Der Rabe stolperte. Seine Schultern bebten, als er sich vom Boden aufrichtete. »Töte mich ehrenvoll als Krieger, Blutgeist. Das ist alles, was ich verlange.«

Ich trat sein Schwert beiseite. »Diebe dieses Landes haben den großen Saal der Götter nicht verdient.«

Er hatte seine Klinge nicht mehr, aber ich gewährte ihm einen raschen Tod. Meine Maske war blutgetränkt. Der Kampf tobte. Ich raste auf das königliche Langhaus zu, schlug zu und wich Hieben aus, während ich mich beeilte, Ari und Thor zu Hilfe zu kommen.

Dann ertönte der tiefe Schall eines Horns über den Kampflärm hinweg. Fast sofort rückten die Rabenspornwachen ab. Sie eilten zur Grenze und ließen Ruskig wie betäubt zurück. Es dauerte ein paar Atemzüge, bis die Leute jubelten. Sie schrien unseren Sieg hinaus.

Der Griff um meine Äxte verstärkte sich. Irgendetwas stimmte nicht. Der Rabensporn trat nicht grundlos den Rückzug an.

Ein Schrei, nur allzu vertraut, übertönte das Horn. Gefolgt von einem schrillen Kreischen, das mir ein Loch in die Brust riss.

Bei allen Göttern, nein.

An den Toren schleppte eine Schar von Raben eine zappelnde Elise weg. Sie schrie und trat um sich. Sie schnappte mit den Zähnen zu, als einer versuchte, ihr den Mund zuzuhalten.

»Elise!«, brüllte ich und rannte auf sie zu.

»Legion!« Bei den Höllen, sie kämpfte, aber als ihre Augen mich fanden, glänzten sie vor der Angst, die sie zu verbergen versuchte.

Ein paar verbliebene Wachen standen mir im Weg. Ich schwang meine Äxte, tötete die meisten aber nicht, sondern stieß sie eher beiseite. Je mehr ich mich anstrengte, sie zu erreichen, desto mehr verdammte Körper schienen mir im Weg zu stehen.

»Elise!« Verzweiflung pulsierte in mir, schwer wie Eisen. Sie nahmen sie gefangen. Sie waren ihretwegen gekommen, und ich hatte sie *allein* dort draußen gelassen.

Ein Rabe sprang vor mich. Er war bei meinem nächsten Schritt tot, sein Blut in meinem Gesicht.

Die Wachen hatten sie schon halb durch die Tore geschleppt. Ich war mindestens hundert Schritte von ihr entfernt. Ich würde es nicht schaffen. Mein Körper wurde schwächer, als würde die ganze Welt auf meinem Rücken lasten. »Elise! Kämpf weiter! Ich komme dich holen! Ich komme!«

Sie war fort. In dem Moment, in dem die Eindringlinge durch die Tore flohen, reparierte der Wildwutwall aus Stein, Dornen und Wildrosen sich selbst.

Ich fiel auf die Knie. Der Atem wollte nicht kommen. Erde zerbröckelte unter meinen Fingern, als ich sie in den Boden grub.

»Kämpf«, sagte ich, verstört und gebrochen. »Bitte kämpf.«

Die Zeit spielte keine Rolle mehr, also hatte ich keine Ahnung, wie lange ich dort blieb, bis Thors Griff mich auf die Beine zog. Mein Körper zitterte vor ungezügelter Wut, als ich meinen Freund ansah. »Ich lasse nicht zu, dass sie mir noch jemanden nehmen.«

»Du wirst den Schmerz, deine *hjärta* zu verlieren, nicht erleben.«

Ich widersprach nicht. Ich konnte es nicht. Elise Lysander hatte mein Herz gestohlen, als es noch verflucht gewesen war. Ich hatte es mir nie zurückgeholt. Ich schmetterte beide Äxte in die Erde. Zorn tobte in mir, als würde ein zweites Wesen in mir leben.

»Ari!«, brüllte ich. Elise war fort, und es würde kein Moment mehr vergehen, den ich nicht damit verbrachte, sie zurückzuholen. Der König war in der Nähe seines Langhauses. Sein Gesicht war blutbespritzt, sein Körper erschöpft, während er den Verwundeten half. »Ari!«

Er wandte sich mir zu. Die Selbstgefälligkeit, die er immer an sich gehabt hatte, war verschwunden. Jetzt war er ein geschlagener, gebrochener Mann.

Es kümmerte mich nicht. Ich hielt ihm meine Handgelenke vors Gesicht. »Lass mich frei! Tu es sofort, sonst schneide ich dir die Kehle durch.«

Er schnaufte spöttisch, aber es lag nichts Scherzhaftes darin.

»Legion, *ich* kann dich nicht freilassen. Ich habe den Schlüssel nicht. Vielleicht ist das für den Augenblick auch gut so. Ohne Plan kannst du nicht hinter ihr herrennen. Sei vernünftig.«

Er wandte sich ab, aber ich packte seine Tunika und zwang ihn, mich anzusehen. »Du hast gesagt, du hättest den Schlüssel. Finde einen Weg, mich freizulassen, du Bastard.«

Ein Schatten huschte über seine Züge. »Wir weichen nicht vom Plan ab, Legion Grey! Wir gehen zum Rabensporn, wir wehren uns, wir nehmen ihnen ihre Wildwut. Wir werden tun, was wir können, um Elise zurückzuholen, das versichere ich dir.«

»Ich will deine verdammten Versicherungen nicht. Gib mir meine Wildwut, dann kümmere ich mich um den Rest.«

»Bruder.« Halvar drängte sich zwischen ein paar Umstehenden hindurch. Er presste eine feste Hand auf mein rasendes Herz. Nur selten sprach er mich so an, wie die Ritter es einst getan hatten, aber jetzt konnte ich es gebrauchen. Mit geballten Fäusten sah ich ihn an. Er zuckte nicht mit der Wimper. »Du weißt, dass wir nur eine einzige Gelegenheit bekommen werden. Wenn wir überstürzt handeln, wird sie gewiss sterben.«

»Du glaubst, sie töten sie nicht, wenn wir langsam vorgehen?«

»Sie wollen sie, schon vergessen? Das hat man dem Gesicht ihrer Schwester in Mellanstrad angesehen. Ich konnte es spüren. Sie wollen Elise lebend. Für den Augenblick.«

Ich wandte mich ab und fuhr mir mit den Fingern durchs Haar.

»Legion«, sagte Ari. »Hilf uns, unsere Toten zu bestatten, danach üben wir Vergeltung.«

Er befahl es mir nicht. Um die Wahrheit zu sagen, klang Ari kaum wie der König, den er spielte. Ich sah ihn an und hielt ihm den Finger vors Gesicht. »Du wirst meinem Befehl folgen. Ich führe uns dorthin. Ich werde derjenige sein, der gegen den falschen König antritt.« Ich würde ihn von *meinem* Thron werfen.

Ein Teil von mir fragte sich, ob Ari spürte, dass sich etwas in mir verschoben hatte. Er widersprach nicht, sondern neigte den Kopf. »Ich konnte mein Volk nicht beschützen. Wenn du uns dorthin führen kannst, wenn du besser kämpfen kannst als ich, dann übernimm den Befehl. Ich will nicht noch mehr Tod.«

»Du wirst mich von diesen Bindefesseln befreien.«

»Wenn ich es tue, wenn ich den Schlüssel hole«, sagte er, »offenbarst du mir dann, wer du wirklich bist? Jemand hat uns heute verraten. Ich muss wissen, wem ich vertrauen kann.«

Ich beugte mich so dicht zu ihm, dass unsere Köpfe sich fast berührten. »Lass mich frei, dann wird bald genug offenkundig, wer ich bin.«

Ari nickte. »Legion, gib dich nicht der Fehlannahme hin, du seist der Einzige, den es kümmert. Elise ist wichtig, aber in diesem Kampf geht es um größere Dinge als jeden Einzelnen von uns.«

Er hatte recht. Dieser Kampf überstieg jedes einzelne Leben. Das wusste ich. Sogar Elise wusste es. Aber nur ein einziges Leben war mir wichtiger als alle anderen.

»Es kümmert uns alle«, setzte Frey hinzu.

Zweifelsohne war es ein Versuch, mich zu trösten. Stattdessen fachte es meinen Zorn an. Ich schrie meine Wut in den Himmel empor. Einen Moment lang zogen die Bindefesseln um meine Handgelenke sich eng zusammen. Sie glühten. Bei den Höllen – meine Wildwut durchbrach sie beinahe. Ari und Frey hatten beide den gleichen Gesichtsausdruck: eine Mischung aus Fassungslosigkeit und Neugier.

»Euch kümmert es vielleicht aus den besten Absichten heraus, aber ich *liebe* sie«, schrie ich sie an und setzte im Davongehen über meine Schulter hinzu: »Geht nur aus euren eigenen Gründen zum Rabensporn. Ich gehe für Elise Lysander.«

Niemand folgte mir. Niemand versuchte noch einmal, mich zu trösten.

Ich stürmte zurück in ihre Hütte, schloss die Tür ab. Mein Rücken schrammte über das Holz, als ich mich zu Boden gleiten ließ.

Ich sandte einen stummen Schwur zum Dach empor. Vor morgen Abend würde ich Elise finden. Länger konnte ich all das nicht ertragen.

Vor morgen Abend würde ich König sein.

Der Scheiterhaufen ragte hoch über die geborstenen Dächer auf. Wir hatten uns voller Trauer in einer Reihe aufgestellt, als die Toten zu Asche verbrannten.

Kinder weinten um verlorene Mütter und Väter. Mütter und Väter beweinten ihre Kleinen. Neben Halvar stand Ellis. Ihm zitterte das Kinn, während der die Flammen betrachtete. Arabella war hinter ihrer Hütte gefunden worden. Wahrscheinlich war sie als eine der Ersten gefallen. Kari hatte dem Jungen die Hände auf die Schultern gelegt.

Ich trat auf ihn zu und ging in die Hocke.

Er starrte mich mit glasigen Augen an. »Hersir Grey«, sagte er tapfer. Seine Stimme zitterte.

Aus meinem Stiefel zog ich ein schmales Klappmesser. Der Griff bestand aus Knochen, und in den Stahl war ein Pfeil graviert. »Dieses Messer hat mir gute Dienste geleistet. Du hast heute gut gekämpft. Du hast die anderen Kinder beschützt. Kari hat mir erzählt, wie du auf Elises Anweisung hin mit den Kleinen geholfen hast. Deine Mutter wäre stolz auf dich.«

Er blinzelte, und eine Träne fiel ihm auf die Wange. Ich reichte ihm das Messer und machte Anstalten, mich aufzurichten.

»Hersir Grey«, sagte er leise. Ich ging wieder in die Hocke. »Kvinna Elise – sie hat geglaubt, dass Ihr stärker seid als der falsche König. Ich habe gehört, wie sie mit Maj darüber gesprochen hat, dass sie Euch vertraut und an Euch glaubt. Ich vertraue Euch auch.«

Ich erstickte an meinen Worten. Alles, was ich hervorbringen konnte, war: »Pass gut auf das Messer auf. Es bringt neue Verantwortung mit sich.«

Später drängte sich die Schattengilde in Elises Hütte. Dort zu sein, gestattete mir, mich ihr nahe zu fühlen. Es dauerte die halbe Nacht, sich der Toten anzunehmen und sich zu vergewissern, dass die Grenzen vollkommen sicher waren. Ulf sollte in Kürze wieder mit seinem Kundschaftertrupp hier eintreffen, woraufhin wir neue Pläne schmieden würden, wie wir während des Ehegelöbnisses auf den Rabensporn gelangen konnten. Morgen war der Höchstmond, und es war der letzte, an dem der falsche König auf dem Thron sitzen würde.

Ein Klopfen durchbrach mein zorniges Auf-und-ab-Laufen.

Junius eilte zur Tür und trat dann beiseite, als Ari mit Mattis und Siv hereinkam.

Ari sah sich im Zimmer um. »Ich will einen Schwur, dass ihr mich nicht töten werdet, wenn eure Wildwut wiederhergestellt ist. Versucht zu verstehen, warum wir sie ursprünglich blockiert haben.«

Thor sah finster drein, doch Casper lachte laut. »Ach, wir mögen dich doch, kleiner König. Wir werden dich nicht umbringen. Aber vergiss nicht – wir könnten es.«

Siv ging herum und reichte jedem von uns eine hölzerne

Schale. Sie hatte Tränenspuren auf den Wangen, als sie mir in die Augen sah. Mit einem leichten Neigen ihres Kopfs gab sie mir die Schüssel und legte dann die Fensterläden vor.

»Erklärt mir noch einmal, warum wir so geheimniskrämerisch sein müssen«, sagte Ari. »Versteht mich nicht falsch: Ich bin nur neugierig, aber es verstört mich auch.«

»Ihr habt einen Verräter in euren Reihen«, entgegnete Halvar. »Es wird zu unserem Besten sein, wenn du der Einzige bist, der weiß, dass unsere Wildwut wiederhergestellt ist. Vertrau mir, du wirst es bald genug verstehen.«

»Aber was ist mit Mattis hier?«

Ich sah den Tischler an. »Wir vertrauen ihm.«

Er wurde angesichts des Lobs ganz verlegen und nahm Sivs Hand.

»Gut«, sagte Ari. »Denn er hat den Schlüssel zu den Bindefesseln.«

»Was?« Jetzt starrte ich Mattis böse an.

Er trat etwas kleinlaut vor. »Ich war der Zornigste, also dachte König Ari, ich wäre auch derjenige, der bestimmt nie nachgeben und euch die Fesseln abnehmen würde.«

Mattis ging zuerst zu Casper, ein Silberstück mit Runen in der Hand.

»Haltet eure Schüsseln gut fest«, sagte Ari. »Es ist ziemlich unangenehm, Bindefesseln abgenommen zu bekommen, und den meisten Leuten dreht es den Magen um.«

»Wir haben alle schon einmal Bindefesseln erduldet«, murmelte ich, hielt aber die Schale bereit.

Casper und Stieg schnappten nach Luft und krümmten sich, als Mattis ihnen die Fesseln abnahm. Stieg war derjenige, der sich zuerst übergab, doch Casper tat es am lautesten. Junie wich mit angewidertem Blick bis an die Tür zurück.

Thor und Halvar hielten am längsten durch, aber am Ende überkam es auch sie, und sie umklammerten ihre Schüsseln. Mattis zögerte, als er zu mir kam.

»Ich vertraue dir auch«, sagte er zu mir. »Ich stehe fortan hinter dir. Ganz gleich, über welche Wildwut du verfügst.«

So, wie er es sagte, ging ich davon aus, dass er mich für einen Dunkelfae hielt. Wohl ein erklärlicher Verdacht, da ich über die Verderbnis Bescheid wusste.

Er führte die Rune über die Bindefesseln. Sie landeten klirrend auf dem Boden. Heißer, weiß glühender Schmerz pochte in meinem Blut. Galle brannte mir im Rachen. Ich stöhnte, beugte mich über meine Knie und atmete durch die Nase. Ich übergab mich nicht so heftig wie die anderen, aber selbst Könige hatten ihre Schwierigkeiten mit Bindefesseln.

Nach einem Moment schwächte der Anfall sich ab, und ich richtete mich auf. Thor grinste, als er die Hand öffnete und eine leuchtend blaue Flamme sich um seine Finger schlängelte.

Ari atmete langsam aus. »Mächtige Fae. Ihr alle. Entweder habe ich eine kluge Wahl getroffen oder einen tödlichen Fehler begangen.«

Mein Körper fühlte sich wieder vollständig an. Mein Kopf klarer. Ich ging zuerst zu Siv und wünschte, ich hätte es mit Elise tun können. »Ich entlasse dich aus deinem Wildwutbann.«

Sie schloss die Augen. Ihre Schultern entspannten sich.

»Aha. Das beantwortet ein paar Fragen«, sagte Ari. »Dann war wohl auch die Zunge der lieben Elise gefesselt. Jetzt bin ich sogar noch neugieriger, Legion Grey. Ihre kleinen Warnungen bezüglich meiner Spiele und Drohungen. Was für eine Art gefährlicher Mann bist du? Was genau tust du? Du hast mir versichert, es würde bald genug offenkundig werden, sobald deine Wildwut wiederhergestellt sei.«

Ich erwiderte Aris starren Blick eine ganze Weile lang. Er hatte bewiesen, dass man ihm vertrauen konnte, aber wie würde er reagieren, wenn er erfuhr, dass seine Königsherrschaft zu Ende war? Er hatte mir die Führungsrolle übertragen, auch ohne es zu wissen. Ich musste darauf vertrauen, dass er Etta treu ergeben war, ganz gleich, wer herrschte.

Ich trat in die Mitte des Zimmers. »Weicht zurück.«

Die anderen drückten sich an die Wände, als ich mich hinkniete. Die Wildwut wurde stärker, während mein Verstand sich ausmalte, was ich wollte. Ich presste die Handfläche auf den Boden und achtete darauf, das Erdwirken gut zu kontrollieren, damit der Rest der Siedlung nichts davon mitbekam.

Die Hütte wackelte. Ari und Mattis waren die Einzigen, die unbehaglich dreinsahen. Mattis fluchte sogar, als Holz splitterte und knackte.

Elise würde mir verzeihen müssen, dass ich ihre Hütte zerstörte. Es kostete kaum Mühe, aber bald barst das Holz, und eine tiefe Spalte klaffte in Erde und Gestein des Bodens unter dem Haus auf.

Ich öffnete die Augen, stand auf und wischte mir den Staub von den Handflächen.

Ari und Mattis gafften mit offenem Mund den Riss im Boden an. Dann mich.

»Du bist … du bist ein Erdwirker«, flüsterte Ari.

»Der bin ich.«

»Das macht Spaß«, raunte Halvar Thor zu.

»Aber der Einzige seit tausend Jahren war …«, setzte Mattis an und brach dann ab. Er starrte Siv an. Sie nahm einfach seine Hand.

Ari hob den Blick wieder zu mir. »Wie lautet dein Name? Dein wahrer Name.«

Keine Geheimnisse. Es war so weit. Für Elise, für Etta, war es an der Zeit.

»Ich habe mehrere«, sagte ich gemessen. »Aber die meisten kennen mich als Valen Ferus, den Nachtprinzen.«

KAPITEL 28

PRINZESSIN AUF ABWEGEN

Ich hatte damit gerechnet, dass es so wie in den Verliesen in den Wildwutsteinbrüchen sein würde. Aber auf Burg Rabensporn gab es in den Zellen kaum Gefangene. Einsam, feucht und schmutzig. In einer Ecke meiner Zelle hinterließ ein ständiges Wasserrinnsal eine Spur von schwarzem Moos auf dem Stein und schwängerte die Luft mit einem fauligen Gestank. Die Schlösser an den Türen waren groß und hatten sichtbare Riegel. Ich hatte einen Großteil der letzten Stunde mit dem Versuch verbracht, den Riegel beiseitezuschieben. Alles, was mir das eingebracht hatte, waren ein verspannter Nacken und eine aufgerissene Fingerspitze.

Als die Haarnadel aus meinem Zopf noch einmal abrutschte, schlitzte das kalte Eisen mir einen zweiten Finger auf. »Bei allen Höllen«, fluchte ich laut.

Ein gereiztes Seufzen ertönte irgendwo weiter unten in der Zellenreihe. »Du bist nicht klug. Wenn man diese Schlösser aufbrechen könnte, glaubst du dann nicht, dass ich schon vor einer Ewigkeit von hier fortgekommen wäre? Es ist unmöglich.«

Ich kannte die Stimme. »Calista?« Sie kicherte. Mein Herz schlug Purzelbäume. »Bei allen Göttern, Calista. Ich dachte, du wärst noch immer im Schwarzen Grab eingesperrt.«

»Nein. Nicht, dass es viel besser wäre, in den stinkenden Innereien der Burg eingeschlossen zu sein.«

»Ich bin dort gewesen«, sagte ich leise. »Ich bin zum Schwarzen Grab zurückgekehrt und … ich dachte, ich hätte dich vielleicht wieder dort zurückgelassen.«

Sie zögerte. Das Mädchen war klein, hatte aber schon ein düsteres Leben hinter sich, daran hatte ich kaum Zweifel. Dennoch bemerkte ich es, als sie versuchte, die Gefühlsbewegung in ihre Stimme zu verbergen, und verzweifelt darauf bedacht war, gleichmütig und abgeklärt zu klingen.

»Ich verstehe nicht, warum es überhaupt deine Sorge ist, mich suchen zu kommen«, sagte sie.

»Du hast uns geholfen. Dem Nachtprinzen.«

»Ich habe eine Geschichte geschrieben, um mir selbst zu helfen. Wenn er freigekommen ist – was ein Grund mehr dafür ist, dass es mich ärgert, dich hier zu sehen –, dann sei es so. Warum musstest du hingehen, dich fangen lassen und all meine meisterhafte Arbeit verderben?«

Ich kämpfte gegen den Drang an zu lachen. Calista war ein seltsames Mädchen, aber obwohl ich wusste, dass sie meinen Vater verflucht und das Schicksal so verdreht hatte, dass ich in diesen Kampf geworfen werden würde, mochte ich sie sehr. »Wann haben sie dich hergebracht?«

»Gleich nach dem letzten Mal.«

»Wissen sie, was am Grab geschehen ist?«

»Sie sind nicht allzu dumm. Aber sie haben mich schließlich dazu gezwungen zu gestehen, was ich bewirken kann.« Schmerz lag in ihrer Stimme. Ich schloss die Augen. Ohne Zweifel meinte sie damit, dass man ihr wehgetan hatte, bis sie zusammengebrochen war. Calista seufzte laut. »Sie glauben, dass ich etwas getan und die Magie am Grab durcheinandergebracht habe, also haben sie mich es wieder verfluchen lassen und mich dann hierhergeworfen. Aber nicht, bevor ich ihnen solche Angst gemacht hatte, dass sie sich in die Hose gemacht haben.«

Sie kicherte und erinnerte mich an Ellis. Schlau, schelmisch, ein Kind, das versuchte, in einer harten Welt zu überleben.

»Also hast du es für mich verflucht.«

»Ja, gern geschehen, verdammt noch mal.« Sie bewegte sich; das Schlurfen von Füßen hallte im Zellenblock wider. »Deine Leute wollten dich verkrüppeln, aber ich habe die Schattenwächter dümmlich und langsam gemacht. Ich konnte ja nicht ausdrücklich schreiben: *Rührt sie nicht an.* Nein, ich musste bei meiner Formulierung sorgfältig sein, doch ich habe neue Worte gelernt. Ich habe ein paar Dinge wie ›sich ihrer Stärke nicht bewusst‹ und ›umklammerte ihre bleiernen‹ – das heißt schweren – ›Klingen‹ eingefügt. Habe sie langsam gemacht, aber sie zugleich in den Ohren dieser fürchterlichen Leute grimmig klingen lassen.«

Ich grinste. Bei allen Göttern, dieses Mädchen würde eines Tages eine ernstzunehmende Gegnerin sein. »Nur, warum wollten sie mich verfluchen?«

»Um dich in die Falle zu locken, vermute ich.«

»Nicht, um mich zu töten?«

»Na ja, nicht mehr, nachdem ich es ihnen ausgeredet hatte.«

»Was hast du getan?«

Sie zögerte und seufzte dann frustriert. »Vielleicht habe ich eine Idee aus dem Werk einer alten Geschichtenerzählerin nachgeahmt. Ich weiß, ich weiß. Wenig originell und faul, das musst du mir nicht erst sagen. Aber es war ja auch eine *gute* Idee.«

»Calista, was hast du getan?« Ein Lachen lag in meiner Stimme. Wenn ich schon in einem stinkenden Loch eingesperrt sein musste, meinen Freunden und Valen entrissen, spendete es mir doch ein gewisses Maß an Freude, dass ich wenigstens mit ihr zusammen war. Sie schien sich ihrer ernsten Lage kaum bewusst zu sein und trug den Kopf hoch erhoben. Vielleicht war das ihre Art zu überleben, aber zugleich barg sie immer noch eine fast kindliche Unschuld in sich.

»Ich habe dieser neuen Königin, deiner Schwester, gesagt, dass das Land weinen würde, wenn die verlorene Prinzessin von ihrem Blut getötet würde. Es würde sein Herz abtöten und sich abermals in die Ödnis verwandeln, die es einst war. Ich habe die Formulierung etwas abgewandelt, weil ich dann auch wieder nicht *so* faul bin, aber es war die gleiche Idee wie bei der Geschichtenerzählerin, die den Prinzen verflucht hat. Du weißt, dass sie es getan hat, um dem Morden Einhalt zu gebieten, oder? All die Angehörigen des alten Königshauses – man hat sie, wie ich erfahren habe, einen nach dem anderen getötet, und so hat sie sie gerettet, indem sie darüber gelogen hat, was geschehen würde, wenn sie starben. Ich habe das Gleiche getan. Deine Schwester mit dem bösen Herzen braucht dich lebend. Zumindest glaubt sie das.«

»Ich werde am Leben bleiben?« Es war eher eine ungläubige Frage als eine Feststellung.

Calista schnaufte. »Vermutlich. So, wie es sich anhört, will sie nur nicht, dass du ein *angenehmes* Leben führst.«

Schauer liefen mir über die Arme. Ich lehnte meine Stirn an die Gitterstäbe meiner Zelle und hoffte, einen Blick auf das Mädchen zu erhaschen. Alles, was ich ausmachen konnte, waren ihre Arme, die zwischen den Stäben hervorragten, und ich stellte fest, dass wir hier unten nicht allein waren. In einer Zelle auf der anderen Seite des Blocks und links von Calista kauerte ein breitschultriges Bündel in der Ecke, von Kopf bis Fuß in eine schmutzige Wolldecke gehüllt.

Ich gab mich mit dem dritten Gefangenen nicht weiter ab. Er hatte sich nicht gerührt, hatte kein Wort gesagt. »Wir müssen hier herauskommen. Kannst du eine andere Geschichte schreiben?«

»Nein.« Calista schmollte. »Sie haben mir meine Schriftrollen und Runen weggenommen.«

Ich schloss die Augen. *Denk nach.* »Es sickert Wasser hier herein. Wir könnten vielleicht Löcher finden und ein Signal geben, oder vielleicht könnten wir sie, wenn sie hier auftauchen, um die Unrateimer abzuholen …«

»… überwältigen? Ach, gutes Herz, sie sind keine Dummköpfe. Sie kommen vorbereitet.«

»Wir können nicht einfach nichts tun. Nicht weit von hier gibt es einen Aufstand. *Er* ist dort.« Verflucht sei der Wildwutbann. Ich konnte Valens Namen nicht aussprechen, aber das war vielleicht auch gut so, falls Runa vorhatte, mich zu foltern.

Calista kicherte erneut. »Oh, ich wünschte, ich hätte sein Gesicht sehen können, als ihm alles klargeworden ist. Ist er jetzt eingebildet? Oder herrisch? Vielleicht ist er ein stiller Prinz.«

»Er ist …« Mir schnürte sich die Kehle zu, als ich an Valen dachte. Als sie mich fortgeschleppt hatten, waren seine verzweifelten Schreie alles gewesen, was ich gehört hatte. »Er will den Thron nicht besteigen. Aber er ist nichts von alledem. Er ist stark und doch zugleich unsicher. Er ist brutal und doch sanft.«

»Hm«, sagte sie. »Klingt, als hätte er keine Ahnung, wer er ist, und müsste sich für das eine oder das andere entscheiden.«

Jetzt lachte ich. Es ließ meine ausgedörrte Kehle rau werden. »Ja, vielleicht sollte er das tun.«

»Es kommt«, ertönte eine kehlige, heisere Stimme aus der dritten Zelle.

Der Gefangene rührte sich nicht, schlug die Decke nicht

zurück. Einen Moment lang war ich mir nicht sicher, ob er überhaupt gesprochen hatte, bis Calista kicherte.

»Oh, das ist Lumpi. Zumindest nenne ich ihn Lumpi, weil er wie ein Haufen Lumpen aussieht, wenn er die ganze Zeit so dasitzt.« Sie kicherte erneut. »So etwas sagt er ständig.«

»Wer … wer ist er?«, fragte ich, überzeugt, dass der verhüllte Gefangene es mir nicht sagen würde.

»Weiß ich nicht. Sie kommen ihn oft holen, doch er verrät mir nie, was sie tun. Er wehrt sich allerdings nicht. Er hört brav auf sie, aber er ist auch sehr, sehr alt, also schätze ich, man wird einfach so, wenn man hier zu lange festsitzt.«

»Sie nennen nie einen Namen, wenn sie kommen?«

»O doch. Böse Ausdrücke. So, wie sie mich eine Hexe nennen, aber ihm werfen sie alle möglichen Bezeichnungen an den Kopf. Ich sage ihnen gewöhnlich, dass sie den Mund halten sollen, doch ich glaube, das bringt sie nur noch mehr zum Lachen.«

»Du bist gut zu ihm«, sagte ich. »Du bist diejenige, die das gute Herz ist, Calista.«

»Bin ich nicht«, widersprach sie. »Ich bin unheimlich, und ich überlebe. Aber Lumpi tut niemandem etwas zuleide, und manchmal bringt er mir Wörter bei, also mag ich es nicht, wenn sie ihn beschimpfen.«

Ich zog die Augenbrauen hoch und sah wieder zu dem reglosen Gefangenen hinüber. »Er hat dir mit deinen Geschichten geholfen?«

War dieser Gefangene ein Verbündeter?

»Nein, bloß, wenn mir das passende Wort fehlt. Er kennt sich mit Wörtern besser aus als ich, nicht wahr, Lumpi?«

Der Gefangene zog nur die Decke enger um seine Schultern.

Eine Tür flog weiter vorn im Zellenblock krachend auf. Wir verstummten, als wir schwere Schritte hörten. Ich wappnete mich für das, was mir bevorstand. Wenn ich jetzt irgendwelche Folterungen erdulden musste, die Runa sich hatte einfallen lassen, würde ich es tun, ohne das Rückgrat zu krümmen. Ich würde ihr in die Augen sehen und mich niemals beugen. Nicht ihr.

Dennoch drehte sich mir vor Angst der Magen um, als drei Raben vor meiner Zelle stehen blieben. Sie grinsten bösartig, als sie meine Zelle aufschlossen.

»Nun komm schon«, sagte eine Wache. Der Mann packte meinen Arm, kniff mich in die Haut. »Die Königin hat ihre Schwester zu sich bestellt.«

»Als wir uns zum letzten Mal gesehen haben, hat sie mir gesagt, sie hätte keine Schwester«, erwiderte ich trocken und zuckte zusammen, als die Wache ihren Griff verstärkte.

»Wenn ich du wäre und auch nur ein bisschen Hirn hätte, würde ich lernen, das Maul zu halten, Mädchen.«

»Das habe ich nicht, also habe ich die Absicht zu reden, bis du wahnsinnig wirst.«

Calista lachte leise, bis die Wache mit einem Knüppel gegen die Gitterstäbe ihrer Zelle schlug.

Die Raben sprachen nicht weiter mit mir. Ich wurde aus den eisigen Kerkern geschleift und durch die Gänge der Burg geführt. Erinnerungen daran, wie ich in aller Unschuld hier entlanggelaufen war, kamen mir in den Sinn. Als ich noch Freude daran gehabt hatte, dass Calder mein Cousin war, als Runa und ich uns nachts gegenseitig im Bett besucht, miteinander gekuschelt und uns in den Schlaf gekichert hatten.

Ich hob das Kinn, als die Wachen mich in den Thronsaal führten. *Verbeug dich nicht. Mach dich nicht klein. Das hier ist nicht der König. Der wahre König liegt nachts an deiner Seite.*

Auf einer Estrade saßen Runa und Calder auf Stühlen mit

hoher Lehne und beobachteten meinen erbärmlichen Einzug. Calder hatte einen dunkelgoldenen Dreitagebart am Kinn. Ringe an den Fingern. Die Pelzumhänge waren weich und weiß. Sein Gesicht war schmal, scharf geschnitten und kalt. Runa bevorzugte Gold, bis hin zu ihrem Kleid. Um ihre Augen herum unterstrich Goldpuder das Blau, und ihr Haar war mit zierlichen Goldketten geschmückt.

Ich versuchte, nicht hinzusehen, war mir aber nur allzu bewusst, dass meine Mutter und mein Vater unerschütterlich an ihrer Seite standen. Das rechte Auge meines Vaters war von einer abschreckenden Augenklappe bedeckt. Meine Mutter bestand nur noch aus Gelenken und Knochen, die in dünne Haut gehüllt waren. Sie sah blass und besorgt aus, nicht mehr wie die stolze Mara Lysander, die sie immer gewesen war.

Die Raben zwangen mich niederzuknien, und traten dann zurück.

»Cousine«, sagte Calder nach einer langen Pause. »Schön, dich zu sehen. Es ist lange her.«

»Ich wünsche, ich könnte sagen, dass es lange genug war.«

Ein Rabe machte Anstalten, mich zu schlagen, aber Calder hob eine Hand. Er grinste boshaft. »Elise, deine scharfe Zunge ist immer unterhaltsam.«

»Ich möchte lieber in meine Zelle zurück«, sagte ich. »Dort ist es angenehmer als hier.«

Calder erhob sich mit zusammengebissenen Zähnen. Ein grausames Funkeln stand in seinen Augen. Er stieg die Stufen hinab und stellte sich vor mich. »Meine Cousine, meine künftige Schwester, wird nicht in einer Zelle schmachten. Nicht, wenn es doch so viel zu feiern gibt. Ehegelöbnisse sind immer eine Freude.«

Das Ehegelöbnis. Mein Inneres verkrampfte sich. Ari und

die anderen in Ruskig rechneten damit, dass das Ehegelöbnis am Hochmond gesprochen werden würde. Bis dahin waren es noch zwei Tage. Ich wich Calders Blick aus und blieb stumm.

»Es würde Runa das Herz brechen, wenn ihre Schwester nicht dabei wäre«, fuhr Calder fort. »Und ich lebe, um meiner Königin zu gefallen.«

Zweifelsohne, indem er sich zu einem Dutzend verschiedener Geliebter schlich.

»Also habe ich mir einen Weg einfallen lassen, das Ehegelöbnis sogar noch … perfekter zu machen.« Calder grinste mich höhnisch an, als ein Rabe eine Seitentür öffnete. Jarl betrat den Thronsaal. Mir wurde so flau im Magen, dass mir heiß wurde. Ich wandte mich ab und weigerte mich, sein abscheuliches Gesicht anzusehen. Calder legte Jarl eine Hand auf die Schulter. »Elise, ich habe versprochen, für deine Familie zu sorgen, und habe die Absicht, dieses Versprechen zu halten. Ein starkes Ehebündnis für dich wird die Sorgen lindern, die meine Braut sich von Herzen um ihre auf Abwege geratene Schwester macht. Es wird dich zu uns zurückbringen.« Calder lachte düster und beugte sich dann vor, sodass seine Augen auf einer Höhe mit meinen waren. »Ist das kein brillanter Einfall, Cousine?«

Ich ballte die Fäuste und schluckte den Köder. »Welcher Einfall?«

»Zwei Ehegelöbnisse zugleich.«

Nein. Die Übelkeit verließ meinen Magen und brannte mir in der Kehle. Nein, er konnte doch nicht meinen …

»Ich habe dich Jarl gegeben. Eine Ehefrau zu zähmen, ist für einen geachteten Krieger eine willkommene Herausforderung. Und wenn ich mich recht entsinne, mochtet ihr einander einmal recht gern. Vielleicht wird er mit der Zeit dafür sorgen, dass du ihn wieder magst.«

Runa trug ein grausames Lächeln zur Schau. Calista hatte recht – sie würde mich am Leben lassen, aber es würde ein Leben voller Schmerz und Leid sein.

»Ich werde nie das Ehegelöbnis mit Jarl sprechen«, sagte ich. »Ich dachte, als er das das letzte Mal versucht hat, hätte er seine Lektion gelernt. Ich umgebe mich nicht mit schwacher Gesellschaft.«

Die Stimmung änderte sich. Jarl kniff die Augen zusammen, und er fasste sich an die Seite. Hoffentlich, weil er sich daran erinnerte, wie der Bolzen aus Halvars Armbrust ihm in den Körper gedrungen war.

»Ja«, sagte Calder leichthin. »Was für eine faszinierende Geschichte meine Königin nach Mellanstrad zu erzählen hatte. Der Blutgeist ist dein … Verbündeter. Aber er ist ja auch nicht allein der Blutgeist, nicht wahr?«

»Er wird kommen«, warnte ich. »Er wird euch abschlachten.«

Calder kehrte zu seinem Thron zurück. »Oh, ich habe eingeplant, dass er kommt. Ich habe sogar eingeplant, dass seine gesamte Gilde hier auftaucht. Wir werden bereit sein. Weißt du, Elise, ich bin nicht so König geworden, wie ich es geworden bin …«

»Durch Mord.«

Calders Augen verdüsterten sich. »Ich habe den Thron nicht dadurch errungen, dass ich schwach bin. Du unterschätzt mich, Cousine. Ich habe überall Augen, sogar an deinem erbärmlichen Zufluchtsort.«

Eine Bewegung an meiner Seite brachte mich dazu hinzuschauen. Das sengend heiße Gefühl, verraten worden zu sein, ging in mörderischen Zorn über. Ich zitterte vor Hass. »Ulf.«

Aris Leibwächter sah mir in die Augen. Er war hartgesotten

und sah eher timoranisch als ettanisch aus. »Elise«, sagte er mit einem Nicken.

Ich lachte leise, etwas wahnsinnig, etwas verwirrt vor Wut. »Ich hoffe, er findet dich zuerst, Verräter.«

»Oh, dein kleiner Fae-König und der Blutgeist haben keine Ahnung«, sagte Calder. »Nachdem er in Mellanstrad unsere Streitmacht gesehen hatte, hat dieser Ettaner etwas Verstand entwickelt und erkannt, welche Seite am Ende gewinnen würde. Es ist sichergestellt, dass deine Freunde erfahren, was wir mit dir zu tun beabsichtigen. Wenn Jarl und deine Schwester recht haben, wird Legion Grey dir zu Hilfe eilen. Bestimmt werden sie alle kommen, um unsere Ehegelöbnisfeier anzugreifen. Und wenn ihr Kundschafter, dem sie vertrauen, sie hereinführt, werden wir schon warten.«

»Du bist ein Dummkopf. Glaubst du wirklich, dass du den Blutgeist besiegen wirst? Er ist dir und deinem Vater Umläufe lang immer wieder entwischt.«

»Ja, aber das war, bevor er etwas zu verlieren hatte.«

Ich biss mir auf die Zunge. Calder würde mich Valen als Köder hinhalten, und ich hatte keine Ahnung, wie sich alles entwickeln würde. Was der Nachtprinz fürchtete, war, noch mehr Leute zu verlieren, die seinem Herzen nahe waren. Er war mir aus dem Weg gegangen und hatte mich ignoriert, nur um diesen Moment zu verhindern. Würde er einen klaren Kopf bewahren? Würde er in wütende Raserei verfallen und infolgedessen zu Tode kommen?

Calder schnippte mit den Fingern, und Ulf verließ den Thronsaal. Er ging, um die Leute in Ruskig wieder, wieder und wieder zu belügen. Ich malte mir seinen Tod auf hundert verschiedene Arten aus.

»Ich sehe, dass du besorgt bist, Schwester«, sagte Runa. »Vielleicht kannst du es vor anderen verbergen, aber du bist beunruhigt. Es gibt eine Art, auf die du sicherstellen kannst, dass Legion Grey nichts zuleide getan wird. Sprich ohne Widerrede das Ehegelöbnis mit Jarl, dann wird der Blutgeist nicht getötet werden.«

Ich schloss die Augen. Er würde am Leben bleiben, aber in einer Zelle. Sie würden ihn nie wieder auf freien Fuß setzen. Er würde für den Rest seiner Tage gefesselt sein. Aber wenn Calder über mehr List und Tücke verfügte, als ich ihm zutraute, konnte ich dann zusehen, wie Legion starb?

»Wir haben Elise jede Menge zum Nachdenken gegeben«, sagte Calder und bot Runa die Hand. Sie erhob sich unter dem Rascheln von Stoff. »Geh. Es bleibt nicht viel Zeit für Vorbereitungen. Deine Mutter wird dich und die Königin vor der Gelöbniszeremonie unterstützen.«

Ich wurde auf die Beine gehoben. Ein Rabe hielt meinen Arm. Meine Schwester führte uns aus dem Thronsaal; meine Mutter ging hinter mir.

Jeder Schritt ließ die Last des Risikos schwerer wiegen und machte mich niedergeschlagener, bis ich mich zwang, alles wie betäubt zu erdulden.

»Wie kannst du all dem tatenlos zusehen, Maj?«, fragte ich verbittert. Ich sah sie nicht an.

Sie seufzte. »Elise, du hast keine Ahnung, wovon du sprichst.«

»Du bist ein Feigling.«

Zwischen uns herrschte ohrenbetäubende Stille, bis sie flüsterte: »Wenn es Feigheit ist, zu tun, was ich kann, um mein Kind zu retten, dann sei es so.«

Ich hob das Kinn. Meine Mutter hatte Fehler, aber sie war jetzt um meinetwillen gefügig. Ich war nicht ihrer Meinung. Mir wäre es lieber gewesen, wenn wir um unser Leben gekämpft hätten oder bei dem Versuch gestorben wären. Ihr Schweigen würde mich zu einem Schicksal verurteilen, das schlimmer als der Tod war. Auch nur eine einzige Nacht als Jarl Magnus' Frau würde schlimmer als die Höllen sein. Entweder würde ich sie nicht überleben oder mir spätestens am Morgen wünschen, ich wäre tot.

Ich hatte Valen nie gesagt, dass ich ihn liebte. Ich hätte es ihm sagen sollen, hätte ihn etwas länger festhalten sollen. Alles, was ich tun konnte, war, darum zu beten, dass er sich selbst nicht verlieren würde, wenn ich starb. Ich betete zu stummen Göttern, dass er seinen Platz finden und Etta heilen würde. Er würde wieder Liebe finden.

Eine Träne fiel um den Nachtprinzen. Um das, was hätte sein können.

KAPITEL 29

NACHTPRINZ

»Ari will dich sehen«, sagte Thor und ließ die Spitze seiner Klinge auf dem Tisch hin und her springen. »Endlich.«

Ich schnaufte spöttisch und wurde damit fertig, mir den Waffengurt um die Taille zu schnallen.

Nachdem ich meinen Namen genannt hatte, hatte Ari gelacht, als hätte ich einen Witz gerissen. Als niemand sonst auch nur gelächelt hatte, war die Farbe allmählich aus seinem Gesicht gewichen. Er hatte mich eine ganze Weile gemustert und war dann noch schneller gegangen, als er gekommen war.

Ich hatte ihn seit Stunden nicht gesehen. Mattis hatte die Neuigkeit anders aufgenommen. Er war überwiegend still geblieben, hatte aber darum gebeten, alles zu erfahren. Über meine Zeit als Legion Grey, warum ich Elise Lysander gebraucht hatte, über den Fluch, warum ich bisher keinen Anspruch auf den Thron erhoben hatte. Er war uns nicht von der Seite gewichen, seit er die Geschichte gehört hatte.

Ich fügte meinem Gürtel meine Äxte hinzu und sah mich dann im Zimmer um. Die Schattengilde war da, daneben Mattis und Siv. »Bereitet euch darauf vor aufzubrechen, wenn ich wiederkomme.«

Die Luft draußen war immer noch von Tod und Blut

geschwängert. Die meisten Leute blieben in ihren Hütten und fürchteten sich davor, die Morgendämmerung nach dem Angriff zu sehen. Ich konnte es ihnen nicht verdenken, aber sie würden einen Weg finden müssen, sich diesem Kampf zu stellen. Zweifellos würde der Tod noch häufiger kommen, bevor es vorbei war.

Im königlichen Langhaus war der Saal leer, aber im Hinterzimmer schrammten Stiefel über die hölzernen Bodendielen. Ich schlug den Pelzvorhang beiseite, der vor der Tür hing. Ari, der auf und ab gegangen war, blieb, die Hand am Kinn, stehen. Er sah mir mit etwas Ehrfurcht und reichlich Beklommenheit in die Augen. »Du bist gekommen.«

»Du hast mich herbestellt.«

»Ich …« Er schüttelte seine Hände aus. »Ich habe es nicht befohlen, ich habe nur gefragt, ob du vielleicht bereit wärst, und …«

»Ari«, unterbrach ich ihn. »Was brauchst du? Hast du etwas gehört?«

»Äh, nun ja, ich erwarte, dass Ulf bald mit seinem Bericht zurück ist. Aber es gibt … es gibt noch mehr, worüber ich mit dir sprechen möchte, wenn … wenn du gestattest …«

»Bei allen Göttern«, schnappte ich, »sag, was du zu sagen hast. Ich bin das Herrschen so gewohnt wie du die Demut. Hör auf zu winseln, ich flehe dich an, und sei der Anführer, der du bisher warst.«

»Vergib mir«, sagte er mit einem Anflug von Verärgerung, »aber ich muss mich erst noch mit der Tatsache abfinden, dass der tote Prinz, dem ich gedient habe und an den ich bis vor wenigen Monaten geglaubt habe, wahrhaftig am Leben ist und es die ganze Zeit über war. Ich habe noch nicht komplett verdaut, dass ich entsetzlich falschlag und diesem Land nicht das

Leben gebracht habe. Ein reiner Zufall hat mich hergeführt. Gar nicht zu reden davon, dass ich an jede Forderung und jedes harte Wort, das ich gesprochen habe, zurückdenke und hoffte, dass du mir nicht den Kopf abschlagen wirst.«

Wenn Elise nicht in tödlicher Gefahr und mein verzweifeltes Bedürfnis aufzubrechen nicht so machtvoll gewesen wäre, hätte ich mir vielleicht die Zeit genommen zu lachen. Er war nicht mehr als ein Nervenbündel, und das war unterhaltsam.

»Ich habe nicht die Absicht, dir den Kopf abzuschlagen.«

»Nun, das ist vermutlich gut.« Ari durchquerte das Zimmer und rollte ein Stück Pergament mit einer handgezeichneten Karte auseinander. »Vor dem Angriff hat uns Ulf das hier von einem Kontakt gebracht, den er in Nieder-Mellanstrad hat. Er hat mir gesagt, dass es an der Rückseite des Rabensporns Gänge gibt. Sie wären der einfachste Weg hinein, aber ich dachte mir, nun ja, da du dort einst *gelebt* hast – was meinst du?«

Ich nahm das Pergament. »Sie haben Teile der Burg umgebaut, das weißt du.«

Ari zuckte die Schultern. »Dennoch weißt du vielleicht besser Bescheid als eine Skizze.«

Ich studierte die Zeichnung schweigend und versuchte, sie mit meinen eigenen Erinnerungen an den Rabensporn abzugleichen. Vor nicht allzu langer Zeit war ich durch jene Flure geflohen, aber wir waren nach dem Staatsstreich nicht weit nach hinten oder in die unteren Geschosse vorgedrungen. Doch was hatte ich von dem Rabensporn, der mein Zuhause gewesen war, in Erinnerung? Ich hatte mir nie lange die Zeit genommen, zu versuchen, mich auf die Tage zu besinnen, in denen der Rabensporn zu den Ländereien der Ferus gehört hatte.

Es half mir nicht beim Vorankommen, dass das Brennen von Aris unverwandtem Blick mir in den Schädel drang.

»Was ist, Ari?«, fragte ich, ohne aufzuschauen.

Er trat von einem Fuß auf den anderen und kam dann an meine Seite. »Elise wusste es.«

Muskeln an meinem Kiefer zuckten. »Sie wusste es. Ich habe nicht gelogen, als ich gesagt habe, dass Elise mich gerettet hat. Sie hat alles geopfert, um mich am Atmen zu halten, und sie … hat mich davor bewahrt, den Hass zu wählen.«

Ari holte tief Luft und lehnte sich mit dem Rücken an die Tischkante. »Ich finde – vergib mir –, aber ich finde, das Volk sollte es auch wissen. Die Leute werden dir willig dienen. Um die Wahrheit zu sagen, wird es ein Feuer unter ihnen entfachen. Ich will nichts infrage stellen, doch ich verstehe nicht, warum du nicht den Thron besteigst. Ich werde auf der Stelle abdanken.«

»Du weißt noch nicht, wer dich verraten hat, und der Rabensporn weiß nichts von mir. Es wird zu unserem Vorteil sein, es bis zum rechten Augenblick so zu belassen.« Ich umfasste seine Schulter und spürte, wie er sich unter meiner Hand anspannte. »Du musst hier weiter als Anführer dienen, Ari. Du warst ein guter König, und diese Leute haben diesen König verdient, um sie durch das hier zu führen. Du hast das große Ganze besser im Blick, als ich es gerade kann, und ich …« Ich rang darum, die richtigen Worte zu finden. »Ich bin froh, dich meinen Verbündeten zu nennen.«

Ein angedeutetes Lächeln kräuselte seine Lippen. »Immer gern. *Mein* König.«

Ich verdrehte die Augen. »Halt nur noch ein wenig länger den Mund. Das wird dir sicher schwerfallen, aber du schaffst das schon.«

»Ja, mein König.« Er lachte leise und zeigte dann auf das Pergament. »Also, was meinst du?«

»Es ist unvertraut«, räumte ich ein. »In mancherlei Hinsicht kommt es mir nicht richtig vor.«

Mehr konnte ich nicht erklären, bevor der Pelz beiseitegeschlagen wurde. Frey, Ulf und ein paar andere von Aris Leibwächtern drängten sich in sein Zimmer. Er brauchte einen Moment, aber nachdem ich ihm einen vielsagenden Blick zugeworfen hatte, stellte Ari sich aufrecht und königlich hin. »Wie lautet der Bericht?«

Ulf trat vor, schmutzig und verschwitzt von seiner Reise. »In Lyx laufen Gerüchte um. Das Ehegelöbnis ist auf den Mond heute Abend vorverlegt worden, mein König.«

»Was?« Ari ging um den Tisch herum. »Bist du dir sicher?«

Ulf nickte; seine Augen richteten sich auf mich. »Das ist nicht alles.« Der Mann trat nervös von einem Fuß auf den anderen. »Der falsche König plant, die … Schwester seiner Königin seinem obersten Hauptmann zur selben Zeit zum Ehebund zu geben.«

Zuerst traf mich Erleichterung, dass Elise am Leben war, in die Brust und schnürte sie zu. Aber beim nächsten Herzschlag betäubte rasende Wut jeden Zentimeter von mir. Ließ meine Zunge schwer werden, machte mich blind für alles außer Zorn. »Er plant, Elise zum Ehegelöbnis zu zwingen?«

Ulf nickte und starrte den Boden an. »Sie wird keine Wahl haben. Sie erpressen die Kvinna mit Ruskig und dem Leben ihrer Eltern.«

»Verdammt!« Ich versetzte dem Tischbein einen Tritt und fuhr mir mit den Fingern durchs Haar. Was hatte ich Elise erst kürzlich gesagt? Sogar sie würde tun, was nötig war, um Etta und diese Leute zu beschützen. Ich hatte damit gemeint, dass sie sich vielleicht bereiterklären würde, mit Ari das Ehegelöbnis zu sprechen, aber jetzt hatte ich kaum Zweifel daran, dass

Elise sich, um uns alle zu retten, in Jarls grausame Hände begeben würde.

Ich schmiedete ausgefeilte Pläne, ihm jeden Finger einzeln abzuschneiden.

»Sie haben unsere Stoffe und Kleider zerstört«, sagte Ari. »Wir haben nicht die nötige Ausrüstung, um in der Verkleidung von Spaßmachern hinzugehen.«

»Das kümmert mich nur sehr wenig«, knurrte ich. »Ich werde das verdammte Haupttor angreifen.«

»Aber das wird weder Elise helfen, noch wird es uns die Gelegenheit geben, ihnen ihre Wildwut zu nehmen. Ein Plan, an den wir uns halten sollten«, sagte Ari in strengem Ton. »Nichts davon spielt noch eine Rolle, wenn du tot bist.«

Ich hörte die unterschwellige Bedeutung heraus. Die anderen würden nur glauben, dass ihr König den Blutgeist in seine Schranken wies.

»Ich bin auch der Meinung, dass wir vor einer neuen Herausforderung stehen«, sagte Ulf. »Aber es existiert ein Weg, den wir einschlagen können.« Er deutete auf die geöffnete Pergamentrolle. »Hier, in diesem Bereich, gibt es nur wenige Wachen, weil die Gefahr einer Überflutung durch den Fluss besteht. Er ist tief gelegen und muss ständig repariert werden, weil das Ufer so nahe ist. Aber dort können wir eindringen.«

»Ja. Ist nicht einer deiner Schatten ein Wasserfae?«, fragte Ari, obwohl er die Antwort kannte. Meine Handgelenke waren von meiner Tunika bedeckt. Ulf und Frey wussten nicht, dass wir freigelassen worden waren.

»Ja«, sagte ich zähneknirschend.

»Dann werde ich dich freilassen, Blutgeist. Du und deine Gilde werdet uns durch diese Tunnel helfen.« Er legte mir eine Hand auf die Schulter. Ari kannte die Wahrheit, spielte seine

Rolle aber gut. Ich glaubte fast, dass er im Moment eher mein Freund als sonst irgendetwas war. »Wir nehmen den Fluss. Unser Schiff ist schnell, und mithilfe der Wildwut und des Schicksals werden wir ihre Bollwerke durchbrechen. Wir können es schaffen. Wir können Erfolg haben.«

»Ulf«, sagte ich, sah aber immer noch Ari an.

»Was?«

Ari zuckte zusammen; bestimmt verstörte ihn der giftige Ton des Leibwächters. Ich hatte mich an Gift gewöhnt; es war der Respekt, mit dem ich erst noch meinen Frieden schließen musste.

»Wohin führen die Tunnel auf der Rückseite?«

»Ich glaube, sie enden in den Kerkern.«

Das ließ mich stutzen. Ich war seit meiner Kindheit nicht mehr in den Kerkern der Burg gewesen. Damals hatte mein Vater darauf bestanden, dass ich von ihnen erfuhr. Es konnte durchaus sein, dass ich mich falsch erinnerte, oder vielleicht waren Anbauten errichtet worden, aber ich konnte mich an keinen Gang erinnern, der aus den Verliesen zum Fluss oder zur Rückseite der Burg führte.

»Wegen der Ehegelöbnisse«, fuhr Ulf fort, »werden bestimmt nicht viele Raben in den unteren Geschossen sein.«

»Das können wir nicht voraussetzen«, sagte Ari. »Wir transportieren so viele, wie wir können, im Langschiff. Wir nehmen auch die Flöße mit. Wir bilden eine Flotte, und wir bereiten uns auf erbitterten Widerstand vor.«

Er sah mich an, und ich ahnte, dass er mein zustimmendes Nicken wollte. Nach unserer Reise flussaufwärts nach Mellanstrad hatten wir geplant, weitere Schiffe zu bauen, und hatten ein paar grob gezimmerte Flöße, die den Angriff überlebt hatten. Uns blieb wenig Zeit, aber wir brauchten so viele helfende Hände, wie wir bekommen konnten.

»Ich sorge dafür, dass sie fertiggestellt werden«, sagte ich zu Ari.

»Gut. Wir helfen alle mit. Ulf, Frey, unterrichtet die Leute davon und sorgt dafür, dass jeder, der körperlich dazu in der Lage ist, ein Werkzeug oder einen Strick bekommt. Wir haben keine Zeit zu verlieren.«

Wir waren fünfzig an der Zahl. Drei Flöße konnten in aller Eile so weit fertiggestellt werden, dass sie das Gewicht von einem Dutzend Männer trugen. Die Übrigen zwängten sich auf das Langschiff, das flussaufwärts voranfuhr. Ich legte einen Arm um den Hals des Vorstevens und spähte in den undurchsichtigen Nebel. Gemeinsam wirkten Halvar und Casper ihre Wildwut in der feuchten Luft, um uns mit grauem Nebel abzuschirmen und die Strömung zu zwingen, uns rasch vorwärtszutreiben.

So, wie ihre Muskeln sich anspannten und zitterten, würde es nicht lange dauern, bis beide völlig erschöpft waren.

»Ich weiß nicht, warum Ari die beiden Raben gefesselt hält«, sagte Junius. Sie sah zu, wie Kari, an den Knöcheln gefesselt, Casper und Halvar Wasser brachte. Brant schärfte in der Nähe des Achterstevens Schwerter und Äxte. »Du könntest ihm sagen, dass er sie freilassen soll, und er würde sich fügen.«

»Er spielt seine Rolle«, erklärte ich. »Ein misstrauischer König. Um die Wahrheit zu sagen, kann ich es ihm nicht verdenken. Sie sind Raben. Wer weiß, ob sie nicht davonlaufen, sobald wir zum Rabensporn gelangen?«

»Ich sage, dass sie es nicht tun werden«, erwiderte Junie mit Nachdruck. »Ich habe sie gefragt, ob sie zurückkehren wollen. Sie haben Nein gesagt. Ich habe sie gefragt, ob sie König Calder treu ergeben sind. Sie haben gesagt, dass sie ihn hassen. Der Bruder verfügt über Magie, die Schwester ist misshandelt worden. Sie sind hier loyal. Ich habe nichts als die Wahrheit geschmeckt. Ich weiß, dass sie hier sind, um uns zu führen, aber es würde helfen, zwei fähige Kämpfer mehr zu haben.«

»Dein Wort ist mir genug. Ich werde es Ari sagen.«

Junie knabberte an einem Körnerbrötchen, beschwichtigt, aber geistesabwesend.

»Macht dir noch etwas zu schaffen?«

»Mir ist klar geworden, dass die Welt klein ist. Der Ärger hier ist ganz ähnlich wie der zu Hause, abgesehen davon, dass es dort keine echten Herrscher gibt. Nur Lehnsherren und Prophezeiungen, die längst zu Mythen geworden sind. Aber Magie wird gekauft und benutzt, meine Leute werden in Monster verwandelt, oder sie verstecken sich. Doch seit ich hier bin, habe ich das Gefühl, als ob dieser Kampf größer als euer Land ist. Vielleicht wird das hier irgendwie auch Veränderungen für mein Volk herbeiführen.« Junie zuckte die Schultern und wandte sich dem Fluss zu. »Ich wünschte nur, Niklas wäre hier, um es zu sehen. Er genießt es, reiche Leute aufzubringen.«

Ich lächelte, beugte mich vor und stützte die Ellenbogen auf die oberste Planke des Schiffs. »Wenn das Schicksal uns irgendwie lebendig durch all das hier führt, wenn ich je auf einem Thron sitzen sollte, dann werdet du und dein Volk hier immer Freunde haben, das verspreche ich dir, Junius.«

Sie erwiderte nichts, sondern lächelte nur.

»Blutgeist.« Ulf trat an meine Seite. »König Ari sagt mir, dass du derjenige sein wirst, der uns zur Burg führt.«

»Der bin ich.«

»Dann solltest du wissen, dass Raben schon seit einiger Zeit am Ostufer des Flusses lagern. Obwohl es einen etwas längeren Weg bedeutet, sollten wir im Westen vor Anker gehen.«

Junius zuckte zusammen und wandte sich ab. Ulf wartete

geduldig auf eine Antwort. Er starrte mich finster an, vermutlich gereizt, dass er sich schon wieder meinem Befehl beugen musste.

»Gut«, war alles, was ich sagte. Sobald wir allein waren, stieß ich Junie an. »Was ist?«

Sie warf einen Blick zum Heck des Langschiffs und beäugte Ulf. »Er hat gelogen, Valen.«

»Du bist dir sicher.«

»Ich will mir nur noch den Mund ausspülen, seit ich ihn gehört habe. Jedes Wort triefte vor Rauch und Fäulnis.«

Ulf log, was die Raben betraf. Falls er der Verräter war …

»Junie, sprich mit Frey, mit allen, die Ulf nahestehen. Stell allgemeine Fragen, finde heraus, ob er lügt, was den Angriff auf Ruskig betrifft, und versuch, alle anderen zu finden, die vielleicht mit ihm unter einer Decke stecken.«

Sie verlor keine Zeit. Hinter meinem Rücken trug Junies Lachen weit, während sie mit den Männern sprach und Körnerbrotstückchen und Bier verteilte. Ich konnte nicht hinsehen. Wenn ich es tat, würde mein Gesicht zu viel verraten. Bestimmt würde es Ulf eine Axt in den Hals eintragen.

Eine Länge von dem Flussufer entfernt, an dem wir anlegen sollten, kehrte Junie zurück. Ihr Gesicht verriet nichts. Sie lehnte sich nur lässig gegen das Dollbord. »Frey hat die Wahrheit gesagt. Er ist von ernsthaftem Zorn über die Invasion erfüllt. Ulf hat mit ihm spekuliert. Valen, er hat gelogen. Zuallermindest weiß er, wer den Angriff ermöglicht hat. Aber wenn ich wetten sollte – und ich bin eine hervorragende Glücksspielerin –, dann war er es.«

Ich leckte mir die Lippen. Das hier musste sofort getan werden. Wir durften ihn nicht wissen lassen, dass wir etwas ahnten, damit er keine Warnung an etwaige andere Beteiligte oder an Raben, die vielleicht schon in Stellung gegangen waren und warteten, senden konnte.

»Hol Ari. Sag ihm, er soll so tun, als würde er mir Anweisungen erteilen.«

Wieder ging Junie, nur um einen Augenblick später mit Ari hinter sich zurückzukehren.

»Ich gebe zu, dass es verstörend ist, angewiesen zu werden, etwas vorzuspiegeln«, sagte Ari. Er starrte lächelnd in die Nacht. »Sag mir, soll ich energisch sein? Schimpfe ich mit dir? Das kann ich, wie du weißt. Ich bin ziemlich gut im Schimpfen. Ich glaube, das ist das Königlichste an mir.«

Ich schüttelte den Kopf. »Wir haben deinen Verräter gefunden.«

»Bei allen Göttern.« Ari lächelte weiter, gestikulierte sogar beim Sprechen, als würde er Befehle erteilen. »Er ist auf dem Schiff, nicht wahr?«

»Ulf.«

Ari sah mich finster an, aber ich nahm es als Teil seiner Vorstellung. »Ich bringe ihn um.«

»Nein, das fällt mir zu. Man wird uns am Westufer einen Hinterhalt legen, doch wir müssen dort vor Anker gehen.«

»Aber …«

»Vertrau mir. Wir fallen auf seine Pläne herein, doch in Wahrheit werden seine Verbündeten auf unsere hereinfallen. Meine Gilde muss unterrichtet werden. Junie wird helfen. Sag ihnen, dass wir auf mein Signal hin mit Wildwut kämpfen.«

Ari presste den Mund zu einer schmalen Linie zusammen. »Wie du wünschst, mein König.«

»Oh, und Ari«, flüsterte ich. »Lass die Raben frei und gib ihnen eine Klinge.«

Der Nebel lichtete sich, je näher wir den Ufern kamen. Das

westliche war mit Bäumen bestanden. Zahllose Stellen, an denen Raben lauern konnten. Meine Äxte steckten in ihren Scheiden. Das war ein Risiko, aber wenn alles gut ging, würde niemand zum Rabensporn zurückkehren, um ihre Geschichte zu erzählen.

»Bereit, Blutgeist?«, fragte Ulf.

Ich erwiderte seinen unverwandten Blick länger, als ich es hätte tun sollen. »Mehr als bereit.«

Ari stand neben Frey. Thor und Halvar kamen zu mir. Kari und Brant verteilten Waffen an die anderen, bevor sie zu ihren eigenen griffen. Ich ging als Erster von Bord. Meine Gilde verteilte sich einsatzbereit. Ulf legte ein schnelles Tempo vor und rief allen auf den Flößen zu, sich zu beeilen, ans Ufer zu kommen. Ari schritt die Reihe entlang, flüsterte den anderen etwas zu und erteilte ihnen Anweisungen, während ich Ulf weiter die Führung überließ.

»Wird nicht lange dauern, bis wir den Pfad finden, Blutgeist«, sagte Ulf.

Nein. Es würde nicht lange dauern.

Ulf führte uns um eine Biegung, und Schatten brachen zwischen den Bäumen hervor. Ganz in Schwarz gekleidete Raben stürmten aus dem Unterholz und brüllten ihr Kriegsgeschrei. Sie hoben Schwerter. Brennende Pfeile zielten auf unser Schiff. Die Bogenschützen ließen sie fliegen. Stieg und Casper waren bereit.

Einen Fuß noch im Fluss, ließ der Wasserfae eine Wellenwand aufsteigen und verschlang die Hälfte der Pfeile. Stieg raffte Wind zusammen und warf den Rest von ihnen aus der Flugbahn. Brüllend griffen die Raben an, die Schwerter in der Hand.

»Lasst sie kommen!«, rief ich. »Alle! Abwarten.«

Ari wiederholte meinen Befehl. Wir mussten auch noch den letzten Raben hervorlocken.

»Du kannst hier nicht gewinnen, Blutgeist. Das war sogar mir klar«, rief Ulf mir zu. Er griff langsam nach seinem Schwert, ein Ausdruck von Seelenqual auf seinem Gesicht. Bald genug würde er mit seiner Schuld sterben.

»Sag mir, wie hat es sich am Scheiterhaufen bei der Bestattung angefühlt, zu wissen, dass du deine Leute getötet hattest?« Die Raben stürmten immer noch auf uns zu. Eine letzte Reihe brach zwischen den Bäumen hervor. Ich hob eine Hand. Ari rief den Befehl, die Stellung zu halten, und erst jetzt schien Ulf klarzuwerden, dass wir mehr wussten, als wir uns anmerken ließen.

»Ich habe versucht, Leben zu retten, Blutgeist! Der Rabensporn will dich und deine Klingen für sich selbst. Stell dich, dann geschieht deiner Liebsten nichts. Leben werden gerettet.«

»Was für ein Narr. Schade.« Ich öffnete die Handflächen und rief die Hitze der Wildwut. Die erste Reihe Raben war nur zwanzig Schritte entfernt. Noch ein paar Schritte. Noch ein paar Atemzüge. »Du hättest deinen eigenen Leuten mehr zutrauen sollen. Weißt du, Verräter haben mich einst zum Gefangenen gemacht. Ich hasse Verräter.«

Ich ballte die Fäuste, und ein Windstoß ging von meinem Körper aus. Magie rief nach den Bäumen. Wurzeln verflochten sich. Schwere Eichen und Espen wurden aus dem Boden losgerissen. Sie stürzten auf Raben, und Schreie durchbrachen die Nacht.

»Thor, jetzt!«

Thor rannte ins Chaos des berstenden Waldes. Auf seinen Handflächen brannten blaue Flammen. Er schoss einen Feuerstrahl ab. Eine gewundene Schlange aus Feuer legte sich um die letzte Reihe der Raben, fing sie in meinem Netz.

Ulf wich taumelnd zurück. Junius und Brant standen bereit, um ihn einzufangen.

Die Hände auf der kalten Erde befahl ich einer letzten Aufwallung von Wildwut, den Boden und das anstehende Gestein zu verformen. Die Gruben zu den Göttern der Hölle aufzureißen. Steine barsten. Felsen polterten die Hänge herab. Schwere Bäume brachen ab und stürzten um. Die Leute aus Ruskig schrien mit den Raben. Über den Lärm meiner Wildwut und der Zerstörung des Waldes hinweg brüllte Ari seinen Leuten zu, die Stellung zu halten.

Der Boden teilte sich. Raben, die im Feuerring gefangen waren, schrien und heulten, als die Erde sie in einem Stück verschluckte. Einige versuchten, über die Spalte zu springen, wurden aber von den Haken meiner Magie hinabgezogen.

Mein Körper zitterte. Muskeln schmerzten. Die Wildwut würde mich erschöpfen, wenn ich sie mir nicht gut einteilte, und ich würde sie brauchen, um dem Rabensporn gegenüberzutreten.

Mit einer Grimasse ballte ich die Fäuste und riss die Handflächen vom Boden los. Nach einem Moment endete das Beben. Staub und Rauch schwebten über dem Loch. Die Raben, die noch übrig waren, waren verletzt, benommen und langsam. Ari rief den Befehl vorzurücken.

Es dauerte nur ein paar blutige Augenblicke, bis jeder einzelne Wachkrieger tot oder im Boden begraben war. Frey wischte sich die Stirn mit dem Handrücken ab und gaffte mich mit offenem Mund an, als ich zum Flussufer schritt. Unverwandte Blicke bohrten sich in mich. Ein paar Leute erschraken und sprangen aus dem Weg. Sie konnten mich ruhig fürchten; es spielte keine Rolle. Ich hatte keine Zeit, noch einmal alles zu erklären.

Brant und Junie hielten Ulf in der Nähe des Schiffs fest. Er sah mir mit einem Ausdruck des Entsetzens in die Augen, als ich mit dem Oberkörper gegen seinen stieß. »Wer … wer bist du?«

Ich grinste grausam. »Ich bin der Mann, der dich töten wird. Aber noch nicht gleich.« Ich gab Brant ein Zeichen. »Bereit, uns zu führen?«

»Das bin ich«, sagte er, und ein vorsichtiges Lächeln breitete sich auf seinem Gesicht aus.

Ich packte Ulf im Genick, bis er zusammenzuckte. »Dann komm. Wir haben auf der Burg ein Fest zu besuchen.«

KAPITEL 30

PRINZESSIN AUF ABWEGEN

Meine Mutter steckte den schimmernden Kopfputz über meinen Haaren fest. Sie lächelte mein Bild im Spiegel an. Ich wahrte eine versteinerte Miene und blieb ungerührt. Nach einem Augenblick wandte sie sich ab und richtete ihre Aufmerksamkeit auf den Saum des blauen Kleids. Feine Perlenstickerei funkelte auf dem Mieder. Der Satin war wie Sahne.

Mir wurde übel davon.

Als meine Mutter sich vom Boden aufrichtete, packte sie meine Hand und legte etwas Kaltes hinein. »Für deine Hochzeitsnacht.«

Ich senkte den Blick auf das kleine Messer. Eines, das schmal genug war, um es an meinem Oberschenkel zu verstecken, ohne dass es auffiel. Ich sah sie verwirrt an.

Sie gab mir einen Kuss auf die Stirn. So sanft war sie noch nie gewesen. »Nutze es gut.«

Verdammte Höllen, riet sie mir etwa, Jarl zu töten? Ich wusste kaum, was ich denken sollte.

Auf der anderen Seite des Zimmers ließ Runa ein schrilles Auflachen ertönen, während sie sich ihre Ringe wieder an die Finger steckte. »Ach, Mutter, ich glaube nicht, dass Elise Ratschläge braucht, wenn es darum geht, das Bett mit jemandem zu teilen. Sag schon, Schwester, wie ist es, die Hure solch eines gewalttätigen Mannes zu sein?«

Meine Mutter schloss die Augen und wurde blass.

»Das weiß ich nicht«, sagte ich. Obwohl Runa mich verhöhnte, half das Reden über Valen, mein rasendes Herz zu beruhigen. »Ich kenne ihn nur als loyal. Sanft. Den *aufmerksamsten* Mann, dem ich je begegnet bin. Du möchtest mich damit beschämen, dass ich seine Geliebte bin, aber ich könnte mich dessen nie schämen. Alles, was ich verlange, würde er mir bedingungslos geben.«

Ich wählte meine Worte sorgfältig. So wahr sie auch waren, ich genoss es, wie Runas Lächeln verblasste. »Er ist eigentlich nur brutal, wenn diejenigen, die er liebt, bedroht werden. Ich hoffe sehr, das ist dir klar, Schwester.«

Runa runzelte die Stirn, wandte sich ab und setzte sich ein silbernes Diadem auf den Kopf.

»Habe ich dich betrübt?«, fragte ich bissig. »Ist Calder nicht befriedigend? Oder ist er noch gar nicht zu seiner Königin gekommen und verbringt seine Nächte stattdessen anderswo?«

»Halt den Mund, Elise!« Runa sprang auf. »Du hältst dich für so schlau, so stark. Na, dann lass mich dir etwas sagen, kleine Schwester: Noch vor dem Morgen wird dein teurer Blutgeist Burg Rabensporn gehören. Entweder dient er uns, oder du wirst zusehen, wie er auf der Streckbank in Stücke geschnitten wird. Ich hoffe, das ist *dir* klar.«

Sie bestand darauf, dass wir nun aufbrachen, und stürmte davon. Meine Mutter eilte geschäftig im Zimmer umher, hob Blüten auf, um sie mir ins Haar oder an den Saum meines Kleids für das Ehegelöbnis zu stecken. Es machte mich nur gereizt.

»Hör auf, Maj«, sagte ich. »Du führst mich nicht zu einer gesegneten Ehegelöbniszeremonie. Du führst mich in den Tod.«

Meine Mutter hielt inne. Ein Blick, den ich in ihren Augen noch nie gesehen hatte, blitzte wie ein Funke in glühender Asche auf. »Wirklich? Dann muss ich mich geirrt haben. Wenn ich eine Liebe hätte, wie du sie beschreibst, dann gehe ich davon aus, dass ich die Kraft finden würde weiterzuleben, bis ich sie mir zurückholen könnte. Verzeih, wenn ich deine Entschlossenheit falsch eingeschätzt habe.«

Sie ließ mich mit nichts als ihren letzten Worten, die mich tief getroffen hatten, zurück. Mein Leben lang war meine Mutter, obwohl sie im Rang über meinem Vater stand, eine stille Ehefrau gewesen. Ein Siegespreis, den der Sohn eines reichen Mannes errungen hatte. Aber für einen Augenblick, nur jetzt, trug sie das Feuer einer Kriegerin in sich. Einer Kämpferin.

Ich raffte meine Röcke, ein neues Brennen in meinem Herzen. Der heutige Tag änderte nichts, auch wenn ein Ehegelöbnis erzwungen wurde. Es würde immer nur einen einzigen Mann geben, dem mein Herz gehörte, und ich würde bis zu dem Tag kämpfen, an dem ich ihm die Tiefe meiner Liebe offenbaren konnte.

Selbst wenn es mich umbrachte. Selbst wenn es meine letzten Worte waren. Valen Ferus würde erfahren, dass ich ihm gehörte. Ich hatte ihm schon immer gehört.

Die Feier war voller Farben, Musik und übertriebener Süßlichkeit. Spielleute summten zum Klang von Lauten, Leier und einer fröhlichen Panflöte unter einem schwarzen Baldachin. Stoffbahnen in Sonnenrot, Meerblau und Geißblattorange waren um die hohen Pfosten gewunden, die den Sitzbereich der Gäste begrenzten. Laternen mit fahlen Flammen hellten das verblassende Sonnenlicht zu einem anderweltlichen Schein auf. Als hätte man Tageslicht eingefangen und auf Flaschen gezogen, damit wir es jetzt benutzen konnten.

Während die Gäste warteten, tanzten Barden zwischen den Reihen und sangen staunenswerte Balladen über unser Land und unser Volk. Sie drehten sich auf den Zehenspitzen, kletterten auf Stühle und sorgten für Unterhaltung. Am Ende der Lieder reichten die Barden Hüte herum, um Silbermünzen oder glitzernde Kleinode zu erhalten, und die Unterhaltenen taten ihnen den Gefallen.

An den Seiten des Hofs brachen Tische fast unter zu vielen Speisen zusammen. Kandierte Birnen, die in Zuckersauce erstickten. Brötchen und Kuchen, die mit Glasuren aller Art überzogen waren: Beeren, süße Butter, bittere Schokolade, Tortengüsse. Gebratene Hühner mit Kräutersauce waren auf Silbertabletts aufgereiht. Und Springbrunnen mit endlosen Strömen von saurem Wein und Honigbier würden die Gäste die ganze Nacht hindurch berauscht halten.

Ich stand hinter den klingenbesetzten Stäben zweier Raben. Meine Knöchel waren unter meinem Kleid gefesselt, meine Handgelenke unter den fließenden Ärmeln zusammengebunden. An meiner Seite wartete meine Mutter ungerührt. Sie gab keinen Laut von sich, als wir zusahen, wie Runa und Calder sich unter einen Bogen aus Mondfahne stellten.

Ich lächelte über die Blüten. Selbst an diesem Tag des Schmerzes würde Valen hier sein.

Der Kleriker des Allvaters stand vor ihnen, in rote Roben gehüllt, und wiederholte meiner Schwester und dem König die Gelöbnisse. Ein anderer heiliger Mann setzte ihnen goldene Kronen aus Rabenschwingen auf die Köpfe, als sie niederknieten.

»*Stig upp vär herre och dam*«, sagte der heilige Mann. Calder und Runa standen Hand in Hand auf, König und Königin.

Applaus und Lobpreisungen auf den König ertönten über die friedliche Musik hinweg. Nach einer Runde um den Hof wurden Calder und Runa zu den schwarzen Eichenthronen geführt, die auf einer königlichen Estrade aufgestellt waren. Zu ihren Füßen lagen stapelweise Geschenke. Von Gold und Silber über Geldbeutel voller Münzen bis hin zu glitzernden exotischen Stoffen und Schuhen.

Meine Schwester lächelte über ihre neugewonnene Macht und richtete dann ihre Widerwärtigkeit gegen mich. Ein einziges Nicken, und mein Schicksal war besiegelt.

Die Raben verrückten ihre Stäbe und packten mich unter beiden Achseln. Meine Mutter bestand darauf, an meiner Seite zu bleiben, aber es wurde ihr verweigert. Ich tauschte einen Blick mit ihr. Wir hatten nie ein enges Verhältnis gehabt, waren nie sehr liebevoll miteinander umgegangen, aber in diesem einzigen Blick sah ich ihre Angst um mich. Mein Schicksal brach ihr das Herz. Nicht als zweite, unbedeutende Prinzessin, sondern als *ihre* Tochter.

Jarl wartete vor dem Königspaar und demselben Kleriker. Er zwang mich, seine Hand zu nehmen. Ich war mir sicher, dass diejenigen, die das Ehegelöbnis beobachteten, sehen konnten, dass meine Handgelenke gefesselt waren, und es war abstoßend, dass niemand auch nur leise nach Luft schnappte. Zweifelsohne hielten mich alle hier für unwürdig, mit einem Mann wie Jarl Magnus den Ehebund einzugehen. Es wäre mir angemessener gewesen, wenn man meinen Kopf auf einen Pfahl gespießt hätte, Verräterin, die ich war.

»Wartet, Heiliger Mann«, sagte Calder, als der Geistliche

den Mund öffnete. »Ich will mir sicher sein, dass meine liebe Schwester nicht die geringsten Zweifel hat.«

Auf ein Zeichen zur linken Seite der Estrade hin schleifte ein Rabe ein mageres Mädchen heran, das in eine weiße Robe gekleidet war, das Gesicht verschleiert. Das Herz wurde mir schwer.

»Nun, kleine Hexe, sorg dafür, dass das hier seinen Lauf nimmt.«

Calista strich ihre Robe glatt und räusperte sich. Ihre Stimme triefte vor Ironie. »Oh, Götter, die ihr zuhört, Götter, die ihr über das Schicksal gebietet. Sorgt dafür, dass diese dummen Leute genau das bekommen, was sie verdient haben.«

Sie quietschte, als der nächststehende Wachkrieger ihr mit der Faust einen Schlag gegen den Hinterkopf versetzte.

»Aufhören!«, rief ich. »Lasst sie in Ruhe.«

Runa lachte leise. »Man könnte ja denken, dass du Mitgefühl mit seltsamem Nachtvolk hast, Schwester.«

Calista rieb sich den Hinterkopf und straffte die Schultern wieder. Ich bin mir sicher, dass sie Runa dafür verfluchte, dass sie sie Nachtvolk nannte, aber sie blieb stumm, um zu vermeiden, wieder geschlagen zu werden.

»Sie ist ein Kind«, sagte ich. »Lasst sie in Frieden.«

Calder grinste. Er hatte gewonnen. »Wie du wünschst, Kvinna Elise. Benimm dich, wie dein König es fordert, und die kleine Hexe wird nicht gezwungen werden, ihre Schicksalszauber zu wirken. Ihr wird kein Haar gekrümmt.«

»Hör nicht auf sie, gutes Herz. Ich kann es ertragen.«

»Wie es scheint, Gemahl, hat meine erbärmliche Schwester während ihrer Zeit in den Verliesen Freundschaften geschlossen.«

Calder lachte, und die Menge tat es ihm nach. Runa beabsichtigte, mich zu demütigen. Diese Leute bedeuteten mir nichts – nicht mehr. Sollten sie doch lachen. Sie wussten nicht, was dieses Kind bewirken konnte, und auch nicht, wessen Zorn sie außerhalb dieser Mauern erwartete.

»Fahrt fort«, befahl Calder.

Der heilige Mann in der roten Robe wandte sich an Jarl und mich und begann sein Ritual in der alten Sprache. Jarl verschlang mich mit Blicken; er verbarg es nicht einmal.

»Das hier habe ich schon lange gewollt. Herausfinden, wie es sich anfühlt, Kvinna Elise zu nehmen. Du hättest dich vor langer Zeit für mich entscheiden sollten, dann hätten wir all diese Unbill vermeiden können.«

»Ich hätte mich nie für dich entschieden«, sagte ich.

»Weil du dachtest, du könntest deinen eigenen Brautpreisunterhändler lieben.«

»Weil deine Seele schwarz ist und ich dich früher oder später als das gesehen hätte, was du wirklich bist.«

Jarl grinste. »Ich freue mich darauf, den Blutgeist wiederzutreffen. Der König hat mir den ersten Schlag zugestanden. Uns stehen Mittel zu Gebote, um ihn umzudrehen, weißt du? Mittel, um ihn gefügig zu machen.«

»Eure Wildwutgifte? Er ist stärker, als was auch immer ihr habt.«

Jarl beugte sich vor. Nach außen hin wirkte es vielleicht wie eine romantische Geste, aber seine Worte waren schieres Eis. »Du hast keine Ahnung, welche Wildwut auf dieser Burg lebt.«

»Und du hast keine Ahnung, welche Wildwut jenseits davon lebt.«

Jarl verzog das Gesicht zu einem hämischen Grinsen. Er senkte die Stimme. »Ich werde dich brechen, Elise. Ich werde dich vergessen lassen, wie du deine Stimme benutzen kannst, bis du nur noch lebst, um meinem Wort zu gehorchen. Es beginnt heute Nacht, *Gemahlin.*«

Ich sagte nichts, sondern begegnete seiner Verachtung mit meiner eigenen. Kämpfen. Ich würde kämpfen. Es gab noch mehr, das ich sagen und tun musste, bevor dieser Mann mich vom Angesicht der Erde tilgte. Ich verlor mich so in meinen Gedanken, dass ich es kaum bemerkte, als der Kleriker zu sprechen aufhörte. Er erklärte uns für ehelich verbunden. Mein Puls beschleunigte sich, und Jarl kniff die Augen zusammen, in seinem Blick glänzte etwas Wildes und Grausames. Er packte mich am Hinterkopf und zwang meinen Mund auf seinen. Ich biss ihn in die Lippe, bis ich den durchdringenden Geschmack seines Bluts auf der Zunge hatte.

Er zuckte mit einem Zischen zurück, tupfte sich die Lippe ab und hob die Faust. Bevor er zuschlagen konnte, ließ ein Erdbeben die Pfähle um die Gäste herum ächzen.

Jarl starrte verwirrt den Boden an, aber der Augenblick ging vorbei. Er packte mich bei den Haaren und grinste, Blut auf seinen Zähnen. »Mein König. Ich bitte um Erlaubnis, mich mit meiner Frau zurückzuziehen. Um ihr zu zeigen, wie eine wahre Timoranerin sich zu verhalten hat.«

Calder lachte düster. »Zieh dich nur zurück. Und mögen die Götter dir Glück schenken.«

Ich versuchte, still zu bleiben, aber Jarl riss so kräftig an meinen Haaren, dass mir ein Schmerzensschrei entfuhr, als er mich vom Podium schleifte.

Das Messer, das meine Mutter mir gegeben hatte, fühlte sich heiß auf meiner Haut an. Jarl würde es bald genug in den Rücken bekommen. Ich würde ihn ermorden, ich würde fliehen, ich würde alles tun, um von dieser Burg zu entkommen und wieder bei Valen Ferus zu sein.

Die Menge schnappte im Chor nach Luft, als die Erde noch einmal bebte. Diesmal heftiger, genug, um das fetteste Huhn von seiner Platte fallen zu lassen.

Jarl ließ seine Hand in meinem Haar, blieb aber mit mir stehen. Ich lächelte unverstellt. Tränen der Erleichterung sammelten sich in meinen Augenwinkeln, als ich das Gesicht zu Jarl neigte und lachte. »Ihr habt ihn nicht gefunden, Jarl Magnus. Er hat *euch* gefunden.«

Im selben Augenblick schlugen die Raben am vorderen Fallgatter Alarm. Calder erhob sich von seinem Thron und befahl den Raben in der Nähe, den Hof zu umstellen. Ich lachte noch lauter, als ein gewaltiger Erdstoß die Gäste schreiend aufspringen ließ.

Jarl starrte mich böse an. Er verlagerte seinen Griff, sodass sein Arm fest um meinen Hals lag und seine Klinge auf meine Rippen zielte.

Von meinem niedrigen Standort auf dem Hof aus war es schwer, die vorderen Tore zu erkennen. Schreie hallten den Abhang herab. Rufe ertönten. Rauch stieg auf. Stahl klirrte. Ich wusste nicht, wie viel Zeit verging, ein paar Atemzüge, ein ganzer Umlauf der Uhr, aber als eine Gestalt aus dem aufsteigenden Rauch hervortrat, gaben meine Knie unter meinem Gewicht nach, und ich ließ meinen Tränen freien Lauf.

Valen, schwarz gekleidet, eine Axt an seiner Taille, die andere unter Ulfs Kinn angesetzt, schleifte den wimmernden Verräter durch die Rauchwolken. Die Wachen um den Hof herum hoben warnend die Schwerter.

Aus dieser Entfernung fiel es mir schwer, sein Gesicht zu erkennen, aber seine Stimme trug weit. Tief, barsch, fordernd. »Hast du damit gerechnet, dass wir von hinten kommen würden, falscher König? Wir haben deinen Spion enttarnt und beschlossen, ihn durch die Vordertür herzubringen.«

Jarl machte sich auf den Rückweg zur königlichen Estrade und zwang mich mitzukommen. Runa war erstarrt. Sie umklammerte die Armlehnen ihres Throns so fest, dass ihre Fingerknöchel weiß hervortraten. Calders Miene wurde verkniffen. Er starrte mich finster an, dann Valen. »Legion Grey, ihr seid in der Unterzahl. Setzt dem törichten Angriff, den ihr begonnen zu haben meint, ein Ende. Komm, lass uns wie würdevolle Männer miteinander reden.«

»Ich bin weder würdevoll noch hier, um mit dir zu reden, falscher König.«

»Wenn du wegen Kvinna Elise hier bist«, rief Calder, »dann tut es mir leid: Sie hat ihr Ehegelöbnis mit einem anderen gesprochen. Du kommst zu spät.«

Ich konnte es nicht sehen, aber ein Grinsen schwang in Valens Stimme mit. »Ein paar erzwungene Worte ändern für mich nichts. Ich möchte dir deinen Spion zurückgeben.« Die Menge keuchte auf und schrie, als Valen die Schneide seiner Axt ruckartig durch Ulfs Kehle zog. Einen Moment lang erstickte der kräftige Mann an seinem eigenen Blut, bis Valen seinen leblosen Körper den Abhang hinunterstieß. »Als Nächstes sage ich dir, dass Elise sehr wohl mit mir kommt.«

Calder murmelte seinen Wachen den Befehl zu, die Festnahme durchzuführen oder den Eindringling, wenn nötig, zu töten. »Noch etwas, Blutgeist? Weitere gegenstandslose Forderungen, die du an meinem Hof vorzutragen wünschst?«

»Ja«, sagte er. Die Erde bebte erneut, und sogar Calder taumelte zurück, als ein Riss in der Mitte des Hofs aufklaffte. »Ich möchte, dass du aufhörst, mich den Blutgeist und Legion Grey zu nennen. Diese Namen bin ich allmählich leid, und sie werden mir lästig.«

Calder schnaufte spöttisch, aber nicht ohne einen Anflug von Nervosität. »Oh, bitte. Sag uns, unter welchem Namen wir dich kennen sollten, damit wir auch den richtigen auf dein Grab schreiben.«

Die Erdspalte öffnete sich noch weiter. Jarl war gezwungen, auszuweichen. Wir landeten neben einem der Holzpfosten aufeinander. Ich rammte ihm den Ellenbogen in die Rippen, aber er drückte meinen Kopf in den Schmutz. Es spielte keine Rolle. Ich hörte auf, mich zu wehren, weil ich unbedingt jedes Wort, das nun kam, verstehen wollte.

»Mein Name ist Valen Ferus. Ich bin der Nachtprinz von Etta! Und du, falscher König, sitzt auf meinem Platz.«

KAPITEL 31

PRINZESSIN AUF ABWEGEN

Ruhe trat ein, ganz kurze Stille. Momente, in denen die Worte in die Schädel jeder Seele auf dem Hof des Rabensporns einsickerten, bis sie sich dort wie gezackte Spitzen festsetzten und Schreie nach sich zogen. Frauen und Männer schrien vor Entsetzen auf – sei es, dass sie Valen für wahnsinnig hielten, sei es, dass sie glaubten, dass er die Wahrheit sagte –, und kämpften sich von ihren Sitzplätzen hoch, um davonzulaufen.

Ringsum verschwammen die Farben. Die Erde barst, als Valen seine Wildwut einsetzte. Ich hatte nie in vollem Umfang gesehen, was für ein Wunder er war, und als ich sah, wie der Stein des Hofs aufriss und andere Formen annahm, neue Mauern und tödliche Fallgruben bildete, staunte ich nicht mehr darüber, dass man ihn einen Erdwirker nannte.

Neben mir brach das Kopfsteinpflaster eines Wegs auf und öffnete sich zu seiner weiten Spalte. Ich nutzte das Chaos, um meinen Ellenbogen noch einmal gegen Jarls Rippen zu rammen.

Er ächzte und lockerte seinen Griff. Ich rollte mich von ihm weg, trat zu und versuchte, ihn in das Loch im Boden zu stoßen. Jarl war schnell und packte meinen Fuß. »Er wird dich sterben sehen.«

Mit zusammengebissenen Zähnen unternahm er Anstrengungen, auf mich zu klettern.

»Ich habe dich gewarnt«, keuchte ich. »Ich habe dich gewarnt, dass du nichts von der Wildwut außerhalb des Rabensporns verstehst. Er wird dich am meisten hassen.«

Ich zerrte den Rock meines Kleids hoch, griff nach dem Messer und stach zu. Die Spitze riss ihm die Wange auf und erschreckte ihn so sehr, dass er sich wegwälzte. Ich floh. Noch nicht fertig mit Jarl Magnus. Wenn das Schicksal mich wieder mit ihm zusammenführte, würde ich – darum betete ich! – hoffentlich eine tödlichere Waffe zur Hand haben.

In aller Eile durchtrennte ich mit dem Messer meine Fesseln.

Dann wirbelte ich zur königlichen Estrade herum. Mein Herz setzte einen Schlag aus. Die Person, auf die ich es abgesehen hatte, war in Calders Händen. Er hatte Calista an der Kehle gepackt und schrie ihr ins Gesicht.

»Du hast gelogen, kleine Hexe!«

»In … inwiefern?«, hielt Calista dagegen.

»Du hast behauptet, der Rabensporn hätte die älteste Wildwut! Ich steche dir die Augen aus!«

»Ich habe nicht gelogen«, wimmerte Calista. Beim nächsten Atemzug kicherte sie. »Ich habe euch nur nicht gesagt, dass sie die zweitälteste haben.«

Bei allen Göttern! Calder hob seine Klinge. Er würde das Mädchen töten. Mir wurde schwindlig. Ich hatte kaum Zeit, mir einfallen zu lassen, was ich tun sollte, bevor ich das Messer warf. Die Spitze berührte den falschen König nicht einmal, sondern lenkte ihn nur ab.

Mit einem Fluch auf den Lippen, weil ich so schlecht gezielt hatte, eilte ich zur Estrade, während Calista sich seinem Griff entwand.

»Calista!«, rief ich.

Sie drehte sich auf dem Absatz um, schlug sich den Schleier aus dem Gesicht und schenkte mir ein schiefes Lächeln. Das Mädchen rannte zu mir. Ich atmete leichter als meine Hand sich um ihre schloss.

Gebrüll erfüllte die Nacht. Am Fallgatter überwältigte eine dunkle Schar von Eindringlingen die Reihe der Raben. Mein Herz tat einen Sprung. Ruskig, Nachtvolk, Ettaner – sie waren alle gekommen. Blaue Flammen züngelten aus den Rissen im Boden. Thor.

Ein heißer, heftiger Windstoß breitete die Wildwutflammen aus, sodass sie Kleidersäume, die Tischtücher und die Sträucher des Gartens erfassten. Wände aus tanzenden blauen Flammen versperrten Leuten den Weg oder quälten sie. Als hätte Thors Magie eine verderbte Vorliebe für Folter, jagten tanzende Flammen fliehende Timoraner und Raben, bis sie davon verschlungen wurden oder sich auf den Boden kauerten, um zu stummen Göttern zu beten.

»Beeil dich«, sagte ich zu Calista. »Wir müssen zum Tor.«

Ich ließ den Blick über das Chaos schweifen und suchte nach Valen. Rauch und Flammen verdeckten die meisten Gesichter. Aber als Nächstes ließ ein Donnerschlag es auf dem Hof still werden. Der Rauch dünnte sich so weit aus, dass ich die Tore sehen konnte. An einer Stelle der vorderen Mauer klaffte nun ein riesiges Loch. Eine Flut von Eindringlingen stürmte auf den Hof, geführt vom Nachtprinzen.

Ich wusste, dass Prinz Valen dazu ausgebildet worden war, der Verteidiger von Etta zu sein. Er war die Klinge seiner Familie. Jetzt Zeugin davon zu werden, ohne Vorspiegelungen, ohne Masken, war schrecklich faszinierend. Als Blutgeist hatte er wenig Kontrolle gehabt, weil er verflucht gewesen war. Jetzt schnitten die schwarzen Äxte in einem blutigen Tanz durch Fleisch und Knochen. Hier durchtrennte er eine Kehle, dort verformte er den Boden.

Mit entfesselter Wildwut war er zu einer unverwüstlichen Naturgewalt geworden.

»Valen!«, schrie ich seinen Namen. »Bei den drei Höllen, ich kann es sagen.«

»Ein Geheimnis ist ja auch keines mehr, wenn er es vor allen Leuten ausplaudert«, murmelte Calista.

Ich grinste und zog sie weiter von der Estrade fort. Wieder rief ich seinen Namen. Diesmal richtete er den Blick über den Hof und entdeckte mich im Rauch.

»Elise!« Neue Entschlossenheit zeichnete sich auf seinen Zügen ab. Er schlug auf Raben ein, um sich eine Schneise freizuhauen, und ließ einige von ihnen verwundet, aber atmend zurück, während er sich einen Weg zu mir bahnte.

Calista schrie. Hinter uns hob ein Rabe eine kurze Klinge. Ich stieß das Mädchen weg und sprang dann aus dem Weg, bevor der Schlag mich treffen konnte. Der Rabe geriet durch den Schwung seines eigenen Hiebs ins Taumeln. Er war kräftig und breitschultrig, aber aus dem Gleichgewicht. Ich ging das Risiko ein und rammte meine Schulter in seine Seite, riss den Raben zu Boden. Sofort stürzte ich mich auf seinen Rücken, tastete nach dem Schwert. Mein Knie drückte auf seinen Nacken. Ich presste sein Gesicht in den Boden. Er verfluchte mich, rollte beiseite und warf mich ab. Als wir beide wieder auf die Beine gekommen waren und einander ansahen, hatte keiner von uns das Schwert.

Der Rabe grinste höhnisch und zog einen Dolch aus der Scheide. Ich war waffenlos. Valen war immer noch damit beschäftigt, sich einen Weg durch die Wachen freizuschlagen.

Der Rabe packte seinen Dolch fester, bereit zuzustechen, aber bei seinem nächsten Schritt schnappte er nach Luft.

Eine glänzende Schwertspitze ragte aus seiner Brust. Er fiel vornüber und zog Calista über seinen Rücken mit nach unten. Sie hielt den Griff seiner Klinge falsch, und so, wie sie sich daran klammerte, musste sie auch noch das letzte bisschen Kraft aufgewendet haben, um die Klinge hindurchzutreiben. Sie schrie und schlug um sich, verzweifelt darauf bedacht, von seiner Leiche wegzukommen.

Ich packte sie unter den Achseln, zog sie hoch und drückte sie eng an mich. Obwohl sie ein Kind war, das schon so viel gesehen hatte, schmiegte sie ihr Gesicht an mich und schluchzte.

»Es ist alles gut«, sagte ich und strich ihr übers Haar. Noch während ich sie an mich gezogen hielt, riss ich dem Raben das Schwert aus dem Rücken. »Wir müssen weiter, nur ruhig, wir müssen weiter.«

Sie schniefte und nickte, begrub den Schmerz wieder unter ihrer unbeugsamen Gefasstheit. Ich führte uns Richtung Tor und prallte gegen einen Körper in Rüstung. Instinktiv versuchte ich, das Schwert zur Verteidigung hochzureißen, aber seine dunklen Augen ließen mich verblüfft innehalten.

»Valen.« Sein Name entschlüpfte mir als atemloses Flüstern. Ich ließ eine Hand auf seinem Herzen ruhen. Aus der Nähe sah ich, dass seine Züge mit Kajal und Runen bedeckt waren. Seine Augen waren wie schwarzes Feuer, wenn seine Wildwut tobte. Er war real.

Die Streitmacht von Ruskig gewann die Oberhand. Von den Raben waren mehr tot und blutüberströmt, als noch aufrecht standen. Valen warf keinen Blick über seine Schulter. Der Kampf um uns herum schien ihn wenig zu kümmern, als er mich küsste, fest und inbrünstig. Zähne und Lippen prallten in einem Moment der Hitze und des Verlangens aufeinander. Er war nur allzu bald vorbei.

»Raus aus den Mauern«, rief er. »Ich stelle den König zum Kampf.«

»Ich kämpfe an deiner Seite!«

»*Elise*«, sagte er warnend.

»Besteig den Thron heute nicht, dunkler Prinz!«, rief Calista mit glasigen Augen. Sie rieb sich den Kopf.

Valen starrte sie seltsam an. Ich legte ihr die Hände auf die Schultern. »Was hast du gesagt?«

Sie schüttelte den Kopf und stammelte: »Besteig … besteig den Thron heute nicht. I …i …ich weiß nicht, es ist mir einfach eingefallen. Irgendetwas … kommt.«

Ich klammerte mich an Valens Arm. »Sie ist die Zauberin. Sie spürt Dinge, Valen. Hör auf sie.«

Er biss die Zähne zusammen. Mit einem Anflug von Gier und Lust in den Augen ließ er seinen Blick zur Estrade schweifen. »Ich lasse Calder nicht am Leben. Das kann ich nicht; das immerhin schuldet mir das Schicksal. Bring sie von hier weg.«

Blutdurst leuchtete aus seinen Augen. Tief unten, aber dennoch da. Der Drang, sein Volk, seine Familie zu rächen, war im Nachtprinzen verwurzelt. Doch wenn er den Thron bestieg, was würde geschehen? Calista hatte nie gelogen, nicht mir gegenüber. Sie hatte keinen Grund, jetzt damit anzufangen.

Aber ich würde nicht zulassen, dass er sich dem allein stellte.

Ich wirbelte zu ihr herum. »Calista, du rennst zum Tor und suchst dir ein Versteck. Wenn ich nicht zurückkehre, such nach einer Frau, Siv, und sag ihr, dass du die Geschichtenerzählerin bist. Sie wird dir helfen. Oder ein Mann, Mattis. Sie werden sich um dich kümmern, wenn ich es nicht kann.«

Ihre Augen standen schon wieder voller Tränen; dann riss

sie sie auf. Ein Schleier legte sich über das leuchtende Blau wie weißer Rauch. »Es kommt, gutes Herz.«

»Nachtprinz!« Calders Stimme dröhnte über den verklingenden Lärm von Tod und Schlacht hinweg.

Das Stahlklirren kam zum Erliegen. Schlachtrufe waren nur noch Echos in der Nacht. Eine Schneise bildete sich um die Risse im Boden, sodass der Weg zwischen der Stelle, an der ich neben Valen stand, und der Estrade frei war.

Der timoranische König befand sich in der Mitte und hielt mit einer Hand den Umhang einer gebeugten Gestalt gepackt.

»Bei allen Göttern – Lumpi«, sagte Calista. Der milchige Schleier verschwand.

»Leg deine Krone nieder, falscher König«, rief Valen und packte seine beiden Äxte. »Dieses Land ist nicht länger deines.«

»Bist du dir da so sicher? Glaubst du, ich hätte nicht die Macht, dich zu vernichten? Glaubst du, dass die Könige vor mir nicht die Macht hatten, *unser* Land, *unser* Königreich zu behalten? Du unterschätzt die Stärke von Timoran. Das wird dein Untergang sein – wieder einmal.«

»Ich warne dich noch einmal, falscher König. Dank ab. Dieses Land ist nicht deines.«

Die Leute von Ruskig erhoben zustimmendes Gebrüll.

»Du hältst dich wohl für schlau, weil es dir gelungen ist, direkt vor unserer Nase unerkannt zu bleiben. Tatsächlich wusste ich nicht von dir«, räumte Calder ein. »Aber ich wusste von *ihm*. Ich frage mich – du auch?«

Calder zog dem dritten Gefangenen aus den Verliesen die Kapuze vom Kopf. Ich hatte mich einem alten, verhutzelten Mann gerechnet. Stattdessen leuchtete der Feuerschein auf ein junges, blasses, eingefallenes Gesicht. Dunkles Haar bis auf die Schultern, die Ohren spitz zulaufend, die Lippen schwarz verfärbt. Wenn man ihn anständig ernährt hätte, wäre er zweifellos breitschultrig, hochgewachsen und kämpferisch gewesen. Sein Blick war leer. Ein Hauch von Rot umgab das Pechschwarz seiner Iriden.

Ich kannte ihn nicht, aber Valen – er stolperte. Als wäre ihm durch einen Schlag alle Kraft abhandengekommen und als müsste er seine Beine zwingen, ihn weiterzutragen.

Ich streckte den Arm aus und legte ihm eine Hand auf den Rücken. Er zitterte. Die Augen weit aufgerissen, fast entsetzt. Ungläubig schüttelte der Nachtprinz den Kopf.

Aber irgendein großer Streich war ganz offensichtlich gelungen, denn Calder lachte. Ein kalter, gefühlloser Laut, den ich bis in die Knochen spürte. Valen wich einen Schritt zurück und fasste sich ans Herz. Ich öffnete den Mund, um ihn zu fragen, was geschehen war, aber mein Blut wurde zu Eis, als er einen Namen aussprach, sanft und gefährlich leise.

»Sol?«

KAPITEL 32

NACHTPRINZ

»Das Schicksal hat andere Pläne, kleiner Bruder.« Sols blaue Augen wurden dunkel, wie die schwarzen Tiefen des Meeres. »Kämpf, Valen! Kämpf, wie du noch nie zuvor gekämpft hast! Kämpf wie die Götter! Ich halte dir einen Platz im großen Saal frei!«

Der letzte Blick, den ich auf meinen älteren Bruder erhascht hatte, raste durch meinen Kopf. Ich versuchte dahinterzukommen, was ich jetzt vor mir sah.

»Sol?« Sein Name entschlüpfte meinen Lippen.

Wie war das möglich? War es eine Illusion? Diese verhärmte, leere Gestalt war ein Schatten dessen, was Sol Ferus einst gewesen war. Kühn, listig, immer voller Lachen. Nein. Ich hätte es gewusst, wenn mein Bruder noch gelebt hätte. Ich hätte etwas gespürt. Das Land wäre nicht für mich erblüht.

Elises Hände stützten mich. Ich bemerkte es kaum, aber irgendwie hielt sie mich auf den Beinen.

Die erste Benommenheit bekam Risse. Was hatten sie ihm angetan? Warum sah er mich an, als würde er mich nicht kennen? Es brach mir das Herz, als ein schmerzlicher Schrei den Rest meiner Betäubung durchbrach. Thor rannte nach vorn.

»Sol!«, schrie Thor. »Verdammt, Sol, was haben sie getan?«

Thors Schmerz brannte sich in mich hinein. Halvar streckte

die Hand nach ihm aus, aber Thor schleuderte sein Feuer allen entgegen, die versuchten, ihn aufzuhalten. Sols hohle Augen entdeckten Thor in der verdammten Menge. Erkannte er ihn? Kümmerte es ihn überhaupt? War er nichts mehr als Leere? Mir wäre es lieber gewesen, er wäre tot gewesen, wenn sie die Güte seiner Seele vernichtet hatten.

Mein Bruder – das, was jetzt mein Bruder war – hob die Hand. Schwarzer Nebel schlang sich um seine Finger. Er zielte damit auf Thor.

»Nein!«, schrie ich und eilte hinter Thor her, aber er war zu weit voraus. »Sol, nein!«

Der düstere Nebel kroch aus Sols Handflächen, und wie Knäuel aus dunklen Bändern sickerte die tintenschwarze Verderbnis in den Boden zu Thors Füßen. Sols Geliebter erstarrte und sank unbeholfen auf die Knie. Schwarze Adern schlängelten sich Thors Nacken hinauf, um seine Augen. Seine Lippen nahmen einen grauenvollen Blauton an.

Ich umklammerte meine Äxte. Nein. Nein, das hier war nicht Sol. Vergiftetes Land konnte Leute krank machen, das stimmte. Es war eine Kampfstrategie, die wir während der Eroberung hatten einsetzen wollen, bevor unsere eigenen Höflinge uns an den ersten falschen König verraten hatten. Sol hatte nie Gelegenheit gehabt, sie auszuprobieren. Aber zuzusehen, wie Thor immer schwächer wurde, während die Verderbnis die Erde besudelte, ließ Übelkeit in mir aufsteigen.

»Sol, nein! Das … das ist nicht …«

»Du bist nicht der Einzige, der Geheimnisse hat, Nachtprinz«, unterbrach Calder mich grinsend. »Was ist schon ein Nachtprinz, wenn wir über die Todesmagie des Sonnenprinzen verfügen?« Der timoranische König sah meinen Bruder an. »Die Frau.«

Es ging ganz schnell. Ein zweiter schwarzer Strahl schoss von der Estrade herab und zerstörte einen schmalen Streifen aufgerissenen Bodens, bis er zu Elises Füßen auftraf. Sie hustete, fasste sich an die Kehle und brach dann genauso zusammen wie Thor.

»Nein!« Heftige Panik schnürte mir die Kehle zu. Ich griff nach Elise, aber Halvar riss mich zurück.

»Fass sie nicht an«, zischte er mir zu.

Elises glatte Haut wurde von schwarzen, giftigen Adern überzogen. Das Weiß ihrer Augen wurde grau und gelb.

Ich stürmte zur Estrade. Die schwarzen Augen meines Bruders folgten mir den ganzen Weg über. »Soll, lass sie frei. Lass sie frei, verdammt. Er ist dein …« Ich zeigte auf Thor. »Erinnere dich an ihn, Bruder. Er ist dein. Und sie, sie ist mein. Sol, sieh mich an! Sie ist meine *hjärta*. Hör auf, ich flehe dich an.«

»Ich liebe es sehr, wenn Prinzen und Prinzessinnen flehen«, sagte Calder. »Du kommst dagegen nicht an, Nachtprinz. Wir haben die älteste Wildwut.«

Ich ignorierte ihn. »Sol, lass sie frei. Lass sie bitte frei. Du *tötest* Thorsten.«

Für einen ganz kurzen Moment zuckte sein Blick zu der Stelle, an der Thor nach Luft rang. Ein Hauch von Licht trat in seine Augen. Ein zartes Aufblitzen von Hellblau. Die Augen unserer Mutter. Ein Herzschlag war alles, was er hatte, bevor die Schwärze wieder zuschlug. Der Sonnenprinz starrte mich finster an. Er sprach, als müsste er jedes Wort seiner Kehle entreißen: »Ich *kann nicht*. Wirk darauf ein. Los!«

Ein einziger Augenblick, um eine Entscheidung zu treffen. Ich begriff, was er meinte, was getan werden musste, was Calder an der Magie zweier Brüder nicht verstand. Aber das würde heißen, zu wählen – eine Entscheidung zu treffen, von der ich nicht wusste, wie ich sie jetzt, da die Wahrheit ans Licht gekommen war, fällen sollte.

Ich betete, dass ich in der Lage sein würde, damit zu leben.

Meine Fingernägel drangen in den Boden. Vom Kampf schmerzten meine Arme. Die Wildwut hatte einen Großteil meiner Energie aufgezehrt, doch ein bisschen hatte ich noch. Ich hatte genug.

Ich riss die Erde nicht auf, aber sie bebte dennoch. Ein Windstoß schoss auf die Estrade zu, als Calder seine Wachen anwies, mich festzunehmen. Die Raben fielen mit ihrem König um. Halvar, Stieg und Ari schritten auf die Estrade zu. Die Schreie der Raben verrieten, dass sie Entsetzliches sahen, als Ari ihren Verstand mit Illusionen verwirrte. Stieg und Halvar ließen einen Wirbelsturm aufkommen. Ich behielt den Boden im Griff, bis die Schwärze sich zurückzog. Stück für Stück verblassten Gift und Verderbnis gegen meine heilende Wildwut.

Thorsten sog scharf die Luft ein. Das schmerzhafte Gift zog sich aus seinem Blut zurück. Zehn Schritte entfernt hustete Elise und drehte sich auf die Seite.

Ich wandte mich der Estrade zu. Es brach mir das Herz. Sols unnatürlich dunkle Augen verschlangen mich mit Blicken. Vielleicht bildete ich es mir nur ein, aber ich hatte den Eindruck, dass er nickte. Als wüsste er, was ich tun musste, und wäre einverstanden. Doch dann begegnete nur noch sein ausdrucksloser, gefühlskalter Blick meinem, als er die Hände hob, um noch einmal zuzuschlagen.

»Zurück zum Fluss«, rief ich Ari zu.

Er nickte und befahl den Rückzug, während Halvar sich Thors Arm um die Schultern schlang. Mir zitterten die Hände. Ich musste es tun. Es war nicht vorbei, aber mit einem hatte der falsche König recht: Ich konnte nicht gegen das hier ankommen, nicht heute. Nicht völlig unvorbereitet.

Ein letztes Mal presste ich die Hände in den Boden, bis Stein barst. Statt Schluchten und Täler zu bilden, verformte ich die Erde, bis eine zerklüftete Steinmauer gleich einer Reihe von Zähnen aus dem Boden aufragte. Sie würde nicht ausreichen, um Calders Einheiten ewig aufzuhalten, aber sie würde uns Zeit verschaffen.

Mit Ari forderte ich unsere Leute auf, zum Flussufer zu rennen. Mein ganzer Körper tat weh, weil ich so viel Wildwut eingesetzt hatte, aber ich packte meine Äxte und streckte die wenigen noch verbliebenen Raben nieder. Die meisten stellten sich nicht zum Kampf; sie liefen davon. Diejenigen, die doch kämpften, lebten nicht mehr lange.

Ich erreichte Elise, als sie gerade wieder auf die Beine kam. Sie zitterte und war blass. Ich zog sie an mich und küsste ihre schweißüberströmte Stirn.

»Valen«, sagte sie mit heiserer Stimme.

Ich schüttelte den Kopf. Wir würden später über das, was hier geschehen war, sprechen, aber jetzt konnte ich es nicht. Nicht, wenn ich meinen Bruder in den grausamen Händen von Feinden lassen musste.

»Elise Lysander!«

Wir drehten uns gemeinsam um. Der Magen sackte mir in die Kniekehlen, als Jarl, dieser Bastard, blutüberströmt und von Asche bedeckt eine Armbrust hob. Hass brannte in seinen Augen.

Er zielte mit dem Bolzen auf Elises Herz, aber bevor er ihn abschießen konnte, schmetterte eine Frau ihm den umgestürzten Überrest eines Holzpfostens gegen den Kopf.

»Nein, Maj!«, schrie Elise.

Ich hatte Elises Mutter nicht erkannt, aber mit meinem nächsten Schritt rannte ich auf sie zu.

Jarl erholte sich rasch. Sein Zorn richtete sich nun gegen Mara Lysander, und er rammte ihr ein gekrümmtes Messer ins Herz. Ich riss ihn von ihr weg und führte einen ungestümen Schlag mit einer Axt. Er wich aus und floh wie der Feigling, der er war, mit den Raben in die Sicherheit, die ich selbst mit meinen verdammten Mauern geschaffen hatte.

Elises Mutter erschauerte, das Messer in der Brust. Sie streckte die Hand nach mir aus. Wir hatten keine Zeit, aber ich umfasste ihre Hand und hielt ihren Kopf, während ihr Blut von den Lippen tropfte. »Ihr werdet für sie s … s … sorgen?«

Ich nickte und blinzelte schnell. Das Messer war tief eingedrungen. Zu tief.

»Schwört es mir.«

»Ich schwöre es«, sagte ich. »Ich schwöre, dass sie mich nie fürchten wird. Sie wird alles von mir bekommen.«

Sie lächelte. Bei all dem Blut war das ein erschreckender Anblick. Ihr Griff um meine Hand verstärkte sich; ihre Stimme war leise. Sie hatte ihren Frieden gefunden. »Ich hoffe, das Schicksal gibt Euch Eure Krone zurück, Prinz.«

Mara Lysander starb mit einem sanften Lächeln. Ich legte sie behutsam auf den Boden, hob dann meine Axt auf und wandte mich Elise zu. Ihre Wangen waren tränenüberströmt, ihre Fäuste geballt. Sie hob den Blick zu meinem, als ich den Kopf neigte.

»Wir müssen fort«, flüsterte ich. »Ihre letzten Hoffnungen galten dir.«

Elise schloss die Augen. Weitere Tränen fielen, aber sie erlaubte mir, sie wegzuführen. Weg von dem gestohlenen Thron. Von Burg Rabensporn.

Weg vom Sonnenprinzen. Dem wahren König von Etta.

KAPITEL 33

PRINZESSIN AUF ABWEGEN

Lastende, endlose Schwärze empfing uns auf der Reise flussabwärts. Wir zündeten die Laternen nicht an, hielten die Stimmen gesenkt. Das einzige Licht kam vom Flimmern der Sterne und dem fast vollen Mond über uns. Meine Haut stank nach Rauch und Blut. Die Schrecken der Nacht hafteten an mir wie eine neue Schicht.

Vom Achtersteven hing ein Eimer frisches Wasser zur freien Verfügung. Mir zitterten die Hände, als ich etwas in ein Trinkhorn schöpfte. Die kühlen Tropfen brannten mir in der rauen Kehle. Ich schöpfte mehr. Valens Wildwut hatte ihm die Kraft geraubt. Dazu kam noch die Enthüllung, dass Sol – ich konnte es kaum denken –, sein Bruder, am Leben war. Es war ein Wunder, dass er überhaupt am Bug stand.

»Elise.« Mein Blick huschte zurück zum Heck. Ari grinste rußverschmiert. Ich blinzelte gegen Tränen an und griff nach seiner Hand. Er küsste meinen Handrücken. »Ich bin froh, dass du am Leben bist, liebe Kvinna.«

»Ich bin froh, dass du klug warst und sie freigelassen hast«, sagte ich mit rauer Stimme. »Bestimmt war es eine Überraschung.«

Ari grinste. »Dass ich den Nachtprinzen gefangen gehalten

hatte? Ja, man könnte sagen, dass das ein gewisser Schock war. Doch je mehr ich darüber nachdenke, desto klarer wird mir, dass ich irgendwo in meinem Innersten schon immer wusste, dass er ein Anführer war. Deshalb habe ich ihn immer mit einbezogen und wollte ihn an all meinen Plänen beteiligen.«

»Du hast ihm geholfen, sich selbst wiederzufinden, indem du ihm vertraut hast.«

»Nein«, sagte Ari. »Das alles hast du bewirkt. Nur du hast ihn zurück zum Rabensporn gelockt. Ich hatte leider keine Wahl, als ihnen die Bindefesseln abzunehmen. Ich war mir sicher, dass er uns alle niedermetzeln würde, wenn ich es nicht täte. Aber wer hätte ahnen können, dass ich meine eigene Abdankung zur beschlossenen Sache machen würde, indem ich sie freiließ? Ich habe mich daran gewöhnt, Leute herumzukommandieren.«

Ich schnaufte spöttisch, obwohl daran eigentlich nichts lustig war. »Du bist ein guter Anführer, Ari. Du wirst immer meinen Respekt genießen.«

»Dann werde ich als glücklicher Mann sterben.« Er drückte mir noch einmal die Hand. »Und ich habe die feste Absicht, unseren lieben Prinzen weiter damit zu ärgern, dass ich darauf bestehe, dass du den Ehebund mit mir und nicht mit ihm eingehst.«

Ich grinste und gab ihm einen Kuss auf die Stirn. »Solange du es nur sagst, wenn er seine Äxte nicht in der Hand hat.«

Ich ließ ihn zurück und suchte mir einen Weg zwischen den Ruderern hindurch zum Bug. Der Kampf hatte schlimme Spuren hinterlassen. Calista schlief unter einem schweren Pelz. Kari war damit beschäftigt, eine tiefe Wunde in Halvars Seite zu verbinden. Er grinste die ganze Zeit über und forderte sie auf, seinem nackten Oberkörper Beachtung zu schenken und sein gutes Aussehen zu bewundern, bis sie lachen musste. Brant presste sich ein blutiges Tuch aufs Gesicht. Ich bezweifelte, dass er sein Auge behalten würde. Frey, Stieg, Casper: alle trugen Wunden und Narben. Junie hatte die Knie an die Brust gezogen. Tränen liefen über ihre Wangen. Siv und Mattis hielten einander und hatten die Augen gegen das, was geschehen war, geschlossen.

Thor. Mir schnürte sich die Brust zu. Er hatte bisher nicht gesprochen; er hatte niemanden angesehen. Seine Augen waren unverwandt auf die Zerstörung gerichtet, die wir im Dunkeln hinter uns gelassen hatten. Niemand verlangte von ihm, etwas zu sagen. Niemand störte ihn. Was gab es auch schon zu sagen? Doch ich konnte nicht einfach an ihm vorbeigehen, ohne mit ihm zu trauern. Nicht auszudenken, wie unglücklich ich gewesen wäre, wäre ich in seiner Lage gewesen und noch einmal gewaltsam von Valen getrennt worden.

Ich nahm seine Hand und schloss sie um ein Trinkhorn voller Wasser. Seine Augen waren feucht, sein Blick gebrochen. Aber er drückte meine Hand ein einziges Mal, bevor er sich wieder abwandte.

Der Nachtprinz starrte auf den breiten Fluss vor uns hinaus. Geistesabwesend. Allein. Ich legte ihm eine Hand zwischen die Schultern. Er zuckte leicht zusammen und zog mich dann seitlich an sich. Lange Zeit schwiegen wir. Alle Worte, die mir einfielen, wären nicht genug gewesen.

Nach einer ganzen Weile lehnte Valen seinen Kopf an meinen und flüsterte: »Elise, ich weiß nicht, was ich tun soll. Was ich denken soll.«

Ich legte ihm einen Arm um die Taille. »Ich glaube, es gibt nur einen Weg vorwärts.«

Seine Miene verriet, dass Verletzlichkeit und Angst schwer auf ihm lasteten. In diesem Moment, allein mit mir, konnte er ein normaler Mann sein. Ich hatte von der Liebe seiner Mutter zu seinem Vater gelesen, aber besonders auch von den Augenblicken, in denen König Arvad ihr seine Befürchtungen anvertraut hatte und in denen er eher ihr Geliebter und Gefährte als König gewesen war.

»Du schreitest vorwärts, Valen Ferus. Du setzt die Krone auf; du kämpfst, um deinen Bruder zu befreien. Du bist seine einzige Chance.«

Er schloss die Augen. »Du wünschst ihm nicht den Tod?«

»Warum sollte ich?«

»Ich habe Getuschel gehört«, entgegnete er. »Leute, die vor Wut darüber schäumen, dass ein Sohn Ettas zum Verräter geworden ist.«

»Valen«, sagte ich und legte ihm eine Hand an die Wange. »Man hat Sol manipuliert. Ich war mit ihm im Kerker, ohne es zu wissen, und er war friedfertig. Erst nachdem Calder ihn gerufen hat, hat er …« Ich schüttelte den Kopf. »Wir werden ihn befreien.«

Er bedeckte meine Hand mit seiner und gab mir einen Kuss auf die Handfläche. »Kvinna, du solltest wissen, dass mein Herz und meine Seele dir gehören – du musst nur zugreifen.«

»Dann habe ich alles, was ich mir wünschen könnte.« Ich küsste ihn ohne jede Verlegenheit. In meiner Brust wallte der heftige Drang auf, alles wiederherzustellen, was er verloren hatte, die Narben zu heilen, die dieses Land davongetragen hatte.

Als wir nach Ruskig zurückkehrten, wurden Reparaturen an den Wildwutbarrieren vorgenommen. Da Valen und seine Gilde nicht mehr gefesselt waren, wurden die Wälle höher und stärker als zuvor. Nachdem ich mich vergewissert hatte, dass es den zurückgelassenen Kindern gut ging und dass Calista von Ellis willkommen geheißen wurde, zog ich mich zurück. Er trauerte um seine Mutter; sie war eine Ausgestoßene, die viel mehr Angst hatte, als sie sich anmerken ließ. Solange wir noch nicht recht wussten, was wir mit der Geschichtenerzählerin anfangen sollten, konnten die Kinder einander vielleicht Trost spenden.

Meine Hütte war in zwei Teile zerborsten, aber ich nahm einfach Sivs, da sie ohnehin bei Mattis sein würde. Allein badete ich und weinte. Meine Mutter war tot. Sie war für mich gestorben. Ich weinte um Sol. Calista hatte sich auf gewisse Weise mit dem Sonnenprinzen angefreundet. In ihm steckte Güte – es musste ganz einfach Güte in ihm stecken. Wenn er dem Kind mit Wörtern für die Schicksalszauber geholfen hatte, verstand er vielleicht, dass Calista seinen Bruder unterstützte.

Seine Wildwut war entsetzlich. Ich schauderte, als ich mich an die Schmerzen erinnerte, die sein Gift mir zugefügt hatte. Als würde jeder Muskel und jede Ader in meinem Körper vor Feuer bersten.

Der Rabensporn nutzte ihn als Waffe. Das Gift, das meinem Vater das Auge genommen hatte, stammte zweifelsohne aus irgendeiner Folterung und Manipulation des Sonnenprinzen. Jahrhundertelang war er das größte Geheimnis des Rabensporns gewesen, mehr noch als der verfluchte Prinz. Man hatte die Todeswildwut fest im Griff behalten. Vor diesem Hintergrund wurde es nur allzu nachvollziehbar, wie es dem Rabensporn gelungen war, Nachtleute zu ängstigen oder Mittel und Wege zu finden, sie zu kontrollieren. Es war nicht auszudenken, was sie mit einer Wildwut wie der Sols anrichten konnten.

Ich hatte gerade erst ein Leinenhandtuch um meinen Körper geschlungen, als meine Tür aufschwang und Valen eintrat.

Seine Augen blitzten vor heißem Begehren, als er mich musterte. Dann kräuselten sich seine Lippen. »Ich bin hergekommen, um dich zu bitten, mir die Gnade zu gewähren, mich hierbleiben zu lassen. Ari hört einfach nicht auf, mich zu bestürmen, das königliche Langhaus zu übernehmen, und dafür bin ich schlicht noch nicht bereit.«

»Ich bin mir nicht sicher, ob das klug ist, Prinz Valen.«

Er trat den letzten Schritt auf mich zu und zog eine Augenbraue hoch. »Aha? Warum denn?«

Meine Finger zeichneten die Flächen seines Oberkörpers nach, als er mich an sich zog. »Ich habe einen sehr wehrhaften Liebhaber, weißt du? Er hat diese Furcht erregenden Äxte. Die Art Mann, die eine Maske trägt und Verwüstung anrichtet.«

Valen fuhr mit den Lippen über meine Ohrmuschel und lächelte. »Er klingt furchtbar. Du solltest dir überlegen, ob du nicht stattdessen einen Prinzen lieben möchtest.«

Ich schloss die Augen, als er meinen Hals mit einer Reihe von Küssen bedeckte. »Das ist ein überzeugendes Argument.«

Er ergriff Besitz von meinem Mund. Dann zog er mich noch näher an sich, liebte mich tiefer. Wir hatten vor Augen geführt bekommen, was es bedeutet hätte, einander zu verlieren, und das sprach aus jeder Berührung, jedem Kuss, jeder Bewegung. Seine Hände und sein Mund wischten die Spuren weg, die Runas Grausamkeit hinterlassen hatte. Sie heilten die Angst, dass Jarl mich hatte zerstören wollen.

Ich ließ ihn nicht mehr los, bis die Sonne am nächsten Morgen aufging.

Als wir zum Langhaus hinübergingen, hatte sich schon eine Menge als Rat im Saal versammelt. Halvar hatte die frühen Morgenstunden damit verbracht zu erklären, was aus dem Nachtprinzen geworden war. Er hatte den Fluch und den Gedächtnisverlust erläutert. Ich glaube, Valen atmete in dem

Wissen, dass er den Fluch nicht noch einmal durchleben musste, etwas leichter.

Doch sogar an den Wänden drängten sich Leute. Alle wollten den Nachtprinzen sprechen hören. Ich hatte inzwischen erfahren, dass er den Leuten von Ruskig nichts erklärt hatte, bevor er seinen Anspruch inmitten des blutigen Kampfs verkündet hatte. Zu wissen, dass sie ihm in die Schlacht gefolgt waren, ohne seine ganze Geschichte zu kennen, bedeutete mir viel.

Es spendete mir Hoffnung.

»Ich danke ab«, verkündete Ari, als alle zur Ruhe gekommen waren. »Ich trete die Krone freiwillig an Va …«

»Warte«, sagte Valen und hob eine Hand. »Bevor du es tust, solltest du wissen, dass ich nicht mehr der Erbe bin.«

»Valen«, warf Halvar mit einem Anflug von Traurigkeit ein.

»Ich weiß, was du sagen willst. Ich weiß auch, dass … Sol nicht in der Lage ist, sein Geburtsrecht zu beanspruchen, doch unsere Gesetze von Etta legten fest, dass die Macht, wenn ein König oder eine Königin geistig nicht mehr fähig war zu herrschen, aber noch lebte, an ihren Geliebten oder ihre Geliebte fallen sollte.«

Mir sackte der Unterkiefer herunter.

Thor machte sich an der Wand klein. Blicke folgten Valen, als er an Thors Seite trat und ihm eine Hand auf die Schulter legte. »Vielleicht ist das manchen nicht klar, aber Thorsten ist der Geliebte meines Bruders. Die Krone fällt ihm zu.«

Ari atmete langsam aus und fuhr sich übers Gesicht. »Es gibt verdammt noch mal zu viele Leute mit einem Anspruch auf diese verfluchte Krone.«

Thor hob den Blick und sah nur Valen an. »Ich bin kein König. Ich will seine Krone nicht, auch nicht deine. Aber ich werde für das Haus Ferus kämpfen und ihm bis zu meinem letzten Atemzug dienen.«

»Gut, wunderbar. Dann ist ja alles geklärt«, sagte Ari. »Darf ich jetzt bitte abdanken?«

»Was ist mit Herja?« Valen verschränkte die Arme vor der Brust. »Sol ist am Leben. Wer sagt, dass sie nicht auch meine Schwester irgendwo versteckt haben?«

»Valen«, meinte Halvar sanft. »Herja gehörte nicht zum Nachtvolk.«

»Sie hatte andere Begabungen, das weißt du. Sie wäre wertvoll gewesen. Sollten wir uns also nicht vergewissern, dass sie tot ist, bevor wir einfach davon ausgehen?«

Halvar nickte. »Aber bis wir es sicher wissen, brauchen diese Leute – wir alle – einen König, einen Anführer. Du bist dieser Anführer.«

Valen ließ den Blick durch den Saal schweifen und stellte sich an die Stirnseite. »Wenn es euer Wunsch ist, werde ich euch dienen, aber wir tun, was wir können, um den Sonnenprinzen zurückzuholen …«

»Er dient dem Rabensporn«, rief eine Stimme hinten im Saal.

»Gezwungenermaßen«, rief ich zurück. »Seid nicht töricht. Glaubt ihr wirklich, dass der Sonnenprinz freiwillig für die Leute kämpfen würde, die seine Familie getötet haben?« Valen trug ein verwirrtes Lächeln zur Schau und trat zurück, als ich vorwärtsstapfte. »Ihr ahnt nicht, wozu meine Leute in der Lage sind. Wie verzweifelt sie darauf bedacht sind, den Thron zu behalten. Calista, komm her.« Ich wandte mich der Ecke zu, in der das Mädchen neben Ellis und Kari saß. Sie zuckte zusammen, gehorchte aber. »Erzähl ihnen, was du über den Sonnenprinzen weißt. Du hast die meiste Zeit mit ihm verbracht.«

Sie leckte sich die aufgesprungenen Lippen und sah Valen

scheu an; dann wandte sie sich den neugierigen Gesichtern im Saal zu. »Ich … ich wusste nicht, dass er ein Prinz ist. Ich dachte, es gäbe nur einen, auch wenn ich vermutet habe, dass er alte Wildwut hatte. Dennoch kannte ich seinen Namen nicht, aber er hat manchmal mit mir gesprochen. Er hat mir geholfen, äh, Zauber zu wirken, die uns geholfen haben auszubrechen. Wenn er so böse wäre, wäre er mir nicht beigesprungen. Seid nicht dumm, Leute. Er ist einer von euch, nur etwas verbogen, weil diese Widerlinge auf der Burg ihn mit seinem eigenen Gift füttern. Sie foltern ihn.«

Thor schien nahe daran zu sein, in Ohnmacht zu fallen. Er zog sich einen Stuhl heraus, setzte sich hin, fuhr sich mit den Fingern durchs Haar und wich allen Blicken aus.

Valen räusperte sich. »Kannst du etwas schreiben? Eine Geschichte, die sicherstellt, dass wir zu ihm vordringen.«

Calista wurde blass und schüttelte den Kopf. »So geht das nicht. Ich glaube, ich habe zu viele Grenzen überschritten. Meine Magie ist eine Art Gerangel mit dem Schicksal. Das Schicksal mag es nicht, von mir oder von irgendjemandem sonst manipuliert zu werden. Ich habe versucht, etwas zu schreiben, kaum dass wir hier angekommen waren, aber es hat in meinem Kopf und in meinem Herzen gebrannt. Es ist so, als ob an dieser Stelle in dieser Geschichte euer Schicksal in euren Händen liegt. Ich habe alles getan, was das Schicksal zulässt.«

»Dann tun wir, was wir können, um ihn zu befreien«, sagte Valen. »Aber … wenn er nicht mehr da ist, dann würde mein Bruder lieber nicht weiterleben.«

Ich legte ihm sanft eine Hand auf den Arm. Bei allen Göttern – ich betete, dass er nicht vor der Aufgabe stehen würde, Sol zu töten. Aber wie es schien, hatte sich die Bürde eines Königreichs, eines ganzen Volkes, doch noch auf seine Schultern herabgesenkt. Vor allem würde er tun, was nötig war, um sie zu beschützen.

Die Leute wurden still und ernst. Ari räusperte sich und erhob sich dann. »Dann also am Höchstmond. Wir machen es offiziell.«

In der Abenddämmerung standen Valen, seine Gilde und ich am Meeresufer. Ein Handelsschiff dümpelte in der Brandung; ein Ruderboot, das mit Stoffen und Kräutern für ferne Königreiche beladen war, lag bereit, um in den Wellen an Bord zu gehen. Junie schulterte eine Tasche und zog einen Pelzumhang um Calistas Schultern fest.

»Ich bringe sie in ihr Heimatland. Im Westen, nicht wahr, Mädchen?«

»Ich lebe in Rabenflucht«, sagte sie trocken. »Manche sagen, das sei das erste Königreich gewesen, wisst ihr?«

Junie prustete. »Na dann, Eure Hoheit, werde ich Euch nach Rabenflucht geleiten.«

Ich schlang die Arme um Junius und zog sie eng an mich. »Du hättest nicht kämpfen müssen und hast es doch getan. Ich werde dir immer dankbar sein. Und ich hoffe, du hältst deinen Mann davon ab, die Welt niederzubrennen.«

Sie grinste. In ihren Augen stand Sehnsucht, als sie mir ein Pergament mit einer Anschrift in einem fremden Land reichte.

»Solltet ihr mich brauchen, müsst ihr nur Bescheid sagen.« Junie sah Valen an. »In meiner Gilde zu Hause nennen wir uns die Falkyn, aber es war mir eine Ehre, ein Schatten zu sein. Vergiss uns nicht. Ich weiß, dass du meinem Volk irgendwann viel bedeuten wirst. Ich bin mir nicht sicher, in welcher Hinsicht, doch ich glaube, wir sehen uns heute nicht zum letzten Mal.«

»Es ist schließlich gut, einen König zum Freund zu haben«, sagte Valen. »Auch wenn es nur ein König auf Zeit ist.«

»So ist es. Ich meine es ernst«, sagte sie und zeigte auf das Pergament in meiner Hand. »Wenn ihr irgendetwas brauchen solltet, meldet euch. Ihr habt jetzt Verbündete im Ausland.«

»Leb wohl, gutes Herz«, sagte Calista. Als sie den Blick hob, wirkte es, als würde in ihren Augen ein Sturm aufziehen: fahle Wolken verdeckten die Iriden. »Eure Schlacht endet, wenn seine beginnt.«

Mein Magen verkrampfte sich. »Calista? Wenn wessen Schlacht beginnt?«

Valen kam an meine Seite und musterte das Mädchen neugierig. Als sie wieder sprach, war ihre Stimme gedämpft, und ihre Worte klangen anders.

»Der Brecher von Nacht und Angst beginnt seinen Kampf, wenn eurer endet.« Calista blinzelte schnell und lächelte dann, als wäre alles in bester Ordnung. »Leb wohl, verfluchter Prinz. Vergiss nicht, was ich für dich getan habe. Die guten Dinge, meine ich.«

Valen und ich tauschten einen Blick.

»Was sollte das denn heißen?«, flüsterte er, als Calista zum Boot hinabrannte.

»Sie sieht Dinge. Ich weiß nicht, was es bedeutet. Ich bin mir nicht einmal sicher, ob ihr bewusst ist, dass sie es gesagt hat.«

Er seufzte tief und biss die Zähne zusammen. »Wie ich die Wendungen des Schicksals kenne, werden wir es bald herausfinden.«

»Und bestimmt auf so unbequemem Wege, wie es das Schicksal nur einrichten kann«, grummelte ich.

Valen grinste, küsste mich auf die Schläfe und zahlte dann den Decksleuten einen zusätzlichen Beutel voller Silbermünzen, um sicherzustellen, dass Junie und Calista sicher in ihre Länder gelangten. Für den Fall, dass sie es nicht taten, ließ er die Drohung folgen, dass die Schattengilde erst ihren Handel und dann ihr Leben zerstören würde.

Ein kurzer Blick auf das magische Feuer auf Thors Handflächen war genug, die Decksleute unter tausend Versicherungen nicken zu lassen, bevor sie in die Wellen ruderten.

Ich flocht meine Finger zwischen Valens und sah zum Horizont. »Bist du bereit?«

Er gab mir einen Kuss auf die Fingerknöchel. »So bereit, wie ich jemals sein werde.«

Das Krönungsfreudenfeuer loderte in den samtig schwarzen Himmel auf. Die Kränze, die die Frauen auf dem Kopf hatten, waren aus Mondfahne, die der Männer aus geglätteten Zweigen. Alle waren in ihre besten Kleider oder Tuniken gehüllt. Sie trugen Knochenschmuck in den Ohren und Runen auf den Händen und in den Gesichtern.

Ich stand neben dem leeren Stuhl unter einem weißen Baldachin und einem Bogen aus Mondfahne. Thor und Halvar blieben als königlicher Ratgeber und erster Ritter an meiner Seite. Siv klammerte sich an Mattis' Arm und strahlte mich an. Sie hatte ihr ganzes Leben bei den Clans verbracht. Das hier war ein Abend, an dessen Kommen sie fest geglaubt hatte, und mir wurde klar, dass das hier für diese Leute mehr als eine Thronbesteigung war. Es bedeutete Freiheit.

Die Menge wurde still, als Valen, Ari und der Älteste Klok ins Licht traten. Valen trug einen Pelzumhang, und Klok hielt in beiden Händen den silbernen Stirnreif, den Ari als König getragen hatte. Mir wurde flau im Magen. Wie lange her schien doch der Abend zu sein, an dem Legion Grey mein Brautpreisunterhändler geworden war. Ich hatte mich gegen ihn gesträubt und mich dann in ihn verliebt. Gemeinsam hatten wir einen Staatsstreich überlebt, Lügen, einen Fluch. Jetzt, in diesem Moment, als er mir in die Augen sah, hatte ich keinen Zweifel daran, dass wir alles, was das Schicksal für uns bereithielt, gemeinsam durchstehen konnten.

Ari wandte sich an das Volk. »Seit Jahrhunderten glauben wir daran, dass unser wahres Königshaus, die Familie von Etta, die Dynastie Ferus, wieder aufsteigen würde. Ihre Magie ist nie gestorben. Wir haben es gewusst. Wir haben es gespürt. Wir haben daran festgehalten. Es ist mir eine Ehre, diese Krone unserem wahren König, Valen Ferus, abzutreten.«

Valen ließ sich auf ein Knie sinken. Selbst der Wind kam zum Erliegen, als Klok ihm den Stirnreif aufsetzte. Ein Lichtschein sammelte sich über den Mondfahnenblüten. Als würde die Erde unseren Sieg feiern.

Als Valen sich erhob, jubelten die Leute. Siv hüpfte auf den Zehenspitzen und küsste dann Mattis, als wäre es das Letzte, was sie tun würde. Stieg und Casper schrien vor Freude. Frey schlug sich mit der Faust auf die Brust, wie auch Ari. Halvar lächelte und zwinkerte mir zu. Thor – sogar Thor lächelte.

Valen schritt zum Thron. Sein Gesicht war ruhig, aber so, wie er seine Hände ausschüttelte, war er ohne Zweifel von brennender Nervosität erfüllt.

»Wie lautet der erste Befehl, König Valen?«, fragte Ari.

Valen betrachtete sein Volk. Er sah mich an. Ich zuckte nicht mit der Wimper. Als er sich wieder der Menge zuwandte, hob er den Kopf. »Ich erkläre Burg Rabensporn, dem neuen Königspaar von Timoran, den Krieg.«

Ein Schlachtruf, der mich bis ins Innerste erschütterte, stieg mit den Funken in die Nacht auf.

Ein selbstbewusstes Lächeln umspielte Valens Mund. Seine Stimme wurde tiefer. »Macht euch bereit, für eure Familien zu kämpfen! Für euer Volk und euer Land. Dieser Krieg hat nie geendet, aber ich schwöre bei den Göttern, dass er mit uns enden wird. Es beginnt jetzt.«

DANKSAGUNG

Ich bin sehr vielen Leuten überaus dankbar. Diese Serie hat eine lange Entstehungsgeschichte, und sie wäre ohne die Hilfe anderer nicht möglich gewesen.

Zuallererst danke ich meinem Mann dafür, dass er tausend Ideen mit mir durchgespielt hat. Ich weiß nicht, wie oft du dir etwas über diese Welt und diese Figuren anhören musstest, aber ich bin sehr froh, dass du nie aufgehört hast, mit mir darüber zu reden. Es hat sich zu etwas ausgewachsen, das ich nie habe kommen sehen. Ich danke meinen Kindern für ihre Geduld und ihre Unterstützung. Es freut mich so, dass ihr immer begeistert seid, wenn eines meiner Bücher mit der Post kommt. Ihr seid meine Gründe für alles. Jennifer Murgia danke ich dafür, dass sie Kanten geglättet, mich vor meinen Kommafehlern bewahrt und es jedes Mal bemerkt hat, wenn ich »form« statt »from« geschrieben habe. Danke, Clara Stone bei Author Tree, für deine Formatierungskünste. Du bist großartig. Und danke, Bianca bei Moonpress Co., für deine schönen Cover.

Wie immer vielen Dank an meine Leserinnen und Leser. Ohne euch wären diese Welten nicht möglich. Ich bin so dankbar für euch und die Gelegenheit, diese Worte und Figuren mit euch zu teilen!

Mögen wir alle das Gute sein.

LJ

Exklusives Bonusmaterial in der deutschsprachigen Ausgabe:

Ein Kapitel aus der Sicht von Legion Grey

DER NACHTPRINZ

»Muss das hier unbedingt heute noch fertig werden?« Ich warf meinen schwarzen Stirnreif auf den Tisch und sah missmutig in die Gesichter der Runde, die ringsum saß.

Ich rieb mir die Schläfen, an denen der Stirnreif, den ich als Krone trug, mir in die Haut gedrungen war. Daran musste ich mich erst gewöhnen. Eine Krone – die Krone von Etta. Nicht für lange Zeit, wie ich mir ins Gedächtnis rief. Sol war am Leben, und bald konnte er sich mit dem Drücken und Zwicken der verdammten Krone herumschlagen.

Ari hob ein Trinkhorn voll Bier und lachte in sich hinein.

Ich nagelte ihn mit einem finsteren Blick fest. Oh, er kostete jeden Moment von all dem hier aus. Die Bürde war ihm von den Schultern genommen und lastete nun auf meinen. Jetzt konnte der ehemalige König sich entspannt zurücklehnen und das königliche Bier trinken, als gäbe es sonst nichts Wichtiges.

Ich glaubte, dass ich ihn hasste.

So ein Pech, dass ich dem verdammten Narren zugleich so sehr vertraute.

Ich hatte das königliche Langhaus den ganzen Tag nicht verlassen. Dabei wurde ich anderswo erwartet. Bald.

»Mein König«, sagte der Älteste Klok mit heiserer Stimme. »Ja, wir sollten diese Pläne noch fertigstellen. Unsere bisherige Strategie ist immer noch brauchbar. Wir greifen die Karawanen des falschen Königs an, rauben seine Handelswaren und werden dadurch stärker, während wir ihn schwächen.«

»Wenn unsere Strategie dieselbe bleibt, dann weiß ich nicht, warum ich hier gebraucht werde, um sie mir anzuhören.«

»Wie es scheint, kann unser neuer König nicht still sitzen.« Halvar lächelte spöttisch über sein eigenes Trinkhorn hinweg. »Ich frage mich, warum.«

Bastard. Er wusste ganz genau, warum ich fortwollte. Und wenn es mir ein Bedürfnis gewesen wäre, hätte ich dem ganzen Tisch verkünden können, dass mein Freund und erster Ritter sich aus mehr als einer Ratssitzung davongestohlen hatte, um sich seiner neuen Rolle als Karis Liebhaber zu widmen.

Brant, Karis Rabenbruder, der zu meiner Linken saß, hätte dazu zweifelsohne einiges zu sagen gehabt.

»Ich habe keine Zeit für überflüssige Sitzungen«, sagte ich. »Also, wenn ihr mich nicht mehr braucht …«

»Das ist aber nun einmal die Aufgabe eines Königs«, warf Thor ein, doch selbst er zeigte ein angedeutetes Lächeln. Seit wir herausgefunden hatten, dass Sol noch lebte – so verstörend die Wahrheit auch war –, hatte sich in Thor etwas entzündet. Ein neuer Wille, zu kämpfen, zu leben, zu erobern. Er würde mich zwingen, an jeder einzelnen langweiligen Sitzung teilzunehmen, wenn es uns dabei half, Sol zurückzuholen.

Ich sah es genauso, aber das hier war zwecklos. »Ich ziehe ernsthaft in Erwägung, einen neuen königlichen Rat zu ernennen.«

Gelächter durchlief die Schattengilde. Zuerst waren Mattis, Siv, Ari, Brant und Kari zu meinem Rat ernannt worden. Meine engsten Vertrauten.

Aber ich war dabei, mich rasch wieder mit den Tücken der Herrschaft über ein Königreich – und mochte es auch so bescheiden wie unseres sein – vertraut zu machen. Also hatten der Älteste Klok und Crispin die Vollmacht erhalten, Männer und Frauen auszusuchen, die als innerer Kreis dienen würden. Ich vertraute ihnen genug, um sie andere auswählen zu lassen, die für Etta kämpfen würden.

Ein Vertrauensbruch des inneren Hofstaats meiner Eltern hatte uns all dieses Leid überhaupt erst eingebracht. Beim ersten Anzeichen von Treuebruch, Verrat oder mangelnder Ergebenheit würde ich Kehlen aufschlitzen.

Sie hatten einige neue Gesichter zum inneren Rat hinzugebeten. Vor allem Nachtvolk, ein paar Ettaner. Jetzt gerade legte ich nicht unbedingt Wert darauf, auch nur eines davon näher kennenzulernen.

Ich wollte fort.

Ich wollte zu ihr.

Nach dem Licht zu urteilen, würde die Sonne bald untergehen, und ich würde zu spät kommen. Ich hatte versprochen, das nicht zu tun.

Nicht schon wieder.

»Mein König«, sagte Klok. »Wir haben allen Grund zu der Annahme, dass ein Handelszug mit Leibeigenen beim nächsten Vollmond eintreffen wird. Brutale Händler, aber wir glauben, dass es klug wäre, ihn in unsere Gewalt zu bringen. Gerüchten zufolge könnten unter den Leibeigenen Magiebegabte aus fernen Königreichen sein. Und uns die menschlichen Leibeigenen zu holen, wäre auch klug. Um unsere Zahl zu erhöhen.«

Ich sah kurz zu Frey hinüber. Früher war er Ari bis zum Äußersten treu ergeben gewesen. Jetzt diente er mir mit dem gleichen Maß an Respekt und Loyalität.

Er nickte mir kaum merklich zu.

Wir hatten schon privat über diesen speziellen Handelszug

gesprochen. Frey hatte eine direkte Bitte an mich gerichtet oder mich vielleicht sogar eher angefleht. Ich hatte wieder einmal ein Versprechen gegeben. Aber er hatte seine Gründe dafür, die Leibeigenenkarawane überfallen zu wollen, anscheinend niemandem sonst mitgeteilt.

Ich räusperte mich und stand auf. »Ich weiß von dem Handelszug. Wir holen ihn uns, und das, ohne ihn anzugreifen. Zumindest tun wir es nicht auf die Art, wie Ihr vorschlagt.«

»Das verstehe ich nicht.«

»Wir gehen als Handelsleute hin.« Ich schritt um den Tisch herum und legte jedem Mitglied meines inneren Rats kurz die Hand auf die Schulter. »Darin war ich früher einmal geschickt.«

Klok zog eine Augenbraue hoch. »Ihr schlagt vor, dass Ihr als Legion Grey geht?«

»Natürlich. Ich habe immer noch einen guten Namen. Elises Schwester hat bisher noch nicht eingeräumt, dass Legion Grey ihren gesamten Haushalt hinters Licht geführt hat oder dass er ihr ärgster Feind ist, der von den Toten zurückgekehrt ist. Der Name und der Ruf sind noch unbeschadet. Erst wenn die Händler in der Lage sind, in der wir sie haben wollen, schlagen wir zu. Halvar wird Euch den Plan erklären.«

Klok sah zwischen Halvar und mir hin und her und lächelte dann. »Wie Ihr wünscht, mein König.«

Ich klatschte lächelnd in die Hände. »Gut. Wenn ihr mich nun entschuldigen wollt? Ich werde anderswo gebraucht.«

»Na los, Valen«, sagte Casper. »Wenn ich Elise enttäuschen würde, hätte ich auch Angst.«

Mir schnürte sich die Brust zu, aber ich lachte.

Klok schürzte die Lippen. »Das ist so dringend? Eure Geliebte?«

Ich öffnete die Tür und warf einen Blick über meine Schulter. »Ältester, die Frau ist der Grund dafür, dass wir überhaupt ein Königreich haben. Wenn ihr all das hier zu verdanken ist, wäre es dann Eurer Meinung nach klug von mir, sie zu enttäuschen? Sie hält schon sehr wenig von euch allen, weil ihr mir die Zeit stehlt.«

Ari schnaubte. »Vielleicht war das von Anfang an unser Plan. Damit ich …«

»Du wirst sie nie gewinnen, einstiger König«, sagte ich. Elise und ich hätten ein Dutzend Kinder haben und zueinander passende Kronen tragen können, aber Ari hätte mich immer noch damit aufgezogen, dass er sie mir stehlen würde, daran hatte ich keinen Zweifel. Der Mann brauchte eine eigene temperamentvolle Gefährtin, um ihn beschäftigt zu halten. Mit einem letzten Blick in den Raum sagte ich: »Hört Halvar zu. Aber ich werde hier nicht gebraucht. Gute Nacht.«

Draußen holte ich tief Luft. Bei den Göttern, seit ich die verdammte Krone angenommen hatte, hatte ich kaum geschlafen und Elise noch seltener gesehen.

Für einen Abend konnten sie mich entbehren.

»Mein König.« Ich ballte die Fäuste und drehte mich langsam um. Einer von Crispins Männern, ein neues Gesicht im Rat, kam mir nachgerannt.

»Stave«, sagte ich. »Ihr habt doch gehört, was ich da drinnen gesagt habe.«

Er nickte und neigte den Kopf. Stave war ein junger Fae, schwach an Wildwut, aber streitbar mit einer Klinge. Mit seinem dunklen Haar und seinen schwarzen Augen glich er durch und durch einem Ettaner.

»Vergebt mir, mein König, doch wir hatten vor, noch über etwas anderes zu sprechen. Die Wälle zum Beispiel. Sie brauchen Eure Wildwut.«

»Ich habe sie vorhin repariert.«

»Oh.« Er rollte die Schultern. »Dann gibt es noch etwas Ärger mit dem verborgenen Hafen. Vor allem Scharmützel mit den Arbeitern.«

»Dann überlasse ich es meinem Rat, sich mit einfachen Scharmützeln zu befassen. Ich muss nicht bei jedem kleinen Streit dabei sein. Solche Dinge muss ich an andere delegieren, Stave. Leute wie Euch. Aber wenn ich jetzt nicht gehe, vergieße ich am Ende vielleicht noch Blut.«

Ich lächelte, meinte es als Scherz, doch Stave räusperte sich.

»Da ist noch etwas. Die Leute finden, dass Ihr eine Frau an Eurer Seite braucht.«

Zorneshitze ließ mir die Haut brennen. »Ich habe eine.«

»Ja, aber sie fragen sich, ob Ihr nicht auch in Erwägung ziehen solltet, Euch eine Gefährtin vom Nachtvolk zu nehmen.«

Ich trat auf ihn zu, bis wir Brust an Brust standen. »Findet der Rat das auch?«

Staves Stimme wurde leiser. »Es ist nur darüber gesprochen worden.«

»Gesprochen.« Mein Mundwinkel hob sich zu einem grausamen Lächeln. »Ich verstehe. Nun, Stave, dann erteile ich Euch jetzt einen neuen Auftrag. Geht wieder hinein und sagt dem verdammten Rat, dass ich eine Gefährtin habe. Eine, die mehr Feuer hat als zwei Dutzend Frauen mit Wildwut. Und der Rat sollte ihren Zorn fürchten, wenn ihr Geliebter sie abermals ignoriert. Offen gesagt sollte er auch meinen fürchten. Ich habe kein Interesse daran, Geliebte nur nach ihrer Wildwut auszuwählen. Die Liebe meines Vaters ist ohne Magie ausgekommen, und meine verlangt ganz gewiss nicht nach ihr.«

»Verstanden, mein König.«

»Gut. Jetzt gehe ich. Folgt mir nicht, lasst nicht zu, dass mir sonst jemand folgt, es sei denn, Ihr wollt, dass ich Euch niederstrecke.«

Ich genoss es, mit Blut zu drohen. In gewisser Weise im ehrenden Angedenken an den verfluchten Blutgeist und zur Erinnerung an das, wozu er so viele Umläufe lang in der Lage gewesen war. Dennoch machte sich Unruhe in meinem Bauch breit. Hart und scharf. Warum wollte der Rat, dass ich mir eine zweite Geliebte nahm?

War Elise ihm nicht mehr genug?

Den Ratsmitgliedern war doch wohl klar, dass Ruskig ohne die timoranische Kvinna kaum eine Chance gehabt hätte, oder?

Sogar mit Ari. Er nutzte Elise und ihren Einfluss, um Leute aus Mellanstrad herzuholen. Sie verhandelte mit dem Rabensporn, sie war unser Bollwerk dagegen. Runa wollte Elise lebend, und bis wir wussten, warum, war Elise Lysander eines der wichtigsten Gesichter hinter diesen Wällen, wenn nicht das wichtigste überhaupt.

Ich zog mir eine dicke Kapuze über den Kopf, hielt den Blick auf den Boden gerichtet und eilte durch die schlammigen Straßen von Ruskig. Die meisten Leute hatten sich schon in die Geborgenheit ihrer Hütten und Bretterbuden zurückgezogen. Die wenigen, die noch unterwegs waren, gönnten mir kaum einen Blick. Am Ende erreichte ich den Wald.

Hier war es still.

Keine Kriege auszufechten. Kein Rat zufriedenzustellen. Keine Strategien auszuarbeiten.

An diesem Ort war es, als würde die Zeit für einen Augenblick stillstehen, als könnte ich hier nur Valen sein, ein Mann, der eine Frau liebte. Und sie konnte Elise sein, die Frau, die von dem Mann geliebt wurde.

Als ich eine Länge in den dichten Wald vorgedrungen war,

durchbrach ein Lichtschimmer die Schwärze. Noch einmal sah ich über meine Schulter, schlug dann die Zweige zurück und betrat eine unregelmäßig geformte Lichtung.

Elise schaute von dem kleinen Feuer auf. Diese blauen Augen waren eine Erinnerung, die ich immer in mir tragen würde. Von dem Abend an, an dem wir zum ersten Mal miteinander gesprochen hatten und sie mich dafür gehasst hatte, dass ich der Mann gewesen war, der sie zum Ehegelöbnis weggeben sollte, bis hin zu der Nacht, in der mein Gedächtnis zurückgekehrt war und ihr Gesicht das erste gewesen war, nach dem ich gesucht hatte.

Sie war zu meiner Seele geworden.

Zu meinem Herzen.

Ich wollte sie mehr als jede Krone, mehr als jedes Königreich.

»Du kommst zu spät, Nachtprinz.«

Sie war auch diejenige, die meinem Herzen mit ihrem Tonfall Furcht einflößen konnte. Ich zog eine Augenbraue hoch und trat näher. »Stimmt. Aber zu meiner Verteidigung, Kvinna: Die Leute hier scheinen all meine Zeit zu beanspruchen. Heute Abend musste ich mir den Weg geradezu freikämpfen.«

Sie kniff die Lippen zusammen, doch ich kannte sie gut genug, um zu wissen, dass sie so ein Lächeln zu unterdrücken versuchte. Elise ließ ihr langes, helles Haar offen über ihre Schultern fallen. Ich griff nach einer Strähne und schlang sie mir um die Finger, als ich mich neben sie kniete.

»Hat mein Zuspätkommen dich so sehr gekränkt, dass es dir lieber wäre, wenn ich gehe?«

Sie sah mich an, streckte die Hand nach meinem Gesicht aus und zeichnete den Umriss meiner Lippen mit dem Daumen nach. »Das kommt darauf an.«

»Worauf?«

»Darauf, was du aus der Zeit zu machen gedenkst, die uns noch bleibt.«

Ich grinste und zog ihren Mund auf meinen. Bei allen Göttern, ich würde den Geschmack dieser Frau nie leid werden. Das scharfe Brennen von Schmerz, wenn ihre Fingernägel über meine Haut kratzten. Wie ich es fertiggebracht hatte, ihr so lange aus dem Weg zu gehen, wusste ich immer noch nicht. Ein Teil meines Herzens schlug nur für Elise, jeden Atemzug tat ich für sie. Für ein Leben, das wir beide leben wollten. Zusammen.

Ich küsste sie. Tiefer. Begieriger. Inniger.

Mit geschmeidigen Bewegungen streiften wir uns die Kleidung ab. Ihre warme Zunge tanzte mit meiner. Mir entschlüpfte ein Stöhnen, als ihre Fingerspitzen Linien an meiner Wirbelsäule hinabzogen. Haut an Haut, ihre Beine um meine geschlungen. Nichts auf der Welt spielte mehr eine Rolle. Nur für einen kurzen Moment, aber er gehörte uns.

Elise wandte den Blick nicht von meinen Augen ab, während sie mich an ihren Körper drückte. Sie lächelte, als sie an meiner Schulter knabberte. Schnappte nach Luft, als mein Mund sich jeden Zentimeter ihrer Haut einprägte.

Gierig leckte meine Zunge ihre feuchte empfindlichste Stelle. »Elise, du schmeckst … wie für mich geschaffen.«

Sie bäumte sich unter mir auf. Ihre perfekten Oberschenkel pressten mein Gesicht zusammen, hielten mich zwischen ihren Beinen fest.

Als ihr Atem nur noch ein heiseres Keuchen war, zupfte Elise an meinem Haar. »Ich brauche dich, Nachtprinz.« Ihre Hand schlängelte sich über meinen Bauch abwärts, umfasste meine Härte. »Ich brauche dich ganz.«

Ich zögerte nicht. Ihre Erregung glänzte noch immer feucht auf meinen Lippen, als ich mich über sie schob und mit einem einzigen geschmeidigen Stoß unsere Körper vereinte. Unser Rhythmus war leidenschaftlich, fast verzweifelt. Ihre Fingernägel schrammten über meine Wirbelsäule. Bei den Göttern, ich hoffte, sie hinterließ dabei ihre Spuren.

Als sich mein Name ihrer Kehle entrang, erschauerte ihr Körper in meinen Händen. Einen Atemzug später brach mein Höhepunkt aus mir hervor, überwand auch noch den letzten Abstand zwischen uns und füllte ihn aus.

»Valen«, flüsterte sie an meiner Haut, als ihre Atmung sich beruhigte. »Ich liebe dich.«

Ich legte ihr eine Hand an die Wange und gab ihr einen bedeutungsschwangeren Kuss, bevor ich mich weit genug von ihr löste, um zu sagen: »Ich liebe dich. Du bist der Grund dafür, dass ich kämpfe, Elise. Ich werde stets für dich kämpfen, für dieses Land, für unser Leben. Es wird nicht immer so sein. Wenn dieser Krieg endet, werden wir mehr von diesen Augenblicken erleben. Das schwöre ich dir.«

Sie küsste mich sanft. »Ich weiß. Du bist der König, den dieses Land braucht, aber du wirst immer auch meiner sein. Mein Herz gehört dir.«

Ich zog sie enger an mich, barg ihren Kopf unter meinem Kinn und sah zu den Sternen empor. Das Geräusch ihres regelmäßigen Atems war zutiefst beruhigend.

Sie war meine königliche Geliebte. Meine Gefährtin, meine Freundin, mein Herz. Aber irgendwann – bald – würde ich sie bitten, mehr zu sein.

Ich würde Elise bitten, Königin zu werden.

Leseprobe

aus

CROWN OF BLOOD AND RUIN

Geliebt von meinem Feind

von LJ Andrews

Erscheinungstermin: Sommer 2024

TEIL EINS 

KAPITEL EINS

NACHTPRINZ

Die Holzbretter stanken nach Erbrochenem.

Der beißende Geruch brannte mir bei jedem Atemzug im Rachen. Niemand am Tisch schien sich daran zu stören. Der Mann gegenüber von mir ließ immer wieder Teile von seinem Räucherhering fallen und aß sie dann trotzdem, als wären sie nicht vom übel riechenden Auswurf eines anderen überzogen.

Mit einem Schmatzen lehnte er sich lässig auf seinem Stuhl zurück, den Blick auf mich gerichtet. »Ihr seid also Hersir Legion Grey, ja?«

Einer meiner Mundwinkel hob sich. »Schon den ganzen Tag.«

Er schnaufte und wischte sich das, was ihm aus der Nase lief, mit dem Handrücken ab. »Sagt mir eines: Warum sollte ich an Euch verkaufen? Euer König hat mir einen guten Preis geboten. Und er ist der verdammte König.«

Der Händler sah aus dem trüben Fenster, vor dem drei Dutzend Leibeigene angekettet waren wie Schweine auf dem Weg zur Schlachtbank. Er klopfte mit der linken Hand auf den Tisch und griff dann nach seinem Trinkhorn. Linkshänder. Die kurze Klinge an seiner Taille würde meine schwächere Seite treffen. Leicht abzuwehren.

Ich trank einen Schluck Starkbier.

Seine Klinge war nicht schlecht geschmiedet, aber auch kein Meisterwerk. Der Stahl war nicht gut ausbalanciert. Klobig. Schwer. Die Hiebe würden schnell und heftig, doch wenig kontrolliert erfolgen.

»Nun?«, fragte er. »Warum wollt Ihr sie?«

Ich hob den Blick. »Ich bin ehrgeizig, Hersir, und in Timoran herrschen ungewisse Zeiten. Ihr stammt nicht von diesen Gestaden, aber ich habe tiefe Taschen. Ich mache Euch das Angebot nur aus dem Grund, dass ich ein paar kräftige Leibeigene, die meine Tore bewachen, gut gebrauchen könnte.«

Der Händler zog eine Augenbraue hoch. Immer wieder streckte er sein rechtes Bein. Tat es vielleicht weh? Eine alte Verletzung? Ich würde es auf die Probe stellen, wenn er sich die Chance verdiente aufzustehen.

»So wie es aussieht, Hersir Grey, habt Ihr doch schon reichlich gutes Fleisch, das Euch den Rücken deckt.« Sein Blick huschte zu der einschüchternden Mauer aus Männern hinter mir. Thor, Ari und Brant standen mit verschränkten Armen da, Klingen an ihren Gürteln, finstere Mienen aufgesetzt.

Ich kämpfte gegen den Drang an, die Augen zu verdrehen.

Narren. Ich war als Legion Grey hier, ein Taugenichts von einem Händler aus Neu-Timoran. Sie sollten meine Geschäftspartner darstellen, meine Gefährten. Früher waren wir dafür bekannt gewesen, unser Glück an Spieltischen zu versuchen, und hatten als tollkühne, reiche junge Männer gegolten, die einen Blick für gute Geschäfte hatten.

Nicht als Krieger eines Königs.

Ari war der Einzige, der allen Grund hatte, dreinzusehen, als hätte er Schmerzen. Bestimmt hatte er sie wirklich. Da er sich auf Illusions-Wildwut verstand, lag es ausschließlich an Ari, dass meine Fae-Züge verborgen blieben. Aber Wildwut neigte dazu, den Körper auszulaugen, wenn man sie zu sehr beanspruchte.

Und dieser Bastard von einem Händler hörte einfach nicht auf zu reden.

»Sie sind schlecht gelaunt, weil wir sie nicht zum Trinken eingeladen haben«, sagte ich bedeutungsvoll mit einem scharfen Blick zu Thor. Er hatte schon früher selten gelächelt, aber seit wir Burg Rabensporn das letzte Mal verlassen hatten, konnte nur eine Person meinem alten Freund noch irgendeine Emotion entlocken.

Elise war nicht hier, also war das Mindeste, was er tun konnte, den sorglosen, ehrgeizigen Handelspartner von Legion Grey zu spielen.

Wie Mattis.

Der Tischler verstand sich darauf, in solch eine Rolle zu schlüpfen, ohne sich anmerken zu lassen, wie gut er mit dem Schwert an seiner Taille umgehen konnte. Mattis lachte in einer Ecke und schlug auf die Tischplatte; er stürzte mit einem anderen Mann, der sich unter seiner Kapuze verbarg, ein Trinkhorn rotes Gewürzbier hinunter.

Frey würde sein Gesicht nicht zeigen. Noch nicht. Hier würde man ihn zu schnell erkennen.

Mein stinkender Zechkumpan neigte sein Horn, den Blick weiter auf mich gerichtet. »Tut mir leid, Hersir. Aber ich ziehe mich nicht aus einem Geschäft mit dem König zurück, nur um Euren Ehrgeiz zu stillen. Kauft lieber auf dem freien Markt am Rabensporn ein. Und ein guter Rat: Lasst es nicht zur Gewohnheit werden, Euren eigenen Königshof zu überbieten.«

»Ich glaube, Ihr begeht einen Fehler.«

Dieses Gespräch würde gleich eine andere Wendung nehmen. Während der Händler polterte und seine eigene Wichtigkeit wie ein eitler Gockel zur Schau trug, lastete die unter dem Tisch versteckte Axt immer schwerer auf meinem Schoß.

Ein selbstgefälliges Grinsen huschte über sein wettergegerbtes Gesicht. »Ich bin nicht zum Handelspartner von Königen aufgestiegen, indem ich Fehler begangen habe, Junge.«

»Junge?«, wiederholte ich lachend. »Kühn von Euch, Hersir.«

»Glaubt Ihr etwa, der Ruf des wilden Legion Grey, Händler, der mit Kaufmannstöchtern ins Bett geht, während er ihren Vätern das Geld aus der Tasche zieht, sei nicht zu mir gedrungen? Für mich seid Ihr nur ein unsteter Geselle mit dickem Geldbeutel.«

Ich zog eine Augenbraue hoch. »Sagen das etwa alle über mich?«

Er grinste und zeigte dabei einen Goldzahn vorn im Mund. »Ja. Gut, dass ich keine Tochter habe, Hersir Grey. Ich treibe keinen Handel mit Euch. Ein gutes Verhältnis zu einem König ist verlockender als ein Geschäft mit einem *Jungen* wie Euch.«

Ich verzog den Mund, als ich mein Trinkhorn hob. »Ich kann Euch nur zustimmen. Natürlich möchte ich Euch eine letzte Gelegenheit geben, mir Eure Handelsware freiwillig zu überlassen.«

»Jetzt soll ich sie einfach so weggeben?« Er lachte leise. »Ihr seid wirklich merkwürdig. Wie Ihr so lange in der Geschäftswelt zurechtkommen konntet, werde ich wohl nie erfahren.«

»Wenn ich recht verstehe, lehnt Ihr ab?«

Der Händler sah mich an, als hätte ich den Verstand verloren. »Ja, Hersir Grey. Ich weigere mich, Euch meine Leibeigenenware zu *überlassen*.«

»Verstanden.« Ich packte den Griff meiner Streitaxt fester. Das Leder, das Holz und der Stahl hatten etwas Tröstliches. Etwas Vertrautes und Tödliches. »Leider wird dieser Abend nicht gut für Euch ausgehen. Der König hat kein Interesse an gutwilligem Handel mit Euresgleichen. Er hat Euch nur eine Chance geben wollen.«

Sein Grinsen verflog. »Was sagt Ihr …«

Bevor der Händler den Satz vollendete, drang die geschwungene Klinge meiner Axt schon in seine Finger, die auf der Tischplatte ruhten. Ein grauenvoller, kehliger Schrei durchbrach den Frieden des Wirtshauses. Meine Leute aus Ruskig stürzten sich auf seine Männer, bevor diese auch nur wussten, wie ihnen geschah.

Mattis' Schwert durchtrennte die Wirbelsäule eines Händlers. Frey schlug seine Kapuze zurück und warf einen Dolch auf den Wirt. Die Spitze drang dem Mann in die Kehle. Ich hinterfragte es nicht. Der ettanische Krieger hatte gewiss seine Gründe, ihn zu töten.

Gäste des Wirtshauses schrien. Einige griffen zu den Waffen. Sie überlebten es nicht lange. Ein paar starrten Frey mit offenem Mund an, lächelten sogar mit einem Anflug von Triumphgefühl. Als ich mich von meinem Sitz erhob, kümmerten Thor, Mattis und Brant sich gerade um den Rest der Handelsmannschaft und stießen sie auf die Knie, Messer an ihren Kehlen.

Ari atmete erleichtert aus, als er die Illusion verfliegen ließ, die er über meine Züge gebreitet hatte.

Ich schob die Manschetten meines Wamses zurecht und trat an die Seite des Händlers. Seine Stirn war schweißbedeckt, seine Haut blass. Blut sprudelte auf den Tisch und vermischte sich mit verschüttetem Bier.

Angesichts meiner tiefdunklen Augen und meiner spitzen Ohren zuckte er zurück. Ich strich mit einem Finger über die Klinge der Streitaxt und ging in die Hocke, eine Hand in seinen Nacken gelegt.

»Ich sollte mich entschuldigen. Wisst Ihr, ich war nicht ganz aufrichtig, was unser Treffen angeht.« Ich ließ das volle Gewicht meiner Hand auf dem Griff der Axt ruhen, die seine Fingerknöchel durchschnitt. Der Händler stöhnte und schloss die Augen. »Zunächst sollte ich allerdings wohl einige der schlimmsten Gerüchte aufklären, die über mich in Umlauf sind. Ich gehe nicht mit allen möglichen Töchtern ins Bett. Ich bin mit *einer* Tochter Timorans voll und ganz zufrieden. Dafür hättet Ihr Verständnis, wenn Ihr sie sehen würdet, Hersir, das versichere ich Euch. Wahrhaft schön und zugleich Furcht erregend …«

»Vielleicht könnten wir etwas schneller machen. Diese Dreckskerle denken, sie könnten sich losreißen, und das ist ziemlich lästig«, sagte Ari grinsend. Die Händler in den Griffen meiner Männer wehrten sich und versuchten, nach den Waffen zu greifen, die in den Scheiden an ihren Gürteln steckten.

»Verzeiht mir«, sagte ich mit einem vergnügten Blick auf meinen Händler. »Wenn ich anfange, von Elise zu sprechen, neige ich dazu, kein Ende zu finden.«

»Wer seid Ihr?«, stieß er hervor.

»Ihr seid doch hier, um mit dem König Handel zu treiben, nicht wahr? Wie gesagt, er – *ich* – möchte keine Geschäfte mit Euch machen. Aber ich nehme Euren Fang.«

Vielleicht trieben der Blutverlust und die abgehackten Finger den Händler ein wenig in den Wahnsinn. Er lachte. Speichel verfing sich in seinem drahtigen Bart. »Ihr seid verrückt. H … hierfür wird Euer K … König Euch niedermetzeln.«

Ich warf Thor einen betont ratlosen Blick zu. »Er redet ständig von meinem König. Oh – ich glaube, ich verstehe.« Ich kniff die Augen zusammen. »Ihr sprecht wohl von dem falschen König. Es sieht Calder ähnlich, immer noch so anmaßend zu sein.«

»F …falscher König?«

Ich richtete mich auf und führte meine Lippen nahe an sein Ohr. »Ihr seid in mein Land gekommen, in der Absicht, mit Magie zu handeln, mit *meinen* Leuten zu handeln. Ihr habt mir praktisch den Krieg erklärt.« Ich nickte Thor zu. »Tötet sie.«

Es ging schnell. Messer und Dolche drangen in die Handelsmannschaft ein; der Anführer zuckte bei jedem dumpfen Aufprall auf den stinkenden Bodendielen zusammen. Weniger behutsam, als ich es hätte tun können, riss ich die Axt aus seiner verstümmelten Hand. Der Händler schrie auf und krümmte sich über den Tisch. Er zitterte.

»Ich lasse Euch heute am Leben«, sagte ich. »Gern geschehen. Wenn die Rabensporn-Wachen kommen – und das werden sie –, um Euch vor den falschen König zu führen, bestellt Ihr ihm hoffentlich schöne Grüße von mir. Richtet ihm aus, dass König Valen Ferus kommt. Und noch einmal: Ich weiß seine Handelsgeschäfte sehr zu schätzen. Seine Karawanen waren und sind für das wahre Volk dieses Landes unglaublich nützlich.«

Der Händler starrte mich benommen vor Furcht an. Solch eine Miene schenkte mir eine gewisse Befriedigung. Eine, die ich jedes Mal genoss, wenn wir das hier taten. Seit Monaten griffen wir Calders Handelspartner an, warfen ihm Knüppel zwischen die Beine, schwächten ihn.

Mit einer raschen Geste bedeutete ich meinen Männern zu gehen. Brant ließ ein Leintuch neben dem Händler fallen, klopfte ihm auf die Schulter und ließ ihn mit dem schäbigen Verbandszeug allein. Die Raben würden den Mann holen kommen; sie würden ihn zu Calder bringen. Entweder würde der junge König ihn töten oder … Nein. Die Wahrscheinlichkeit war hoch, dass Calders Jähzorn das Leben des Händlers fordern würde.

Draußen waren Frey und Mattis damit beschäftigt, die Leibeigenen zu befreien. Ich streifte das verdammte Wams ab. Warum die Timoraner diese Kleidung bequem fanden, würde ich nie verstehen.

Mattis warf mir grinsend meine zweite Streitaxt zu. »Gut gemacht, mein König.«

Gelächter tönte durch die Nacht. Einige der Leute stammten eindeutig nicht aus Timoran, und das Blut aus ihren von Prellungen überzogenen, übel zugerichteten Körpern verströmte einen durchdringenden, süßlichen Fäulnisgeruch. Alver. Magiebegabte aus einem fernen Königreich. Ich grinste und konnte mir vorstellen, dass Junius, unsere Alver-Freundin, erfreut gewesen wäre zu erfahren, dass wir ihre Leute gefunden und sie dem Rabensporn wieder entrissen hatten.

»Frey? *Frey*!«, rief eine tiefe, kehlige Stimme über alle anderen hinweg.

Frey ließ sein Schwert fallen. Ein schmerzliches Lächeln trat auf seine Lippen. Er drängte sich eilig durch das Gewühl und prallte auf einen anderen, in Lumpen gekleideten Mann. Weitere Blicke richteten sich auf meinen Leibwächter; man flüsterte seinen Namen. Allerdings war das hier auch Freys Siedlung. Seine Heimat. Ein Ort, dessen Bevölkerung der Rabensporn niedergemetzelt oder geraubt hatte. Man hatte die Frauen und Kinder getötet, die Männer versklavt.

»König Valen«, hatte Frey vor Wochen gesagt. »Ich habe eine Bitte persönlicher Natur.«

»Persönlich inwiefern?«

»Nenn es Rache.«

Der Ruf nach Vergeltung war mir nur allzu vertraut. Ich hatte genickt. »Welche denn?«

»Ich will meine Leute, meinen Bruder befreien. Dann will

ich die umbringen, die ihn schon seit zwei Umläufen gefangen halten.«

Er hatte ein paar Einzelheiten genannt. Erklärt, dass die Ettaner in den südlichen Siedlungen für das alte Etta, für meine Familie kämpften. Zur Strafe für ihre Rebellion tötete oder verkaufte man sie. Sie würden eine Karawane mehr sein, die wir Calder nehmen konnten. Aber noch besser: Frey hatte diesen speziellen Händler mit seinem besonderen Fang aufgespürt.

Als sein Bruder, dessen Züge seinen zum Verwechseln ähnelten, sich aus seiner Umarmung löste und Freys Gesicht mit beiden Händen umfasste, durchzuckte ein Schmerz meine Brust. Seltsam, wie es mir flau im Magen werden ließ, Zeuge der Wiedersehensfreude der Brüder zu werden.

Frey hatte seinen Bruder gerettet; ich hatte meinen im Stich gelassen.

»Ihr seid von König Valen Ferus befreit worden«, rief Thor über das Lachen hinweg. Die Stimmen verklangen sofort; der Wind trug nur noch etwas Getuschel mit meinem Namen herbei. »Wir sind auf der Seite der magischen Leute. Aller Magie. Wir kämpfen darum, dieses Land zurückzuerobern.«

Diese Leibeigenen waren zweifelsohne misshandelt und geschlagen worden, die Götter allein wussten, wie lange schon. Dennoch erhellte, während Thor sprach, ein Lächeln nach dem anderen die Nacht. Mehr Hoffnung leuchtete aus dunklen Augen.

»Kämpft an unserer Seite!«, rief Frey. »Viele von Euch sind meine Leute – ihr seid Axels Leute.« Er packte die magere Schulter seines Bruders.

Axel sah zu mir und hielt meinem starren Blick einen halben Atemzug lang stand, bevor er ein Knie beugte und sich die Faust aufs Herz presste. »Ich kämpfe für den wahren König.«

Auch andere knieten nieder. Manche zögerten.

Brant trat vor und schlitzte sich die Handfläche auf. Sein Blut hatte den gleichen süßlichen Gestank wie das vieler Sklaven der Karawane. »Wir kämpfen für *alle* Magie.«

Noch mehr Lippen verzogen sich zu einem Lächeln. Diejenigen mit stinkendem Blut lachten und schlugen sich mit der Faust auf die Brust.

Brant verstand seine eigene Magie kaum, weil er erst vor einem halben Umlauf herausgefunden hatte, dass auch er zu den Alvern gehörte. Seine Magie hatte sich allerdings schon als nützlich erwiesen. Brants Gabe der Vorsehung und des Vorausahnens vor Gefahren hatte uns mehr als einmal den Hals gerettet.

Seit ich meinen wahren Namen offenbart hatte, strömten immer mehr Ettaner und Nachtvolk nach Ruskig, um Zuflucht zu finden und sich ihren Leuten dort anzuschließen. Calder war gezwungen, jenseits unserer Grenzen Handel zu treiben, und hatte seltsame Wildwut – oder Mesmer, wie Junie ihre Magie nannte – ins Land gebracht. Mit Brants Hilfe hatten wir dem falschen König auch sie genommen.

Mattis trat an meine Seite, die Arme vor der Brust verschränkt. »Ein Erfolg mehr, finde ich. Calder schwächelt. Er fürchtet dich.«

»Uns«, sagte ich. »Er fürchtet uns.«

Es stimmte. Burg Rabensporn hatte ihre Abwehrmaßnahmen verzehnfacht. Man fürchtete die wachsende Bedrohung durch die Wildwut, aber zugleich bedeutete es, dass Calder verzweifelt war. Eines wusste ich über mächtige Männer, die wild entschlossen waren, die Kontrolle zu behalten: Sie waren unberechenbar. Gefährlich. Wir mussten bei unserem Aufstand Vorsicht walten lassen.

Einige sträubten sich immer noch und verlangten, alle Timoraner niederzumachen. Ich dachte an Elise. Sosehr ich es auch verabscheute, es mir vor Augen zu führen: In Ruskig gab es nun neue Gesichter, die sie musterten, als hätte sie es verdient, zusammen mit den Leuten auf dem Rabensporn verbrannt zu werden.

Dazu würde es nicht kommen.

Sie würde helfen, die Narben zwischen den Völkern in diesem Land zu heilen. Elise Lysander war die Wahl meines Herzens, und diese Leute würden sich daran gewöhnen, dass ihr König auf Zeit eine timoranische Prinzessin liebte.

»Calder wird zurückbeißen«, murmelte Thor, als Frey und Brant die Leibeigenen für die Reise zu Gruppen ordneten.

»Soll er doch«, sagte ich. »Er verliert an Boden. Wir sind fast so weit, und das weiß er. Also wird er ihn früher oder später ins Freie bringen, und wenn er es tut, gehört Sol uns.«

Thor schloss die Augen. »Valen, ich werde nicht in der Lage sein, ihn zu töten.«

Sol war Calders einzige Waffe gegen mich. Ich hatte geglaubt, der Sonnenprinz wäre tot, aber Burg Rabensporn hatte meinen Bruder – einen Dunkelfae – die ganze Zeit über gefangen gehalten, seine Wildwut missbraucht, um bedrohliche Gifte zu erzeugen, und Sol als vollkommen eigene Art von Bestie benutzt.

Ich ging davon aus, dass Sol von mir erwarten würde, ihn zu töten, wenn er eine Bedrohung für unsere Leute darstellte. Doch genau wie Thor wusste ich nicht, ob ich in der Lage sein würde, es wirklich zu tun, wenn der Zeitpunkt gekommen war.

»Ich habe nicht die Absicht, meinen Bruder zu töten. Aber wenn sie ihn wieder ans Licht bringen, habe ich die feste Absicht, ihn mir zurückzuholen. Um ihn nach Hause zu dir zu holen.«

Ich legte Thor eine Hand auf die Schulter und wandte mich dann ab, um die neue Karawane zurück nach Ruskig zu führen.

Geschwächt von unseren Angriffen konnte der junge König sein Volk kaum noch ernähren, aber ich bezweifelte, dass ihm das etwas ausmachte. Er konzentrierte sich zu sehr darauf, sich meinen Kopf zu holen, um Zeit für eine echte Strategie zu haben.

Bald genug würde *sein* Kopf mir gehören.

Wenn Sie wissen möchten,
wie es weitergeht, lesen Sie
LJ Andrews
Crown of Blood and Ruin
Geliebt von meinem Feind
ISBN 978-3-7341-6385-2
ISBN 978-3-641-31461-3 (E-Book)
Blanvalet Verlag

608 Seiten. ISBN 978-3-7341-6351-7

Eine abgelegene Berghütte, Schreie im Wald und ein Wesen, das dich das Fürchten lehren wird …

352 Seiten. ISBN 978-3-7645-3277-2

Die junge Mattie lebt mit ihrem Ehemann William in einer entlegenen Berghütte. Er ist ein gewalttätiger Mensch, den Mattie niemals verärgern darf. Doch als Mattie im Wald die verstümmelte Leiche eines Fuchses entdeckt, weiß sie, dass die Eheleute nicht alleine in der Wildnis sind. Wer – oder was – stößt jene seltsamen Schreie in der Nacht aus? Wessen krallenbewehrte Fußabdrücke sind im Schnee um die Hütte zu sehen? Als drei Fremde auf dem Berggipfel auftauchen und im Wald nach einer geheimnisvollen Kreatur suchen, weiß Mattie, dass die Neuankömmlinge William verärgern werden. Und wenn William wütend ist, passieren schreckliche Dinge …

Lesen Sie mehr unter: **www.penhaligon.de**

Sind mehrere Hexen beisammen, geschehen schlimme Dinge – doch Mika Moon will nicht mehr einsam sein …

352 Seiten. ISBN 978-3-7645-3311-3

Mika Moon ist Anfang dreißig, Single – und eine Hexe. Man erkennt es auf ihrem YouTube-Kanal über Hexerei zwar nicht, aber ihre magischen Fähigkeiten sind echt. Seit ihrer Kindheit weiß sie, dass immer schreckliche Dinge geschehen, wenn zwei Hexen mehr Zeit als nötig miteinander verbringen. Dennoch nimmt sie das Angebot an, gleich drei minderjährige Hexen auf einmal zu unterrichten. Aber im Nowhere House, in dem die Kinder versteckt vor der Öffentlichkeit leben, findet Mika nicht nur eine herausfordernde Aufgabe, sondern neue Freunde, neue Liebe und vielleicht sogar etwas, das sie bislang nie hatte: eine Familie.

Lesen Sie mehr unter: **www.penhaligon.de**